Susan Wittig Albert wuchs auf einer Farm in Illinois auf und studierte an der University of California in Berkley. Bevor sie begann, Bücher zu schreiben, lehrte sie Englisch an der Universität und war Vizepräsidentin. Heute lebt sie mit ihrem Mann auf dem Land bei Austin, Texas.

Von Susan Wittig Albert ist außerdem erschienen:

Der Duft des Todes (Band 67018)

Dieses Buch wurde auf chlor- und säurefreiem Papier gedruckt.

Deutsche Erstausgabe Februar 1995

Originalverlag Charles Scribner's Sons, New York
Titel der Originalausgabe »Witches' Bane«

Umschlaggestaltung Manfred Waller, Reinbek
Umschlagfoto MALL, Stuttgart
Satz MPM, Wasserburg
Druck und Bindung brodard & taupin, La Flèche
Printed in France
ISBN 3-426-67019-4

2 4 5 3 1

SUSAN WITTIG ALBERT

Hexengeflüster

Krimi

Aus dem Amerikanischen
von Sibylle Schmidt

Knaur

Danksagung

Herzlichen Dank an: Bob Tyrone von Bob Tyrone Automotive in Austin, Texas, für die technische Beratung; David's Auto Parts in Bertram, Texas, für den Zugang zum Schrottplatz; John Webber für Textberatung und brüderliche Unterstützung; Molly Ficken von der Austin Jung Society dafür, daß sie mich ermutigt hat, Tarot zu lehren. Die *Herald-Zeitung* aus New Braunfels war mir eine wertvolle und interessante Quelle hinsichtlich des Kleinstadtlebens, und *Texas Monthly* war mir sehr nützlich bei der Gestaltung typisch texanischer Atmosphäre. Außerdem möchte ich noch einmal Anita McClellan und Susanne Kirk für ihre ausdauernde, kraftvolle Unterstützung danken.

Vor allem gelten mein Dank und meine Dankbarkeit meinem Mann und Koautor Bill Albert. Durch seine unermüdliche, lebendige Beteiligung an den China-Bayles-Romanen (und meiner gesamten Arbeit) sind sie nicht nur mein Werk, sondern auch seines.

Anmerkung der Autorin

Diese Romanreihe spielt in der fiktiven texanischen Stadt Pecan Springs; auch Elemente wie die Central Texas State University und der Pecan River sind erfunden. Leser, die mit dem Hill Country in Mitteltexas vertraut sind, mögen bitte Pecan Springs nicht mit realen Städten wie San Marcos, New Braunfels oder Fredericksburg gleichsetzen. (Diese Orte tauchen ab und zu im Buch auf und sind dann auch gemeint.) Die Figuren und Ereignisse in diesen Büchern wurden von der Autorin zum Vergnügen der Leser geschaffen; Ähnlichkeiten mit wirklichen Menschen oder Begebenheiten sind nicht beabsichtigt.

1

Manchmal glaube ich fast, du hast recht, China.« McQuaid ging in die Hocke und betrachtete zufrieden den steinernen Brunnen im Garten vor meinem Kräuterladen, den er gerade angeschlossen hatte.

»Womit?« Ich kniete, eine kleine Schaufel in der Hand, hinter dem Brunnen und setzte einen Rosmarinstrauch um.

»Daß Pecan Springs gar nicht so übel ist. Vielleicht sollte ich doch herziehen.«

»Ha, das glaube ich erst, wenn ich's sehe.«

Ich stand auf und atmete tief die frische Morgenluft ein. Es war Montag, mein freier Tag, und die warme, dunstig goldene Oktobersonne schien auf die silbrigen Hügel von Beifuß und Eselsohren, die ich rund um den neuen Brunnen gepflanzt hatte. Hinter mir befand sich THYME AND SEASONS, mein Kräuterladen. Vor vier Jahren habe ich der Anwaltskanzlei in Houston, für die ich anderthalb Jahrzehnte als Strafverteidigerin gearbeitet habe, den Rücken gekehrt, mir meine Rente auszahlen lassen und mich auf die Suche nach einer Kleinstadt gemacht. Zwischen Austin und San Antonio bin ich fündig geworden, habe ein zauberhaftes uraltes zweistöckiges Haus mit zwei Läden und Wohnräumen gekauft und bin ins Geschäft eingestiegen. Es ist eine Herzensentscheidung. Ich habe vor zu bleiben.

Das Problem ist nur, daß Mike McQuaid auch eine Herzenssache für mich ist, und ich glaube, ihm geht es ähnlich. Wie viele Männer würden schon freiwillig ein Wochenende auf ihre Steckenpferde verzichten, um einen Brunnen zu installieren? Aber schließlich sind wir keine Kinder, die meinen, alles haben zu können, was sie sehen. Wir sind Erwachsene. Wir müssen das Leben des anderen akzeptieren, und ein zentraler Bestandteil von McQuaid ist seine Karriere, die ihm sehr am Herzen liegt. Früher war er bei der Kriminalpolizei; heute ist er Assistenzprofessor für Strafrecht an der Central Texas State University – ein großer, dunkelhaariger, attraktiver, beinahe schöner Excop mit graublauen Augen, einer gezackten weißen Narbe auf der Stirn und einer Nase, die öfter gebrochen wurde, als sie es verdient. McQuaid ist klug und ehrgeizig und hat vierzehn Jahre Berufserfahrung bei der Polizei, hervorragende Zeugnisse und zwei Jahre Erfahrung im Lehrberuf vorzuweisen. Er ist achtunddreißig und auf dem besten Weg, die Karriereleiter emporzuklettern, einen Superposten zu ergattern und als Professor in einem ambitionierten Fachbereich für Strafrecht an der Universität einer Großstadt zu lehren. Außerdem ist er alleinerziehender Vater.

Und da ist der Haken. Ich bin vierundvierzig und habe mich noch nie darauf eingelassen, mit einem Liebhaber zusammenzuleben – von einem Liebhaber samt Kind ganz zu schweigen. Ich habe es gern ruhig und brauche viel Platz für mich alleine. Ich fühle mich wohl mit meinem kleinen Kräuterladen und meinem kleinen Leben in dieser kleinen Stadt. Deshalb mache ich immer dicht, wenn McQuaid von längerfristigen Plänen spricht. Ich bleibe emotional auf Abstand.

McQuaid streckte die Hände in den Brunnen, um sich die Erde abzuwaschen. »Tja, ich muß zugeben, daß das ruhige

Leben was für sich hat – wenn es einem nichts ausmacht, sich ab und an zu langweilen.«
»Wer langweilt sich denn?« fragte ich. Ich bin ausgestiegen, weil ich das hysterische Getue, den Dauerstreß, den ewigen Druck nicht mehr aushalten wollte. Aber McQuaid wird den Großstadt-Cop nicht los. Je mehr Action, desto besser.
»Ich«, sagte McQuaid mit einem lüsternen Grinsen. »Aber das läßt sich ändern.« Er packte mich und tastete mit naßkalten Händen unter meinem T-Shirt herum.
Ich gab ihm einen Klaps mit der Schaufel. »Beherrsch dich, McQuaid! Das ist eine Hauptstraße hier. Die Leute gukken.«
»Gut. Verkaufen wir Eintrittskarten.« McQuaid drückte mir die Arme auf den Rücken und gab mir einen genüßlichen, fordernden und sehr befriedigenden Kuß.
»Einen Zehner würde ich dafür hinlegen«, sagte eine Stimme bewundernd.
Sie gehörte zu Ruby Wilcox, meiner Mieterin und besten Freundin. Sie hat den einzigen New-Age-Laden von Pecan Springs, die CRYSTAL CAVE. Er ist in dem anderen Geschäft in meinem Haus untergebracht. Ruby ist – mit flachen Schuhen – einsdreiundachtzig groß, hat rotes Haar, Sommersprossen und ist meistens aufgemacht wie Cher in einer Las-Vegas-Show, aber mit ihrer Figur und ihrem Charme kann sie sich das leisten. Sie hat montags auch frei, weshalb sie etwas weniger glamourös zurechtgemacht war – sie trug ein blaugraues Sweatshirt mit breiten Schulterpolstern und knielange, hautenge weiße Leggings, eine Aufmachung, in der sie aussah wie ein Footballspieler.
McQuaid ließ mich los und grinste Ruby an. »Es wird Zeit für mich. Um eins hab ich ein Seminar, und ich muß noch die Arbeiten zensieren.«
»Heiz ihnen tüchtig ein, McQuaid«, sagte Ruby. Als er in

seinen alten blauen Ford-Pickup stieg, beäugte sie kritisch den neuen Brunnen. »Hübsch«, meinte sie. »Aber findest du nicht, daß noch was fehlt? Lilien vielleicht? Oder ein steinerner Frosch?«

»Rom wurde auch nicht an einem Tag erbaut, Ruby. Er muß erst ein bißchen bemoost sein.«

Constance Letterman näherte sich auf dem Gehweg. »Ist das Ihr neuer Brunnen?« fragte sie. Constance ist klein und rundlich und hat den Kopf voller Löckchen, die sie sich in Bobby Raes Schönheitssalon machen läßt, wo es die Dauerwelle mittwochs zum halben Preis gibt. Sie war in einen leuchtend orange-gelb karierten Hosenanzug gezwängt und ähnelte stark einem Topfreiniger. Sie nahm den Brunnen in Augenschein. »Sieht irgendwie leer aus.«

»Das hab ich auch gerade bemängelt. Da müssen noch Lilien und ein steinerner Frosch hin«, wiederholte Ruby.

Constance blickte Ruby an. »Ich sag's Ihnen ungern, Ruby, aber Arnold will die Anzeige für Ihren Wahrsagekurs nicht bringen. Er meint, das sei ein schlechter Zeitpunkt für so was, weil die Leute jetzt wegen dieses Satanismuszeugs so aufgeregt sind.«

Constance ist Klatschtante und bauernschlaue Lebensphilosophin zugleich, und sie ist immer auf seiten der Mehrheit. Sie verfaßt die »Nachrichten vom Tage« in der Lokalzeitung *Enterprise,* die ihrem Cousin, Arnold Seidensticker, gehört. Ich glaube, die Leute lesen die Kolumne nur, um ihren Namen gedruckt zu sehen. Unter den fünfzehntausend Einwohnern von Pecan Springs verbreiten sich Neuigkeiten von selbst. Bis ein Thema in den »Nachrichten« auftaucht, weiß man in der DOUGHNUT QUEEN, in LILLIE'S PLACE und der Hälfte aller Kirchen Bescheid darüber. Alle, die es interessiert, wissen davon, sowie einige, die es nicht interessiert.

»Es ist kein Wahrsagekurs«, entgegnete Ruby. »Es ist ein Tarotkurs. Und mit Satanistensekten hat das gar nichts zu tun.«

»Das wissen Sie und ich vielleicht auch«, sagte Constance bedächtig, »aber von den Zeitungslesern wissen es eben viele nicht. Es ist nur zu Ihrem Besten, Ruby. Wenn die Leute anfangen, sich einzubilden, daß Sie eine Hexe sind, könnten Sie ganz schön in Schwierigkeiten kommen.«

»Heutzutage werden keine Hexen mehr verbrannt«, erklärte ich. »Das ist gesetzeswidrig.«

Constance verschränkte die Arme vor der Brust. »Es geht hier nicht um Verbrennen.« Ruby stöhnte, und ich zog den Kopf ein. Constance schien es nicht zu bemerken. »Und das Gesetz steht auch nicht zur Debatte. Die Leute in Pecan Springs können Hexen einfach nicht leiden, vor allem zur Zeit nicht, da das Geschworenengericht den alten Ellis-Fall untersucht und, Gott weiß was, ausbuddelt.«

Constance meinte den mysteriösen Tod von Ralph Ellis, einem Sechzehnjährigen, dessen Leiche man vor vier Jahren an einem Baum draußen an der Cotton Gin Road gefunden hatte. Da es keine Zeugen gab und jemand von der Schule ausgesagt hatte, daß Ralph von seiner Freundin verlassen worden war, war man von Selbstmord ausgegangen. Aber damit war der Fall nicht abgeschlossen. Gerüchte, eines schrecklicher als das andere, begannen die Runde zu machen. Es hieß, der Junge sei von dreizehn Teufelsanbetern ermordet worden. Außerdem sei er nicht das einzige Opfer gewesen. Der Fremde, den man im Jahr zuvor unter der Brücke gefunden hatte, Leota Rainey, die aus dem Pflegeheim verschwunden und im Straßengraben geendet war – jeder ungeklärte Todesfall der vergangenen zehn Jahre, jeder Fall von Friedhofsschändung, jede Gestalt, die um Mitternacht im Dunkeln gesichtet wurde,

mußte etwas mit geheimen Hexen- und Teufelszirkeln zu tun haben, die Pecan Springs ins Verderben treiben wollten.
Das Geschworenengericht schaltete sich ein, als Leota Raineys Tochter (von Leotas Cousin aufgescheucht, der abwechselnd in Bobby Raes Schönheitssalon als Mechaniker und in Watsons Beerdigungsinstitut als Kosmetiker arbeitet) behauptete, die merkwürdigen Kratzspuren auf der Stirn ihrer Mutter sähen genauso aus wie die Kratzer auf der Stirn des Durchreisenden und den Armen vom jungen Ellis. Sie verlangte eine Untersuchung. Bubba Harris, der Polizeichef von Pecan Springs, rollte widerwillig alle drei Fälle erneut auf und legte dem Geschworenengericht die Resultate vor. Niemand wußte Einzelheiten, aber es ging das Gerücht um, daß man Leota und den Durchreisenden ausgraben wolle. Die ganze Chose führte zu dem Ergebnis, daß die Leute nervös nach einer wild gewordenen Satanssekte Ausschau hielten, die nach ihren Kindern griff und alten Damen auflauerte.
»Ich bin keine Hexe«, sagte Ruby nachdrücklich.
Constance gab eine Art grunzendes Schnauben von sich. »Es spielt keine Rolle, ob Sie eine sind oder nicht. Entscheidend ist, ob die Leute *glauben*, daß Sie eine sind.«
Ich war geneigt, das Thema fallenzulassen, aber Rubys Temperament ist so lodernd wie ihr rotes Haar, und sie kam allmählich in Fahrt. »Sie liegen völlig daneben, Constance«, sagte sie aufgebracht. »Wir leben in den Neunzigern, um Himmels willen. Es regt sich doch niemand mehr über eine Lappalie wie einen Tarotkurs auf. Ich verzaubere weder Kinder, noch führe ich Schlangentänze auf.«
Constance schauderte. »Sagen Sie doch so was nicht, Ruby. Sie müssen vorsichtiger sein. Man weiß nie, wer mithört.«

Sie warf einen nervösen Blick zum Nachbargrundstück. Vida Plunkett, meine Nachbarin, stritt sich mit Duane Redmond, der Besitzerin des Reinigungssalons DUANE'S DRY CLEANERS, darüber, ob die Stadt die Crockett Street zur Einbahnstraße machen sollte. Duane vertrat die Meinung, daß Einbahnstraßen die Touristen entnervten. Vida, eine scharfzüngige, argwöhnische Frau, die beinahe jeden haßt, hielt schroff dagegen, daß man schließlich irgend etwas unternehmen müßte wegen des Verkehrs, egal was, und daß es einerlei sei wegen der Touristen, weil siebzig Prozent sowieso entnervt seien und zwanzig Prozent wegblieben, es also nicht mehr darauf ankäme. Über so etwas streiten sich die Leute hier gern. Pecan Springs, am Rande des Hill Country, lebt gut von den Touristen, und die meisten Leute (inklusive mir) verzichten bereitwillig auf ein oder zwei Vorteile, wenn dafür die Touristen bei Laune bleiben. Vida braucht die Touristen nicht. Ihr gehört der Waschsalon an der Houston Street.

Rubys Augen (die eigentlich braun sind, an diesem Tag jedoch dank farbiger Kontaktlinsen grün schimmerten) verengten sich bei dieser Bemerkung. »Soweit ich weiß, Constance, ist Texas ein freies Land.« Sie wandte sich Unterstützung fordernd an mich. »Es gibt doch kein Gesetz, das Tarot verbietet, oder China?«

Leute, die wissen, daß ich früher Anwältin war, stellen mir die seltsamsten juristischen Fragen – von denen ich nur einige beantworten kann. Die Firma, für die ich arbeitete, war auf dicke Fische spezialisiert: Firmenchefs, die sich aus der Kasse bedienten, Börsenmakler, die mit Insider-Informationen Geschäfte machten, Drogenbosse. Alle Schaltjahr bekam ich einen Fall, an dem mir etwas lag, aber wohler war mir deshalb nicht. Ich hätte zu einer anderen Firma wechseln, mich selbständig machen oder mein Fachgebiet ändern können, aber als ich soweit war, hatte ich den Glauben daran verloren, daß die Justiz für Gerechtigkeit zu sorgen vermag. Ich mußte so viele Kompromisse machen, daß ich den Unterschied zwischen Gut und Böse fast nicht mehr erkennen konnte. Wenn ich noch länger geblieben wäre, hätte ich mich aufgeben müssen – zumindest alles an mir, für das ich Achtung empfinde.

Also habe ich das Weite gesucht. Kräuter faszinieren mich schon seit der Zeit, als ich mit meiner Großmutter China in ihrem Kräutergarten in New Orleans Basilikum ernten durfte. Als Kind wollte ich Botaniker werden, und als ich in Houston wohnte, stopfte ich mein winziges Gewächshaus mit Kräutern voll, las alles darüber, was ich in die Finger bekam, und stattete dem dortigen Kräuterladen wöchentlich einen Besuch ab. Es schien mir genau das richtige zu sein, die Juristerei gegen einen Kräuterladen einzutauschen, vor allem, nachdem ich THYME AND SEASONS entdeckt hatte. Ich zahle immer noch meine Beiträge an die Anwaltskammer und halte die Kontakte aufrecht, für den Fall, daß ich eines Tages wieder als Juristin arbeiten muß. Aber mein früheres Leben liegt weit hinter mir – bis mir jemand eine juristische Frage stellt. Dann erinnere ich mich daran, womit ich einst mein Geld verdient habe.

Rubys Frage war eine der leichten. »Nein«, sagte ich, »es gibt kein Gesetz, das Tarot verbietet.« Ich hob einen Topf mit Heiligenkraut hoch und pflückte ein paar von den silbrigen Blättern ab, die zerrissen waren. »Im First Amendment ist dein Recht auf freie Rede festgeschrieben.«

Ruby wandte sich wieder Constance zu. »Sehen Sie? Aber ich brauche die Anzeige in der Zeitung sowieso nicht mehr. Der Kurs ist schon voll. Er fängt morgen abend an.«

Constances Mund formte sich zu einem empörten, runden O. »Sie wollen *jetzt* einen Tarotkurs abhalten, da Halloween vor der Tür steht? Ruby, ich hoffe, Ihnen ist klar, daß Sie es geradezu darauf *anlegen.*«

Ich pflanzte das Heiligenkraut in sechzig Zentimeter Abstand neben den Rosmarin und trat zurück, um das Resultat zu betrachten. Mir war nicht klar, was Halloween mit alldem zu tun hatte, aber Ruby wirkte keineswegs eingeschüchtert. Mit einem wohlwollenden Lächeln hob sie das Kinn.

»Man lernt nur aus dem Leben, Constance. Wenn ich in Schwierigkeiten komme, ist das eine Lektion des Universums, aus der ich etwas lernen soll.« Der Spruch stammte aus Rubys New-Age-Weltauffassung. Wenn sie so daherredet, klingt sie sehr nach Zen, aber Tatsache ist, daß Ruby selten eine Lektion einfach hinnimmt.

Constance schüttelte den Kopf. »Nun, wenn das Universum loslegt, denken Sie bitte dran, daß ich Sie gewarnt habe. Es ist schwer zu sagen, was die Leute tun werden, wenn es sich herumspricht, daß Sie Hexerei lehren.«

Ruby ließ sich nicht beeindrucken. »Sollen sie machen, was sie wollen«, sagte sie mit einem Achselzucken. »Ich bin bereit.«

Constance setzte zu einer Entgegnung an, als ein klappriger Pickup am Randstein hielt und der Fahrer hupte. »Da ist Lester Kyle«, sagte sie. »Der will die Strahler für den neuen Fotografen montieren, der letzte Woche eingezogen ist.« Constance schreibt nicht nur für den *Enterprise,* sondern ist auch noch Besitzerin des CRAFT EMPORIUM, einem großen viktorianischen Gebäude neben THYME AND SEASONS, das man in kleine Läden und Boutiquen unterteilt hat. »Die Eröffnung ist Mittwoch morgen, gleich nach dem Bibel-Brunch bei der Bürgermeisterin.« Sie klappte die Strohtasche auf, die sie bei sich hatte, und wühlte darin herum. »Ich habe übrigens gehört, daß der Prediger beim

Gottesdienst Spezialist für Satanistensekten ist. Er will den Leuten erklären, wie sie erkennen können, ob ihre Kinder an so was beteiligt sind. Und Chief Harris will über das Informationsmaterial sprechen, das er von der Regierung bekommen hat – dreißig Anhaltspunkte zum Erkennen einer Satanssekte oder so was. Falls ihr noch keine Eintrittskarten habt, kann ich euch versorgen.« Sie brachte zwei Karten zum Vorschein und hielt sie hoch.

»Danke, Constance, aber den Brunch werde ich mir wohl entgehen lassen müssen.« Ich legte keinen gesteigerten Wert darauf, siebenfünfzig loszuwerden, um meine Huevos Rancheros in Gegenwart eines Hexenjägers zu verspeisen. »Aber ich komme zur Eröffnung.«

»Wie steht's mit Ihnen, Ruby?« fragte Constance.

»Ich hab meine Eintrittskarte schon«, sagte Ruby. »Und ich bin der Ansicht, daß man nicht für eine Hexe gehalten wird, wenn man regelmäßig am Bibel-Brunch bei der Bürgermeisterin teilnimmt.«

* * *

Wenn das ganze Gerede um Hexerei nicht gewesen wäre, hätte ich wahrscheinlich am Dienstag abend nicht an Rubys Tarotkurs teilgenommen. Ich bin nicht so verrückt auf New Age. Ich verstehe nicht viel von Symbolen, und meistens vergesse ich, daß mein Aszendent Zwilling ist und meine Steinbock-Sonne im zehnten Haus steht, bis Ruby mich daran erinnert, daß das bedeutsam ist. Ich erarbeite gern Fakten, bringe sie in eine logische Ordnung und benutze sie. Ich bin rechtshirnig, sagt Ruby, was im New Age bedeutet, daß ich zu analytisch denke. Ruby hat beschlossen, vom Universum den Auftrag erhalten zu haben, meine linke Hirnhälfte zum Leben zu erwecken.

»Ich interessiere mich wirklich nicht fürs Wahrsagen«, erklärte ich Ruby, als sie nachmittags in meiner Küche auftauchte, um mich zu ihrem Kurs zu überreden. Es ist sehr angenehm und erholsam, hinter dem Kräuterladen zu wohnen (die täglichen Kamikaze-Fahrten auf den Highways von Houston fallen weg), doch ich bekomme häufig Besuch. Wenn ich nicht im Laden bin, bin ich eben zu Hause.

»Aber das ist nur eine Art, die Karten einzusetzen«, sagte Ruby. »Tarot ist ein Mittel zur Bewußtseinserweiterung. Es hilft dir, deine linearen, starren Ursache-Wirkung-Denkmuster zu durchbrechen. Es wird deinen inneren Führer stärken.«

Ich schob mich von meinem Computer weg, an dem ich gerade arbeitete, und Khat sprang von meinem Schoß herunter. Khat ist ein acht Kilo schwerer narzißtischer Siamkater, der es mir seit einem Jahr gestattet, in seinem Bett zu schlafen und ihm Hühnerleber zu servieren, die so lange gekocht sein muß, bis sie leicht rosa ist. Als er sich mir anschloß, nannte ich ihn Cat. Ruby monierte, daß ein solch prachtvolles Tier doch einen weniger schlichten Namen verdient hätte. Wir einigten uns auf Khat, ausgesprochen wie »Cat«.

Ärgerlich über die Störung, zuckte Khat mit dem Schwanz, starrte Ruby an und stolzierte dann zum Badezimmer, wo er gerne auf dem Waschbecken sitzt und sich im Spiegel betrachtet. Khat steht niemandem als Schmusekatze zur Verfügung, am wenigsten mir. Streicheln darf man ihn nur, wenn man dies genau richtig macht und die richtige Stelle findet. Andernfalls beißt er. Auf »Musch, Musch« hört er nicht.

Den Computer habe ich auf dem Küchentisch stehen, damit ich alles im Auge behalten kann, was auf dem alten grünbeigen Gasherd am Köcheln ist, den ich bei einem Garagenverkauf in Pipecreek, Texas, erstanden habe. An diesem Nachmittag waren das mehrere Dinge. Ich kochte Tomaten für Ketchup und Tee aus Rainfarnwedeln für meine Zimmerpflanzen, und im Ofen steckte ein Pfirsichkuchen. Im Moment beschäftigte ich mich mit der Gewinn- und Verlustrechnung des vergangenen Monats. Sie behagte mir gar nicht. Die Geschäfte waren in letzter Zeit etwas flau, weil die Wirtschaft darniederlag, aber *wie* flau sie tatsächlich waren, bemerkte ich erst jetzt. Die Endsumme war ernüchternd, ein deftiger Tiefschlag seitens der Wirklichkeit. Ich mußte mir was einfallen lassen, um den Verkauf anzukurbeln – und zwar schnell. Vielleicht einen Kurs anbieten oder diesen Bestellkatalog erarbeiten, über den ich schon länger nachdachte.

»Also«, sagte Ruby und kostete das Ketchup, »ich brauche dich jedenfalls.« Sie verdrehte verzückt die Augen. »Was hast du da bloß drin, China?«

»Zimt und Muskatblüte, unter anderem.« Ich stand auf, um nach dem Kuchen zu sehen. Als ich noch sechs Tage die Woche vierzehn Stunden täglich arbeitete, nahm ich mir kaum Zeit zum Essen, von Kochen ganz zu schweigen. Jetzt sammle ich meine Lieblingsrezepte und Kräuterteevariationen für ein Kochbuch. »Wofür brauchst du mich denn, Ruby? Ich habe keine Ahnung von Tarot.«

Ruby schnüffelte an dem Kochtopf mit dem Rainfarntee. »Was ist das hier?«

»Rainfarn, für meine Zimmerpflanzen. Die Blätter enthalten jede Menge leckeres Kalium. Nun sag schon, wofür du mich brauchst.«

Ruby setzte sich an den Tisch. »Na ja, um ehrlich zu sein, der Kurs ist noch nicht voll. Ich habe das nur behauptet, weil Constance diesen Quatsch über Hexen verzapft hat. Es wäre schön, wenn noch einer käme. Um die Gruppe zu ergänzen sozusagen.«

»Ein Lückenbüßer, meinst du.«
»So ähnlich.«
Ich öffnete den Ofen. Die Kruste war goldbraun. »Wie ist denn die magische Zahl? Dreizehn?«
»Sei nicht frech. Bis jetzt, ohne dich, sind wir zu sechst. Pam Neely ist dabei. Du kennst sie, erinnerst du dich? Sie lehrt Psychologie am College.« Die Central Texas State University am nördlichen Stadtrand von Pecan Springs hat stolze zwölftausend Studenten, aber für die Einheimischen bleibt sie »das College«. Ruby hat sechsundzwanzig von ihren vierundvierzig Lebensjahren hier verbracht und zählt damit zu den Einheimischen. Sie fing an der CTSU an, um Magister zu werden, und wurde statt dessen Ehefrau mit Haushalt. Sie und Ward ließen sich vor vier Jahren scheiden, aber da sie sich hier wohl fühlt, ist sie geblieben.
»Klar kenne ich Pam«, erwiderte ich und griff nach einem Topflappen. »Ich wußte nicht, daß sie was für Tarot übrig hat.«
»Ich habe dir doch schon erklärt, China«, sagte Ruby geduldig, »daß Tarot nichts für Spinner ist. Es ist ein komplexes Symbolsystem, das dich tief in deine nichtrationale Gedankenwelt geleitet. Menschen, die ernsthaft ihr Unbewußtes erforschen, begreifen, daß man mit Tarot die intuitiven Fähigkeiten entdecken kann.«
Ich grinste. Wenn Ruby ihre New-Age-Ansichten verteidigt, bedient sie sich gern mehrsilbiger Wörter. »Und wer ist noch dabei?«
»Judith Cohen hat sich angemeldet, und Mary Richards, Dottie Riddle und Gretel Schumaker.« Ruby legte die Stirn in Falten und zählte an den Fingern ab. »Ach ja, und Sybil Rand.«
»Sind sechs denn nicht genug?«
»Sieben wären besser. Hinterher gibt's Nachtisch. Du könn-

test den Pfirsichkuchen mitbringen.« Sie sog tief die Luft ein. »Riecht wunderbar.«

Ich stellte den Kuchen auf den Tisch und wandte mich dann wieder dem Herd zu, um die Tomatensauce umzurühren. Ich fand Tarot nicht spannender als Rubys andere abgehobene Interessen, Kristalle und Runen zum Beispiel. Aber ich mochte Pam Neely, und Judith Cohen hatte immer so viel zu tun, daß man sich kaum sah. Mary Richards kannte ich nicht, doch in der CRYSTAL CAVE standen einige ihrer faszinierenden Gold-und-Silber-Schmuckstücke zum Verkauf, und ich wollte Mary immer schon kennenlernen. Ich zögerte noch, aber dann spielte Ruby ihren Trumpf aus.

»Du würdest doch nicht wegbleiben, nur weil dich jemand als Hexe bezeichnen könnte, oder?«

2

Ich bin nach Pecan Springs gezogen, weil mich die milde, reine Luft, die Kalksteinfelsen des Edwards-Plateaus und der liebliche Pecan River mit seinen mit Zypressen bestandenen Ufern bezauberten, der sich durch das sogenannte Hill Country schlängelt. Nach dem Smog und Lärm und der Hektik von Houston schien mir diese Gegend ein Hort der Ruhe zu sein. Aber Pecan Springs ist eine typische idyllische Kleinstadt. Wenn man einen draufmachen will, kann man mit den Nachbarn grillen oder in der Greune (was wie »Green« gesprochen wird) Dance Hall, deren Tore seit 1878 geöffnet sind, ein beschauliches Tänzchen wagen. Die Menschen hier sind im Prinzip herzlich und freundlich, aber zuweilen auch engstirnig; davon kann man sich überzeugen, indem man beim Book Nook reinschaut und sich die Bücher ansieht, die Madeline Martin in die Regale stellt – und die, die sie unterm Ladentisch versteckt. Constance hat recht, die Menschen hier neigen dazu, Fremden zu mißtrauen. Und das ist verständlich, wenn man sich über den Charakter von Kleinstädten im klaren ist. Sie können beengend, sogar bedrohlich wirken. Doch die Frauen, die es zu Rubys Laden und ihren Kursen zieht, sind anders. Sie haben ein differenziertes Verhältnis zu ihrer Stadt; sie fühlen sich ihr zugehörig, hinterfragen sie aber auch. Sie unterwerfen sich nicht den Konventionen im Umgang mit Menschen, da sie glauben, daß jeder verschlossene Bereiche in sich hat, die es wert sind, entdeckt zu werden. Auch mich erinnern sie daran, daß ich nicht alles über mich weiß.

Als ich mich also am Dienstag abend auf mein Fahrrad setzte und zu Rubys Kurs fuhr, geschah das mehr der Frauen als des Tarots wegen. Aber ich muß zugeben, daß der Kurs interessanter war, als ich erwartet hatte. Eine Stunde lang machten wir uns mit den Karten vertraut und legten sie in diversen Mustern. Um uns die Symbole der Sätze – Kelche, Stäbe, Schwerter und Münzen – zu erklären, zeigte uns Ruby ihre, wie sie sagte, »rituellen Werkzeuge«: einen Kristallkelch, einen Weidenzauberstab mit einer Adlerfeder, ein Ritualmesser mit Knochengriff, in dessen Klinge ihr Name eingeritzt war, und eine Tonschale voller Münzen.

Als ich Ruby bei ihrem Ritus zusah, wurde mir bewußt, daß wir hier mit etwas beschäftigt waren, das viele Leute als Hexerei bezeichnen würden – was uns wiederum in deren Augen zu Hexen machte. Dennoch faszinierte mich Rubys Theorie, nämlich daß der Umgang mit Symbolen etwas in uns anrührt, das unser gewohntes Selbst unterdrückt und verbirgt, weil es sich davon bedroht fühlt. In mir gibt es jede Menge dunkle Bereiche, und wahrscheinlich ginge es mir besser, wenn dort jemand Licht machte. Leatha – meine Mutter – verbanne ich an diese dunklen Orte. Meine Kindheitserinnerungen sind verschwommen, als ob ich sie unter Wasser sähe, aber der Zorn und die Bitterkeit, die ich als Erwachsene empfinde, sind scharf und schmerzhaft. All das Zeug, was man über gestörte Familien zu lesen kriegt? So ist meine Familie, gestört bis ins Mark. Meine Mutter war Trinkerin und mein Vater, auch Rechtsanwalt, auf einem ewigen Machttrip. Er ist aus meinem Leben verschwunden,

als er vor zehn Jahren starb. Sie ist nicht daraus verschwunden. Zumindest meint sie das. Mir wäre es lieber, sie wäre es. Das liegt alles sehr im dunkeln.
Nach dem Kurs meldete sich Pam Neely zu Wort. Pam ist die erste schwarze Frau im Fachbereich Psychologie an der CTSU, was kein Zuckerschlecken ist. Aber sie hält sich bestens. Ich habe gehört, daß ihre Seminare voll sind und die akademischen Platzhirsche sich menschlich benehmen, wenn sie mit ihnen Kaffee trinkt. Sie hat auch eine eigene Praxis als Psychologin eröffnet.
»Mein Unterbewußtsein möchte mir dringend etwas mitteilen. Können wir jetzt den Nachtisch essen?«
»Es geht das Gerücht um, daß jemand einen Pfirsichkuchen mitgebracht hat«, sagte Mary Richards. Als Mary sich vorgestellt hatte, hatten wir erfahren, daß sie einen Teilzeitjob im Fachbereich Kunst an der CTSU hat und den Rest ihrer Zeit der Schmuckherstellung widmet. Sie trug einen silbernen Anhänger in Form eines alten Göttinnensymbols – eine üppige weibliche Gestalt mit einer Mondsichel im Arm.
»Ich habe den Pfirsichkuchen mitgebracht«, sagte ich. »Ruby und ich haben die Pfirsiche letzten Sommer in Fredericksburg gepflückt.« Fredericksburg, ein kleiner Ort, hundertzwanzig Kilometer entfernt im Hill Country gelegen, ist berühmt für seine Obstbäume »zum Selbsternten«.
»Dort habe ich letztes Jahr in einem Pflegeheim Stretchingkurse gegeben«, erzählte mir Judith Cohen, als wir Ruby durch den Flur zur Küche folgten. Judith ist jenseits der Fünfzig, aber ihrem schlanken, geschmeidigen Körper sieht man das nicht an – was eine gute Empfehlung für ihre Yogakurse ist. Ihr graues Haar trägt sie immer in einem Knoten, wodurch ihr Gesicht streng und wie gemeißelt

wirkt. »Eigentlich habe ich Yoga unterrichtet, aber keiner hat's gemerkt.«

»Genau«, schaltete sich Dottie Riddle ein. Dottie ist die Katzendame von Pecan Springs. Sie beherbergt Dutzende von Katzen bei sich und füttert zahllose Streuner auf dem Universitätsgelände. Sie nimmt Stunden bei Judith. »Es gibt Leute, die halten Yoga für Teufelswerk, aber wenn du es Stretching nennst, sind sie ganz wild drauf.«

In der Küche nahm Ruby einen Stapel Teller aus dem Schrank. »Du kommst sogar mit Mord davon, wenn du niemandem sagst, was du tust.«

Sybil Rand lachte kehlig. »Mit einigen Dingen kommst du nie davon, zumindest hier in der Gegend nicht.«

Sybil schaute seit einem Jahr regelmäßig beim Kräuterladen rein, aber auf Freundschaft schien sie keinen Wert zu legen. Sie verhielt sich distanziert und arrogant, als ob sie allen klarmachen wollte, daß sie anders, etwas Besonderes war. Sie war Ende Vierzig, hatte wildes schwarzes Haar, und ihre tiefliegenden Augen waren dramatisch geschminkt. Von allen Frauen aus der Gruppe wirkte sie am meisten wie jemand, der sich für das Okkulte interessiert. Sie trug schwarze Hosen, eine schwarze Bluse mit Schalkragen und eine auffallende afrikanische Kette aus Holzperlen mit Schnitzereien, Tierzähnen und polierten Knochenstücken. Ich wußte von ihr nur, daß sie im Lake Winds Resort Village wohnte – einem exklusiven, teuren Feriendorf sieben Kilometer vor der Stadt –, mit einem Mann namens C. W. Rand, dem Geschäftsführer der Anlage, verheiratet war, zu Judith eine freundschaftliche Beziehung hatte und seltsame Pflanzen sammelte. Ich fragte mich, ob ihr Interesse an den Pflanzen etwas mit ihrem Interesse an Tarot zu tun hatte.

Pam nahm sich einen Teller und steuerte auf den Küchentisch zu, auf dem die Süßspeisen warteten. Pam ist zierlich,

und ihre Haut ist so braun wie sahniges Mousse au Chocolat. Ihr weicher Georgia-Akzent kaschiert ein brillantes Hirn. »Womit kommst du nicht davon, Sybil?«
Sybil blieb die Antwort einen Augenblick schuldig. Dann hob sie das Kinn und sagte mit ihrer kehligen Stimme in gelassenem, amüsiertem Tonfall: »Gift.« Das Wort fiel in den Raum wie ein Kiesel in ruhiges Wasser und breitete Wellen von Stille um sich aus. Pam zog überrascht die Augenbrauen hoch.
»Ich hab davon gehört«, sagte ich. Sybil hatte mit ihrem Garten am alljährlichen Garden-Club-Wettbewerb von Pecan Springs teilgenommen. Als die Juroren ihn sich ansahen, stellten sie entsetzt fest, daß sämtliche Pflanzen giftig waren. Ich hegte den Verdacht, daß es ihnen nicht aufgefallen wäre, wenn Sybil es ihnen nicht mitgeteilt hätte.
»Aber in der Zeitung stand doch, daß du trotzdem einen Preis bekommen hast«, meinte Gretel Schumaker. Gretel und ihre Mutter haben den Kerzenladen im CRAFT EMPORIUM, wo sie die traditionelle Kunst des Kerzenziehens und -gravierens am Leben erhalten. »Aber ich habe vergessen, für was.«
Ruby goß Kaffee in Becher. »Der originellste Garten, oder?« Sie grinste. »Ich denke, was anderes ist ihnen nicht eingefallen. Sie haben bestimmt keine Kategorie für die besten Giftpflanzen oder die tödlichste Gestaltung.«
Judith nahm sich einen Becher mit Kaffee. »Einer von der Jury sagte zu den Zeitungsleuten, sie sollten Sybil den ersten Schierlingspreis des Garden Club geben. Das sollte vermutlich ein Scherz sein.«
»Da wäre ich nicht so sicher«, erwiderte Sybil, die nicht in unserer Runde am Tisch saß, sondern auf einem Stuhl etwas abseits. Sie will es so, dachte ich. Die anderen hätten sie gern in ihre Mitte genommen, doch Sybil strahlte etwas

aus, das sie davon abhielt. »Sie fühlten sich brüskiert, glaube ich; vor allem Wanda Rathbottom.«
»Du hast bestimmt keine von diesen giftigen Pflanzen bei Wanda gekauft«, sagte Gretel. »Deshalb war sie wohl sauer.«
Wanda ist die Besitzerin von WANDA'S WONDERFUL ACRES, der führenden Gärtnerei am Platze. Exotisches hat sie nie auf Lager, nur einjährige Sommer- und Herbstpflanzen, mehrjährige Standardgewächse, ein paar Sträucher, den einen oder anderen Baum – Durchschnittspflanzen, die man meist phantasielos in Rabatte und Einfassungen setzt. Fast alle Gärten im Wettbewerb wurden mit Wandas Pflanzen gestaltet.
»Was pflanzt man denn in einen Giftgarten?« wollte Gretel wissen.
»Beziehungsweise«, fragte Pam neugierig, »warum?«
Ich wußte über Sybils Garten Bescheid, da ich ihr zu einigen der Pflanzen verholfen hatte. Vor einem Jahr war sie auf der Suche nach Eisenhut, einem hochgiftigen, zur Familie der Akoniten gehörigen Gewächs, zum erstenmal in den Laden gekommen. Früher steckte man Eisenhut in Fleischstücke, um damit Wölfe zu vergiften. Manchmal verzehrten ihn durch Zufall – oder eines anderen Absicht – auch Menschen. Der englische Herbalist John Gerard entwickelte im 16. Jahrhundert für solche Fälle ein Gegenmittel – angeblich überlebte man eine Eisenhutvergiftung, wenn man eine Mischung aus Olivenöl, Saft aus den Beeren des Lorbeerbaums und mehreren Dutzend toten Fliegen, die sich von Eisenhut ernährt hatten, zu sich nahm. Weil die Fliegen in solchen Fällen selten zur Hand waren, gab es kaum Überlebende, die die Wirksamkeit von Gerards Gegenmittel bezeugen konnten. Eisenhut war vermutlich jahrhundertelang das begehrteste Gift, jedoch konnte das erstmals bewiesen werden, als Dr. George Lamson 1882 für

schuldig befunden wurde, seinem achtzehnjährigen Schwager eine kräftige Dosis verabreicht zu haben. Die Prozeßakte liest sich spannend, da man hier erstmalig anhand von toxikologischen Untersuchungen ein Urteil fällte. Nach Lamsons Verurteilung hatten es die Giftmörder schwerer, mit dem Einsatz von Eisenhut ungeschoren davonzukommen.

Sybil hatte sich für ihren Giftgarten eine Auswahl edler Gewächse zugelegt – Oleander, Wandelröschen, Berglorbeer, Misteln, Rizinus, Wasserschierling, Weißen Stechapfel, Fingerhut, Zigadenus, Rittersporn, Tollkirsche und Rainfarn. Diese Pflanzen sind schön, aber mit Vorsicht zu genießen. Es hat Todesfälle bei Kindern gegeben, die die hübschen roten Beeren des Wandelröschens gegessen haben, denn sie enthalten ein starkes Alkaloid. Oleander, in dem sich das natürliche Arsen aus der Erde ablagert, ist so giftig, daß ein auf Oleanderholz gebratenes Würstchen tödlich sein kann. Die Tollkirsche ist ein tödlich wirkendes Nachtschattengewächs, und Zigadenus, eine lilienähnliche Pflanze, die in Texas wild am Wegrand wächst, steht ihr, was die Wirkung betrifft, in nichts nach.

Normalerweise kümmern sich die Leute nicht weiter um diese alltäglichen Gewächse. Ich wette, daß einige Mitglieder des Garden Clubs Oleander und Berglorbeer und Rittersporn in ihrem Garten haben, ohne zu wissen, daß es sich um Giftpflanzen handelt. Aber Sybil hat die tödlichen Gewächse gesammelt, *weil* sie giftig waren. Und sie hatte noch dazu die Kühnheit besessen, damit am Wettbewerb teilzunehmen. Ich dachte mir, daß der Symbolgehalt der Sache die sechs braven Juroren des Garden Clubs verstört und Wanda Rathbottoms aufrechte Seele empört hatte.

Die Stille hatte sich verdichtet. Sybil sah Pam direkt in die Augen. »Warum?« wiederholte sie. »Warum nicht?«

»Ich wollte damit nur zum Ausdruck bringen«, sagte Pam ungerührt, »daß es eine ungewöhnliche Zusammenstellung ist.« Sie setzte sich neben Sybil und lächelte sie an. Sybil erwiderte das Lächeln nicht.

»Giftpflanzen werden seit Jahrhunderten gesammelt«, erklärte ich. Ich schnitt mir ein Stück Brie ab und legte es zu dem Apfel auf meinem Teller. Eigentlich hätte ich lieber ein Stück von meinem Pfirsichkuchen gehabt, aber ich fühlte mich verpflichtet, ihn den anderen zu überlassen. Ich konnte mir ja einen neuen backen. »Die Klöstergärten im Mittelalter hatten Massen davon; man benutzte sie meist zu medizinischen Zwecken. Digitalis, das Herzmittel, wird beispielsweise aus Fingerhut gewonnen. Und chinesische Ärzte behandeln mit Eisenhut Rheumatismus und Lungenentzündung.«

»Erzähl das mal Wanda Rathbottom«, sagte Dottie. »Ihr Mann ist Arzt. Wenn die Leute jetzt ihre eigene Medizin anpflanzen, was soll dann aus ihm werden?«

Ruby stellte eine Obstplatte auf den Tisch. »Bestimmt denkt sie, Sybil will WANDA'S WONDERFUL ACRES verhexen.«

Alle lachten, auch ich. Aber man konnte es dem Garden Club nicht verdenken, war man doch rote, weiße und blaue Petunienbeete in Form der amerikanischen Flagge gewöhnt, nicht eine Pflanzensammlung, die genug Gift enthielt, um halb Pecan Springs unter die Erde zu bringen.

»Apropos Hexen«, sagte Mary, »ich gebe Samstag nacht bei mir draußen in Deadwood ein Halloween-Fest für Frauen. Ein paar von meinen Wicca-Freundinnen aus Austin sind mit von der Partie. Ihr seid alle herzlich eingeladen.«

»Wiccas?« fragte Gretel besorgt. »Du meinst, *echte* Hexen?«

»Das ist alles dummes Gerede«, erwiderte Mary. »Wicca ist eine Göttinnen-Religion, die angeblich aus prähistorischer Zeit stammt. Die Wiccas nennen ihre religiösen Gesänge

Hexerei. Ihr Samhain, der Beginn der neues Jahres, findet am selben Tag statt wie unser Halloween, und es ist ein großes Fest. Kommt bitte kostümiert, so verrückt wie möglich. Ruby, ich dachte, du könntest vielleicht aus den Tarotkarten lesen.«

»Gerne«, sagte Ruby. »Und China kann ein paar von ihren berühmten Duftkräutern mitbringen.«

Ruby verfügt gerne über mich. Aber in diesem Fall ging es in Ordnung. Ich war schon länger auf keiner Party mehr gewesen, und ich hatte Lust darauf. Außerdem hatte ich nichts dagegen, mir ein paar echte Wiccas anzusehen.

»Ich bring Samantha mit«, verkündete Dottie und blickte hoffnungsvoll in die Runde. »Sie ist ganz wild auf Partys.«

Samantha ist Dotties Lieblingskatze, ein prachtvolles schwarzes Wesen mit grünen Augen.

»Ich bringe Belladonna mit«, erbot sich Sybil mit einem kühlen Lächeln. »Es war Bestandteil von Flugsalben.«

»He«, sagte Gretel, »du kennst dich wirklich aus, wie?«

Wenn Sybil tatsächlich Belladonna zog, mußte sie das im Haus tun. Diese Pflanze gedeiht in unserem heißen, trockenen Klima nicht. Und wenn sie sich die Mühe machte, sie im Haus zu ziehen, mußte sie in der Tat etwas für »Zauber«-Pflanzen übrig haben. Blätter und Wurzeln von *Atropa belladonna* enthalten Tropan-Alkaloide, genauso wie der Weiße Stechapfel und das Bilsenkraut, Nachtschattengewächse, die auf Schuttplätzen in der Stadt und an Landstraßen wachsen. Mit Belladonna erzeugte man früher bei magischen Ritualen Visionen (der altenglische Name der Pflanze lautete *dwale*, Wahn, Täuschung), weshalb sie im 16. Jahrhundert auch in den »Flugsalben« Verwendung fand. Julia wurde von ihrer Amme Belladonna verabreicht, um sie mit Romeo zu vereinen. Belladonna ist ein Rauschgift, und in einigen Quellen wird behauptet, daß die zum

Tode auf dem Scheiterhaufen verurteilten Hexen im Mittelalter es schluckten, um die Qualen des Feuers besser zu ertragen. Wenn Sybil mit diesem Zeug herumexperimentierte, mußte sie vorsichtig sein. Ich hatte schon von Dutzenden von Tropan-Todesfällen gelesen; 1676 zum Beispiel kamen truppenweise Soldaten zu Tode, die man nach Jamestown geschickt hatte, um Bacons Aufstand niederzuschlagen. Sie aßen Stechapfel, wurden wahnsinnig und starben. Tropan ist ein bösartiges Zeug.

»Diese Hexen fliegen nicht«, erwiderte Mary. »Es sind ›weiße Hexen‹ – gute Hexen. Nur die Schwarze Magie ist böse.«

»Ach ja?« fragte Pam trocken. »Nun, ich komme auf jeden Fall, damit mindestens eine schwarze Hexe da ist.« Sie sah Dottie an. »Vermietest du die schwarzen Katzen für den Abend?«

»Du kannst eine *haben*«, sagte Dottie. »Auch zwei oder drei, falls sie es gut bei dir haben. Da sind ein paar ganz tolle.«

Ruby nahm sich ein Stück von Marys Schokoladenkuchen. »Ich glaube kaum, daß die alten Jungs, die in der DOUGHNUT QUEEN rumhängen, eine weiße von einer schwarzen Hexe unterscheiden können.«

»Was wollen wir wetten?« sagte Pam und gluckste.

»Du weißt, was ich meine.« Ruby ließ sich mit ihrem Kuchen und einem Becher Kaffee auf einem Stuhl nieder. »Die sind der Meinung, eine Hexe ist eine Hexe ist eine Hexe, verzeih, Gertrude Stein. Denen machen alle Hexen angst.«

»Das ist die Geisteshaltung, die zu den Salemer Hexenprozessen geführt hat«, sagte Judith.

»Salem? Das war nur die Spitze des Eisbergs«, entgegnete Pam. »Erinnert ihr euch an die Hexenverfolgung im Mittelalter? In Deutschland gab es Städte, in denen nur noch eine Frau übrig war. Alle anderen hatten die Hexenjäger auf dem Gewissen.«

»Da fragt man sich, wer die war, die sie übrigließen, wie?« meinte Dottie. »Bestimmt hatten all diese Hexen Katzen«, fügte sie düster hinzu. »Ich wüßte gerne, was sie mit den ...«

»Macht es euch was aus, das Thema zu wechseln?« fiel ihr Gretel ins Wort.

»Genau«, sagte Ruby. »Die Zeiten sind vorbei.«

Auf Sybils Gesicht lag ein Schatten. »Seid ihr sicher?«

Ein unbehagliches Schweigen entstand, als wir an das Große Geschworenengericht und den Fall Ellis dachten. Doch gleich darauf schnatterten alle los und redeten über andere Dinge. Das Gespräch dauerte noch eine Viertelstunde, dann verabschiedete man sich voneinander. Nachdem Ruby und ich die Teller und Kaffeebecher gespült hatten, setzten wir uns hin und teilten uns das letzte Stück Pfirsichkuchen.

Ich sah mich in der Küche um, die frisch gestrichen und mit neuen Arbeitsplatten und einer neuen Spüle ausgestattet war. Ruby hatte sich sogar von der alten Neonlampe getrennt, in deren Licht man immer aussah wie eine Wasserleiche. Im letzten Jahr – genaugenommen exakt vor einem Jahr – hatte sie das Haus von Meredith Gilbert gekauft, deren Mutter Jo eine gute alte Freundin von uns gewesen war. Jo war hier ermordet worden, und ich fragte mich oft, ob Ruby vom Geist von Jos unvollendetem Leben heimgesucht wurde – sie hatte das alte Haus neu herrichten wollen. Wenn ja, dann mußte der Geist entzückt sein. Ruby hatte tapeziert und die Balken abgebeizt, die Eichenböden abgezogen und die Außenwände grau und hellblau mit korallenroten Einsprengseln gestrichen. Sie hatte das Haus mit Antiquitäten eingerichtet, von denen einige Jo gehört hatten. Jetzt war sie dabei, die »Heritage Society« von Pecan Springs dazu zu bewegen, das Haus auf die Liste der historischen Gebäude zu setzen. Ich lächelte, als ich daran dachte, daß Ruby, Kind des New Age, mit ihren Karten und Kristallkugeln und ihrem inneren Führer von alten Möbeln umgeben in diesem würdigen, betagten Haus lebte. Der Gedanke hatte etwas wunderbar Paradoxes.

Ruby lehnte sich zurück, und ihr Gesicht wurde weich. »China«, sagte sie bedeutungsvoll wie jemand, der eine wichtige Neuigkeit verkündet, »ich bin verliebt.«

»Ach, wirklich?«

Meines Wissens war Ruby seit ihrer Scheidung mindestens zweimal pro Jahr verliebt. Ihr letzter Freund arbeitete am Großrechner in der CTSU. Sie waren sechs Monate zusammen, als der Typ etwas mit einer dreiundzwanzigjährigen Blondine anfing, die für ihn tätig war. Das Mädchen war gerade zwei Jahre älter als Rubys Tochter Shannon, die dieses Jahr an der University of Texas ihr Studium begonnen hat. Ruby hatte es das Herz gebrochen, aber mittlerweile schien es geheilt zu sein.

»Diesmal ist es was Ernstes, China. Andrew.«

Ich hätte es mir denken können. Andrew Drake, der Fotograf.

»Er ist wundervoll«, schwärmte Ruby. Ein sanftes, abwesendes Lächeln lag auf ihrem Gesicht, und ihr Blick war verträumt. »Ich glaube, ich habe meine verwandte Seele gefunden.«

»Ruby«, sagte ich nüchtern, »deine letzte verwandte Seele hat das Mädchen vom Computerservice geheiratet. Die davor ist zu seiner Exfrau zurück, und die davor ...«

»Ich weiß, ich weiß«, unterbrach mich Ruby. »Du mußt mir das nicht erzählen. Ich habe an meinem Koabhängigkeitsthema gearbeitet, und ich glaube, ich habe den Punkt erreicht, an dem ich sehen kann, ob eine Beziehung gesund oder schädlich für mich ist.« Sie beugte sich vor. »Unter astrologischen Gesichtspunkten ist diese hier sehr vielversprechend. Mein Krebs-Mond steht nur ein paar Grade neben seiner Löwe-Sonne, in meinem achten Haus.«

Ich verstehe nicht genug von den Sternen, um Rubys Astro-Analysen einschätzen zu können, aber diese schien mir unstimmig. »Seit wann passen denn Krebs und Löwe zusammen? Ich dachte, Wasser und Feuer vertragen sich nicht.«

»Natürlich«, entgegnete Ruby starrsinnig. »Wie würdest du sonst Dampf kriegen? Und das achte Haus steht für Sexualität. Wir sind sehr hitzig, wenn wir zusammen sind.«

»Ich will nur nicht, daß du wieder einbrichst, daß du verletzt wirst. Ich bin knapp an Kleenex«, sagte ich, doch dann fragte ich mich, was mir eigentlich das Recht gab, gute Ratschläge zu erteilen. In Liebesdingen war ich kein Held. Vielleicht beneidete ich Ruby einfach um ihre Fähigkeit, so intensiv zu empfinden, sich so bedingungslos auf einen Mann einzulassen. Ich hatte eine Reihe heißer Affären gehabt, die mit großem Elan begonnen wurden, aber aufgrund mangelnder Pflege und Fürsorge eingingen. Es ist ziemlich schwer, gleichzeitig die beste Juristin der Welt und die beste Liebespartnerin der Welt zu sein. Eigentlich ist es schon schwer, Juristin und irgend etwas anderes zu sein. In dem Jahr, bevor ich aufhörte, stand ich meinen Klienten achtundfünfzig Stunden pro Woche zur Verfügung – und dann waren da noch die zwanzig Überstunden. Ich hatte zwei Prozesse mit Geschworenen, die sich über sechzig Tage hinzogen, einen über fünfundvierzig Tage und einen Prozeß mit Strafrichter, sowie unzählige Beratungen, Aussagen unter Eid und Verhandlungen. Kein

Wunder, daß ich auf Sex verzichtete. Ich hatte ja kaum noch Zeit, auf die Toilette zu gehen.
Aber meine Beziehungsfähigkeit ist mächtig gewachsen, seit ich die Juristerei aufgegeben habe. Als ich nach Pecan Springs zog, schwor ich mir, für alles offen zu sein. Dann fingen McQuaid und ich diese, wie mir scheint, gesunde Beziehung an, und nun bin ich zwar etwas weniger mißtrauisch und etwas offener, aber ich kann mich noch immer nicht auf eine Bindung einlassen. Also *liebe* ich ihn vielleicht nicht. Oder vielleicht tue ich es und weiß es nur nicht. Vielleicht weiß ich auch noch nicht, was Liebe überhaupt ist. Es gibt offenbar kein Gesetz, nach dem man das Lieben einfach lernt, indem man älter wird.
Deshalb erteilte ich Ruby keine weiteren Ratschläge zum Thema Beziehung, sondern schob meinen Stuhl zurück und stand auf. Sie tat dasselbe. »Danke für die Einladung, Ruby. Wenn ich tapfer übe, komme ich vielleicht sogar in Berührung mit meinem Unbewußten.«
Ruby beugte sich herab und umarmte mich schwesterlich, kameradschaftlich und liebevoll, und ich hatte wieder einmal wie so häufig das Gefühl, daß *wir beide* vielleicht verwandte Seelen waren. Manchmal ist dieser Gedanke ermutigend. Heute abend fand ich ihn tröstlich.
»Möglicherweise besteht ja noch Hoffnung für dich«, sagte sie.

* * *

Ich fahre gern mit dem Rad im Dunkeln durch Pecan Springs. In den Wohnzimmern leuchtet das Licht, und manche Leute ziehen ihre Vorhänge nicht zu; vielleicht wollen sie, daß man den neuen Flügel oder das Gemälde sieht, das sie bei der letzten »Hungerkünstler«-Ausstellung in Austin gekauft haben. Ich schaue dann in die Fenster, um zu sehen, wie die Bewohner ihre Abende zubringen. Die meisten sitzen vor dem Fernseher oder lesen die Zeitung oder hängen am Telefon. Einmal habe ich einen Mann beobachtet, der ein Flaschenschiff bastelte. Die Szenen sind ruhig, behaglich, beschaulich – langweilig, würde McQuaid sagen. Das normale Leben in einer normalen Kleinstadt.

Heute abend ging es auch beschaulich zu – wenn man davon absah, daß Shorty Ennis, der Ecke Vine Street, Mayberry Street in einem ungestrichenen Holzhaus wohnt, aus seiner Flasche trank, statt ein Schiff darin zu basteln. Er machte den Eindruck, als wäre diese Flasche nicht die erste des Tages. Drei Häuser weiter überraschte ich zwei Jungs dabei, wie sie vor einer Haustür eine Kürbislaterne zerschmetterten, und als ich vorbeifuhr, warfen sie ein Stück nach mir. Ecke Mayberry, Crockett waren drei als Gespenster verkleidete Teenager damit beschäftigt, mit Rasierschaum Drudenfüße auf Windschutzscheiben parkender Autos zu sprühen. Ich schrie sie an, und sie verschwanden im Dunkeln, aber ich wußte, daß sie weitermachen würden, sobald ich außer Sicht war.

O Frieden. O Beschaulichkeit. Normales Leben in einer normalen Kleinstadt.

3

Die Thyme and Seasons-Kräuterfirma öffnet um neun ihre Pforten, wenn ich den Schubladeneinsatz in die Ladenkasse schiebe, die Kräuterriegel und die Tees rausstelle und die Ständer mit den Kräutertöpfen auf den Bürgersteig trage. Das Gebäude, das den Laden beherbergt, ist aus rechteckigen weißen Kalksteinquadern gebaut und hat Terrakottaböden, Decken aus Kiefernholz und schwere, von Hand behauene Balken aus dem Holz von Zypressen, die vor mehreren hundert Jahren am Pecan River wuchsen. Bevor ich es kaufte, wurde es von einem intelligenten jungen Architekten umgebaut, der die schlechten Teile ausbesserte und die guten erhielt. Ich habe hinten vier schöne Räume – eine große Küche, ein Schlafzimmer, einen Arbeitsraum, der früher als Büro fungierte, und ein Wohnzimmer. Alle Räume sind mit Steinwänden, Holzbohlenböden und Kiefernholzdecken ausgestattet, die von schweren Zypressenholzpfeilern gestützt werden. Darüber befindet sich ein großer leerer Speicher, in dem ich die Kräuter zum Trocknen aufhänge. Hinten im Garten steht ein ehemaliges Stallhäuschen, das ich als Gästehaus benutze. Letztes Jahr hatte ich einen Gast, Roz Kotner. Ich versuche nicht daran zu denken.

Thyme and Seasons ist ein kleiner Laden, in dem jedes bißchen Raum genutzt werden muß. Von der Decke hängen getrocknete Kräuterbündel, Schnüre mit Chilischoten, Knoblauchzöpfe und handgeflochtene Kränze von einer Frau, die die Pflanzen in freier Natur pflückt. Wie in einem alten Gemischtwarenladen stehen auf hölzernen Regalen an den Wänden Gläser mit Kräutern und eine große Auswahl an Kräuterprodukten – Essigsorten, Marmeladen, Gewürzmischungen, Seifen, Kräuterkosmetika, Duftkräuter, Öle und Tees. In den Ecken findet man in Körben Meerlavendel und Schleierkraut, verschiedenfarbige Strohblumen, samtigen Hahnenkamm, die papiernen Kugeln des Schwarzkümmel und Mohnkapseln. Die Eingangstür ist immer mit etwas zur Jahreszeit Passendem dekoriert – da Halloween bevorstand, hatte ich einen mit Mais, Weizen, kleinen Kürbissen und leuchtend orangefarbenem Feuerdorn verzierten Hexenbesen aufgehängt. Draußen stehen Tonschalen mit Thymian, Basilikum und Rosmarin, und im Vorgarten habe ich Beete mit Duftkräutern angelegt. Im Herbst gibt es viel zu tun, und Mitte Oktober, wenn die Leute anfangen, sich Gedanken über das Weihnachtsessen und den Adventsschmuck zu machen, gehen die Geschäfte besser.

Am Mittwoch morgen um halb zehn hatte ich sechs Kunden gehabt. Die Leute kaufen hier ein, weil es sie an die gute alte Zeit erinnert, als die Lebensmittel nicht eingeschweißt waren und es keine Strichkodierungen gab. Meiner Meinung nach soll die Einschweißfolie nur die vergammelten Erdbeeren ganz unten verbergen. Die Strichkodierungen sind noch tückischer. Bis ich an der Kasse bin, habe ich den Preis vergessen. Irgend etwas sagt mir, daß dies genau im Sinne der Supermarktbosse ist. Deshalb mache ich meine Einkäufe in der CAVETTE'S GROCERY, einem Lebensmittelladen Ecke Guadalupe Street, Green Street, der seit drei Generationen in Familienhand ist. Der alte Mr.

Cavette zeichnet jedes Produkt mit einem Tintenstempel aus. Junior, der jüngste Mr. Cavette, schüttet alle Erdbeeren in einen Korb und läßt einem freie Wahl. Die übriggebliebenen verfüttert er den Hühnern.

Um zehn machte Ruby die CRYSTAL CAVE auf. Ihr Laden ist so groß wie meiner, und es gibt eine Verbindungstür zwischen beiden. Sie verkauft esoterische Bücher, Kassetten, Kristalle, Schmuck, Göttinnenfiguren, Horoskope, Kaleidoskope – alles, was ihrer Ansicht nach »das Bewußtsein erweitert«. Süße Düfte und entspannende Töne schweben durch die Luft. Ruby ist konkurrenzlos in Pecan Springs und macht deshalb gute Geschäfte. In der ersten Stunde an diesem Morgen hatte sie dauernd Kundschaft. Durch die Verbindungstür sah ich Dottie Riddle, die ein Tarotspiel kaufte, ein paar Studenten mit Pferdeschwänzen und eine Dame in mittleren Jahren, die ein teures Kostüm trug und sich ständig nervös über die Schulter schaute, als sie sich nach Astrologiebüchern erkundigte.

Es ist sehr angenehm, zwei Läden in einem Gebäude zu haben, da man immer beide im Auge behalten kann; da fällt einem weniger die Decke auf den Kopf, wenn man acht Stunden am Stück hinter dem Ladentisch stehen muß. Manchmal springt Ruby für mich ein, manchmal ich für sie. An diesem Morgen wollten wir beide zu Andrews Studioeröffnung gehen und baten Laura Wiley, die in meinem Kräuterkurs ist, die Aufsicht zu übernehmen. Kurz vor elf gingen wir ein Haus weiter ins CRAFT EMPORIUM.

In dem prachtvollen dreistöckigen Gebäude aus der viktorianischen Zeit, in dem sich heute das CRAFT EMPORIUM befindet, residierte früher der Besitzer einer Bank, die gemeinsam mit anderen texanischen Unternehmen das Zeitliche segnete. Constance Letterman erstand das Gebäude vor sechs Jahren im Konkursverkauf und ließ die großen hohen

Räume zu Läden für etwa zehn Mieter umwandeln. Gretel und ihre Mutter verkaufen ihre Kerzen im ersten Stock in dem einstmals vornehmsten Salon. In den zweitvornehmsten Salon gegenüber ist Clarissa Owens mit ihren ausgewählten Secondhand-Klamotten eingezogen – Kleider aus den Vierzigern und Fünfzigern, Plastikschmuck, perlenbesetzte Handtaschen. Hinter Clarissas Laden befindet sich das ehemalige Speisezimmer, in dem Andrew Drake sein neues Fotostudio, FACES, eröffnete. Vorher hatte Peter Dudley mit seinen Glaswaren aus der Zeit der Depression diesen Laden. Er hat vor einigen Monaten sein Angebot verkleinert und ist ins Kinderzimmer hochgezogen, in dem früher die schüchterne Violet Hall Puppen verkaufte.

Ein neues Geschäft ist ein großes Ereignis für Pecan Springs, und im alten Speisezimmer, das sehr schick in Grau und Violett gehalten und mit modischen Chrommöbeln und Andrews kunstvoll angestrahlten Fotografien ausgestattet war, drängten sich die Leute. Ich sah die Bürgermeisterin, Pauline Perkins, mit Helen Jenson, Besitzerin des Reisebüros und Präsidentin der Handelskammer, sprechen. Madeline Martin, Geschäftsführerin des BOOK NOOK, erörterte mit Oscar Perkins, dem Besitzer des Motels PACKSADDLE, und Herschel Schwartz, dem Präsidenten der HILL COUNTRY FIDELITY BANK, die Trockenheit. Jerri Greene von JERRI'S HEALTH AND FITNESS SPA unterhielt sich mit Roxanne Spivey von MANE ATTRACTION über Haare. (Roxanne bringt meine alle zwei Monate in Form und liegt mir ständig in den Ohren, daß ich mir die graue Strähne an meiner linken Schläfe färben und meinen braunen Naturton aufhellen lassen soll.) Sämtliche anderen Ladenbesitzer des EMPORIUMS waren anwesend sowie Constance, die ein erdbeerrotes zeltförmiges Kleid und drei oder vier Halsreifen trug, welche wie vergoldete Hundehalsbänder aussahen. Sie schenkte am Getränketisch Limonade aus und verteilte Kekse. Vor dem Tablett mit den Keksen verkündete ein Schild: »Kekse von ADELE'S SWEET SHOP«. Der Erzeuger der Limonade wollte wohl lieber anonym bleiben.

»Man kann sich kaum noch vorstellen, daß das mal ein Speisezimmer war«, sagte ich zu Ruby, als Constance mir ein Glas Limonade einschenkte und mir zwei Haferschrotkekse reichte. »Lester Kyle hat diese Strahler toll hingekriegt.« Aber Ruby war gar nicht mehr da. Ich sah sie bei Andrew stehen.

»Das muß man Andrew Drake lassen«, bemerkte Constance, »er hat nicht nur im Mund Geschmacksempfindung. Geld scheint auch kein Thema zu sein.« Sie deutete mit dem Kopf auf die ehemalige Küche, die zu einem Studio umgebaut war. »Sie sollten mal die Ausstattung sehen – Kamera, Strahler, alles vorhanden. Er muß an die zehntausend Dollar in die alte Küche gesteckt haben.« Sie blickte in Richtung des Bankpräsidenten. »Die hat er vermutlich von der Bank, und Herschel wollte sich mal ansehen, wofür er sie ausgegeben hat.«

»Glauben Sie, daß Andrew sich halten kann?« fragte ich. »Die Wirtschaft ist nicht gerade in Bestform.« Ich dachte dabei an meine eigene Bilanz.

»Das muß er wohl«, antwortete Constance. »Jeden Monat am Ersten ist die Miete fällig.« Constance wacht über ihre Mieter wie ein Cowboy über einen Haufen kopfloser, verwaister Kälber.

Das Objekt unserer Erwägungen, Andrew Drake, betrieb Small talk mit der Bürgermeisterin, und Ruby blickte ihn bewundernd an. Wenn sie es auf gutes Aussehen angelegt hatte, war sie, so beschloß ich, an den Richtigen geraten. Andrew war mindestens einsfünfundachtzig und verfügte über ein einnehmendes Lächeln, eine makellose Nase und braunes Haar, das modisch lang war und das er (jede Wette) mit Haarspray in Form hielt. Er trug einen hellgrauen Rollkragenpullover, ein dunkelgraues Sakko und elegant geschnittene graue Hosen. Mit diesen Edelklamotten hob er sich jedenfalls deutlich vom Rest der männlichen Bevölkerung von Pecan Springs ab.

Ich war in die Betrachtung von Andrew und Ruby und in die Überlegung vertieft, ob sie wirklich verwandte Seelen waren oder Ruby sich von einem hübschen Gesicht täuschen ließ, als Bob Godwin neben mir auftauchte. Bob ist der Besitzer von LILLIE'S PLACE, einer Bar mit Grillrestaurant in der Guadalupe Street. Er ist Vietnam-Veteran, Ende Vierzig, hat dichtes rötliches Haar, Augenbrauen wie zwei pelzige rote Raupen, und auf seinem muskulösen Unterarm prangt eine tätowierte Spinne. Er trug Levis und abgewetzte Cowboystiefel, und sein zerfurchtes pockennarbiges Gesicht sah bekümmert aus. »Wäre ja nicht so schlimm gewesen«, sagte er düster, »wenn's nicht mein Lieblingsbock gewesen wäre.« Er runzelte die Stirn und sah sich nach einem Aschenbecher um. »Sie hätten ihn wirklich nicht umbringen müssen.«

»Umbringen?« Bob beginnt Gespräche, indem er gleich zur Sache kommt. Ich habe immer den Eindruck, ein oder zwei Absätze verpaßt zu haben.

»Leroy«, sagte er. Er beugte sich vor und ertränkte seine Camel in dem Rest Limonade in meinem Plastikbecher. »Haben ihm die Kehle durchgeschnitten. Ihn an den Hinterbeinen aufgehängt und ausbluten lassen.«

»Ihm die *Kehle* durchgeschnitten?«

Bob steckte die Hände in die Taschen und wippte auf den Absätzen vor und zurück. »Wenn du mich fragst, waren's die verdammten mexikanischen Hexen. Haben im Stall einen Altar aufgebaut, ein paar weiße Kerzen und Federn drumherum gesteckt und auf 'n paar weiße Teller 'n paar Quarters und 'nen halben Dollar gelegt. Bestimmt haben sie Leroy genommen, weil er schwarz war.« Er stieß ein kurzes Lachen aus. »Schätze, als Ziege ergeht's einem auch schlecht, wenn man schwarz ist.«

»Wahrscheinlich«, sagte ich. Bob wohnt mit einem Golden Retriever namens Budweiser und zwölf Ziegen drei Kilometer vor der Stadt. Jetzt waren es wohl nur noch elf.

»Der alte Bud hat nicht mal gebellt. Ich glaub, er hört nicht mehr gut. Wird einsam sein. Leroy war sein Lieblingsbock. Meiner auch. Allus trieb sich am Zaun rum, um sein Ohr zu scheuern. Hatte schon immer nur ein Ohr. Ist so geboren worden.«

»Es tut mir leid«, sagte ich aufrichtig. Ich bin jede Woche ein paarmal bei LILLIE'S, hauptsächlich, weil ich Bob mag. Er ist ziemlich bigott, aber wenn man davon absieht, ist er ein netter Kerl, der versucht, auf anständige Weise sein Geld zu verdienen. Ich hatte Leroy nie kennengelernt, und sein Tod war vermutlich nicht barbarischer als der Tod vieler Tiere, die wir umbringen, um sie aufzuessen. Aber Bob lebt allein, und er hängt an seinen Tieren. Es machte mich traurig und wütend, daß man ihm weh getan hatte.

Constance trat zu uns. »Ist das wahr, was ich über Ihren Ziegenbock gehört habe, Bob?« Sie zückte einen kleinen Notizblock und runzelte die Stirn. »Hört sich nach Santeria an.«

»Ja«, bestätigte Bob verdrießlich. »Verdammte mexikanische Hexen.«

Constance zog einen Stift heraus. »Mrs. Peters hat gestern in der Straße hinter ihrem Werkzeugschuppen eine tote Taube gefunden. Sie hatte keinen Kopf mehr, und um sie herum lagen Dimes und Quarters.«

Der Vorfall mit Leroy war unerfreulich, vor allem angesichts des jüngsten Geredes um Hexen, aber es wunderte mich nicht, daß Santeros in der Stadt waren. Das Barrio, das Chicano-Viertel, liegt am Interstate, am östlichen Stadtrand. Einige der Familien leben dort, seit es die Stadt gibt, und sind gewissermaßen »anglisiert«. Man nennt sie »Tex-Mex«. Aber in den letzten Jahren sind immer mehr illegale Einwanderer über den Rio Grande ins Land gekommen, die der Armut und Unterdrückung jenseits der Grenze entrinnen wollen. Viele Einheimische verachten die Illegalen, obwohl sie ihnen als billige Arbeitskräfte gerade recht sind, solange man ihnen nicht auf die Schliche kommt. In dieser Sache habe ich eine ziemlich klare Haltung. Vor ein paar Jahren erließen die Einwanderungsbehörden bestimmte Konditionen, unter denen lange im Lande lebende Illegale eine Aufenthaltsgenehmigung beantragen konnten. Bis diese Erleichterung wieder abgeschafft wurde, arbeitete ich in Sarita Browns Hilfsprogramm mit, das sie mit der Guadalupe Methodist Church organisiert hatte und in dem man lange hier lebenden Illegalen beim Beantragen der Aufenthaltsgenehmigung half. Saritas Mann Rogelio ist der Seelsorger der Methodistenkirche. Er sorgt für die Seelen der Menschen, indem er betet. Sarita sorgt für sie, indem sie ihnen hilft, ihr Leben zu meistern. Saritas Fürsorge scheint wirksamer zu sein.

Sarita hatte mir von Santeria erzählt, was »Anbetung der Heiligen« bedeutet. Es ist eine Kreuzung zwischen katholischen und indianischen Riten, bei der okkulte Praktiken angewandt werden, die einen deutlichen Beigeschmack von Magie haben. Dazu gehören beispielsweise Tieropfer, was nahelegte, daß Santeros für das Ableben von Leroy verantwortlich waren. Vor einigen Jahren hatten sie etwas viel Schlimmeres getan, etwas, das allgemeines Entsetzen ausgelöst hatte. In einer mexikanischen Grenzstadt wurde eine hübsche blonde Touristin entführt und von Anhängern eines Santeria-Zirkels namens *Palo Mayombe,* der schwarzen Seite der Santeria, rituell getötet. Die Männer waren Drogenschmuggler, die mit ihrem Opfer dafür sorgen wollten, daß man sie nicht schnappte – was trotzdem geschah. Aber da war die schöne junge Blondine bereits auf furchtbare Weise zu Tode gekommen, und die Riten, die mit dem Mord einhergingen, machten ein oder zwei True-Crime-Autoren furchtbar reich.

»Ich weiß nicht, warum Sie diesen Mist in der Zeitung bringen wollen«, sagte Bob zu Constance. »Wenn die Leute das lesen, denken sie vielleicht, es sei lustig, das auch zu machen. Ich hab nicht vor, um noch 'ne Ziege ärmer zu werden.«

»Aber die Leute *müssen* informiert werden«, erwiderte Constance. »Das ist Ihre Bürgerpflicht, Bob, gerade jetzt, da alle wegen dieses Satanszeugs so beunruhigt sind.« Sie beugte sich mit gezücktem Stift vor. »Wie, sagten Sie, hieß Ihr Ziegenbock?«

Ich steuerte auf ein frisches Glas und noch etwas Limonade zu, doch Pauline Perkins, die vor kurzem angekündigt hatte, daß sie auch für eine vierte Amtszeit kandidieren wolle – was bisher noch keiner geschafft hatte –, hielt mich auf. Meistens treffe ich Pauline beim Stemmen in JERRI'S HEALTH AND FITNESS SPA, wo wir beide versuchen, schlanker zu werden. Pauline ist motivierter als ich. Jahrelang war ich schlank, weil ich Streß und keine Zeit zum Essen hatte. Jetzt bin ich weniger gestreßt, glücklicher und zehn Pfund schwerer. Das ist nur gerecht, meine ich.

Pauline kam zielstrebig auf mich zu, über das ganze Gesicht strahlend. Sie hatte gute Neuigkeiten, und ich würde sie zu hören bekommen, ob ich wollte oder nicht.

»Es ist uns gelungen, China, es ist uns *wirklich* gelungen!«

Sie umklammerte mit eisernem Griff meinen Arm, damit ich nicht flüchten konnte, und wandte sich zu Helen Jenson, die hinter ihr stand. »Nicht wahr, Helen?«
»Absolut«, bekräftigte Helen, die in ihrem königsblauen Handelskammer-Blazer mit ihrem goldumrandeten, wichtig glitzernden Präsidentenschildchen blendend aussah.
»Prima«, sagte ich. »Was ist uns gelungen?«
»Pecan Springs hat es beim City-Square-Programm in die letzte Runde geschafft«, erklärte Pauline. »Nächste Woche kommt das Jurorenteam und schaut sich die Stadt an.«
Das City-Square-Programm ist eines von jenen bundesstaatlich finanzierten Unternehmen, das unter dem Deckmäntelchen des Wettbewerbs große Summen für so bedeutende Vorhaben wie die Zwangsmodernisierung alter Ladenfassaden, den Bau einer Gartenlaube oder die Einrichtung eines öffentlichen Häuschens auf einem zentralen Platz austeilt. Pecan Springs war, sehr zum Kummer der Bürgermeisterin und des Stadtrats, zweimal ausgeschieden. Ich hatte die Theorie, daß eine Stadt sich lediglich auf die Warteliste setzen lassen und in Geduld üben mußte, bis die Reihe an ihr war. Da drei eine runde Zahl war, nahm ich an, daß Pecan Springs dieses Jahr fällig war und die Bürgermeisterin nur den Geldsegen in Empfang nehmen mußte. Aber Pauline und Helen schien es wirklich ernst zu sein mit dem Wettbewerb.
Helen fixierte mich mit ihren grauen Augen. »Wir brauchen Ihre Hilfe, China. Könnten Sie in einer Woche Gastgeberin bei einem Essen für das Team sein?«
»Ja«, antwortete ich. »Ich glaube, ich habe nichts vor.« Ich half gerne mit. Trotz aller Schrullen und Macken und dem, was Bobs Lieblingsziegenbock widerfahren war (was ihm überall hätte passieren können), war Pecan Springs eine liebenswerte kleine Stadt.

»Danke«, sagte Helen und wandte sich zum Gehen. »Meine Assistentin ruft Sie noch an.«

Pauline verstärkte den Klammergriff an meinem Arm, damit ich Helen nicht folgen konnte. Die Frau hat unglaubliche Kraft in den Fingern, wahrscheinlich vom Drücken vieler Wählerhände. »Ich hoffe, Sie wissen, China, wie wahnsinnig wichtig dieser Wettbewerb für das wirtschaftliche Wohl von Pecan Springs ist. Der Stadtrat und die Handelskammer haben einen *immensen* Aufwand betrieben, damit unsere Bewerbung nicht wieder abgelehnt wird. Eine weitere Niederlage wäre ein absolut niederschmetternder Schlag für die Hoffnungen der Stadt.«

Ich hätte ihr gerne gesagt, daß sie etwas absolut Niederschmetterndes mit dem Blut in meinem Arm machte, aber ich unterließ es. Statt dessen zog ich meine Mundwinkel nach oben und versicherte ihr, daß ich mein Bestes tun wolle, um das Komitee für Pecan Springs einzunehmen. Ich verkniff mir das Versprechen, sie zu wählen, aber sie ließ mich auch so los.

»Danke, China«, sagte Pauline. Ihre Finger hatten weiße Abdrücke auf meinem Arm hinterlassen. »Ich wußte, daß wir auf Sie zählen können. O RuthAnn«, kreischte sie und wandte sich ihrem nächsten Opfer zu, »haben Sie schon das Neueste gehört?«

RuthAnn Landsdownes Reflexe waren besser als meine; sie trat sofort außerhalb von Paulines Reichweite. »Ich habe schon zugesagt, daß ich helfe«, meinte sie argwöhnisch. »Sie hatten mich gebeten, die Motelzimmer des Teams mit Schnittblumen auszustatten. Erinnern Sie sich?« RuthAnn ist Präsidentin des Garden Clubs.

»Ja, natürlich«, sagte Pauline. »Bitten Sie bloß nicht Sybil Rand um Blumen«, fügte sie hinzu und lächelte, um die Bemerkung als Witz auszuweisen. »Sie steckt vielleicht etwas Tödliches zwischen die Rosen. O Howie!« rief sie und eilte davon, um einen weiteren Arm zu verdrehen.

»Über Sybil wollte ich gerade mit Ihnen sprechen, China«, sagte RuthAnn. Sie versicherte sich, daß niemand mithörte. »Ich nehme an, jemand hat Ihnen von ihrem Beitrag beim Gartenwettbewerb berichtet.«

»Sybil selbst hat mir davon erzählt.«

RuthAnn ist eine kräftige Person mit einem quadratischen Gesicht und breiten Schultern, und sie ist ein kämpferischer Typ und nicht auf den Mund gefallen. Doch heute morgen sah sie ziemlich mitgenommen aus. »Ich habe dafür gestimmt, ihr den Preis für den originellsten Garten zu geben«, fuhr sie fort, »aber Wanda Rathbottom hatte das Gefühl, daß Sybil sich bloß über uns lustig macht. Sie will eine Bestimmung einführen, nach der Giftpflanzen nicht am Wettbewerb teilnehmen dürfen. Was halten Sie davon?«

In diesem Moment sah ich Sybil selbst. Sie trug eine hautenge schwarze Hose, ein loses schwarz-goldenes Top und reichlich Goldreifen an ihrem schlanken Arm. Sie bewegte sich geschmeidig und anmutig wie ein Jaguar und näherte sich Andrew und Ruby.

»Ich bin Kräuterspezialistin, nicht Toxikologin«, antwortete ich, Sybil nicht aus den Augen lassend, »aber ich halte Wandas Reaktion für übertrieben. Viele Gartenpflanzen machen einen krank, wenn man sie ißt. Iriszwiebeln sind giftig. Rittersporn auch. Und blaue Lupinen!«

»Blaue Lupinen!« RuthAnn riß die Augen auf. Die blaue Lupine ist die Nationalblume von Texas, und Pecan Springs nennt sich selbst die »Stadt der blauen Lupinen«. Wenn man einem Texaner beibringen will, daß blaue Lupinen giftig sind, kann man ihm genausogut erzählen, daß Weihnachtsbäume impotent machen.

»Das kommt von den Alkaloiden«, sagte ich. »Ich habe noch nicht gehört, daß Menschen daran gestorben wären, aber Vieh kann schon von den Samen allein krank werden.« Sybil trat neben Andrew. Sie sprach kurz mit Ruby. Dann legte sie ihre reichgeschmückte Hand auf Andrews Arm, beugte sich zu ihm und sagte ihm etwas ins Ohr. Ihre Bewegungen waren träge, aber es lag eine Spannung darin wie bei einer Katze vor dem Sprung. Meine Instinkte schlugen an. Irgend etwas ging hier vor sich.

»Meine Güte, China, das hätte ich ja nie gedacht!« sagte RuthAnn. »Und Wanda hat dem Lion's Club gerade zwanzig Pfund Samen gestiftet, damit sie den Pecan Creek mit blauen Lupinen bepflanzen können.«

»Solange man die Samen nicht ißt, sind sie nicht schädlich«, erwiderte ich. »Aber vielleicht erzählen Sie es Wanda lieber. Der äußere Schein kann trügen.«

»Lieber Himmel«, seufzte RuthAnn. »Ja, Sie haben wohl recht. Ich muß es ihr sagen. Sie wird sich schrecklich aufregen.« Kopfschüttelnd eilte sie davon, um Wanda Rathbottom zu suchen.

Ich sah wieder zu Sybil und Andrew. Ruby stand alleine da, und die beiden gingen auf die alte Küche zu. Sybil lächelte, und ihre Schulter streifte vertraulich Andrews graues Sakko.

Ich holte mir Limonade und stellte mich zu Ruby. »Alles in Ordnung?« fragte ich.

»Natürlich«, antwortete Ruby leichthin, ohne mich anzusehen. »Sybil und Andrew haben irgendeine geschäftliche Sache zu regeln. Die wollten sie jetzt besprechen.«

»Ah ja«, sagte ich. Falls Ruby beunruhigt war, wollte sie jedenfalls nicht darüber reden. Aber vielleicht merkte sie auch gar nichts. Der alte Spruch »Liebe macht blind« trifft auf Ruby hundertprozentig zu. Roxanne sprach mich an und rief mir ins Gedächtnis, daß ich einen Haarschnitt nötig hatte, woraufhin sich ein Gespräch über Rubys letzte Dauerwelle entspann, die extrem aufgesprungen war, was Ruby einen ziemlich verwegenen Wuschelkopf beschert hatte. Dann stieß Arlene von ARLENE'S BEAUTIFUL NAILS zu uns, und Ruby, Roxanne und Arlene diskutierten über das Thema Fingernägel, wobei ich meine verbarg, da sie kurz und die Nagelhäute ausgefranst sind. Ich wühle ziemlich häufig in der Erde.

Andrew tauchte wieder auf, ohne Sybil, und der Festakt begann. Helen verkündete im Namen der Handelskammer, wie wunderbar es doch sei, daß ein neues Geschäft Arbeit und Wohlstand für Pecan Springs bringe, und eröffnete dann, daß man das Band durchschneiden könne. Constance eilte zu ihrer Kamera, und wir versammelten uns auf dem Gehweg vor dem EMPORIUM und stellten uns hinter Andrew auf, der fotogen und etwas gelangweilt aussah. Die Bürgermeisterin überreichte ihm strahlend eine große Heckenschere. Andrew und Helen nahmen sie zusammen in die Hand, jeder einen Griff. »Sagt ›Cheese‹!« schrie Constance vergnügt. Wir blinzelten in die Sonne, als Andrew und Helen das rote Band bearbeiteten, und Constance betätigte den Auslöser.

Als Constance ein weiteres Foto machte, stieß Gretel Schumaker mich mit dem Ellbogen an. »Was ist denn vor deinem Laden los, China? Sieht aus wie eine Demonstration.«

Ich blickte in die von Gretel gewiesene Richtung. Es war tatsächlich eine Demonstration, ein Dutzend Demonstranten, die auf dem Bürgersteig in einem kleinen Kreis marschierten. Sie trugen handgeschriebene Schilder, auf denen Slogans wie »Hexen tun Teufelswerk« und »Tarot ist Schwarze Magie« standen. Ein kleiner, fetter, ziemlich kahlköpfiger Bursche, der mit einem blütenweißen Anzug, weißer Krawatte, weißem Gürtel und weißen Schuhen ausstaffiert war, dirigierte. Er stand in einem am Straßenrand geparkten glänzenden weißen Jeep mit weißen Kunstledersitzen und begleitete die Marschierer mit theatralischen Armbewegungen, wie ein Tambourmajor an der Spitze einer Parade. Auf einem Aufkleber an der Stoßstange war zu lesen: »Letztes Jahr starben 120 000 Texaner. Bist DU mit dem Herrn im reinen?«

»Wer«, fragte Ruby, ungläubig auf den fetten Mann in dem Jeep starrend, »ist *das?*«

»Das weißt du nicht?« Gretel spitzte die Lippen. »Wo hast du denn in den letzten Monaten gesteckt, Ruby? Das ist der Reverend Billy Lee Harbuck.«

Mir war er kein Unbekannter. »Dieses Schwein!« rief ich.

»Ja«, meinte Gretel. »Ich sage so was ungern über einen Geistlichen, aber der Mann ist ein Idiot. Er hat die Truppe angeführt, die vor der Abtreibungsklinik demonstriert hat, in der meine Schwester arbeitet. Und er und seine Marschierer sind daran schuld, daß der arme Mr. Bixby seine Drogerie schließen mußte. Kennt ihr seine Anzeigentafel am I-35?«

Auf der Tafel war ein schmeichelhaftes Konterfei von Billy Lee zu sehen, der eine weiße Bibel an sein Herz drückte. Darüber wurde in großen Lettern gefragt: »Wer ist auf der Seite des Herren?« Darunter erfuhr man den Namen des Reverends und seiner Kirche, der Everlasting Faith Bible Church. Ich hatte ihn auch auf Kanal 24 in den Sechsuhrnachrichten gesehen, als er vor der Abtreibungsklinik in Austin verhaftet wurde und sich wegschleppen ließ, wobei er lauthals verkündete, weiterkämpfen zu wollen bis zum Tode. Heute jedoch wirkte Reverend Billy Lee Harbuck sehr lebendig. Und es schien, als hätte er Ruby als nächstes Opfer erkoren.

4

Ich habe nicht viel für den *Playboy* und den *Hustler* übrig. Diese Zeitschriften geben unserer gesellschaftlichen Haltung Ausdruck, die Körper (nicht nur die von Frauen, sondern alle!) nur als Objekte behandelt. Aber ich habe sehr viel übrig für das Recht auf Redefreiheit. Als sich die Demonstranten im letzten Frühling vor Mr. Bixbys Drogerie einfanden, bot ich Mr. Bixby meine Hilfe an. Laut dem First Amendment hatten die Demonstranten das Recht, ihrer Meinung über die Magazine Ausdruck zu verleihen. Laut demselben Gesetz hatten Mr. Bixbys Kunden jedoch ein ebenso verbürgtes Recht darauf, diese Magazine zu lesen. Und Mr. Bixby hatte das Recht, die Magazine zu verkaufen, um so mehr, als er sie unter dem Ladentisch hatte und nicht an Jugendliche herausgab. Aber Mr. Bixby war siebenundsechzig und schon etwas tatterig. Die ganze Sache regte ihn so auf, daß er beschloß, den Laden dichtzumachen. Einen Monat später ließ ihn sein Herz im Stich.

Das war einer der Gründe, weshalb ich mächtig sauer wurde, als ich am Donnerstag morgen um neun den Laden aufmachte und Billy Lees Eiferer entdeckte, die mit ihren Schildern auf dem Bürgersteig auf und ab marschierten. Sie achteten sorgfältig darauf, genug Platz für Passanten zu lassen, aber das nahm mich nicht mehr für sie ein – vor allem, als ich das Schild sah, auf dem unter einer unbeholfenen Darstellung einer an den Beinen aufgehängten Ziege »Satanisten töten Ziegen« stand. Einige Fußgänger starrten ängstlich darauf, und meine mißtrauische Nachbarin Vida Plunkett, die den kleinen Rasen vor ihrem Haus mähte, warf mir einen bösen Blick zu. Zweifellos hielt sie mich mindestens für einen Ziegenmörder, wenn nicht für Schlimmeres.

Ich war Teilnehmerin des Tarotkurses, dem hier Satanismus unterstellt wurde, und ich fand das nicht komisch. Ich bat den Demonstranten, mir doch darzulegen, aufgrund welcher Beweise er mich als Satanist und Ziegenmörder bezeichnete. Als es ihm nicht gelang, sich verständlich auszudrücken, empfahl ich ihm, sich vom Anwalt der Kirche den Unterschied zwischen Redefreiheit und Verleumdung erklären zu lassen. Falls er das nicht täte, würde ich es tun und dafür sorgen, daß er schneller eine gerichtliche Verfügung am Hals habe, als er »Hölle und Verdammnis« sagen könne. Ein paar Minuten darauf war das Schild verschwunden.

Nicht so die Marschierer. Um halb zehn erschien der Reverend in seinem weißen Jeep auf der Szene. In seinem weißen Anzug und mit dem glänzenden rosafarbenen Schädel wirkte er wie ein glatzköpfiger Colonel Sanders auf Kreuzzug. Er stand auf dem Beifahrersitz und dirigierte die Marschierer, die »Vorwärts, ihr Soldaten Gottes« schmetterten, während auf dem Rücksitz jemand auf einem tragbaren, batteriebetriebenen Piano klimperte. Unglücklicherweise machten sie nicht genug Lärm, um als Ruhestörer zu gelten.

Als der Chor zum letzten Vers ansetzte, kam Ruby ums Haus herum. Sie trug einen schwarzen Seidenpyjama mit roter Schärpe, dazu rote Sandaletten mit fünf Zentimeter hohen Absätzen, und glich eher einer Geisha als einer Hexe.

»Können wir irgendwas machen?« fragte sie mich, als der

Chor »Schütze uns vor den Mächten der Dunkelheit« sang. »Sie verklagen oder festnehmen lassen oder so was?«

Ich gab Ruby dasselbe zur Antwort wie Mr. Bixby. »Solange sie nicht den Bürgersteig blockieren oder sich als Ruhestörer betätigen oder verleumderische Schilder herumtragen, sind uns die Hände ziemlich gebunden.«

»Was ist ein verleumderisches Schild?«

»Ein Schild, auf dem etwas ganz besonders Gemeines oder nicht zu Beweisendes wie zum Beispiel ›Ruby Wilcox ist eine Hexe‹ steht. Ich hab sie schon dazu gebracht, das übelste runterzunehmen.«

Ruby nagte an ihrer Unterlippe. »Glaubst du, daß sie die Kundschaft vertreiben?«

»Ich hoffe nicht«, sagte ich heftig. »Aber das kommt wohl auf die Kunden an.« Ich sah aus dem Fenster. »Helen Jenson haben sie offenbar nicht vertrieben.«

Helen trat ganz streng in ihrem blauen Kostüm mit der Handelskammer-Nadel am Revers an. »Wer sind diese Schwachköpfe da draußen?« wollte sie wissen.

»Das ist Billy Lee Harbuck mit seiner Rotte«, antwortete Ruby. »Sie demonstrieren wegen des Tarotkurses.«

»Sie verwechseln uns mit Hexen«, sagte ich.

»Hexen!« Helen stieß ein angewidertes Schnauben aus. »Laßt mich bloß mit Hexen zufrieden. Heute morgen bin ich beim Joggen im Park über einen Haufen Hühner ohne Köpfe gestolpert. Ich möchte mal wissen, wo das alles hinführen soll.«

»Was haben Sie gemacht?« fragte Ruby.

»Die Polizei geholt natürlich. Irgend jemand muß dieser Sache ein Ende bereiten, sonst schadet es dem guten Ruf der Stadt. Chief Harris meint, es waren Santeros. Sie hatten aus Karton einen Altar errichtet, und um die Hühner herum lagen Münzen.«

»Mach dich auf was gefaßt, Ruby«, sagte ich. »Wahrscheinlich hängen sie das uns an.«

Ruby lächelte nicht.

Helen wandte sich mit einem »Zurück zum Geschäft«-Blick mir zu. »China, haben Sie noch diesen Rosmarin-Estragon-Essig? Und Mutter möchte von Ihrer salzlosen Gewürzmischung. Sie streut sie aufs Essen, wenn die Schwestern sich umdrehen.« Helens Mutter lebt in einem Pflegeheim in Waco. Wenn *sie* nicht auf die Würzmischung verzichten wollte, mußte sie wirklich gut sein. Ein paar Minuten, nachdem Helen gegangen war, kamen Jerri Greene und ihre Schwester Rita den Weg entlang. Sie wollten zu Ruby. Jerri, die Chefin von JERRI'S HEALTH AND FITNESS SPA in der Canyon Lake Road, trug einen roten Sweatsuit und hatte ihr blondes Haar zu einem Pferdeschwanz zusammengebunden. Jerri ist eine lebhafte, attraktive Frau, deren Körper beweist, daß man Muskeln *und* eine tolle Figur haben kann. Sie will der Nachwelt erhalten bleiben, indem sie einen in Form bringt. Wenn man an ihren Kursen teilnimmt, weiß man danach, was man getan hat. Ihre jüngere Schwester Rita ist schüchtern und unscheinbar; sie hat ängstliche braune Augen, die hinter einer Brille mit blauem Plastikgestell versteckt sind, gestriegeltes blondbräunliches Haar, und ihr Lächeln ist angestrengt. Wenn sie in Jerris Nähe ist, steht sie völlig im Schatten ihrer Schwester, aber sie strahlt etwas sehr Verkrampftes aus, als hielte sie einen Teil von sich mühsam unter Kontrolle. Vielleicht ist es der Teil, der so sein will wie Jerri.

»Ich mache wohl besser mal auf«, sagte Ruby und ging zu der Verbindungstür. »Bei dem Theater da draußen sind Jerri und Rita vielleicht meine einzigen Kunden heute.«

In diesem Moment brachte Reverend Billy Lee sein Gefolge gerade wieder in Schwung. Er teilte der verzückten Schar mit, daß Halloween keineswegs das harmlose Fest war, als das es sich ausgab.

»Es ist ein Tag, an dem der HEXEREI gehuldigt wird«, bellte er. »Es ist ein verderbter Tag, ein Tag des TEUFELS, ein Tag, den der Rechtschaffene schmähen muß!« Er deutete auf den Besen an meiner Ladentür. »Seht euch diesen Besen an, Brüder! Er ist Hexenwerkzeug! Genügt uns aufrechten, gottesfürchtigen Menschen das nicht, um zu beweisen, daß hier Teufelswerk betrieben wird, mitten in unserer frommen Stadt?«

Seine Demonstranten ließen inbrünstige Amen-Rufe hören. Billy Lee entledigte sich seiner weißen Jacke. Sein Hemd war durchgeschwitzt. Es war ein kühler Tag, aber er hatte sich in Hitze geredet. Ich hoffte auf einen Schlaganfall.

Ich wandte mich vom Fenster ab. Es war sinnlos, kostbare Zeit mit dem Beobachten dieses Schmierentheaters zu vergeuden. Wenn ich schon keine Kunden hatte, konnte ich wenigstens die neuen Herbstkränze aufhängen, die meine Kranzflechterin geliefert hatte. Der silbrige Beifuß war dieses Jahr besonders schön, und die Kränze waren mit rosa- und lilafarbenen Gartenfuchsschwänzen, Melisse, Schafgarbe und grauen flauschigen Eselsohren gewunden. Sie waren dick und verströmten ein süßes Aroma, und ihr Duft erfüllte den ganzen Laden. Ich mache sehr gerne Kränze, aber ich habe nicht genug Zeit, um die ganze Wintersaison über welche für den Verkauf zu produzieren. Deshalb fertigen andere Leute – größtenteils aus meinen Kräuterkursen – sie für mich an. Sie verkaufen sich wie verrückt, vor allem zwischen Thanksgiving und Weihnachten; auch die schönen Bücher über Kränze – Carol Taylors *Herbal Wreaths* zum Beispiel oder ihr *Christmas Naturals,* die beide wunderbar illustriert sind – gehen zu dieser Zeit bestens.

Als ich von der Leiter stieg, fiel mir auf, daß der Gesang verstummt war. Ich trat ans Fenster und sah, daß Bubba Harris mit dem Reverend sprach. Dann machte man ihm ehrfürchtig Platz, und Bubba kam den Weg entlang. Er hatte eine Plastiktüte in der Hand.

Bubba ist seit fast einem Jahrzehnt Polizeichef von Pecan Springs. Er ist ein geruhsamer, beleibter alter Knabe, den so schnell nichts aus der Ruhe bringt. Man neigt dazu, ihn zu unterschätzen, weil er aussieht wie der Sheriff aus einem drittklassigen Western – Stetson auf dem Kopf, abgelaufene alte Cowboystiefel, Bierbauch, kalte Zigarre im Mundwinkel. Aber Bubba kann hart durchgreifen. Er ist über so gut wie alles auf dem laufenden, was sich in der Stadt abspielt. Auch über mich. THYME AND SEASONS hatte kaum eine Woche geöffnet, da erschien Bubba, um mir mitzuteilen, daß ich nichts über die Heilkraft von Kräutern von mir geben solle, da das als medizinische Tätigkeit ohne Lizenz gelte. Er zog etwas angeschlagen wieder ab, da er es sonst nicht mit Frauen zu tun hat, die was von Gesetzen verstehen. Vor einem Jahr zeigten wir uns noch einmal die Zähne; da glaubte er, einen Mörder geschnappt zu haben, und ich war anderer Meinung. Seit damals sind wir uns etwas gram. Wir sprechen miteinander, gelegentlich machen wir sogar Konversation, aber wir begegnen uns mit einem gewissen vorsichtigen Mißtrauen. In seinen Augen bin ich eine ehemalige Schickeria-Juristin, die den Mund zu voll nimmt. Ich dagegen bin es gewohnt, die Urteile von Polizisten in Frage zu stellen. Diese Haltung habe ich noch nicht abgelegt. Vielleicht bleibe ich dabei.

Bubba schob seine feuchte Zigarre in den anderen Mundwinkel. »Macht die Truppe da draußen Ärger?« Er mag mich vielleicht nicht sonderlich, aber er hat ein ausgeprägtes Verständnis für soziale Regeln. Es gehört zu seinen

Aufgaben, den freien Handel zu schützen. Die Demonstranten gefährdeten mein Recht als steuerzahlender Kaufmann, Geld zu verdienen. Das läßt er nicht durchgehen.
»Sie wirkt nicht eben förderlich«, antwortete ich. »Aber, so ungern ich es zugebe, die Leute haben leider ein Recht darauf. Sobald sie was Ungesetzliches machen, sage ich Ihnen Bescheid.«
»Das kann ich mir denken.« Bubba zog seine buschigen schwarzen Brauen hoch und sah mich mit zusammengekniffenen Augen an. »Wissen Sie, was das ist?« Er warf eine durchsichtige Plastiktüte auf den Ladentisch. Darin befand sich eine große verwelkte Pflanze samt Wurzel.
Ich nahm die Pflanze heraus. Sie hatte einen behaarten Stiel und wechselständige, fiederteilige Blätter, ähnlich wie die Petersilie. Für die blaßgelben Blüten war die Jahreszeit vorbei, aber sie hatte einen Fruchtstand mit vier länglichen Samenkapseln von einem Zentimeter Länge. Ich öffnete eine der Kapseln und schüttete die Samen in meine Hand. Sie waren braun, unregelmäßig und geriffelt.
»*Aconitum vulparia*«, sagte ich. »Eisenhut. Woher haben Sie den?«
»Aus dem Park. Lag neben einem Haufen toter Hühner. Die Hühner gehörten Mrs. Bragg, die gar nicht froh darüber ist, daß sie hin sind, und der Hahn noch dazu. Sie behauptet aber, die Pflanze sei nicht von ihr.«
»Ist sie auch nicht.« Ich zögerte. Mrs. Bubba war Vizepräsidentin des Garden Club, und sie würde es ihm heute abend sowieso erzählen. Ich konnte ihr genausogut zuvorkommen. »Fragen Sie mal Sybil Rand. Die Pflanze stammt möglicherweise aus ihrem Garten.«
»Wie kommen Sie darauf? Ich seh kein Namensschild dran.«
»Eisenhut gibt es nicht sehr häufig. Normalerweise wird er

nicht angepflanzt, und wild wächst er hier nicht. Aber Sybil Rand hat ein paar Pflanzen.«

Bubba kaute auf seiner Zigarre herum. »Ah, richtig. Der Giftgarten. Meine Frau hat davon erzählt.« Er runzelte die Stirn. »Diese Pflanze – Sie sagen, sie sei giftig?«

»Ja. Hochgiftig.«

Bubba starrte den Eisenhut argwöhnisch an. Dann schaute er mich an, und ich wußte schon, was kommen würde. »Diese Sybil Rand, praktiziert die Santeria?«

»Das glaube ich kaum. Aber fragen Sie sie lieber selbst.«

Ich konnte mir vorstellen, wie weit Bubba bei Sybil kommen würde. Er würde im Handumdrehen wieder vor der Tür stehen. Trotzdem war es seltsam. Hatte irgendein Santero den Eisenhut bei einem Ritual benutzen wollen, oder versuchte jemand auf plumpe Weise, Sybil die gemeuchelten Hühner von Mrs. Bragg anzuhängen? So oder so war ich sicher, daß Sybil keinen Ärger bekommen würde. Sogar Bubba würde kaum annehmen können, daß es ihr ähnlich sah, sich mit Santeros und toten Hühnern abzugeben.

Bubba nahm die Pflanze und stopfte sie in die Tüte zurück. »Mächtig unklug, was anzupflanzen, womit man einen umbringen kann, vor allem zur Zeit, wo dieser Santeria-Quatsch umgeht. Es sei denn natürlich, man will's benutzen.« Er beäugte mißtrauisch die Töpfe und Flaschen in den Regalen. »Ist da auch was Giftiges drin?«

»Das eine oder andere.« Ich zuckte mit den Schultern. »Aber blaue Lupinen sind auch giftig.«

»Blaue Lupinen?« Bubba war sprachlos. Seine Kinnlade klappte herunter, und seine Zigarre klebte bedenklich lokker an seiner Lippe. »Sie wollen mich veralbern.«

»Ganz und gar nicht«, sagte ich. »Essen Sie keine blauen Lupinen.«

Der Rest des Morgens verlief ohne weitere Ereignisse – und ohne Einkünfte. Die Marschierer gingen schichtweise zum Mittagessen, der Reverend kam in einem frischen weißen Hemd zurück und fuhr fort zu predigen und Hymnen zu singen, und als Ruby und ich Feierabend machten, hatten wir nur einige Dollar in der Kasse.

»Ich hätte nie gedacht, daß so ein paar Demonstranten eine solche Wirkung haben könnten«, sagte Ruby und ging ihre Kassenzettel durch. Sie steckte das Bargeld und die Schecks in ihre Banktasche und zog den Reißverschluß zu. »Es ist kaum der Rede wert, aber ich glaube, ich bring es trotzdem zur Bank. Soll ich deine Kasse auch mitnehmen?«

»Da ist fast nichts drin. Ich schätze, ich verjuble es beim Abendessen. Ich schulde McQuaid eins. Willst du zu uns stoßen? McQuaid hat um acht eine Sitzung. Nächste Woche ist eine große Strafjustizkonferenz an der Uni, und er leitet die Sache.« Die Konferenz nahm ihn ziemlich in Anspruch, und ich hatte ihn in den letzten Wochen selten zu Gesicht bekommen.

»Ist es okay, wenn ich Andrew mitbringe? Er arbeitet auch heute abend, aber wir hatten vor, zusammen zu essen.«

»Natürlich.« Ich war neugierig auf Andrew, vor allem, nachdem ich die Szene mit Sybil beobachtet hatte. Vielleicht war meine Neugierde auch eher Argwohn. Ich habe Ruby, die vertrauensvoll und offen ist, sehr gern, und ich kann es nicht ertragen, wenn ein Kerl mit ihrer Seele Pingpong spielt. »LILLIE'S PLACE, halb sieben.«

»Klingt gut«, sagte Ruby. Sie steckte die Geldbörse in ihre Handtasche und ging zur Tür. »Bis später.«

* * *

LILLIE'S ist von meinem Laden nur einen Häuserblock entfernt, aber ich mußte noch einiges liefern, und so fuhr ich mit dem Auto. Ich parkte davor und ging rein. Die Leute waren die üblichen – ein paar Touristen, Familien mit Kindern, die früh zu Abend aßen, einige zänkische Typen von der Uni, die sich über die Fachbereichspolitik stritten, und an der Bar eine Herde falscher Cowboys, die Bier tranken. Das Hill Country ist zu unwegsam für Viehzucht, weshalb es hier kaum echte Cowboys, aber jede Menge Typen gibt, die sich so anziehen, als wären sie welche – Wranglers, Hemden mit Ziernähten und Perlmuttknöpfen, Stiefel, George-Strait-Hüte. Daß sie unecht sind, sieht man an ihren Rodeo-Gürtelschnallen, die so groß sind wie Cadillac-Radkappen. (Ein echter Cowboy trägt seine hart erkämpften Rodeo-Schnallen nicht – er hängt sie an den Rückspiegel seines Pickup.) Bob winkte mir zu, als ich reinkam, und fütterte die Jukebox, die gerade einen alten Flatt-and-Scruggs-Song leierte, mit ein paar Münzen. Bei LILLIE'S geht es bodenständig zu.

McQuaid schaute auf, als ich mich hinsetzte. »Was hat es denn mit diesen Marschierern auf sich? Ich hab davon gehört.«

»Das waren Billy Lee Harbuck und seine Truppe«, sagte ich. »Von der Everlasting Faith Bible Church. Er hält Ruby und mich für Hexen.«

McQuaid grinste. »Vielleicht hat er ja recht.« Er lehnte sich mit seinem Bier in der Hand zurück und legte die Beine auf einen Stuhl. Bei LILLIE'S geht das in Ordnung. Man kann seine Füße unterbringen, wo man will. Die Holztische und -stühle sind rissig und voller Kerben, und die in die Tische eingeritzten Initialen sind zum Teil zwanzig Jahre alt. Bevor das Lokal in LILLIE'S umbenannt wurde, hieß es BEAN'S BAR AND GRILL. Die Besitzerin beschloß, es schicker zu gestalten, änderte den Namen, dekorierte die Wände mit Poster von Lillie Langtry und hängte Farne über die Bar. Als sie zu ihrer Tochter nach Del Rio zog, kaufte Bob das Lokal. Er sagt, ihm wird übel von den Postern, er vergißt die Farne zu gießen, und über der Bar ist es sowieso zu dunkel für Grünzeug. Er will den Firlefanz wegschaffen und den Laden wieder BEAN'S nennen.

»Der Kerl nervt wie die Hölle«, schimpfte ich und nahm mir einen von Bobs Nachos, die wunderbar käseverklebt und höllisch scharf sind. »Heute waren ganze fünf Leute im Laden, und einer von ihnen war Bubba. Und der hat kein Geld gebracht, sondern meine Zeit gestohlen.«

Ich sah McQuaid an und spürte, wie mein Inneres schmolz. Er trug Levis, ein weißes Hemd mit locker aufgerollten Ärmeln und glänzende Stiefel – die passende Abendgarderobe in Pecan Springs –, und er sah sehr sexy aus. Wir kennen uns nun seit über zwei Jahren, und man sollte meinen, daß die Anziehung nachgelassen hätte. Aber sogar in der Öffentlichkeit ist eine Spannung zwischen uns, die die Luft zum Knistern bringt. Er nahm meine Hand, und ich fühlte mich elektrisiert, als ob ich an seinen Körper angeschlossen wäre und jemand den Strom aufdrehte. Ich kann mich vielleicht nicht auf eine Bindung einlassen, aber mein Körper reagiert ungehemmt. Der Instinkt bricht durch. Ich fahre völlig drauf ab.

Er drückte meine Hand und ließ sie wieder los. In der Öffentlichkeit ist McQuaid lieber dezent. »Du siehst toll aus, China. Neues Kleid?«

»Nicht ganz«, antwortete ich, »aber ich hab's noch nie getragen.« Es war nicht verwunderlich, daß er sich danach erkundigte, denn meistens sah er mich in Jeans und T-Shirt. Doch dieses Kleid hatte ich in Clarissas Secondhandshop entdeckt – es war ein Sommerkleid aus den Fünfzi-

gern, blau-weiß kariert, mit einem tiefen, eckig geschnittenen Dekolleté und einem weiten gerüschten Rock; ich hatte es einfach kaufen müssen. »Ich hab es angezogen, weil ich nach dem, was heute los war, das Bedürfnis hatte, meine Stimmung aufzubessern. Oder vielmehr nach dem, was nicht los war«, sagte ich trübsinnig und dachte an die leere Kasse. Der Reverend konnte keine Wunder bewirken, aber es war ihm ein leichtes, schwarze in rote Zahlen zu verwandeln.
»Halt's durch«, sagte McQuaid ermutigend. »Harbuck ist scharf auf Öffentlichkeit. Ich bin sicher, er findet bald was Heißeres als eine Kleinstadthexe.«
»Wie war das mit der Kleinstadthexe?« fragte Ruby. Andrew rückte ihr den Stuhl zurecht, und sie setzte sich.
»Nur ein Spruch«, antwortete McQuaid grinsend. Er hielt Andrew die Hand hin. »Mike McQuaid.«
»Andrew Drake.« Sie schüttelten einander die Hände, und Andrew setzte sich neben mich. Er trug Baumwollhosen mit Falte, ein cremefarbenes Polohemd von Dior, Wildlederslipper, und gegen seine vollkommene Nase sah die von McQuaid aus, als hätte sie fünfzehn Runden gegen den Weltmeister im Schwergewicht durchgestanden. Andrew schenkte mir ein Lächeln, das zweifellos entwaffnend wirken sollte.
»Glückwünsche zu Ihrer Eröffnung«, sagte ich. »Ist das Ihr erstes Fotostudio?«
»Nicht ganz«, antwortete Andrew und machte Bob ein Zeichen, daß er eine Runde Bier bringen solle.
Ich wartete auf die Fortsetzung, aber es kam nichts mehr, und Ruby sprach statt seiner. »Ich bin sicher, Andrew wird sehr gut ankommen. Einen großen Auftrag hat er schon. Arnold Seidensticker hat ihn gebeten, die Hochzeit seiner Tochter zu fotografieren.«

»Es ist bestimmt inspirierend, Seidensticker abzulichten«, sagte ich. McQuaid gluckste. Ich bin kein Fan von Arnold Seidensticker. Eine Zeitlang versuchte er, den Austin-San Antonio Regional Airport nach Pecan Springs zu verlegen. Von dieser Idee mußte er Abstand nehmen, weil der US-Wildlife-Service ihm mitteilte, daß er den Lebensraum der Grasmücke nicht zerstören darf. Jetzt fördert er die Zugtrasse, auf der jede Viertelstunde ein Hochgeschwindigkeitszug durch eines der gefährdetsten Ökosysteme von Texas rasen soll. Gleichzeitig unterstützt er die Einrichtung eines Kutschenplatzes vor dem Gerichtsgebäude, damit die Touristen mit Pferden zu den Sehenswürdigkeiten befördert werden können. Arnold sieht natürlich keinen Widerspruch in diesen Projekten, weil sie beide eines bringen – Geld.

»Sie klingen nicht wie ein Texaner«, sagte ich. »Wo kommen Sie her?«

»Sie kennen doch den Spruch – von überall und nirgendwo. Ich habe mich nirgendwo richtig niedergelassen.« Er lächelte Ruby an. »Bis jetzt.«

Ruby errötete. Sie trug ein schlichtes weißes Hemdkleid und sah wunderbar aus mit ihrem roten Haar, ihrer hellen Haut und den Sommersprossen auf der Nase – und sehr verliebt. Hastig griff sie nach der Speisekarte. »Was nimmst du?« fragte sie McQuaid.

»Chicken-fried, was sonst?«

Menschen, die nördlich der Grenze von Texas zu Oklahoma leben, halten »chicken-fried« für Brathühnchen – was ein Irrtum ist. Es ist Hackfleisch, das in Teig fritiert und mit dicker, gut gepfefferter Sahnesoße serviert wird. Man ißt es mit mächtigen Pommes, dicken Scheiben getoastetem und mit Butter bestrichenem Weißbrot und trinkt ein kaltes Bier dazu, und es handelt sich dabei um das texanische

Nationalgericht. Es ist ein Kalorienbomber, weshalb ich es nur zweimal monatlich zu mir nehme. Ein mir bekannter Arzt behauptet, daß er Chicken-fried-Esser allein an ihrem Cholesterinspiegel erkennen kann.
Während Bob unsere Bestellung aufnahm, betrachtete ich Andrew neugierig. Er war meinen Fragen ausgewichen. Verbarg er etwas? Oder machte mich meine Fürsorge für Ruby mißtrauisch, obwohl der Mann nur sein Privatleben für sich behalten wollte?
Ein weiterer Krug Bier und Nachos trafen ein. Wir sprachen über Billy Lee und die Marschierer, das traurige Ableben von Leroy, Bubbas seltsame Entdeckung des Eisenhuts, die Panik vor okkulten Zirkeln, die sich wie ein Präriefeuer in der Stadt ausbreitete. Das Essen kam, und wir wandten uns allgemeineren Themen zu – der Zugtrasse, den Frauen, die bei der letzten Wahl den Sprung ins Capitol geschafft hatten. Über Andrew erfuhr ich nur, daß er Linkshänder war (er stieß an meinen rechten Arm, als er zur Gabel griff), einen leichten New-Orleans-Akzent hatte und seine Ansichten zu allem gemäßigt und unverfänglich waren, aber das befriedigte meine Neugierde nicht. Nach dem Essen wußte ich dafür eines ganz sicher: daß Andrew Drake ein glatter, charmanter Bursche war, der sich das Herz meiner besten Freundin in die Tasche seines teuren Designerhemds gestopft hatte. Und daß ich ihn irgendwie nicht leiden konnte.
Als wir die Tafel auflösten, begab sich McQuaid zum Campus zurück, und Andrew fuhr in seinem roten Fiat davon. Ruby und ich standen vor LILLIE'S auf dem Bürgersteig. Es war fast acht Uhr, und es wurde allmählich dunkel.
»Sieht aus, als wären wir zwei beide für uns. Soll ich dich heimfahren?« fragte ich.
»Gern«, sagte Ruby. Wir gingen zu meinem Wagen, und

Ruby schlängelte ihre langen Glieder auf den Beifahrersitz. Mein Datsun hat sieben Jahre und hundertsechsundsiebzigtausend Kilometer auf dem Buckel, aber er ist noch immer zuverlässig und billig in der Haltung, vor allem seit McQuaid mir beigebracht hat, wie man das Öl und die Reifen wechselt.

Als ich losfuhr, fragte Ruby: »Und wie findest du Andrew?«

»Er hat eine hübsche Nase. Woher kommt er?«

»Von irgendwo aus dem Norden. Tulsa, glaube ich.«

»Und hat in New Orleans gelebt?«

»Wie?«

»Er spricht die Rs so aus.« Ich bog an der Ecke zur Pecos ab.

»War er schon mal verheiratet? Hat er Kinder?«

»Ich glaube nicht.« Ruby sah mich scharf an. »Was ist los, China? Magst du ihn nicht?«

»Habe ich gesagt, daß ich ihn nicht mag? Ich habe gefragt, ob er schon mal verheiratet war.«

»Aber der Ton, in dem du fragst. Ich bin kein Zeuge der Gegenseite.«

Ich seufzte. »Reg dich nicht auf, Ruby. Andrew Drake ist ein charmanter, eleganter Mann, der toll aussieht. Ich wollte nur hören, wieviel du über ihn weißt, das ist alles.«

»Genügend.« Ruby beugte sich vor. »Schau mal, was ist das für ein Feuer?«

Ich blickte in die Richtung, in die sie zeigte. »Wahrscheinlich ein Freudenfeuer. Jemand, der gegen die Gesetze über offenes Feuer verstößt.« Ich sah genauer hin. »Ist das nicht Judith Cohens Haus?«

»Ja. Und es ist kein Freudenfeuer. Halt an, China! Es ist ein *Kreuz.*«

Ich trat auf die Bremse und fuhr an den Bordstein, wobei ich nur knapp Judiths Briefkasten verfehlte. Ruby und ich sprangen aus dem Wagen und rannten durch den Vorgar-

ten zu dem brennenden Kreuz, von dem dicke Rauchschwaden aufstiegen. Judith stand fassungslos und wie gelähmt auf der Veranda. Ich schnappte mir den Gartenschlauch und drehte den Wasserhahn auf.
Das etwa ein Meter zwanzig große Kreuz brannte wie mit Benzin getränkt, und das Feuer hatte sich schon ausgebreitet. Das trockene Gras im Umkreis und ein Busch standen in Flammen. Es dauerte einige Minuten, bis ich alles gelöscht hatte. Nachbarn liefen herbei, aber da sie nichts tun konnten, gingen sie in ihre Gärten zurück und starrten schweigend herüber, bis das Feuer gelöscht war. Rubys Sandalen sahen wüst aus, und ich hatte es fertiggebracht, mit einem Absatz im Saum meines Kleides hängenzubleiben. Das hat man davon, wenn man hübsche Kleider trägt. Judith stand reglos da. »Danke«, sagte sie, als der letzte Funke gelöscht war.
Ich rollte den Gartenschlauch auf. »Hast du 'ne Ahnung, wer das war?«
»Jugendliche«, sagte Ruby, »die auf Action aus sind.« Sie sah Judith an. »Das hätte jedem passieren können.«
»Doch es ist mir passiert.« Judiths Stimme war so ausdruckslos wie ihr Gesicht, und ihr Mund bewegte sich kaum. »Mein Name steht auf dem Briefkasten. Cohen.«
»Aber das ist den Leuten hier egal«, sagte Ruby. »Sie mögen Vorurteile haben, doch ich glaube nicht, daß sie ...«
Judith schnitt ihr das Wort ab. »Sie boykottieren deinen Laden, oder?« Sie ging ins Haus.
Während ich das Feuer löschte, hatte ich keine Zeit gehabt, über die Ursache nachzudenken. Jetzt, nachdem es vorbei war, zitterte ich vor Angst und Wut, nur weil ein paar Holzstöcke verbrannt worden waren. Aber wenn Holzstöcke zu einem Kreuz zusammengenagelt werden, werden sie zum Symbol, und Symbole rühren an Gefühle, die in

den dunklen Ecken unseres Herzens wohnen. Ein Kreuz zu verbrennen ist schlicht und einfach ein Terrorakt, der von Haß oder Mißtrauen oder dem Gefühl rassischer Überlegenheit getragen wird. Damit sind wir alle gemeint, in wessen Vorgarten sich so etwas auch abspielt.

Der Nachbar zur Rechten, ein untersetzter Mann in mittleren Jahren, der weite Shorts trug, kehrte ausgiebig den Bürgersteig. Ich ging zu ihm.

»Haben Sie gesehen, wer das getan hat?« fragte ich.

Der Mann beförderte unsichtbaren Schmutz in eine Ritze. »Nee.«

»Haben Sie vielleicht ein Auto gesehen?«

Er trat auf eine haarige Raupe und zermalmte sie. »Nee, kein Auto, gar nichts.«

Die Nachbarn daneben und gegenüber sagten dasselbe. Die Affen sehen nichts Schlimmes, hören nichts Schlimmes, sprechen nichts Schlimmes. Ich verstand sie, aber mir war übel.

»Warum wollen sie nicht helfen?« fragte Ruby, als wir losfuhren.

»Weil sie fürchten, daß jemand in ihrem Vorgarten ein Kreuz verbrennt.«

»Dann sollten wir vielleicht was unternehmen. Vielleicht die Polizei anrufen. Ein Kreuz verbrennen .... ich meine, das ist schlimmer als die Nationalflagge verbrennen. Dagegen muß es doch ein Gesetz geben.«

Ich stieß ein schnaubendes Lachen aus. »Gab es auch, aber der Supreme Court hat es abgeschafft. Die Flagge zu verbrennen gilt jetzt als politische Meinungsäußerung. Damit ist es nach dem First Amendment zulässig. Dasselbe gilt für die Verbrennung von Kreuzen.«

Ruby starrte mich an. »Du machst Witze.«

»Nein. Wenn Bubba die Burschen schnappen würde, die

das Kreuz angezündet haben, könnte er sie wegen Herbeiführung einer Brandgefahr oder wegen Bedrohung anklagen. Oder wegen Mißachtung von Judiths Bürgerrechten. Aber eine Gemeinde kann kein Gesetz einführen, das es Leuten verbietet, Kreuze zu verbrennen oder Hakenkreuze zu malen.« Das war eine Verordnung, die die Verteidigerin in mir verstand und billigte, wohingegen der Mensch sie zum Kotzen fand. Ein krasser Widerspruch.

»O Gott!« Ruby schüttelte den Kopf. »Wenn man sich überlegt, was für ein friedliches Städtchen das mal war.« Sie zögerte. »Zumindest schien es das zu sein.«

Den Rest der Fahrt über schwiegen wir. Als wir bei ihr waren, fragte sie, ob ich noch eine Tasse Kaffee wolle.

»Danke«, sagte ich. Ich schaute auf meine schmutzigen Hände und schlammigen Schuhe. Meine Seele konnte ich nicht sehen, aber sie fühlte sich auch schmutzig an. »Ich glaube, ich bin nicht in Redelaune. Ich werd heimfahren und ein Bad nehmen.«

»Okay.« Ruby stieg aus und warf die Tür zu. »Morgen wird ein besserer Tag, China.«

»Ja«, sagte ich, obwohl ich mir nicht so sicher war.

Ich ging durch die Küche ins Haus. Khat erhob lauthals Anklage gegen mich herzlose Person, die ich ein Abendessen verspeist hatte, ohne seines herzurichten. Nach dem texanischen Strafgesetz hatte ich mich der Grausamkeit gegenüber Tieren schuldig gemacht (indem ich ohne Angabe von Gründen einer Katze in meiner Obhut nicht ausreichend Nahrung zur Verfügung gestellt hatte). Das ist ein Vergehen, das mit einer Geldstrafe von bis zu zweitausend Dollar oder einer Haftstrafe von bis zu einem Jahr geahndet wird. Während ich versuchte, diesem Versäumnis abzuhelfen, stellte er eine Pfote auf meinen Fuß, um klarzumachen, daß dergleichen nicht mehr vorzukommen hatte.

Während er fraß, hörte ich meinen Anrufbeantworter ab. Es war eine Nachricht drauf, von der ich hoffte, daß sie den Tag retten würde. Ich spulte zurück. Ein Anruf vom Reverend vielleicht, der mir mitteilte, Gott habe ihm befohlen, seine Marschierer einzupacken und zu verschwinden. Oder von der Lotteriezentrale, die mich informierte, daß ich eine große Summe gewonnen hatte, die mich von den Marschierern unabhängig machte.

Die Nachricht war von meiner Mutter.

»Schade, daß ich dich verpaßt habe, Liebes«, zirpte Leatha vom Band. »Wir haben uns ja seit Wochen nicht mehr gesprochen, und ich wüßte so gern, wie es dir geht. Ruf mich doch bitte an, wenn du wieder da bist.«

»Nein danke«, murrte ich und löschte die Nachricht. Wenn Leatha und ich uns seit Wochen nicht unterhalten hatten, gab es einen guten Grund dafür. Ich hasse es, so zu tun, als wäre alles in Ordnung, wenn es nicht stimmt. Tatsache ist, daß ich es meiner Mutter nie verziehen habe, daß sie Alkoholikerin ist. Ich legte keinen gesteigerten Wert darauf, mit ihr zu reden, weder heute abend noch an einem anderen Abend.

Aber vor allem heute abend nicht.

5

Der Freitag fing genauso an wie der Donnerstag. Ich kehrte die Treppe und stellte die Pflanzentöpfe raus, aber die Mühe hätte ich mir sparen können. Billy Lees Truppe marschierte und sang wieder und ließ dabei den Fußgängern genug Platz. Auf einem Schild war zu lesen: »Weiße Hexen, schwarze Hexen, braune Hexen – Gott wird sie alle niederstrecken.« Auf einem anderen stand: »Eine Hexe sollst du nicht am Leben lassen. Zweites Buch Mose, 22,17.« Wenn ich ihnen zusah und an das brennende Kreuz dachte, wurde mir übel. Deshalb erledigte ich kleine Arbeiten und versuchte nicht nachzudenken. Aber ich fühlte mich von Minute zu Minute schlechter.

Zwischen neun und zehn brach keiner durch die Posten. Ein paar Minuten vor zehn stand ich zufällig am Fenster und sah, wie Fannie Couch, eine meiner besten Kundinnen, mit dem Reverend sprach.

Fannie Couch ist achtundsiebzig und die typische Südstaaten-Schönheit – rosige Wangen und Grübchen, lavendelblaue Augen, Haare wie gesponnenes Silber. Zu ihrem Typ passend trägt sie bunte Kleider mit Blumenmuster und Strohhüte mit Blumen. Aber sie ist schlank und drahtig wie jemand, der sein Leben lang hart gearbeitet hat, und besitzt die zielsichere, aufrichtige Direktheit, die viele texanische Frauen auszeichnet. Sie und ihr Mann Claude haben ihre Ranch im Hill Country vor sechs Jahren verkauft und sind in die Stadt gezogen. Ein Jahr später überredete sie, mit dem Garden Club und dem »Freundeskreis der Bücherei« nicht ausgelastet, den Redakteur des Radiosenders KPST-FM dazu, ihr eine Telefonsendung zu geben, die sie *Fannie's Gartenzaun* nannte. Sie wurde sofort ein Erfolg. Man kann sie täglich von elf bis zwei hören, dazwischen stündlich Nachrichten und Wettervorhersage. Ihre pfiffige, herzliche Art bringt die Leute zum Plaudern, und sie kommen richtig in Stimmung. Fannie spricht mit ihnen, als säßen sie vor ihr, und sie hat ihre Anrufer im Griff wie ein ländlicher Viehauktionator die Steigerer.

Als ich den Weg entlangging, hatte ich den Eindruck, daß sie auch den Reverend im Griff hatte.

»Der Herr verdammt Hexerei«, posaunte er. Seine rosa Backen und sein kahler Kopf glänzten wie der polierte Granit in der Eingangshalle des Gerichts.

Sie sah ihn an. »Woher wissen Sie das?«

Billy Lee war verblüfft. »Nun, das steht in der Bibel geschrieben. Zweites Buch Mose, Vers 22,17. ›Eine Hexe sollst du nicht am Leben lassen.‹«

Fannie zwinkerte mir zu und brachte ihren angelernten texanischen Akzent zum Einsatz, den sie im Radio benutzt. »Na, das erzählen Sie mal lieber nicht meiner besseren Hälfte. Gerade vor 'n paar Tagen, da hatten wir diesen Streit, Claude und ich, und er sagt zu mir: ›Fannie, du alte Hexe, du wirst von Tag zu Tag schlimmer.‹«

»Beste Dame«, sagte der Reverend besänftigend, »das ist nicht die Art von Hexe, von der unser Herr ...«

Fannies Heiterkeit nahm ihren Worten die Schärfe. »Der Herr segne Sie, lieber Billy Lee, aber wollen Sie mir erzählen, daß Sie so heilig sind, daß Sie die Gedanken des Herrn lesen können?«

Der Reverend nahm sich zusammen. »Sie würden seinem Willen gehorchen, Mrs. Couch, wenn Sie nicht in diesen Laden gingen. Mrs. Bayles hier mag selbst keine Hexe sein, aber sie vermietet an eine Wahrsagerin, und das ist nicht minder zu verdammen.« Er stellte sich auf die Zehenspitzen und verkündete mit routiniertem Beben in der Stimme: »Meidet die Höhlen der Wahrsager und die Hütten der Gottlosen, und ihr werdet vor allem Übel bewahrt sein.«

Fannies Heiterkeit ging flöten. »Billy Lee, ich muß Ihnen etwas sagen, und Sie müssen mir zuhören. Wenn Sie so weitermachen, schaden Sie dieser Stadt. Die Leute erzählen mir im *Gartenzaun,* daß sie sich fürchten. Es gefällt ihnen gar nicht, was hier geschieht. Wenn's um Hexen geht, sind sie wie aufgescheuchte Hühner, aber Hexenjäger machen sie genauso nervös. Ich gebe Ihnen den guten Rat, Ihre Schilder einzupacken und nach Hause zu gehen, bevor Sie hier einen Flächenbrand verursachen.«

Ich starrte sie an. Die Stimme Gottes mit dem Akzent von Molly Ivens. Ohne sich um die Widerrede des Reverends zu kümmern, nahm Fannie meinen Arm und ging mit mir in den Laden, wo sie zwei Stück Kräuterseife und einige Zimtstangen kaufte.

Als ich ihr Geld, das sie herausbekam, abzählte, spitzte sie die Lippen. »Der Mann mag aussehen wie Vanilleeis in der Tüte, China, aber er ist gefährlich. Die Leute in dieser Gegend sind von Natur aus ziemlich gemütlich, doch diese Sache mit dem Selbstmord des kleinen Ellis hat sie aufgewühlt. Vorgestern rief eine Frau an und sagte, sie habe irgendwelche Gestalten unter dem Baum, wo sie die Leiche runtergeholt haben, um ein Feuer tanzen sehen. Irgendwer hat in der Crockett Street Drudenfüße auf Windschutzscheiben gesprüht. Und dann die Geschichte mit Bob

Godwins Ziegenbock und den Hühnern von Mrs. Bragg. Sie haben bestimmt davon gehört.«

Ich schob die Kasse zu. »Über das Feuer und die Hühner weiß ich nichts Genaues, aber die Drudenfüße stammen von einer Horde von Halbwüchsigen. Ich hab sie gesehen.«

»Vieles ist nur Geschwätz. Sie wissen, wie die Stadt ist. Die Leute müssen was zum Reden haben.« Sie runzelte die Stirn. »Aber eigentlich haben sie genug zum Reden, weil doch in New Braunfels Wurstfest ist.« Deutsche Siedler hatten sich in den vierziger Jahren des letzten Jahrhunderts in dieser Gegend niedergelassen, und das Wurstfest ist ein traditionelles deutsches Fest mit deutschen Trachten und endloser deutscher Musik von Lokalgrößen wie Oma and the Ooampahs, der Shriner Hobo Band und den Haygood Family Fiddlers. Wenn einem danach ist, kann man sich dort mit ein paar Humpen exzellenten deutschen Faßbiers unter den Tisch saufen.

»Es liegt bei Ihnen, Fannie. Sie müssen die Leute mit dem Thema Wurstfest von den Hexen ablenken.«

Fannie sah mich scharf an. »Und Sie und Ruby müssen vorsichtig sein, sonst könnten Sie Ärger kriegen. Ist das klar?«

»Geben Sie's mir nur«, sagte ich reumütig. »Sie sind mein erster Kunde heute.«

Und sie war auch der letzte. Mrs. Murray, die den SENIOR CITIZEN'S THRIFT SHOP besitzt, versuchte durchzukommen, um den Hibiskustee abzuholen, den sie bestellt hatte. Aber sie ist eine unsichere Person, die sich leicht einschüchtern läßt, und bis ich draußen war, hatte der Reverend sie schon völlig verstört.

»Hören Sie nicht auf diesen Mann, Mrs. Murray.« Ich tätschelte ihren Arm. »Er hat nicht das Recht, sich einzumischen.«

»Aber was ist das mit den Hexen?« fragte Mrs. Murray. Ihre Stimme zitterte. »Hat es irgendwas mit den armen Hühnern von Mrs. Bragg zu tun? Wissen Sie, Mrs. Bragg wohnt nämlich mir gegenüber. Ich mochte diesen Hahn so gern. Er war genauer als ein Wecker. Krähte jeden Morgen Punkt halb sechs los.«

»Wirklich ein Jammer mit dem Hahn«, sagte ich und schob sie in Richtung Laden. »Wenn Sie reinkommen, suche ich Ihnen Ihren Tee raus.«

Nachdem er an diesem Morgen schon eine Seele verloren hatte, verdoppelte der Reverend seine Anstrengung. Er hob beide Arme zum Himmel. »Herr, schütze diese gute Schwester vor dem GOTTLOSEN!«

Das gab den Ausschlag. »Ich glaube, ich gehe lieber zu meinem Laden zurück«, sagte Mrs. Murray nervös und zog ihren Arm weg. »Ich habe Hazel allein dort gelassen, und sie macht nicht gern die Kasse.«

»Gott segne Sie, Ma'am.« Billy Lee drückte seine Bibel ans Herz. »Der Herr schenkt denen, die seinen Willen tun, seine Güte.«

Mrs. Murray floh, und ich wandte mich wutentbrannt zu Harbuck um. »Wenn Sie diese Nummer noch mal abziehen«, knirschte ich, »haben Sie eine Anzeige am Hals. Sie schüchtern meine Kunden ein und schädigen mein Geschäft, und ich habe die Nase voll davon!«

Der Reverend schüttelte traurig den Kopf. »Ich weiß, wie Ihnen zumute ist, Mrs. Bayles. Doch wir sollen auf die Geschäfte des Herrn achten, nicht auf unsere eigenen.« Er säuselte: »Und es ist so einfach, so segensreich einfach. Sie müssen nur hier auf diesem Bürgersteig niederknien und um Vergebung bitten.« Er schloß die Augen und hob seine fette Hand. Hinter ihm ertönte wieder ein inbrünstiges »Amen«.

Den Bruchteil einer Sekunde lang war ich drauf und dran, Billy Lee mitzuteilen, was ich von ihm hielt. Aber das würde ihn weder umstimmen noch dazu veranlassen, die Marschierer abzuziehen. Ich ließ es sein und ging wieder rein. Dort setzte ich mich hinter der Kasse auf einen Stuhl und fühlte mich geschlagen.

Ruby kam durch die Hintertür. »Alles in Ordnung, China?« fragte sie besorgt.

»Nein«, antwortete ich trübsinnig. »Ich habe heute morgen einen Kunden gehabt. Einen.« Ich schaute auf und schnappte nach Luft. Ruby trug eine weite schwarze Bluse mit einem capeartigen roten Tuch, schwarze Leggings, schwarze Stiefeletten mit Absätzen, in denen sie mindestens einszweiundneunzig groß war, und den silbernen Göttinnen-Anhänger von Mary Richards. Ihr rotes Haar war wild toupiert, ihre Augen wie für einen Auftritt als Kleopatra geschminkt und ihre langen Nägel blutrot lackiert. Sie sah furchterregend aus, und ich verlor beinahe die Fassung.

»Großer Gott, Ruby, warum mußt du dich ausgerechnet heute so aufmachen? Das einzige, was dir noch fehlt, ist ein Bocksfuß!«

»Der Wind hat sich gedreht. Wir starten zum Gegenangriff.« Sie hielt eine Kamera und einen Kassettenrecorder hoch. »Vielleicht kommen diese scheinheiligen Schwachköpfe da draußen ins Schleudern, wenn ich sie filme und ihre blöden Gesänge aufnehme. Außerdem könnten sich Fotos vor Gericht als nützlich erweisen.«

Ich mußte zugeben, daß die Idee nicht schlecht war. »Sei vorsichtig«, sagte ich. »Bedrohung von Demonstranten ist ungesetzlich.«

»Was gibt's dafür? Vielleicht lohnt es sich ja.«

»Bis zu dreißig Tage und zwei Riesen.«

»Ich werd brav sein.«
»Ha«, sagte ich und musterte sie von Kopf bis Fuß.
In den nächsten fünf Minuten spazierte Ruby mit ihrer Kamera an den Posten auf und ab. Dann kam sie wieder rein und wollte gerade den Laden aufmachen, als Bubba Harris vorfuhr. Er wuchtete sich aus dem Streifenwagen, zog seine sandfarbenen Polyesterhosen hoch und ortete die Lage.
»Vielleicht will er sie wegschicken.« Ruby klang hoffnungsvoll.
»Das glaube ich nicht«, sagte ich.
Eine Minute später stand Bubba in der Tür. »Morgen, Mrs. Bayles. Sieht aus, als hätten Sie immer noch ein Problem.« Er holte eine neue Zigarre heraus, pellte sie aus dem Zellophan und steckte sie in den Mund.
»Können Sie nicht was gegen diese Posten tun?« wollte Ruby wissen. »Sie sind geschäftsschädigend.«
»Wenn Ruhestörung vorliegt, sagen Sie mir Bescheid.« Er sah sich um. »Ist die Bürgermeisterin schon hier?«
»Die Bürgermeisterin wird erwartet?« fragte ich. »Was wird das, eine Sondersitzung?«
Bubba beachtete mich nicht. »Ich möchte Sie was fragen.« Er sah Ruby scharf an. »Wissen Sie was über Opfer? Menschenopfer?«
Ruby blickte ihn nicht weniger scharf an. »Das einzige Menschenopfer, das mir bekannt ist, sind meine siebzehn Jahre Ehe mit Ward Wilcox.«
Bubba runzelte die Stirn. »Das sollte nicht komisch sein.«
»Die siebzehn Jahre waren es auch nicht«, erwiderte Ruby.
Die Zigarre wippte auf und ab. »Ich hab heute morgen einen anonymen Anruf bekommen. Die Frau sagte, in den nächsten Tagen würde es hier in der Gegend ein Menschenopfer geben. Sagte, die Leute sollten sich drauf vorbereiten.«

Ich runzelte nun ebenfalls die Stirn. Menschenopfer?

»Und Sie dachten, ich wüßte was darüber?« Ruby ragte über Bubba auf wie die böse Hexe des Westens. »Haben Sie erwartet, daß ich meinen Hexenzirkel zusammenpfeifen und den Leuten mitteilen würde, sie sollen brav sein und diese Woche keine Menschen opfern?«

Bubba nahm die Zigarre aus dem Mund. »Also, Mrs. Wilcox ...«

»*Miss* Wilcox.«

»*Miss* Wilcox. Ich weiß nichts von einem Hexenzirkel. Ich weiß nur, daß ich diesen Hinweis bekommen habe und es meine Pflicht ist, dem nachzugehen.« Er sah uns beide aus zusammengekniffenen Augen an. »Und erzählen Sie bloß der Zeitung nichts davon. Ich hab schon genug am Hals, weil die ganze Stadt das Flattern kriegt.«

Ruby warf sich ihr scharlachrotes Tuch über die Schulter. »Nun, wenn ich höre, daß man jemanden aus der Nachbarschaft als Opfer darbringen möchte, sage ich Ihnen sofort Bescheid. Aber die Sache mit der Zeitung kann ich nicht versprechen. Wie könnten ich und mein Hexenzirkel uns eine solche Publicity entgehen lassen?«

Bubba steckte die Zigarre wieder in den Mund. Er sah ziemlich verbiestert aus. »Ich wäre Ihnen sehr dankbar, wenn Sie von Ihrem hohen Roß runterkommen würden, Mrs. – Miss Wilcox.«

»Und ich wäre Ihnen sehr dankbar, wenn Sie hier nicht einfach aufkreuzten, um zu unterstellen, daß ich etwas über Menschenopfer weiß.« Ruby wedelte mit ihren blutroten Nägeln vor Bubbas Gesicht herum. »Sie sollten ehrliche Kaufleute vor solchem albernen Blödsinn beschützen, wie er sich da draußen abspielt, und nicht hier auftauchen und mich beleidigen und schikanieren ...«

Die Tür ging auf. Ich sah mich um. Wer es wohl wagte, die

Höhle der Wahrsager und Hütte der Gottlosen zu betreten? Es handelte sich um Pauline Perkins. Sie trug ihre Bürgermeisteruniform – ein graues Kostüm mit einer rosafarbenen Bluse mit perlenbesticktem Kragen, rosa Perlenkette, eine graue Tasche über der Schulte und solide graue Schuhe.

»Guten Morgen, Chief Harris«, sagte sie kühl.

»Morgen, Frau Bürgermeisterin«, brummte Bubba. Bubba und die Bürgermeisterin vertragen sich nicht. Sie behandelt ihn wie ein Anhängsel ihrer Behörde. Er würde ihr gern sagen, daß sie sich verpissen soll, wagt es aber nicht.

»Ruby, der Chief und ich sind in amtlicher Sache hier«, erklärte Pauline.

»Möchten Sie ein Opfer vorbereiten?« Ruby war immer noch in Rage.

»Ein Opfer?« Pauline blickte sie verwirrt an. »Nein, ich bin hier, um eine Einigung zwischen Ihnen und Reverend Harbuck auszuhandeln.«

Ruby verdrehte die Augen. »Ich wußte es«, sagte sie, »schon als der Chief anfing, über Opfer zu reden. Ich verstehe ja, warum Harbuck Hexen jagt, aber warum Sie, Pauline?«

»Mit Hexenjagen habe ich nichts zu tun«, entgegnete Pauline würdevoll. »Der Kurs, den Sie geben, ist völlig in Ordnung, Ruby. Nur der Zeitpunkt ist mißlich. Während das Team sich hier aufhält, ist es notwendig – absolut notwendig –, daß wir uns von unserer besten Seite zeigen. Diese Woche haben wir ... nun, nicht gerade unsere beste Seite hervorgekehrt.« Sie sah angewidert aus. »Tote Ziegen, tote Hühner, brennende Kreuze, Marschierer ...«

»Ich bin froh, daß Ihre Haltung so eindeutig ist«, sagte Ruby versöhnlich. »Sie sind die richtige Person, um Harbuck und seine Wachhunde zurückzupfeifen.«

Pauline leckte über ihre Lippen. »Ich hatte gehofft«, erklärte sie, »daß Sie den Kurs absagen würden. Dann würde ich an Reverend Harbuck herantreten und ihn bitten ...«

Ruby verschränkte die Arme. »Unter keinen Umständen.«

»Recht so, Ruby«, unterstützte ich sie.

Pauline bot ihre ganze Überredungskunst auf. »Aber schauen Sie doch. Ein vorteilhafter Bericht des Teams verschafft uns ziemlich sicher die Förderung. Und ich habe gerade erfahren, wie ungeheuer nötig dieses Geld ist. Das Rathaus ist von Termiten befallen!« Als sie unsere Gesichter sah, fügte sie hinzu: »Sie sind überall in den Fußleisten in den Amtsräumen, und es ist kein Penny für ihre Bekämpfung übrig. Das Gebäude ist historisch, die Förderung würde also ...«

»Das Recht auf Redefreiheit«, sagte Ruby und richtete sich zu ihrer vollen Größe und noch etwas höher auf, »ist wichtiger als Termitenspray.«

»Aber es ist doch nur ein Kurs«, bettelte die Bürgermeisterin. »Sie können ihn zu einem anderen Zeitpunkt abhalten.«

»Es geht nicht um den Kurs, es geht ums Prinzip.« Ruby zog ihre rötlichen Augenbrauen zusammen. »Ich bin wirklich enttäuscht von Ihnen, Pauline. Ich weiß, daß Sie mit diesem City-Square-Programm die nächste Wahl gewinnen wollen, doch ich hätte nie gedacht, daß Sie so weit gehen würden, wegen ein paar Wählerstimmen das Recht auf freie Meinungsäußerung mit Füßen zu treten.«

»Aber ich ...«

»Ich persönlich halte Billy Lee Harbuck für gefährlich. Doch er hat dasselbe Recht darauf, vor meinem Laden zu demonstrieren – solange er die Passanten nicht behindert –, wie ich auf das Abhalten meines Kurses. Und Sie können uns beide nicht dazu zwingen, das aufzugeben, nur damit die Gutachter glauben, daß in ganz Pecan Springs Friede, Freu-

de, Eierkuchen herrscht.« Sie hob das Kinn. »Das kommt überhaupt nicht in Frage.«
Ich warf Ruby einen beeindruckten Blick zu. Sie hatte den Nagel auf den Kopf getroffen und die Bürgermeisterin an einer sehr empfindlichen Stelle.
»Ich trete *nicht* das Recht auf freie Meinungsäußerung mit Füßen.« Pauline verlagerte ihr Gewicht. »Ich versuche nur ... die Dinge ins Lot zu bringen. Zu einem Kompromiß zu kommen. Aber wenn Ihnen nicht nach Kooperation zumute ist, habe ich ja vielleicht bei Reverend Harbuck Glück.«
»Ich bin durchaus zu einem Kompromiß bereit«, sagte Ruby. »Ich werde den Kurs nicht inserieren. Was halten Sie davon?«
Pauline strahlte. »Das ist wunderbar!«
Ich sah Ruby kopfschüttelnd an. Sie hatte auch vorher nicht inseriert. Arnold hatte es abgelehnt, eine solche Anzeige anzunehmen. Doch ich würde sie nicht verpfeifen. Ich wandte mich Pauline zu. »Für Harbuck brauchen Sie allerdings ein größeres Kaliber«, sagte ich. »Er hat Gott auf seiner Seite. Ohne ein effektives Druckmittel ist bei ihm nichts auszurichten.«
Pauline blickte gequält. »Druckmittel würde ich es nicht nennen wollen. Aber mein Mann besitzt zufällig große Anteile von KPST-FM. Das ist der Radiosender, der jeden Sonntagmorgen Reverend Harbucks Predigten bringt.«
»Das würde ich allerdings als Druckmittel bezeichnen«, meinte Ruby bewundernd.
Ich hätte mir am liebsten die Ohren zugehalten. Und sie kam uns mit dem First Amendment!
Pauline schritt zum Geschäftlichen. »Würden Sie mich begleiten, Chief Harris? Sprechen wir doch mal mit Reverend Harbuck.«

Pauline und Bubba gingen hinaus, und Ruby und ich sahen durchs Fenster zu.
»Ich kann es nicht glauben, daß sie den Radiosender für so was benutzt«, sagte ich. Pauline nahm den Reverend zur Seite, damit sein Chor nicht mithören konnte.
»Ich schon«, entgegnete Ruby. »Was denkst du denn, wie sie Bürgermeisterin geworden ist?«
Dem Gesichtsausdruck des Reverend nach zu urteilen, hatte sie ihn ziemlich im Schwitzkasten. Schließlich fügte er sich in das Unvermeidliche. Er kehrte zu seiner Gefolgschaft zurück, hob die Hände und blickte zum Himmel.
»Dem Herrn sei Dank!« rief er. »Unsere Aufgabe hier ist erfüllt!«
»Dank dem Herrn!« riefen die Marschierer. Sie klangen erleichtert. Es war sicher kein Vergnügen, den ganzen Tag auf und ab zu marschieren und Schilder zu schleppen.
»Ich frage mich, wie er das seiner Gemeinde erklären will«, sagte Ruby, als Bubba und die Bürgermeisterin in ihre Autos stiegen und davonfuhren. »Ich meine, er hat überhaupt nichts erreicht. Es steht eins zu null für die Hexen.«
»Ihm fällt bestimmt was ein. Marschierer sind zumindest öffentlich. Ich hoffe, er kommt nicht auf was Hinterhältigeres.«
»Gibt es Schlimmeres als Marschierer?«
»Da bin ich sicher. Und der Reverend ist bestimmt imstande, auf so was zu kommen.«
Ruby seufzte. »Ich denke lieber nicht darüber nach, sondern werde Räucherwerk abbrennen und eine Visualisierung machen.«
»Was willst du visualisieren?«
Ruby ging zur Tür. »Was wohl? Einen Laden voller Kunden und eine Kasse voller Geld.«

Ob es Rubys Visualisierung oder der Tatsache zuzuschreiben war, daß sich auf dem Bürgersteig keine Hexenjäger mehr tummelten – wir hatten beide einen guten Nachmittag. Nachdem wir geschlossen hatten, packten wir unser Sportzeug zusammen, stiegen in Rubys roten Honda und fuhren zu JERRI'S HEALTH AND FITNESS SPA. Dort nehmen wir jeden Freitag abend an Shirley Kanazawas Aikidokurs teil. Das war Rubys Idee gewesen. Sie sagt, daß die Kampfsportarten einen mehr vom Kopf auf den Bauch bringen. Ihrer Ansicht nach sind Bauch-Menschen spontan. Sie leben ihr »wirkliches Selbst« aus. Aikido, meint sie, sei die »ethischste« von allen Kampfsportarten. Es beruht auf dem Prinzip von Balance und Harmonie, und beim Aikido lernt man, den Körper des Gegners zu achten.

Harmonie und Balance mögen für Ruby richtig sein, ich mache es wegen des Trainings. Ich bin nicht diszipliniert genug, um jeden Morgen um sechs joggen zu gehen, und das Gehopse bei Aerobic finde ich bescheuert. Aikido dagegen ist nicht übel. Wir tragen weiße Baumwollschlabberhosen, so daß man die Schwimmringe nicht sieht. Shirley hat viel Geduld, sogar mit mir. Und ich mag die langsamen, bewußten Bewegungen, das intuitive Abschätzen der Pläne des Gegners, den plötzlichen Umschwung zu gezielter Aktion. Ich befürchte zwar, daß mein wahres Selbst immer noch vorwiegend in meinem Hirn sitzt, nicht im Bauch, aber es bewegt sich langsam nach unten.

Es stellte sich heraus, daß Ruby viel besser Aikido kann als ich, vielleicht weil sie auch Yogastunden nimmt. Shirley sagt, daß Ruby *tsuyoki* sei, was heißt, daß ihr *ki*, ihre Energie, stark und gezielt ist. Sie bekommt bald ein *hakama* – das ist das knöchellange schwarze Gewand, das die Fortgeschrittenen tragen. Ich bin *yowaki*, das heißt, mein *ki* ist schwach, obwohl Shirley meint, daß das *ki* bei mir nicht unbedingt schwach, sondern eher zerstreut, unzentriert sei. Ich habe Schwierigkeiten, Geist und Körper in Einklang zu bringen, und werde vermutlich nie aus den weißen Schlabberhosen rauskommen.

Nachdem die Stunde vorbei war und wir geduscht hatten, fanden Ruby und ich uns im Büro ein, um für den kommenden Monat zu bezahlen. Jerri war dort, mit hüpfendem Pferdeschwanz, und sprach mit ihrer Schwester Rita. Die Unterschiedlichkeit der beiden verblüffte mich immer wieder. Jerri trug ein rotes Leotard, das die Abwesenheit jeglicher Schwimmringe unter Beweis stellte, und platzte fast vor Energie – eindeutig *tsuyoki.* Ritas senfgelbes Kleid hing schlaff an ihrer krummen Gestalt, sie war ungeschminkt und wirkte fahl und teilnahmslos – furchtbar *yowaki.* Die beiden sprachen gerade über Ritas Job, als wir reinkamen. Sie arbeitet als Assistentin in Lake Winds, dem schicken Feriendorf, wo Sybil Rand wohnt. C. W. Rand, Sybils Mann, ist Ritas Chef.

»Was für ein Mensch ist Rand?« fragte ich und reichte meinen Scheck rüber.

»Ja, das interessiert mich auch«, sagte Ruby und nahm meinen Kuli. »Ist er seiner Frau irgendwie ähnlich?«

Ritas mausbraune Augen weiteten sich. »O nein. Er ist *ganz* anders. Sie ist gefährlich. C. W. – ich meine, Mr. Rand – ist sehr nett. Ein ganz reizender Mensch.«

Sybil gefährlich? dachte ich. Ihr Giftgarten hatte offenbar mächtig Eindruck hinterlassen.

Jerri schüttelte angewidert den Kopf. »Beim Heiligen Vater, wenn ich C. W. wär, würd ich mich von dieser durchgedrehten Person scheiden lassen. Ich würd doch nicht drauf warten, bis sie mir irgendwas Fieses in den Salat schnippelt.«

»Ich möchte nicht, daß ihr denkt, ich wollte Mrs. Rand kritisieren«, sagte Rita in dem ängstlichen Tonfall eines

Menschen, der sein ganzes Leben lang versucht, ein braves Kind zu sein. »Ich meine nur, daß Mr. Rand als Arbeitgeber wirklich herzensgut ist. In den ganzen drei Jahren, die ich in Lake Winds bin, hat er mich nicht einmal angeschrien. Dabei ist es nicht einfach, so ein großes Projekt zu leiten. Er hat viel Streß.«

Lake Winds ist wirklich eine riesige Anlage. Da sind zum einen die Immobilien, die sowohl vermietet als auch verkauft werden. Ferner gibt es dort laut Prospekt zwei Golfplätze mit achtzehn Löchern, einen Yachthafen mit dreihundert Liegeplätzen, eine zwölfhundert Meter lange Asphaltlandebahn und ein erstklassiges Tenniscenter sowie Reitstall, Schwimmbäder, ein Fitneßstudio, eine Sauna und ein Restaurant. C. W. Rand war vermutlich zu beschäftigt, um sich Sorgen um seinen Salat zu machen.

Jerri legte unsere Schecks in die Schublade. »Nimm bitte die Poster mit ins Büro zurück«, trug sie ihrer Schwester auf. »C. W. sagte, sie sollen an alle Anschlagtafeln. Ich gebe in Lake Winds Aerobickurse und mache Massagen«, erklärte sie dann, zu uns gewandt. »Dort ist eine Sauna, ein Fitneßstudio und alles, was man braucht.« Sie blickte sich um und rümpfte die Nase. »Kein Vergleich mit dieser Bude hier. Die Klimaanlage pfeift auf dem letzten Loch, die Rohre sind hinüber, und der Teppich ist in Fetzen. Wenn mir jemand Geld geben würde, wär ich im Handumdrehen weg.« Sie schaute zur Wanduhr hoch und knallte die Schublade zu. »Ich muß los, ihr Lieben. Ich bin verabredet.«

Rita warf Jerri einen Blick zu. »Was ist mit heute abend?«

»Was soll damit sein?«

»Mama hat Geburtstag. Sag bloß nicht, du hast es wieder vergessen, nach dem Theater, was sie letztes Jahr gemacht hat.«

»Nicht der Rede wert«, meinte Jerri, »nur wieder ein Geburtstag. Ma hat einen pro Jahr. Richt ihr aus, daß ich sie morgen anrufe.« Sie tätschelte ihrer Schwester die Schulter. »Du schaffst das schon, Rita. Du kommst gut zurecht mit Ma. Viel besser als ich.«

Ritas Schultern versteiften sich, und ein Schatten fiel über ihr Gesicht. Sie tat mir leid. Es schien die klassische Geschichte von der hübschen Schwester zu sein, die tanzen gehen darf, während die häßliche bei der Mutter bleiben muß. Und Ritas verbittertem Gesichtsausdruck nach zu schließen, spielte sich das nicht zum erstenmal ab.

»Triffst du dich heut abend mit McQuaid?« fragte Ruby, als wir zu ihrem Wagen gingen.

»Er ist immer noch bei dieser blöden Konferenz. Wieso? Hattest du was vor?«

»Diese ganze Balance und Harmonie trocknet mich aus«, sagte Ruby. »Laß uns ins LILLIE'S schauen.«

Im LILLIE'S fanden wir die üblichen Yuppie-Stenze, Paare mit Kindern, Holzfäller und Bob vor. Nur die Farne waren verschwunden. Sie waren durch naturgetreue Plastikphilodendren ersetzt worden. In denselben Töpfen steckten blaue Lupinen aus Plastik. Sogar ich mußte zugeben, daß es so besser war. Es hatte nicht gut ausgesehen für die echten Farne. Sie hatten nur ständig trockene Wedel auf die Bar fallen lassen.

Ich zog mir einen Barhocker heran und bestellte ein Lone Star. Ruby wollte ein Lite, und Bob brachte uns einen Korb voll Tortilla-Chips und eine angeschlagene weiße Tasse mit Maria Garcias Tomatillo-und-Chili-Salsa, die sie mit Limonensaft und viel Knoblauch zubereitete und mit Koriander verfeinerte. Maria ist die Inhaberin der TACO COSINA in der Zapata Street. Ihre Salsa ist noch schärfer als die von McQuaid, bei der sich einem schon die Haut im Mund abschält. Bob wirkte niedergeschlagen.

»Was ist los?« fragte Ruby. »Hast du noch eine Ziege verloren?«
Bob schüttelte den Kopf. »Den Stall«, sagte er bedrückt und wischte den Mahagonitresen mit einem feuchten Lappen ab.
Ich trank einen Schluck Bier. »Den *Stall?* Du meinst den, in dem sie Leroy aufgehängt haben?«
»Ja. Aber diesmal waren es nicht die Santeros. Es waren die Jesus-Freaks. Die Rotte von Billy Lee Harbuck.«
»Ach ja?« fragte Ruby interessiert. »Wie kommst du darauf?«
Bob ließ den Lappen fallen und griff nach einer Fliegenklatsche. Die Fliegen gedeihen hier in der Gegend bis zum ersten mörderischen Frost, und es hatte in diesem Herbst noch keinen gegeben. »Weil sie ›Jesus erlöst‹ auf ein halbes Dutzend Bäume gesprüht haben«, antwortete er. »Dann haben sie den Stall abgebrannt. Fanden wahrscheinlich, er müsse wieder rein werden. Ich kenn keinen außer Billy Lee, der auf so was kommen würde.«
Ruby tunkte einen Tortilla-Chip in Marias Salsa. »Wie irgendwelche Straßengangs.«
Bob erledigte eine Fliege. »Ja. Wo dieser Harbuck ist, geht's übel zu. Das war bereits in seiner Jugend so.«
»Du kennst ihn schon länger?« fragte ich.
»Worauf du dich verlassen kannst. Der Kerl mag den Leuten erzählen, daß ihn der Storch blütenweiß und rein auf den Kirchenstufen abgelegt hat, aber ich weiß, daß es nicht stimmt. Damals in Abilene war er auf der High-School ein paar Klassen über mir. Ein echter Tunichtgut. Und nicht nur Jungenstreiche. Große Dinger.«
»Ist das wahr?« fragte Ruby, jetzt hochinteressiert. »Was zum Beispiel?«
Ich sah sie an und ahnte, was kommen würde. Ruby hatte

schon immer Privatdetektivin sein wollen, aber über Detektivromane ist sie nicht rausgekommen. Sie ist eingetragenes Mitglied bei »Sisters in Crime«, einem Verein von Krimiautoren und -fans. Und sie ist die einzige erwachsene Frau, die ich kenne, die Nancy-Drew-Bücher las, bis V. I. Warshawski und Kinsey Millhone ihre ersten Fälle lösten.
Bob kratzte sich mit der Fliegenklatsche an der Nase. »Irgendwas mit 'nem Auto«, sagte er. »Ist so lange her, daß ich mich nicht recht erinnere. Aber mein Bruder Dickie würd's wissen. Er war irgendwie darin verwickelt. Der Sheriff hat sie beide eingelocht. Dickie ließen sie wieder raus, und Ma hat ihm tüchtig den Hintern versohlt, war Wurscht, daß er schon sechzehn war. Den alten Billy hat's übler erwischt. Der mußte richtig einsitzen.«
Ruby schlug auf die Bar. »Da haben wir's doch, China!«
»Was haben wir?«
»Das Material, mit dem wir den Reverend verscheuchen können, falls er uns mit schmutzigen Tricks kommen will. Wir müssen uns nur die Akten in Abilene ansehen und ...«
Ich schüttelte den Kopf. Rubys Schnüfflerambitionen beunruhigen mich immer. »Ruby, du kannst nicht jemandem hinterherspionieren, nur weil du ihn zum Kotzen findest. Du kriegst Ärger. Glaub mir.«
Ruby hörte mir nicht zu. »Kennst du Anwälte da oben, die uns die Akten besorgen könnten?«
Ich übte mich in Geduld. »Erstens, die Akten von jugendlichen Kriminellen sind nach ihrem achtzehnten Lebensjahr der Öffentlichkeit nicht mehr zugänglich. Zweitens, der Reverend hat eine treue Anhängerschaft. Was, wenn die meinen, du verfolgst ihren Helden?«
»Ich glaube aber doch, daß wir ...«
»Außerdem geht es ums Prinzip. Wie würdest du das denn finden, wenn einer irgendwas ausgräbt, was du als Sech-

zehnjährige angestellt hast, und es dir an den Kopf wirft? Wie wäre dir wohl zumute, wenn dir eine uralte Missetat vorgehalten würde?«

Es entstand ein langes Schweigen. Ruby drehte ihr Bierglas in den Händen. Schließlich leerte sie es und stellte es ab.

»Ich muß heim«, sagte sie. »Andrew ist in einer Stunde da, und Shannon ist von Austin gekommen, um ihn kennenzulernen. Schaust du auch rein?«

»Ich glaub nicht«, antwortete ich. »Aber danke für die Einladung. Frag Shannon, ob sie uns Karten besorgen kann.« Shannon, die ihre Mutter noch um etwa acht Zentimeter überragt, ist Stürmerin in Jodie Conrads Lady Longhorn-Basketball-Team. Sie sieht aus, wie ich mir Ruby als Zwanzigjährige vorstelle – nur Ellbogen und Knie und irgendwo die Verheißung echter Schönheit, wenn alles die richtigen Proportionen hat.

Ruby runzelte die Stirn. »Ich wünschte, du würdest Andrew mögen.«

»Es ist nicht so, daß ich ihn nicht mag«, entgegnete ich, »nur ...« Ich mochte ihn auf Anhieb nicht. Ich traute ihm nicht. Aber ich wollte Ruby nicht weh tun. »Ich weiß nicht, Ruby. Vielleicht bin ich eifersüchtig.«

Rubys Augenbrauen zogen sich bis unter ihren roten Pony hoch. »Eifersüchtig? Auf Andrew?«

»Auf dich. Daß du dich so weit auf Leute einlassen kannst. Daß du Leidenschaft empfinden kannst.« Als ich es ausgesprochen hatte, merkte ich, daß es stimmte. Ich halte viel von mir zurück, stelle vor große Teile meiner Psyche Schilder, auf denen »Kein Zutritt« steht. Wenn Ruby sich verliebt, sind da nirgendwo Zäune, Mauern, Grenzen. Sie läßt sich total einnehmen. Ich beneide sie um die Fähigkeit, so offen zu sein, und doch sorge ich mich um sie. Für mich ist Verletzlichkeit eher ein Fluch als eine Gabe.

»Aber du läßt dich doch auch ein. Auf McQuaid, meine ich. Oder nicht?«
»Wahrscheinlich schon.« Ich hielt inne. »Aber es ist anders. Ich gerate nicht in einen Rausch wie du. Ich bin nicht romantisch.«
»Ich wär mit einer Romanze zufrieden.« Ruby sah auf ihre Uhr. »Nun sei nicht so trübsinnig, okay? Zumindest hat der Reverend das Handtuch geworfen.«
Ich blickte grimmig auf mein Bier. »Ich bin froh, daß Pauline uns die Marschierer vom Hals geschafft hat, aber es hat mir nicht gefallen, wie sie es gemacht hat.«
Ruby war schon halb draußen, als sie noch mal zurückkam. »Vergiß nicht, morgen ist Halloween. Wir sind zur Party bei Mary Richards eingeladen.«
»Ach ja. Mit den Hexen.«
Ruby schauderte. »Nicht so laut.«
Ich ging ein paar Minuten später. Zu Hause bereitete ich Khat das Abendessen zu, machte mir einen Salat und stellte den Rest eines Huhn-Schmortopfs mit Rosmarin und Petersilie in die Mikrowelle. Ich setzte mich gerade zum Essen hin, als das Telefon klingelte.
»Ich bin ja so froh, daß ich dich erreiche, China«, sagte Leatha mit dieser lieblichen Südstaatenstimme, die wie warmer Honig über einen fließt. Dann kam der Stachel. »Letzte Nacht habe ich so lange gewartet, aber du hast nicht mehr angerufen.«
»Tut mir leid, Leatha«, erwiderte ich. »Ich war beschäftigt.«
Sie seufzte. »Das bist du immer, China. Ich mache mir Sorgen, daß du in deinem kleinen Laden zuviel arbeitest. Seit Ostern haben wir uns nicht mehr gesehen, und jetzt ist bald Thanksgiving.«
Das stimmte nicht ganz. Ich war im Mai zu einer Herbalistentagung nach Houston gefahren und hatte ihr einen

kurzen Besuch abgestattet. Und Thanksgiving war erst in drei Wochen.

»Jedenfalls«, sagte sie mit leicht schmollendem Unterton, »hab ich beschlossen, das nun selbst in die Hand zu nehmen. Wenn Mohammed nicht zum Berg kommt, kommt der Berg zu Mohammed. Ich will dich sehen.«

»Das ist schön«, erwiderte ich vorsichtig. Das fand ich zwar nicht, aber möglicherweise konnte ich es abbiegen. »An Thanksgiving habe ich ein paar Tage frei. Allerdings habe ich in den Ferien ziemlich viel vor, wenn ich's mir recht überlege. Vielleicht sollten wir es doch aufs neue Jahr verschieben.«

Leatha ist einer der passivsten Menschen, die ich kenne. Wenn sie auf Widerstand stößt, gießt sie sich meist einen Scotch ein und vergißt die Sache. Aber diesmal zeigte sie Zähne.

»Ich komme Sonntag abend gegen acht, China. Wir müssen mal ein Mutter-Tochter-Gespräch führen.«

O Scheiße.

6

Am Samstag morgen wachte ich mit gemeinen Kopfschmerzen von der Sorte auf, die ich nur kriege, wenn ich zuviel Rotwein trinke. Aber an Rotwein lag es nicht. Es lag an den ganzen mistigen Ereignissen der Woche, und Leathas Anruf war genau das letzte Stück Dreck gewesen, das nicht mehr in den Mülleimer paßte.

Als ich noch als Juristin arbeitete, hatte ich weder Zeit noch das Bedürfnis, über meine Beziehung zu Leatha nachzudenken. Seit ich umgesattelt habe, fehlt es mir nicht an der Zeit, aber immer noch am Bedürfnis. Viele Töchter haben Probleme mit ihren Müttern – die Mütter mischen sich in alles ein, mißhandeln sie, setzen sie unter Druck, trinken. Das war mein Problem mit Leatha. Ich erinnere mich, wie ich von der Grundschule nach Hause kam und sie bei ihrem dritten oder vierten Scotch vorfand, allein in dem riesigen Haus, das in dem nüchternen, kargen Stil eingerichtet war, den mein Vater schätzte, und mit teuren modernen Gemälden vollgehängt, die er als Investitionsanlage kaufte und die eine unterkühlte Atmosphäre erzeugten. In der Garage, in der Platz für vier Wagen war, stand jedes Jahr ein neuer weißer Cadillac, aber das Haus und der Wagen konnten Leatha nicht für die ständige Abwesenheit ihres Mannes entschädigen – ihres Mannes, meines Vaters, der Anwalt und ein Mensch mit enormen intellektuellen Fähigkeiten und zwingender körperlicher Vitalität war. Sie liebte ihn mit verzehrender, hingebungsvoller Leidenschaft. Der Tochter gelang es nicht, ihr seine Abwesenheit erträglicher zu machen, dem Scotch dagegen schon. Es gab jedoch nichts, was mir ihre Abwesenheit erträglicher machte.

Die Kopfschmerzen würden nicht von allein verschwinden. Ich zog mich an, ging in den Garten, knipste ein Blatt vom Mutterkraut ab und kaute es. Es schmeckte bitter, und ich verzog das Gesicht. Im Frühsommer trägt das Mutterkraut – *Tanacetum parthenium* – gänseblümchenartige weiße Blüten, die manchmal »Hemdenknöpfchen« genannt werden. Der Herbalist Nicholas Culpeper empfahl im 17. Jahrhundert die Blätter als Mittel gegen Kopfschmerzen und gegen »Melancholie und Schwermut oder Trübsinn«; genau das richtige für mich. Mit den Kopfschmerzen hatte Culpeper jedenfalls recht. Als ich fertig angezogen war, das Bett gemacht und das Frühstück vorbereitet hatte, waren die Kopfschmerzen besser. Was ich von der Melancholie und dem Trübsinn nicht behaupten konnte.

Aber diese Wehwehchen waren nichts gegen das, was mich im Laden erwartete. Ich habe keinen besonderen Grund dafür, aber ich betrete die CRYSTAL CAVE nie, wenn Ruby nicht da ist. An diesem Morgen hatte ich einen besonderen Grund. Unter der Verbindungstür quoll etwas Dunkles hervor. Ich starrte einen Moment lang entsetzt darauf. Mein Herz pochte laut. Es mußte Blut sein. Als ich mit dem Finger etwas auftupfte und daran roch, stellte ich fest, daß es sich um Duftöl für Aromalampen handelte. Leicht entzündbares Zeug.

Ich schloß auf und öffnete die Tür. Der Anblick reaktivierte umgehend meine Kopfschmerzen. Bücher waren umgeworfen, die Regale umgestürzt, Kristalle und Perlen verstreut. Die Seitentür war offen. Man mußte nicht groß rätseln, um zu erkennen, daß jemand das Schloß aufgebrochen hatte.

Ich griff zum Telefon. Ruby war in zehn Minuten zur Stelle; sie hatte Jeans mit Farbflecken und ein Sweatshirt an, das in die Wäsche gehörte.

»Frohes Halloween«, sagte sie. Sie schloß einen Moment die Augen, als hoffte sie, das Chaos würde verschwinden. Dann öffnete sie sie wieder. »Wie sind sie reingekommen?«

»Durch die Seitentür. Das Schloß war ein Billigteil. Ich hätte ein neues reinmachen sollen, als du eingezogen bist. Tut mir so leid, Ruby.«

»Du kannst nichts dafür. Haben sie sich deinen Laden auch vorgenommen?«

»Nur deinen. Ich glaube, wir sollten die Polizei rufen.«

»Ja, sollten wir wohl. Die Versicherung zahlt nur, wenn wir den Schaden melden.« Sie sah sich angewidert um. »Obwohl ich wetten möchte, daß nichts fehlt. Sie wollten nur die Hexenhöhle verwüsten. Ein bißchen Weihwasser verspritzen.«

Ich runzelte die Stirn. »Du glaubst, das geht auf Harbucks Konto?«

Ruby fuchtelte mit den Armen. »Uns haben sie belästigt, bis die Bürgermeisterin sie verscheucht hat. Bobs Stall haben sie gereinigt, indem sie ihn abgebrannt haben. *Natürlich* sind sie dafür verantwortlich. Wer denn sonst?«

»Ich weiß nicht, Ruby.« Ich versuchte den Schaden abzuschätzen. »Ich stelle mir unter einem rechtschaffenen Menschen jemand anderen vor als Harbuck, aber dennoch ...«

Rubys Gesicht wurde so rhabarberfarben wie ihr Sweatshirt. »Sei doch nicht so begriffsstutzig, China. Du hast gehört, was Bob gesagt hat. Billy Lee ist ein Tunichtgut und bringt Ärger. Das ist schon aktenkundig. Wir *müssen* etwas gegen ihn unternehmen!«

»Wir fangen am besten damit an, daß wir die Polizei holen«, sagte ich besänftigend und ging zum Telefon.
Eines muß man Bubba lassen, er ist fix. Zigarre im Mund, stand er fünf Minuten nach meinem Anruf in der Tür. Aber Pecan Springs ist ein kleines Städtchen. Die Jungs, die sich in der DOUGHNUT QUEEN ihren Samstagmorgenkaffee zu Gemüte führten, würden wahrscheinlich in einer halben Stunde bestens über den Einbruch informiert sein.
»Gibt wohl wieder Ärger, wie?« brummte Bubba. Ein kräftiger junger Polizist mit einer Colormatic-Brille stand, mit Notizblock und Stift bewaffnet, in der Tür. Die Brillengläser waren noch dunkel, und ich fragte mich, wann er wohl durchsehen konnte.
Ruby schaute nach, ob die fünfzig Dollar Wechselgeld, die sie immer in einer Plastikbanktasche in der Mülltonne hinter dem Ladentisch hat, noch da waren. Ich habe ihr schon oft erklärt, daß das kein Aufbewahrungsort für Geld ist, aber sie sagt, niemand außer ihr leere den Eimer, und sie würde nicht fünfzig Dollar in einer Banktasche wegschmeißen. »Wonach sieht es aus?« fragte sie eisig. »Nach einem Betriebsausflug der Handelskammer?«
»Sie sind durch die Seitentür gekommen«, sagte ich.
»Liegt nahe«, meinte Bubba. »Harvey, überprüfen Sie die Tür. Ich seh's mir gleich an.« Harveys Brille war gerade klar geworden, aber er steckte sich den Stift hinters Ohr und zog ab. Bubba wandte sich zu Ruby. »Das Wechselgeld vollständig? Fehlt was?«
Ruby sog die Luft ein, als ob sie bis zehn zählen würde. »Ich hatte noch keine Zeit für eine Inventur, aber vom Wechselgeld fehlt nichts. Ich bezweifle, daß Reverend Harbuck der Gerechte seine Fingerabdrücke auf einer Plastikbanktasche hinterlassen würde.«

Bubbas Zigarre wippte himmelwärts. »Sie meinen, es war der Reverend?«

»Er oder seine Schäfchen.«

»Haben Sie Beweise?«

»Die beizubringen ist Ihre Sache.«

Bubba nahm die Zigarre aus dem Mund. »Miss Wilcox«, sagte er geduldig, »es ist meine Sache, herauszufinden, wer in Ihren Laden eingebrochen ist, nicht den Einbruch jemandem anzuhängen, gegen den Sie was haben. Mir ist klar, daß Sie stinksauer sind, und ich kann's Ihnen nicht verdenken. Aber es hilft uns gar nichts, wenn Sie mit Anschuldigungen um sich werfen wie 'n Gürteltier mit Erde. Nun beruhigen Sie sich, und überlassen Sie die Angelegenheit mir. Gehn Sie 'n Kaffee trinken, und kommen Sie in, na sagen wir, zehn Minuten, 'ner Viertelstunde wieder.«

Für Bubba war das eine lange Rede, und Ruby war ganz verdutzt. Ich nahm sie beim Arm. »Komm, ich mach uns Tee.«

In meiner Küche verbannte ich Khat von dem Schaukelstuhl am Fenster, und Ruby setzte sich hinein. Ich stellte den Kupferkessel auf den Herd und gab Tee in die blaue chinesische Kanne, die ich letzte Weihnachten von McQuaid bekommen habe – Zitronenmelisse mit etwas Eisenkraut und ein paar getrockneten Limonenschalen. Melissentee schmeckt gut und soll außerdem fiebersenkend wirken. Ich dachte, er würde Ruby vielleicht ein bißchen beruhigen.

Als der Tee fertig war, goß ich zwei Tonbecher voll und stellte Honig und einen Pott rubinrotes Gelee für die Rosinenhörnchen auf den Tisch. Das Rezept für die Hörnchen stammt aus Jean und Ron McMillens *Cooking with Malice Domestic,* einem Kochbuch mit den Lieblingsrezepten von berühmten Krimiautoren, das sich zum Lesen ebensogut geeignet wie zum Kochen.

Ruby kam zum Tisch und setzte sich. Sie hatte vier oder fünf Minuten nichts gesagt, womit sie wohl ihren eigenen Rekord gebrochen hatte. Aber sie trank ihren Tee und aß ein Hörnchen mit Gelee. Also ging ich davon aus, daß sie okay war.

Sie zeigte auf das Gelee. »Was ist das?«

»Kaktusfeigen.«

»Du machst Witze. Diese grünen Dinger, die aussehen wie Boxhandschuhe mit Stacheln?«

»Sie ergeben ein gutes Gelee«, sagte ich, »ein hervorragendes sogar.« Die zarten leuchtendroten Früchte sind im September reif. Wenn man sich ihnen mit Lederhandschuhen, dicken Jeans und schweren Stiefeln ausstaffiert nähert, kommt man an genug Früchte für ein aromatisches Gelee, das rubinrot glitzert und wie eine ganze texanische Blumenwiese riecht. »Ich hab mal in Mazatlán die Samen gegessen und bin dabei auf den Geschmack gekommen.«

Ruby verschlang noch ein Hörnchen. Dann lehnte sie sich zurück. »Ich *weiß,* daß es Harbuck war.«

Es ist völlig sinnlos, mit Ruby herumzustreiten. Ich konnte nur auf die harten Fakten verweisen. »Vielleicht findet Bubba ein, zwei Fingerabdrücke, aber wenn sie nicht im Computer sind, bezweifle ich, daß ...«

Ruby schüttelte den Kopf. »Oh, ich glaube nicht, daß es *Beweise* dafür gibt, aber ich weiß es trotzdem. Irgendwann kriege ich diesen scheinheiligen Dreckskerl am Wickel. Wart's nur ab.«

Ich wechselte das Thema. »Rate mal, wer mich besuchen kommt.«

Ruby schloß einen Augenblick die Augen, dann öffnete sie sie. »Deine Mutter.«

Ich runzelte die Stirn. »Woher weißt du das?«
»Das sagt mir mein innerer Führer«, antwortete Ruby. »Er ist sehr linkshirnig.« Sie sah mich mitfühlend an. »Wann kommt sie?«
»Sonntag abend.« Ich seufzte. »Vielleicht sollte ich deinen inneren Führer mal fragen, wie ich mich am besten verhalte.«
Ein Klopfen an der Tür unterbrach unser Gespräch. Der bullige junge Polizist erschien. »Wir sind durch«, verkündete er. Er mußte sich im Laden aufgehalten haben, da seine Brillengläser jetzt hell waren. »Chief Harris sagt, wenn Sie wissen, was fehlt, sollen Sie 'ne Liste machen und sie aufs Revier bringen.«
»Mach ich«, erwiderte Ruby. Der Mann verzog sich. Sie wandte sich mir zu. »Danke für den Tee und den Zuspruch, China. Ich fühl mich schon viel besser.«
»Der Zuspruch war ja nicht so doll.«
»Völlig ausreichend.« Ruby lächelte. »Kaum zu glauben, daß so ein stachliger Kaktus sich in ein solch wunderbares Gelee verwandeln kann, nicht?«
Irgendwo war da eine Metapher. Ich erwiderte das Lächeln.
Es war fast zehn, bis ich schließlich den Laden aufmachte. Rubys Laden blieb zu. Sie brauchte den ganzen Tag, um sauberzumachen, alles einzusammeln und wieder in die Regale zu räumen. Wenn ich keine Kunden hatte, half ich ihr. Um zwölf ging ich zum CANTON PALACE und holte uns etwas zu essen – Huhn mit Cashewnüssen für mich und Rind mit Knoblauchsauce für Ruby, die es gern scharf mag. In ihrem Glückskeks stand: »Die Karten halten eine Überraschung bereit.« Meines war leer. Um zwei rief Sybil Rand an und fragte, ob sie mit uns zur Party fahren könne, da wir den Weg wüßten. Sie fragte auch, ob wir etwas früher kommen und einen Moment hereinschauen könnten, da

sie uns etwas zeigen wolle. Bei ihrem Anruf fiel mir ein, daß ich versprochen hatte, Räucherwerk mitzubringen. Ich stellte eine Auswahl zusammen und steckte es in eine Tüte.
Um vier kam Ruby, zerzaust und staubig, durch die Verbindungstür.
»So, ich schätze, das war's«, sagte sie.
»Fehlt was?«
Sie sah zornig aus. »Mein Messer.«
»Das Ritualmesser, das du uns am Dienstag abend im Kurs gezeigt hast?«
»Ja. Ich glaube zumindest, daß es weg ist. Ich hatte die Schachtel mit den Tarotkarten und den Ritualgegenständen in den Laden mitgebracht und auf den Tresen gelegt, damit ich sie heute abend nicht vergesse. Ich dachte, das Messer sei in der Schachtel gewesen, aber vielleicht täusche ich mich auch, und es ist zu Hause.«
»Wenn du es genau weißt, würde ich es Bubba sagen.«
»Mach ich«, erwiderte Ruby müde. »Doch jetzt geh ich erst mal unter die Dusche. Ich habe Andrew zu erreichen versucht, aber ich schätze, er ist schon nach San Antonio gefahren. Er wollte dort einen Freund besuchen, jemanden, mit dem er früher gearbeitet hat.«
»Wir *müssen* nicht zu der Party. Wenn du zu müde bist, können wir auch absagen.« Wenn wir absagten, würde ich McQuaid anrufen und versuchen, ihn heute abend zu treffen. Da wir uns in letzter Zeit kaum gesehen hatten, fand ich die Aussicht äußerst verlockend.
Ruby schüttelte den Kopf. »Ich hab doch versprochen, Tarot zu legen. Ich sollte mir wohl was Exotisches zum Anziehen ausdenken. Um wieviel Uhr holst du mich ab?«
»Etwa um halb sieben. Sybil möchte mitfahren, und sie hat uns gebeten, ein paar Minuten früher vorbeizukommen.«

Ruby streckte sich. »Was für ein Tag. Was für eine *Woche.* War es nicht lustig?«

»Zweifellos. Und deinem Glückskeks zufolge wird's noch lustiger.«

»Richtig. Eine Überraschung in den Karten. Ich frage mich, was der Kosmos diesmal für uns ersonnen hat.«

»Für dich ersonnen«, verbesserte ich. »Mein Glückskeks war leer, weißt du nicht mehr?«

* * *

Ruby kam zum Wagen. Sie sah aus wie eine Bauchtänzerin: flattrige rote Pumphosen, die tief auf ihren Hüftknochen saßen, und ein passender roter Bolero, der in jeder Hinsicht offenherzig war. Außerdem war sie mit zehn Zentimeter großen Goldringen an den Ohren, Fußreifen, einem goldenen Kettengürtel und goldenen Sandalen angetan. Auf ihren Augenlidern glitzerte goldener Lidschatten, und auf ihrem Haar und ihren Schultern lag Goldstaub. In der Hand hatte sie ein Tamburin.

»Wow«, sagte ich beeindruckt.

»Danke.« Sie sah mich an. »Batwoman, nehme ich an?«

»So ähnlich.« Ich trug das einzige exotische Kleidungsstück, über das ich verfüge: einen schwarzen Nylonoverall, dekolletiert bis zum Nabel. Ich hatte ihn auf einem Flohmarkt für einen Dollar fünfzig erstanden. Dazu hatte ich die schwarze Batman-Kapuze aufgesetzt, die Brian unter dem Sofakissen liegenließ, als er das letztemal bei mir war.

»Hast du das Messer gefunden?«

Ruby schüttelte den Kopf. »Ich schätze, die wollten eine Trophäe mit meinem Namen drauf.«

»Vielleicht sollten wir beim Revier vorbeifahren und es Bubba sagen.«

»In der Aufmachung? Er würde mich wegen Erregung öffentlichen Ärgernisses einlochen und dich auf Tollwut untersuchen lassen.« Sie rasselte mit dem Tamburin. »Wirf das Batmobil an, Kumpel. Ich will feiern!«

Lake Winds besteht aus einigen Quadratkilometern parkähnlicher Gärten am Ostufer des Canyon Lake. Das Haus der Rands lag in einer Straße, in der alle Häuser nach sechsstelligen Zahlen aussahen, und es war das größte. Zum achtzehnten Loch und dem See war es ein Katzensprung. Von der Straße aus wirkte das Haus wie eine steinerne Festung mit einem Holztor, das hoch und breit genug war, einen Lieferwagen einzulassen. Vom hinteren Garten aus, wo Sybil uns hinführte, ähnelte es mehr einem Glaskasten. Das Anwesen verfügte über eine riesige Veranda, eine Garage, in der man bequem die Feuerwehr von Pecan Springs unterbringen konnte, und einen Swimmingpool in Form des texanischen Staates. Die Führung begann in Sybils Giftgarten in einer hübschen grünen Ecke nördlich des Pool-Panhandles.

»Hier haben sie den Eisenhut rausgerissen«, sagte Sybil und deutete auf eine leere Stelle. Dahinter standen ein üppiger Oleander und eine Wildkirsche. Seit 1820 ist in den *US-Pharmacopoeia* Wildkirsche als Expektorans und leichtes Beruhigungsmittel aufgeführt, aber die Rinde, die Blätter und Steine enthalten ein tödliches blausäureähnliches Gift. Am Fuße des Baums wuchs ein prächtiges Exemplar des Sturmhuts, einem nahen und nicht minder tödlichen Verwandten des Eisenhuts. Entlang des gepflasterten Wegs stand Flohkraut, aus dem Öl hergestellt wird, das in Flohhalsbändern für Hunde Verwendung findet. Eine Frau, die zwei Teelöffel davon zu sich genommen hatte, starb, und bereits ein halber Teelöffel davon kann Krämpfe auslösen.

Als ich Sybils Pflanzen betrachtete, dachte ich über den faszinierenden Widerspruch nach, der ihnen innewohnte. Es waren gesunde, grüne, unschuldig liebreizende Gewächse – aber bei allen trog der äußere Schein. Und wie stand es mit Sybil, die diese seltsamen, bedrohlichen Pflanzen sammelte? Im Grunde konnte ich die Frage leicht von mir weisen – es gibt Leute, die Piranhas züchten, und andere, die mit Klapperschlangen ringen. Aber als ich hier inmitten von starken Pflanzengiften stand, gewann die Frage ein anderes Gewicht. Was für ein Mensch war Sybil Rand, daß sie an einer solch gefährlichen Sammlung Gefallen fand? Warum hatte sie diesen Garten angelegt?

»Wer auch immer die Pflanze gestohlen hat, muß sich damit auskennen«, meinte Ruby.

»Ich habe gehört, daß es alte Rituale gibt, bei denen Eisenhut zur Abschreckung von Hexen eingesetzt wird«, sagte Sybil. In dem hochgeschlossenen schwarzen Gewand mit den weiten fließenden Ärmeln, das sie zur Party angezogen hatte, hatte sie selbst auffallende Ähnlichkeit mit einer Hexe. Dazu trug sie eine schwere Kette aus polierten Rosenholzperlen und alten Elfenbeinschnitzereien in Form von Schlangen und anderen Tieren. Es hätte die Kette eines Schamanen sein können. Extremes Augen-Make-up und dunkelroter, fast schwarzer Lack auf ihren langen Fingernägeln ergänzten das Outfit.

»Ach ja?« Das war mir bei allen Kräutergeschichten noch nicht zu Ohren gekommen, aber es schien mir einleuchtend.

Sybil lächelte verzerrt. »Mein Mann sagt, der Garten sei ein Ärgernis für die Nachbarn. Er verbot mir, ihn anzulegen, und diese Woche hat er gedroht, ihn verwüsten zu lassen.« Sie hielt inne. »Er schätzt meine esoterischen Interessen nicht – den Garten, das Tarot, die Astrologie. Er fürchtet sich davor.«

Es entstand eine unbehagliche Pause. Ein Neuntöter auf der Wildkirsche zwitscherte einmal, dann flog er davon.
»Ich glaube, ich bin deinem Mann noch nie begegnet«, sagte Ruby.
»Ich würde euch ja bekannt machen, aber er ist gestern wegen irgendwelcher Familienangelegenheiten nach Atlanta geflogen.« Sybil musterte Rubys Bauchtänzerinnenkostüm. »Ich bin sicher, er hätte *dich* gerne kennengelernt.« Sie wandte sich zum Haus. »Aber ich habe euch nicht nur wegen des Gartens hergebeten. Da ist noch was – eigentlich unwichtig, aber Angela bestand darauf, daß ich es euch zeige.«
Sie führte uns über die Holzveranda in eine Küche, in er man die halbe Stadt verköstigen konnte. Eine junge Latina, die Jeans und eine riesige karierte Schürze anhatte, räumte Geschirr in die Schränke. Sie lächelte, als sie Batwoman und eine Bauchtänzerin durch die Tür treten sah.
Ich erwiderte das Lächeln. »Hallo, Angela«, sagte ich. Angela Sanchez ist Anfang Zwanzig, hat gleichmäßige Gesichtszüge und flicht ihr dunkles Haar zu einem schweren Zopf, der ihr fast bis zur Hüfte reicht. Ich habe sie kennengelernt, als Sarita Gonzales und ich Angelas Bruder und ihrem Cousin bei der Beschaffung der Staatsbürgerschaft halfen. Zum Dank lud sie uns zur *Quincenera,* der traditionellen Feier zum fünfzehnten Geburtstag ihrer Schwester Eusebia, ein. Nach dem Gottesdienst gab es im Centro Mutualista Cuauhtemoc Abendessen und Tanz; Eusebia trug ein weißes Kleid und war von Dutzenden von Gratulanten umgeben. Um Mitternacht hörten alle auf zu trinken und nahmen ein scharfes, würziges Menudo aus Kutteln, Hirse und Chili-Poblano zu sich, das mit Zwiebeln, Knoblauch und Pfefferkörnern gewürzt war. Dazu gab es warme Tortillas und kleine Portionen Chili-Serrano, gehackte

Zwiebeln und Limonenstücke. Ich weiß nicht, ob es an der Gesellschaft oder am Menudo lag (das gut gegen Kater sein soll), jedenfalls fühlte ich mich prima, als ich nach Hause ging, und noch besser, als ich am nächsten Morgen aufwachte.

»Hallo, China«, sagte Angela. »Hallo, Ruby.« Sie sah Sybil eindringlich an. »Zeigen Sie sie ihnen, Mrs. Rand?«

Angela Sanchez gehört nicht zu den Frauen, die sich zurücklehnen und abwarten, bis jemand das Kommando übernimmt. Sie studiert an der CTSU Anthropologie, will ihren Doktor machen und einen Lehrberuf ergreifen. Vorläufig sorgt sie für ihren Lebensunterhalt, indem sie für Frauen arbeitet, die es sich leisten können, andere Frauen anzustellen. Sie arbeitet hervorragend und nicht für den Mindestlohn.

Widerstrebend ging Sybil zu einem Tisch, auf dem eine Schreibmaschine mit einem eingespannten Blatt Papier stand – eine Liste mit lateinischen Pflanzennamen, vermutlich eine Bestandsaufnahme. Sie zog die Schublade auf und nahm eine seltsame, schwarz angezogene Stoffpuppe heraus. Das Haar der Puppe war aus schwarzem Garn, und um ihren Hals wand sich ein Stück glänzender Kupferdraht. Sybil legte das Gebilde auf die Arbeitsfläche und lächelte verkrampft. »Eine passable Nachbildung, was meint ihr?«

»Eine *Voodoo*-Puppe?« fragte Ruby.

»Ja«, sagte Angela. »Santeria.«

»Ich habe sie heute morgen auf der Veranda gefunden«, berichtete Sybil. »Zusammen mit dem hier.« Sie hielt eine Tarotkarte hoch. Ein grimmiges Skelett mit einer Sichel war darauf abgebildet.

Rubys Gesicht erstarrte. »Tod. Wer könnte dir so etwas wünschen, Sybil?«

»Wenn ich es wüßte«, erwiderte Sybil, »würde ich sie zurückschicken.« Sie warf die Karte zu der Puppe auf die Arbeitsfläche. »Nun, man sollte sich nicht allzusehr darüber aufregen. Irgendein Freund erlaubt sich einen Scherz. Ich hätte euch nichts davon gesagt, aber Angela bestand darauf.«

Ich nahm die Karte und sah sie mir genauer an. Ich hatte keine eigenen Tarotkarten, aber ich hatte mir die von Ruby angeschaut, und ich erinnerte mich an diese, die finster und bedrohlich wirkte, ein Symbol, das an verborgene Urängste rührte. »Du hast Freunde, die so etwas für einen Scherz halten?«

Angela nahm ihre Schürze ab. »Das ist kein Scherz«, sagte sie fest. »Als ich noch klein war, beschloß der Mann meiner Cousine Juanita, ein Anglo namens Carl, sich scheiden zu lassen. Juanita weigerte sich, weil sie katholisch ist. Carl hat diese alte *bruja* – eine mexikanische Hexe – beauftragt, eine Puppe zu machen und ihr Nadeln durch den Hals zu stecken. Als Juanita die Puppe vor ihrer Tür fand, wurde sie fast wahnsinnig. Als sie am nächsten Morgen aufwachte, konnte sie nicht mehr sprechen. Sie ging zum Arzt, aber körperlich war alles in Ordnung. Sie ging zum Priester, doch der konnte auch nicht helfen. Nach ein paar Wochen, in denen sich ihr Zustand nicht besserte, kam Carl mit einem Papier, auf dem stand, daß Juanita in die Scheidung einwilligt. In dem Moment, als sie es unterschrieb, kehrte ihre Stimme zurück.« Angela öffnete die Speisekammer und hängte ihre Schürze auf. »Diese Puppe hier hat auch eine *bruja* gemacht. Die Tod-Karte verstärkt den Zauber. Jemand hat etwas gegen Mrs. Rand.«

Sybil verschränkte die Arme. »Wenn Sie mit der Küche fertig sind, können Sie gehen, Angela.«

Angela ließ sich jedoch nicht wegschicken. »Ich glaube, daß Sie das Ganze nicht ernst genug nehmen, Mrs. Rand. Es ist

Zauberei. Santeria. Es ist gefährlich. Ruby kann das bestätigen, sie kennt sich mit solchen Dingen aus.«
Es überraschte mich, daß Angela trotz ihrer Bildung dem alten Aberglauben verhaftet geblieben war. »Deine Cousine ist krank geworden, weil sie an die Macht der Puppe glaubte«, sagte ich.
»Ja«, pflichtete mir Ruby bei. »Es war die Angst, die ihr die Stimme nahm, nicht die Puppe selbst. So funktioniert Zauberei. Sie hat große Macht, aber nur über die, die an sie glauben.«
Angelas dunkle Augen funkelten zornig. »Sie alle verstehen das nicht richtig. Was Mrs. Rand glaubt oder nicht glaubt, ist nicht wichtig. Entscheidend sind die *Motive* des Täters. Wenn diese Drohung nicht die gewünschte Wirkung zeigt, was es auch sein soll, wird die betreffende Person wahrscheinlich eine direktere Methode anwenden.«
Ich fühlte mich wie ein unartiges Kind, dem der Kopf gewaschen wird. »Du hast recht, Angela. Kannst du dich weiterhin umhören? Vielleicht stößt du auf die *bruja,* die die Puppe hergestellt hat.«
Das stachelte wieder die Privatdetektivin in Ruby an. »Genau. Wenn wir die Hexe finden, können wir sie aushorchen, wer sie beauftragt hat. Bestimmt sind auch Fingerabdrücke auf der Karte.«
»Ja«, erwiderte ich, »die von Sybil und mir.«
Ruby schnitt mir eine Grimasse, und ich mußte grinsen. Batwoman und eine einsdreiundachtzig lange Bauchtänzerin, die voller Tatendrang einen Fall von mexikanischer Hexerei aufklären wollen. Ein großartiges Team.
Sybil schüttelte den Kopf. »Das ist alles total albern«, sagte sie leichthin. »Die Puppe ist ein Witz, keine Drohung. Ihr könnt das doch nicht wirklich ernst nehmen.«
Ich sah sie an. Ihr angespanntes, aufgesetztes Lächeln und

der unsichere Ausdruck in ihren Augen straften ihre Worte Lügen. Vor wem fürchtete sie sich? Von wem stammte diese Puppe?

Angela ging zur Hintertür. »Ich hör mich um«, sagte sie zu mir. »Vielleicht stoße ich auf etwas.« Sie sah Mrs. Rand an. »Schließen Sie ab, ja?«

Als Angela gegangen war, wandte sich Sybil Ruby und mir zu. »Kurz bevor ihr gekommen seid, hat mich jemand angerufen. Ich kriege später noch Besuch und muß um halb elf gehen. Wenn das für euch ungünstig ist, fahre ich euch mit meinem eigenen Wagen hinterher.«

»Ich habe nichts dagegen, um die Zeit aufzubrechen«, sagte ich und fragte mich, was für eine Art von Besuch sie wohl zu so später Stunde noch bekam.

»Ich auch nicht«, meinte Ruby. »Ich mußte in letzter Zeit selbst einiges an schauriger *brujería* ertragen. Um halb elf hängt die Bauchtänzerin das Tamburin an den Nagel.«

* * *

Deadwood liegt an der Kreuzung zweier Hauptstraßen und besteht aus einem Laden, dem Gebäude der Freiwilligen Feuerwehr und ein paar Dutzend Häusern, die man über Schotterwege erreichen kann. Marys Haus hat ein Kuppeldach aus Zedernholz und eine Holzveranda, von der aus man auf einen feudalen, von Blumen- und Kräuterbeeten gesäumten Rasen blickt, der im Schatten riesiger Hickorybäume liegt. Hinter dem großen Kuppelbau befindet sich ein kleinerer, Marys Studio, das sie in weiser Voraussicht zur Party abgesperrt hatte. Ich beschloß, eines Tages mal reinzuschauen und ihre Arbeitsräume zu besichtigen.

Der Rasen war dicht bevölkert. Ungefähr fünfzig Kobolde, Feen, Göttinnen, Indianerinnen, Gräfinnen, Wahrsagerinnen und andere Feiernde hatten sich eingefunden, darunter eine Lieutenant Uhura, zwei Hillary Clintons und drei Bauchtänzerinnen. Gretel war als deutsches »Fräulein« gekommen, und ich erhaschte einen Blick auf Judith, die in einer braunen Kutte mit Kapuze steckte und einen Schamanenstab in der Hand hatte. Marys Wicca-Freundinnen sahen höchstens halb so hexenmäßig aus wie Sybil. Sie trugen lange weiße Gewänder und Kränze aus Gänseblümchen und Farn auf dem Haar. Dottie war in Begleitung ihrer schwarzen Katze erschienen, irgendwer trug einen rosa Plastikflamingo herum, und eine Frau hatte eine lebende Boa constrictor namens Balboa über ihre Schultern drapiert.

Nachdem wir eine Weile gefeiert hatten, ließen wir uns zum Samhain-Ritus im Kreis nieder. Mary saß neben mir und erläuterte mir flüsternd die Zeremonie. Drei Frauen, als die Schicksale verkleidet, traten vor und erteilten uns singend ihren Segen. Ihnen folgten acht Wiccas, die jeweils Feste des heidnischen Jahres repräsentierten – Wintersonnenwende, Lichtmeß, Frühlingstagundnachtgleiche, Maifest, Sommersonnenwende, Schnitterfest, Herbsttagundnachtgleiche und Samhain. Jede tanzte und sang und brachte als Symbol der Jahreszeiten Wein, Brot und Blumen dar.

Weil Samhain für das Ende des Jahres und die Vergänglichkeit steht, war die letzte Priesterin als Greisin zurechtgemacht. Sie trug ein rußbeschmiertes Gewand und eine Krone aus Knochen. »Ich bin die Mutter der Toten«, schrie sie. »Dies ist die Nacht, in der wir unserer verstorbenen Schwestern gedenken wollen.«

Die Frauen sagten nacheinander, oft unter Tränen, die Namen der Toten und ihre Todesart auf – Mütter, Schwestern, Cousinen, Freundinnen, Frauen, von denen sie gehört hatten. Ich war erschüttert, als ich vernahm, wie viele durch Gewalt zu Tode gekommen waren, und bestürzt darüber, daß unsere Gesellschaft die Starken zu schützen scheint und die Schwachen unbeschützt läßt. Ruby griff nach meiner Hand, und wir riefen den Namen unserer Freundin Jo und gedachten ihres Todes im vergangenen Jahr. Zeremonien sind sonst nicht mein Fall, aber bei dieser hier war es anders. Indem wir die Namen aussprachen, bekundeten wir unsere gemeinsame Trauer und die Liebe zu unseren Toten, reinigten uns jedoch gleichzeitig von unserem Kummer und akzeptierten unsere eigene Sterblichkeit.

Dann hob die Greisin ihren hölzernen Stab und rief uns auf, all das in uns darzubringen, was zum Sterben bereit war. »Meine Ängste«, rief eine Frau. »Meine Sucht«, sagte eine andere. »Meine Impulsivität«, murmelte Ruby neben mir. Ich zögerte, dann hörte ich mich »Versagung« flüstern. Was versagte ich mir? Ich wußte es nicht genau, das Wort war wie von selbst gekommen.

Als wir alle etwas dargebracht hatten, rief die Greisin die Göttinnen an. »Hekate, Cerridwen, Dunkle Mutter, wir haben den Wendepunkt des alten neuen Jahres erreicht. Im Namen derjenigen, die gegangen sind, helft uns, unser Leben lebenswert zu gestalten, Mut in unseren Herzen zu bewahren und unseren Mut von Gerechtigkeit zu nähren.« Ich selbst hätte mir diesen Ritus nie ausgedacht, und ein Teil von mir fühlte sich unbehaglich bei dem ganzen Hokuspokus mit Kostümen und fremden Namen. Aber die Schlichtheit und Aufrichtigkeit rührten mich, und ich spürte, daß mir Tränen übers Gesicht liefen. Als ich mich umschaute, sah ich, daß auch anderen Frauen die Tränen in den Augen standen.

»Keine Tränen mehr!« rief die Greisin. »Jetzt wird gefeiert!« Sie steckte ihren Stab in der Mitte des Kreises in die

Erde und zündete ihn an; er wurde zur Fackel. Als ich den Funken nachsah, die zum samtigen schwarzen Himmel emporstoben, mußte ich an das brennende Kreuz in Judiths Vorgarten denken. Bereitwillig ließ ich von jenem Bild ab und nahm statt dessen dieses in mir auf. Wir erhoben uns, faßten uns an den Händen und begannen zu tanzen. Die Greisin und die Wiccas führten uns an, und wir tanzten und sangen, immer lauter, immer schneller.

Und jetzt wurde die Party erst *richtig* aufregend. Draußen heulte eine Sirene. Ruby sah mich verblüfft an. »Polizei?«

Zwei Männer, die hellbraune Uniformen, Stiefel und Stetsons trugen – »County Mounties« nennen wir sie hier –, marschierten mit großen Taschenlampen in den Garten. »Wer ist hier der Verantwortliche?« fragte der eine rauh und leuchtete mit der Lampe herum.

»Ich.« Mary trat zu ihm und schützte ihre Augen vor der Helligkeit. »Wer sind Sie? Gibt es ein Problem?«

»Sheriff Blackwell vom Adams County Sheriff's Department«, sagte der Mann mit der rauhen Stimme. Er war breitschultrig und stämmig, hatte kurzgeschorenes helles Haar und ein eckiges Kinn. »Jemand hat ein Klan-Treffen gemeldet.« Er leuchtete die Priesterinnen in den weißen Gewändern an. »Haben Sie Erlaubnis dafür eingeholt?«

Mary brach in lautes Gelächter aus, und die anderen Frauen wurden davon angesteckt. »Der Klan?« rief sie schließlich. »Sie halten *uns* für den Ku-Klux-Klan?«

Ich lachte auch. Sheriff Blackwell hatte vermutlich die größte Ansammlung von Hexen, Heidinnen, Wahrsagerinnen, Bauchtänzerinnen und anderen radikalen Frauen vor sich, die es im Adams County jemals gegeben hatte – und er hielt uns für den Ku-Klux-Klan!

Mary gewann schließlich die Fassung wieder. »Tut mir leid, daß ich Sie enttäuschen muß«, ächzte sie, »aber wir gehören nicht zum Klan. Wir sehen vielleicht etwas seltsam aus, doch wir sind völlig harmlos. Wir feiern Halloween.«

Ich trat vor. »Kann ich behilflich sein, das richtigzustellen, Sheriff?« Er blinzelte verwirrt. Ich riß die Bat-Kapuze herunter.

»China Bayles?« fragte er und machte ein ganz verblüfftes Gesicht.

McQuaid hatte uns bei einem Fest der Stadt- und Countypolizei bekannt gemacht. Blackwell und McQuaid, stellte sich heraus, hatten gemeinsam Strafrecht an der Sam Houston State University studiert. Die Freundschaft von zwei Cops hält ewig, auch wenn einer die Bruderschaft verläßt.

»Ich glaube nicht, daß wir für ein Fest auf einem Privatgrundstück eine Erlaubnis benötigen«, sagte ich mit meiner klarsten Juristenstimme. »Und ich glaube auch nicht, daß Ruhestörung vorliegt.«

»Bis jetzt nicht«, entgegnete Blackwell barsch. »Aber passen Sie mit dieser Fackel auf. Alles ist strohtrocken.« Er hätte das Thema auswalzen können, doch es entging ihm nicht, daß es sich bei den weißen Gewändern nicht um Klan-Roben und bei dem brennenden Stab nicht um ein Kreuz handelte, und die fünfundzwanzig Überstunden, die er gebraucht hätte, um von fünfzig Frauen die Personalien aufzunehmen, waren im Budget nicht vorgesehen. Er beäugte die lange Bauchtänzerin mit dem offenherzigen Bolero neben mir, und seine Mundwinkel zuckten. Dann drehte er sich um und verschwand mit seinem Hilfssheriff hinter dem Haus.

Ich lachte wieder und dachte daran, was Ruby neulich von sich gegeben hatte. Du kommst sogar mit Mord davon, wenn du den Leuten nicht genau sagst, was du tust.

Die Razzia war der Höhepunkt des Festes. Danach nahmen wir noch einige Drinks und Leckerbissen zu uns. Ruby stellte ihren Tisch auf und legte ein paar Frauen die Karten, während wir andern redeten und sangen. Dann wünschten wir uns alle fröhliches Samhain, und Ruby, Sybil und ich stiegen in den Wagen und fuhren los. Um elf setzten wir Sybil vor ihrem festungsartigen Haus ab.

Ruby hatte nicht viel geredet. Sobald Sybil ausgestiegen war, wurde sie gesprächiger.

»China«, sagte sie eindringlich, »das war meine Karte.«

Ich schaltete. »Wie bitte?«

»Die Todeskarte, die man Sybil zu der Voodoo-Puppe gelegt hat. Das war meine, aus meinem Deck.«

»Woher willst du das wissen? Hast du deine Karten markiert?«

»Nein.« Sie zögerte. »Aber meine ist weg. Ich habe es heute abend gemerkt, als ich nur für mich die Trumpfkarten ausgelegt habe, bevor ich offiziell anfing. Ich mache das immer, um ein Gefühl für die Karten zu kriegen.«

»Das ist vielleicht ein Zufall«, sagte ich, obwohl es mir auch unwahrscheinlich schien.

Ruby schüttelte wortlos den Kopf.

»Also hat jemand deine Karte und dein Messer gestohlen und Sybil die Karte gegeben.« Ich hielt an der Ecke. Ein Auto kam vorbei, und ich sah im Scheinwerferlicht, daß Ruby die Lippen nach innen und außen stülpte, etwas, das sie nur macht, wenn sie sehr besorgt ist. »Ich frage mich, wo dein Messer ist.«

* * *

Am nächsten Morgen kurz nach neun erfuhr ich es. Das Telefon, das ich am Bett stehen hatte, klingelte. Khat reckte sich und begann sich mit einer seiner pechschwarzen Pfoten sein pechschwarzes Gesicht zu waschen. Als erstes sorgt

er morgens immer dafür, daß er sauber ist. Ich tastete nach dem Hörer.
»Hallo«, brummte ich. Stille. Auch für Batwoman war es eine strapaziöse Woche gewesen, und ich hatte geschlafen wie ein Stein. Ich räusperte mich und unternahm einen weiteren Versuch. »Hallo.«
Rubys Stimme war dünn und ganz weit weg, als riefe sie vom Nordpol an. »Sie ist tot, China.«
Ich fuhr hoch, und Khat, den ich anrempelte, hörte mit dem Putzen auf und starrte mich an. »Wer ist tot?«
»Sybil Rand. Jemand hat sie letzte Nacht erstochen. Mit *meinem* Messer.«
Khat setzte seine Gesichtswäsche fort.

7

Ich zog hastig meine Jeans und ein orange-weißes Sweatshirt an und fuhr zu Ruby. Sie ging auf dem Bürgersteig auf und ab. Ich hielt kurz an, sie sprang in den Wagen, und ich trat sofort wieder aufs Gas.

»Woher weißt du es?« fragte ich sie.

»Judith hat angerufen. Sie hat sie heute morgen gefunden, als sie Sybil abholen wollte. Sie hatten vor, nach San Antonio zu fahren.« Ruby schlug beide Hände vors Gesicht. Ihre Stimme bebte. »Sie sagte, mein Messer lag auf dem Boden, und sie dachte, ich sollte das wissen.«

»Sie hat die Polizei verständigt, nehme ich an.«

»Sie hat zuerst das Revier von Bubba angerufen, aber Lake Winds gehört nicht in seinen Zuständigkeitsbereich. Es ist Adams County.«

»Blackie«, sagte ich.

Ruby sah auf. »Was?«

»Blackie Blackwell, der Sheriff, der letzte Nacht bei der Party aufgetaucht ist.«

»Dreck«, sagte Ruby. »Glaubst du, er wird sich an uns erinnern?«

Ich dachte daran, wie Blackie ihr Kostüm gemustert hatte. »Das wird er.«

Vor der steinernen Festung standen drei braun-weiße Wagen vom County, ein grüner Oldsmobile und ein blauer

Toyota. »Der Toyota ist der Wagen von Judith«, sagte Ruby.
Der Oldsmobile gehörte Maude Porterfield, der Friedensrichterin. Bei allen unklaren Todesfällen muß nach dem texanischen Gesetz ein Friedensrichter hinzugezogen werden, eine altertümliche Regelung, die gelegentlich für echte Konfusion am Tatort sorgt. Als wir an der offenen Tür ankamen, an der ein County Mountie in Uniform stand, sah ich Miss Porterfield in der Halle, wo sie mit dem Sheriff sprach. Sie ist vierundsiebzig und seit einundvierzig Jahren im Amt. Sie war aufgemacht wie für einen Kirchgang, trug ein adrettes marineblaues Kleid mit weißem Spitzenkragen und hatte ihr graues Haar so frisiert, daß die dünnen Stellen verborgen blieben. Im rechten Ohr steckte eine Hörhilfe, und der Sheriff stand direkt vor ihr und sprach laut und deutlich.
»Ich glaube, Sie haben getan, was Sie konnten, Miss Porterfield. Möchten Sie noch etwas Spezielles sehen?«
Miss Porterfield schüttelte den Kopf. »Das war genug Blut für heute morgen. Soll ich den Bericht mit der Post schikken?«
»Einer meiner Leute holt ihn ab«, sagte Blackwell und brachte sie zur Tür, in der wir standen.
Sie betrachtete Ruby. »Ist das Ihr Messer da drin, Mrs. Wilcox?«
Ruby sah bleich aus. »Ich habe es nicht mehr gesehen, seit jemand es bei einem Einbruch aus meinem Laden gestohlen hat. Und ich bin nicht mehr Mrs. Wilcox.« Sie wandte sich zu mir. »Miss Porterfield hat Ward und mich getraut.«
»Schlimm, daß Sie in diese Angelegenheit verwickelt wurden«, sagte Miss Porterfield kopfschüttelnd. »So eine blutige Sache. Wie geht es Ward?«

Ruby antwortete mit erhobener Stimme. »Ich sehe ihn selten. Wir sind geschieden. Er hat wieder geheiratet.«

»Ach ja?« Miss Porterfields Augen glänzten vor Neugierde. »Wen hat er denn geheiratet?«

»Danke, daß Sie gekommen sind«, schrie der Sheriff und machte dem County Mountie ein Zeichen, Miss Porterfield am Ellbogen zu nehmen und sie die Treppe hinunterzubringen. »Es wäre gut, wenn wir den Bericht heute nachmittag haben könnten.« Er wischte sich nicht mit dem Arm über die Stirn und gab ein »Puh« von sich, nachdem sie weg war, aber er sah ziemlich erleichtert aus.

»Ich bin Ruby Wilcox«, stellte sich Ruby kleinlaut vor. »Judith Cohen sagte, es sei mein Messer, das ...«

»Ich weiß.« Der Sheriff sah sie an. »Waren Sie nicht auch gestern abend auf dieser Halloween-Party? In dem, äh ...« Er hielt peinlich berührt inne. Heute morgen war sie vollständig bekleidet. Sie trug einen schwarzen Trikotanzug, auf dessen Sweatshirt – ich mußte ein zweites Mal hinsehen – in deutlichen roten Lettern »Sisters in Crime« stand. Daneben war ein bluttriefender Dolch abgebildet.

»Ja«, sagte Ruby. »Sybil fuhr mit uns«, fügte sie hinzu. »Wir haben sie etwa um elf hier abgesetzt.«

»Dazu kommen wir noch.« Er drehte sich zu mir um. Seine hellblauen Augen unter den rötlichen Augenbrauen sahen mich direkt an. »Was tun Sie hier, China?«

Ich löste den Blick von dem bluttriefenden Dolch auf Rubys Sweatshirt. »Ich bin Ruby Wilcox' Rechtsvertretung«, antwortete ich. Ruby sah mich erstaunt an.

»Glauben Sie, daß sie eine braucht?«

»Ich glaube, das liegt bei Ihnen. Ms. Wilcox möchte die Ermittlungen unterstützen.«

Der Sheriff wandte sich um. »Zum Arbeitszimmer geht's hier lang.«

Wir folgten ihm durch das riesige Wohnzimmer und den Flur und betraten einen großen offenen Raum mit dickem elfenbeinfarbenem Teppichboden. Zwei Wände waren holzgetäfelt, die Wand zum Pool hinaus war aus Glas, und an der vierten standen links und rechts eines wuchtigen Steinkamins Bücherregale. An der Tür wurden Fingerabdrücke abgenommen, ein Polizist mit Notizbuch saß auf dem einen von zwei weißen Sofas Judith gegenüber und verhörte sie, und eine Fotografin machte Bilder. Auf dem Teppich lag eine Gestalt.

Ruby schnappte nach Luft.

Sybil schien getötet worden zu sein, als sie mit gekreuzten Beinen vor dem Kamin auf dem Boden saß. Sie trug noch immer das Kostüm von der Party und war mit dem Gesicht nach vorn und etwas nach rechts gefallen. Der Teppich um sie herum war nicht mehr elfenbeinfarben. Ein gezackter Fleck war mit etwas getränkt, das wie rotschwarzer Teer aussah.

Mir war plötzlich übel. Gestern abend hatten wir beim Samhain-Ritual die Namen der Toten gerufen. Heute, am ersten Tag des neuen Jahres, war sie eine von ihnen. Wenn wir nächstes Jahr wieder Samhain begingen, würden Ruby und ich ihren Namen rufen. Warum war das geschehen? War sie durch willkürliche Gewalt seitens eines Fremden zu Tode gekommen, oder kannte sie ihren Mörder? Ich dachte an Sybils provokative Art und die Puppe. Hatte sie selbst die dunklen Mächte herbeigerufen, die sie über die blutige Schwelle gestoßen hatten?

Aber sämtliche Fragen konzentrierten sich in einer großen: Wer? Das war die Frage, die Blackie im Namen des Gesetzes beantworten sollte. Ich hoffte, er würde es, zum Wohle aller, bald tun.

Ich beugte mich vor und sah genauer hin. Von der Leiche

führten blutige Fußabdrücke zum Telefon, das auf einem Tisch stand, von dort zu dem Sofa, auf dem Judith und der Polizist saßen. Links hinter der Leiche lag ein Messer mit einem Knochengriff, auf dessen blutverschmierter Klinge der Name »Ruby« eingeritzt war. Ein schwarzer Teller voll Münzen, ein hölzerner Zauberstab mit einem Kristall an der Spitze und ein Weinkelch standen vor der zusammengesunkenen Gestalt. Der Kelch war umgekippt. Der Wein, röter als Sybils Blut, hatte sich über den Teppich ergossen. Unter der Leiche lagen Tarotkarten im Kreis.

»O Gott«, flüsterte Ruby, »wie *furchtbar!* Sie wurde erstochen, während sie die Karten befragte.« Sie sah mich an. »Die Todeskarte«, sagte sie. »*Meine* Karte. Wo ist sie?«

»Die Karten befragte?« Blackie schaute verwirrt drein. »Die Todeskarte?« Ein Blitz flammte auf, dann suchte sich die Fotografin einen anderen Blickwinkel.

»Sie hat sich selbst die Karten gelegt«, erklärte Ruby. »Die Tarotkarten. Sie war mitten in einer Befragung.«

Blackies Augen verengten sich mißtrauisch. »Karten, mit denen man die Zukunft voraussagen kann?«

»Es gibt Menschen, die das tun, aber Sybil benutzte sie anders. Ich bringe den Leuten in meinen Kursen bei, die Karten als Anleitung zu verstehen.«

»Anleitung? Für was?«

»Das weiß ich nicht«, erwiderte Ruby gereizt. »Ich versuche nicht herauszufinden, was sie wissen wollen. Das ist ihre Sache.«

Sie deutete mit der Spitze ihres Sportschuhs auf die Gegenstände. »Diese anderen Dinge – die Münzen, der Stab – gehören auch zu dem Ritus. Sie stellen Symbole für die Energien der Karten dar. Die Münzen verkörpern die Erde, der Kelch das Wasser, der Stab das Feuer. Das Messer steht für Luft.«

Blackie tat mir leid. Das war vermutlich seine erste Begegnung mit dem New Age. »Und sie war bei Ihnen in einem Kurs? Hat sie deshalb Ihr Messer? Und was war das mit der Todeskarte?«

»Das Messer wurde Freitag nacht aus meinem Laden gestohlen. Ebenso der dreizehnte Trumpf – die Todeskarte. Ein Skelett ist darauf abgebildet. Jemand ist bei mir eingebrochen und hat den Laden verwüstet. Ich habe den Einbruch gemeldet, und Bubba, ich meine, Chief Harris, kam und hat alles untersucht. Daß das Messer verschwunden ist, hatte ich allerdings noch nicht gemeldet. Das habe ich selbst erst gestern nachmittag gemerkt. Und daß die Karte fehlte, habe ich erst gestern abend entdeckt.«

Blackie beugte sich vor und hob Sybils Hüfte leicht an. »Ist das die Karte?« Dort lag der dreizehnte Trumpf. Der grimmige Schnitter mit seiner verhängnisvollen Sichel, der Sybils Kehle durchschnitt, ihr Blut erntete.

Ruby sog scharf die Luft ein. »Das ist sie.«

»Könnte Mrs. Rand das Messer und die Karte gestohlen haben?«

»Niemals.« Ruby deutete auf den eleganten Raum. »Warum sollte sie in meinen Laden einbrechen und ihn verwüsten, wo sie doch all das hier hat? Außerdem hat ihr jemand diese Karte zukommen lassen. Mit einer Voodoo-Puppe.«

»Diesem Ding hier?« Blackie stieß mit der Stiefelspitze etwas unter Sybils Hand an.

Ich beugte mich vor. Das schwarzhaarige Ding mit seinem eng um den Hals gewundenen Kupferdraht starrte bösartig zu uns hoch. »Ja. Sybil zufolge fand sie die Voodoo-Puppe bei der Karte. Ruby und ich haben beide Gegenstände zuletzt in Sybils Küche gesehen, bevor wir zu der Party fuhren. Sie hat sie uns gezeigt.«

Blackie sah mich an. »Die Puppe stammt also vom selben Absender wie die Karte? Was hielt sie davon?«
»Sie schien ...« Ruby dachte nach. »Sie wirkte, als wollte sie vor uns verbergen, daß sie sich fürchtete. Die Hausangestellte der Rands, Angela Sanchez, war dabei. Angela war überzeugt, daß jemand, der Sybil übelwollte, die Puppe geschickt hatte. Sybil versuchte das Ganze als Scherz abzutun, aber ich hatte den Eindruck, daß sie Angst hatte.«
Während Ruby mit dem Sheriff sprach, trat ich ans Bücherregal. Sybils Büchersammlung war nicht minder seltsam und interessant als ihre Pflanzensammlung. Da stand *A Witch's Guide to Gardening* neben allen acht Bänden von Thorndikes *A History of Magic and Experimental Science* und einem Buch mit dem Titel *Cauldron Cookery*. Ferner besaß sie das *AMA Handbook of Poisonous and Injurious Plants*, Reprints von einigen alten englischen Kräuterbüchern, auf die ich ziemlich scharf war, diverse Bücher über Tarot, wie zum Beispiel das hochinteressante *The Qabalistic Tarot*, sowie ein halbes Dutzend astrologische Werke. Es gab noch mehr zu entdecken, aber ich mußte mich wieder der Unterhaltung zuwenden.
Der Sheriff konzentrierte sich auf die Tatwaffe. »Dieses Messer – hat es eine besondere Bedeutung? Steht deshalb Ihr Name drauf?«
Ruby hob das Kinn. »Das Messer ist mein persönliches Ritualmesser. Ich setze es bei meinen eigenen Tarotzeremonien und in den Kursen ein. Beim Tarot steht das Messer – *athame* nennt man es – für die Kraft, Unterscheidungen zu machen, Linien zu ziehen, Entscheidungen zu treffen. Es ist Symbol für die schneidende Kraft moralisch motivierten Mutes, für die Fähigkeit, zwischen Recht und Unrecht zu unterscheiden. Man benutzt es nicht wirklich als Messer. Deshalb ist es so stumpf.«

Blackie stieß ein gepreßtes Lachen aus. Er hob das Messer vorsichtig auf und hielt es Ruby auf der flachen Hand hin. »Ach ja? Wenn es so stumpf war, weshalb konnte man dann damit Mrs. Rand die Kehle durchschneiden wie einem Tier, das ausbluten soll?«

Ruby hielt sich erschrocken die Hand vor den Mund. »Die ... Kehle durchschneiden? Ich dachte, sie sei erstochen worden.«

Ein kalter Schauer überlief mich, und ich schien mich plötzlich in einer leeren weißen Höhle zu befinden, deren Wände das Echo zurückwarfen. Die Vorstellung, daß man Sybil die Kehle durchgeschnitten hatte, war viel schwerer zu ertragen als der Gedanke, daß sie erstochen worden war. Ich atmete tief durch und rief mir in Erinnerung, warum ich hier war. »Judith Cohen hat Ruby heute morgen angerufen, nachdem sie die Leiche gefunden hatte. Sie glaubte, daß Sybil erstochen worden war.«

»Sie können das eintüten, Malory«, sagte Blackie, gab das Messer einem Mann von dem Team, das die Fingerabdrücke abnahm, und wandte sich dann Ruby zu. »Ich vermute, daß Mrs. Cohen nicht so genau hinsehen wollte. Aber es ist eindeutig. Man hat ihr die Kehle durchgeschnitten. Sehr sauber, sehr akkurat, sehr tödlich. Das gibt mir schon zu denken.«

Mir ging es nicht anders. Es schien, als hätte der Mörder sich so geräuschlos genähert, daß Sybil ihn nicht bemerkt hatte. Ein Mann? Es lag nahe. Wenn Frauen töten, schneiden sie selten jemandem die Kehle durch. Mir fielen dazu nur zwei Zusammenhänge ein: Profikiller und Ritualmorde. Hätte ich schnell entscheiden müssen, hätte ich auf Ritualmord getippt. Und ich nahm an, daß noch weitere Details dieses Mordes auf der Liste über Sekten auftauchten, die Bubba von der Abteilung für öffentliche Sicherheit bekommen hatte.

»Wenn mein Messer benutzt wurde«, sagte Ruby, »muß jemand die Klinge geschliffen haben.«
»Sie meinen, Sie haben sie nicht geschliffen?«
»Nein. Ich wüßte nicht, wie.«
Ich merkte, welche Richtung Blackie einschlug. Vorsatz. Man macht sich normalerweise nicht die Mühe, ein Messer zu schleifen, wenn man es nicht benutzen will.
»Wenn Sie mich fragen, hat das alles mit Sybils Giftgarten zu tun«, sagte Ruby. »Erst stiehlt jemand ihren Eisenhut, dann bastelt jemand eine Voodoo-Puppe, und dann ... das hier. Vielleicht hat es sogar was mit Bob Godwins Ziegenbock zu tun. Und schließlich dieses Gerede von einem Menschenopfer.« Sie schnippte mit den Fingern. »Und die Marschierer.«
Ich sah sie mit gerunzelter Stirn an. Die Marschierer hatten nichts damit zu tun. Es sei denn, sie glaubte ... Darüber dachte ich lieber nicht nach.
»Ich weiß von Bob Godwins Ziegenbock«, sagte Blackie, »aber was ist das mit dem Giftgarten? Und dem Menschenopfer?«
Es dauerte eine Weile, bis wir Blackie über die Vorgänge in Pecan Springs, namentlich Sybils Auszeichnung für den originellsten Garten, ihren gestohlenen Eisenhut, Mrs. Braggs Hühner und den Hinweis auf das Menschenopfer, den Bubba erhalten hatte, ins Bild gesetzt hatten.
Blackie befaßte sich zuerst mit dem Garten. »Warum machte sich Mrs. Rand soviel Arbeit mit einem Haufen Giftpflanzen? Glauben Sie, daß sie sie benutzen wollte?«
»Ich weiß nicht«, antwortete ich. »Sie schien ein großes Interesse am Okkulten zu haben.« Ich deutete auf die Bücherregale. »Kräutermagie, Astrologie, Tarot.«
Der Sheriff sah zu den Büchern hinüber, trat an das Regal, zog einen Band von Thorndike heraus und blätterte ihn

flüchtig durch. »Wissen Sie, ob sie zu irgendeiner Sekte gehörte?« Er stellte das Buch zurück und wandte sich um.

»Sie war eine Einzelgängerin«, sagte Ruby, »sehr unabhängig. Sie hätte sich niemals einer solchen Gruppe angeschlossen.«

»Was hat es mit diesem Opfer auf sich?«

»Das war ein anonymer Hinweis«, antwortete ich. »Chief Harris wird Ihnen darüber Auskunft geben können.«

»Und die Marschierer?«

Hellwach, dachte ich. Ihm entging nicht das Geringste.

»Die Marschierer haben damit nichts zu tun.« Ich vermied es, Ruby anzusehen. »Wir hatten etwas Ärger mit ihnen vor unseren Geschäften, aber die Bürgermeisterin hat sie dazu gebracht, abzuziehen. Es ist alles geklärt.«

»Sie hielten uns für Hexen«, ergänzte Ruby hilfreich.

»Warum bloß?« sagte Blackie.

Judith erhob sich vom Sofa. Ihr Gesicht war angespannt, die Lippen zusammengekniffen. Sie nickte uns kurz zu und ging. Blackie wandte sich an den Polizisten, der sie verhört hatte. »Wenn Sie fertig sind, Knight, rufen Sie doch mal in der Klinik an und erkundigen sich, weshalb der Wagen noch nicht da ist. Wenn die Abdrücke abgenommen sind, können Sie das Telefon in der Küche benutzen.«

»Wissen Sie schon die Todeszeit?« fragte ich, als der Polizist zum Telefon ging.

Blackie antwortete mit einer Frage. »Sie sagen, Sie haben sie gestern um elf hier abgesetzt?«

»Ja.« Mir fiel etwas ein. »Sie erwartete noch jemanden.« Ihren Mörder?

»Stimmt!« rief Ruby aufgeregt. »Jemand hatte sie angerufen, der noch vorbeikommen wollte. Deshalb mußte sie früher nach Hause.«

»Ziemlich spät für Besuch. Hat sie gesagt, ob sie einen Mann oder eine Frau erwartet hat?« wollte Blackie wissen.

Ruby und ich sahen uns an. Dann schüttelten wir den Kopf. Sie hatte es nicht erwähnt.

»Wer waren ihre Freunde?«

»Nun, Judith«, antwortete Ruby. Sie hielt inne und dachte nach. »Sonst fällt mir niemand ein. China und ich vielleicht. Aber wir kannten sie nicht gut.« Sie sah auf die Leiche hinunter. »Man kam ihr nicht sehr nahe. Sie war sehr ... zurückhaltend. Entfernt. Ich glaube, es gab nicht viele Menschen, die sie mochte.«

»Verstanden sie und ihr Mann sich?«

»Ich weiß nicht«, sagte ich. »Ich kenne ihn nicht.«

Der Polizist kam vom Telefon zurück. »Der Krankenwagen ist unterwegs.«

Blackie nickte. »Ich habe gehört, daß in Lake Winds rund um die Uhr Wachleute sind. Versuchen Sie mal den Wächter aufzuspüren, der letzte Nacht Dienst hatte.« Er wandte sich wieder an uns. »Eine Sache noch. Was taten Sie gestern abend, nachdem Sie Mrs. Rand hergebracht hatten?«

»China hat mich um Viertel nach elf bei mir abgesetzt«, sagte Ruby. »Ich hab noch eine Weile gelesen – den neuen Linda-Grant-Krimi –, dann hab ich geschlafen.«

»Zeugen?«

Ruby seufzte. »Schön wär's.«

»Und bei Ihnen?« fragte Blackie nun mich.

Es wäre praktisch gewesen, wenn McQuaid bei mir gewesen wäre, um mir ein Alibi zu verschaffen, aber dem war nicht so. »Ich war etwa um halb zwölf zu Hause und bin ins Bett gegangen.« Ich lächelte. »In Gesellschaft meines Katers.«

Blackie lächelte nicht. »Sie können jetzt beide gehen. Aber

ich habe vielleicht noch Fragen an Sie. Sagen Sie mir also bitte Bescheid, wenn Sie verreisen wollen.«
Ruby sah verstört aus. »Sie verdächtigen doch nicht etwa eine von uns, oder?«
Blackie zuckte die Achseln. »Ich bin ein mißtrauischer Mensch. Ich verdächtige jeden.«

8

Der Pakt der Bürgermeisterin bewährte sich – keine Marschierer mehr. Allerdings wären sie wohl am Sonntagnachmittag sowieso nicht aufgekreuzt, da das gegen Gottes Gebote verstieß. Sonntags haben Ruby und ich von zwölf bis vier auf, damit uns die Touristen nicht durch die Lappen gehen.

Seit uns gegenüber Maggie's Magnolia Kitchen aufgemacht hat, ist das Geschäft am Sonntag wesentlich besser geworden. Maggie Garrett ist eine gepflegte, lebhafte Frau, die früher Nonne war. Sie hatte im letzten Juni das alte Restaurant und das unbebaute Grundstück nebenan gekauft. Man kann unter Hickorybäumen und Liveoaks im Freien essen, und ich verschönerte den Rest des Grundstücks mit mehrjährigen Kräutern wie russischem Salbei und mexikanischem Oregano (*Poliomintha longiflora,* einem Kraut, das glänzende Blätter und lavendelblaue Blüten hat und wie griechisches und türkisches Oregano riecht) sowie texanischen Wildblumen – Mädchenaugen, Edeldisteln, Prachtscharten, amerikanischer Melisse und einigen Seidenpflanzen für die Schmetterlinge. Maggie, die früher Schwester Margaret Mary genannt wurde, leitete zehn Jahre lang im Kloster St. Theresa außerhalb der Stadt die Küche der Benediktinerinnen. Letztes Jahr schied sie aus dem Orden aus und ließ ihre kulinarischen Talente – für

diverse Omelettarten, leckere Pastagerichte und wunderbar duftende Brotsorten – der MAGNOLIA KITCHEN zugute kommen, die nach dem Tode des Besitzers geschlossen worden war. Viele Leute, die sonntags eine Spazierfahrt durchs Hill Country gemacht haben, treffen sich hier zum Lunch und schauen nach dem Essen bei THYME AND SEASONS rein.
Ich war froh, zu tun zu haben. Die Arbeit hielt mich davon ab, an die Leiche auf dem blutigen Teppich zu denken. Aber sobald ich einen Moment zur Ruhe kam, drängten sich die Fragen in meinen Kopf. Wer hatte Sybil getötet? Und warum? War es eine Art Ritualmord, worauf alles hinzudeuten schien? Oder gab es jemanden, der sie haßte – so sehr haßte, daß er sie ermordet hatte?
Vertraute Vorgänge zogen vor meinem inneren Auge vorüber. Blackie hatte bereits begonnen, die Informationen auszuwerten und eine Theorie zu entwickeln. Mit etwas Glück konnte er den Fall bald gelöst haben. Dann kamen Verhaftung, Anklageerhebung, Anklage, und wenn der Staatsanwalt spurte, eine vom Großen Geschworenengericht bestätigte Anklage. Anschließend Ermittlungen und Beschuldigtenvernehmung, während Anklage und Verteidigung ackerten und beide Seiten der Geschichte ausarbeiteten. Zuletzt Auswahl der Geschworenen und Prozeß, den die Verteidigung so lange hinzog, bis es zum Urteilsspruch kam. Wenn der Angeklagte für unschuldig befunden wurde, war die Sache gelaufen. Wie mein Geschäftspartner in der Kanzlei immer sagte: Es ist verdammt schwer, zwei Leute wegen ein und desselben Mordfalls vor Gericht zu bringen. Wenn das Urteil »schuldig« lautete, gab es Berufung, unter Umständen so lange, bis der Fall beim Supreme Court landete. In fünf, zehn oder zwölf Jahren verlangten dann wir, das Volk, für Sybils Leben ein anderes Menschen-

leben: In der Todeszelle von Huntsville würde der Mörder auf eine Rollbahre geschnallt werden und die Todesspritze bekommen. Der Weg zur sogenannten Gerechtigkeit ist viel länger als der Weg zu Mord. Ich fand diesen Gedanken fast so deprimierend wie den an Sybils gewaltsamen Tod.

In Polizeikreisen verbreiten sich Neuigkeiten in Windeseile. Um zwei rief McQuaid an, um mir zu erzählen, was er gehört hatte. »Hast du Lust, mit mir und Brian zu Abend zu essen? Dann kannst du mir die schaurigen Details erzählen.«

»Um acht kommt Leatha«, sagte ich lahm.

»Kein Problem. Wir können um sechs essen. Ribs und Würstchen sind schnell fertig. Ich hab den Grill schon angeworfen, und die Soße und die Bohnen sind auf dem Ofen.« Zu McQuaids zahlreichen Vorzügen zählen auch seine Kochkünste.

»Super. Hör mal, kannst du mir einen Gefallen tun, bevor du das Zeug auf den Grill wirfst? Fahr doch mal beim Haus der Rands vorbei und versuch rauszukriegen, welche Richtung sie bei dem Fall einschlagen.« Ich nannte ihm die Adresse.

Es entstand ein kurzes Schweigen. Ich befürchtete, daß McQuaid sich überlegte, was Blackie davon halten mochte, wenn sein alter Kumpel sich in seinem Revier herumtrieb. Bruderschaft hin oder her, Cops mögen es nicht, wenn andere Cops in ihrem Fall herumschnüffeln. »Ja«, sagte er schließlich. »Das kann ich schon machen. Es interessiert mich selbst. Um fünf zu Margaritas, okay?« Margaritas passen nicht unbedingt zu Ribs und Würstchen, aber McQuaid macht auch gute Margaritas. Und Barbecue ist kein Anlaß für Knigge.

»Okay. Ich bring Salsa mit.« Das war ich ihm schuldig.

* * *

McQuaid wohnt sechs Häuserblocks von der Universität entfernt in einem Dreizimmerbungalow aus den Fünfzigern. Der Vermieter, Mr. McCreary, lebt gegenüber. Als ich mein Fahrrad ans Tor anschloß, stellte ich fest, daß der Rasen gemäht werden mußte und Howard Cosell, Brians betagter Basset, neben dem Loch unter der Forsythie vom letzten Monat ein weiteres gegraben hatte. Er hatte es sich darin bequem gemacht und schlief. In der Dachrinne lag ein Basketball, mitten auf dem Weg ein zerschrammtes Skateboard, und an das Verandageländer waren zwei Fahrräder angekettet. Als ich die Tür öffnete und reinging, fand ich auf dem Kaffeetisch Familie Mac vor, da Brian dort »Dungeons and Dragons« gespielt hatte. Kleine blaue Punkte hetzten kleine rote Punkte über den Bildschirm.

»Jemand zu Hause?« rief ich. Ich hörte den blechernen Klimpersound von Bob Wills. McQuaid mag nur Cowboy-Musik. Alles andere hält er für dekadent.

»Ich bin hier hinten«, rief McQuaid von weit her. »Im Waffenraum.«

McQuaids Waffenraum befindet sich im ehemaligen dritten Schlafzimmer am Ende des Flurs. An einer Wand steht ein langer, selbstgezimmerter Kiefernholztisch, Werkzeuge hängen an einem Lochbrett darüber oder sind ordentlich in Regalen verstaut. Eine schwere Wiederladepresse mit O-Rahmen ist in einer Ecke des Raums montiert. Echte Waffenfreaks laden selbst, um Geld zu sparen und spezielle Ladungen herzustellen – Kombinationen von verschiedenen Geschoß- und Pulvergewichten, die nicht im Handel sind. Unter dem Arbeitstisch türmen sich olivgrüne Munitionsbehälter, in denen er Geschosse aufbewahrt. Das Pulver ist in einer größeren Dose, die mit Kieselgel gefüllt ist, um Feuchtigkeit abzuhalten. In einer anderen Ecke des Raums steht ein einsachtzig hoher Waffenschrank, in dem ein halbes Dutzend Gewehre und Flinten und etliche Pistolen samt Holster untergebracht sind. Der Raum ist ein Arsenal, wie es im Buche steht.

Was Waffen betrifft, sind McQuaid und ich nicht einer Meinung. Für mich sind es Werkzeuge zum Töten, für ihn Präzisionsinstrumente, die unentwegt perfektioniert werden können. Wir unterhalten uns selten über dieses Thema, weil es darüber leicht zum offenen Kampf kommen könnte. Außerdem finde ich den Gedanken ziemlich beunruhigend, daß es in einem Haushalt mit einem neugierigen kleinen Jungen ein solches Arsenal gibt. Aber McQuaids Sicherheitsvorkehrungen sind sehr professionell, und was Ausbildung und Disziplin betrifft, ist er so exzellent, wie man es von einem Eagle Scout erwartet. Brian besitzt ein eigenes Gewehr, das ebenso wie das seines Vaters weggeschlossen wird. Und wenn ich Bedenken wegen der Aufbewahrung von Schießpulver in einem normalen Haus äußere, hält mir McQuaid entgegen, daß das Benzin für den Rasenmäher in der Garage oder die Putzmittel unter der Spüle leichter entzündlich seien als das Pulver.

Im Moment war er damit beschäftigt, Pulver in eine Hülse auf der Presse zu füllen. Auf dem Arbeitstisch lag eine zerlegte .44 Magnum.

»Was machst du da?« fragte ich und bereute es sofort. Wenn man McQuaid etwas über Waffen fragt, bekommt man eine Antwort – eine präzise Antwort samt Fußnoten und Bibliographie.

McQuaid schaute auf und grinste. »Ich lade ein Los .44er.« Er gab mir eine glänzende, 3,75 cm lange Patrone. Sie war fast so groß wie meine Handfläche und schien ein halbes Pfund zu wiegen.

»O Gott, McQuaid, was hast du denn damit vor? Nashörner schießen?«

»Nee, geht nicht. Die haben Schonzeit. Ich muß das Gewicht verringern«, fügte er hinzu. »Beim letzten Los hatte ich ein paar Blindgänger.« Er hielt eine leere Messinghülse hoch, die einen kurzen haardünnen Riß aufwies. »Ich habe Versuche mit diesen 240-Grain-Mantelhohlspitzgeschossen gemacht. Laut Ladetabelle brauchen sie 8,9 Grains. Ich habe Hi-Skor 700-x genommen, womit ich eine Geschoßgeschwindigkeit von 370 Meter pro Sekunde und einen Kammerdruck von ungefähr 39 000 Pfund kriegen müßte. Die Tabellen sind ziemlich vorsichtig, weshalb ich die Ladung ein bißchen stärker gemacht habe.« Er warf mir lässig die Hülse zu. »Vielleicht zu stark. Der Kammerdruck hätte bis auf 42 000 psi hochgehen können.«

»Mit anderen Worten, das Ding ist dir fast ins Gesicht geflogen.«

»Ach was. Ein .44er hält mehr aus, es sei denn, es ist eine alte Waffe. Ich hab so einen im Schrank, einen alten Smith & Wesson. Wenn du bei dem mehr als 15 000 psi Kammerdruck erzeugst, gehst du über den Jordan. Damals ging es ihnen bei den Waffen darum, jemanden aufzuhalten, nicht um Geschwindigkeit. Die waren so langsam, daß du fast zuschauen konntest, wie das Geschoß näher kam. So etwa mit 230 Meter pro Sekunde, wogegen die Magnum doppelt so schnell ist. Das haut ganz schön in die Rippen. Über so was muß man sich Gedanken machen bei neun Millimeter. Du hast 'ne Geschwindigkeit von 335 Meter pro Sekunde, aber ein Geschoß mit nur 120 Grains. Man sollte also was Wichtiges treffen, sonst ...«

Wenn ich ihn jetzt nicht bremste, gab es nie was zu essen.

»Apropos Rippen – wie steht's mit unseren?«

McQuaid blickte mich verständnislos an. »Was meinst du?«

»Ich meine das Abendessen. Du sagtest doch ...«

»Ach du lieber Himmel!« rief McQuaid, schoß hinaus und

raste den Flur entlang. Ich folgte ihm gemächlichen Schrittes.

Der Grill loderte munter. Während sich McQuaid ums Feuer kümmerte, ging ich zu Brian und sah ihm beim Hufeisenwerfen zu. Von Mr. McCreary trainiert, hat er es geschafft, mit neun der beste Hufeisenwerfer vom Pecan Springs Park Department zu werden, und er hat den Titel in den letzten beiden Sommern erfolgreich verteidigt. Er sieht seinem Vater sehr ähnlich – dunkles Haar, hellblaue Augen, ein einnehmendes Grinsen. Heute trug er Mr.-Spock-Ohren, ein T-Shirt mit der Aufschrift »Beam mich hoch, Scotty, mir stinkt's hier«, weite, zwei Nummern zu große schwarze Hosen und Reeboks, die Magic Johnson gepaßt hätten. Er plazierte ein Hufeisen genau auf die Stange.

»Nicht schlecht«, meinte ich anerkennend.

Brian sah auf und machte den Vulkanier-Gruß. »Dad sagt, du hast eine Leiche entdeckt.«

Ich erwiderte den Vulkanier-Gruß und ließ ihm eine Umarmung von zwei Sekunden folgen; mehr bringen Brian und ich nicht zustande. Er durchläuft zur Zeit eine ausgesprochene »Mädchen-sind-doof«-Phase. Ich bin nicht gerade verrückt nach Kindern, da ich eine, wie Ruby es nennt, »schädliche« Kindheit hatte, aber bei Brian mache ich eine Ausnahme.

»Ich hab sie nicht entdeckt«, erwiderte ich. Über Brians Kopf hinweg fragte ich McQuaid lautlos: *Was hast du ihm erzählt?*

»Wer ermordet wurde und auf welche Weise.« McQuaid war von einer nach Mesquite duftenden Qualmwolke umgeben.

Brian steuerte auf die Verandatür zu. »Er hat gesagt, sie sei eine Hexe gewesen. Ist Limonade da?«

»Verschütte sie nicht«, rief McQuaid. »Ich hab gerade die Küche gewischt. Der Boden sah aus wie 'ne Kohlengrube.«

»Sie war keine Hexe«, widersprach ich. »Das ist eine Lüge.« Ich wandte mich zu McQuaid um. »Was hast du ihm sonst noch erzählt?«

»Ich habe nicht behauptet, daß sie eine Hexe gewesen sei.« McQuaid strich mit einem Pinsel seine Geheimsauce auf die Ribs. Er hat mir das Rezept zum Geburtstag geschenkt, der mit dem dritten Jahrestag unserer ersten Verabredung zusammenfiel. So geheim ist es. »Ich sagte, daß die Leute vielleicht *glauben*, daß sie eine Hexe war.«

Drinnen klingelte das Telefon, und Brian schrie: »Ist für mich!« Das war meistens der Fall, und ich war froh darüber. Ich wollte nicht vor einem Elfjährigen über den Mord an Sybil sprechen. Auch andere Sachen tue ich nicht in seiner Gegenwart, zum Beispiel mit seinem Vater schlafen. McQuaid scheint es egal zu sein, ob sein Sohn im Zimmer nebenan ist oder nicht, aber mich verunsichert das. Brian ist einer der Gründe, warum ich einer Bindung aus dem Weg gehe. Wenn wir zusammenziehen würden, müßten wir unser Leben ändern. Mit McQuaid sowie einem lauten, unordentlichen (wenngleich liebenswerten) Vulkanier-Jungen und einem griesgrämigen Basset zusammenzuleben, würde Umstellungen erforderlich machen, und zwar große. Ich habe was gegen Hunde, vor allem gegen Bassets, die Löcher in Kräuterbeete graben. Howard Cosell hat was gegen Katzen. Khat hat was gegen Hunde und Kinder. In dieser Reihenfolge.

»Blackie denkt wohl nicht, daß sie eine Hexe war, oder?« fragte ich.

McQuaid wendete die Ribs. »Meinst du, du könntest uns zwei Margaritas aus dem Kühlschrank holen?«

Ich ging in die Küche, rieb den Rand von zwei gekühlten

Gläsern mit Salz ein und goß ein. Da ich schon dabei war, gab ich Tortilla-Chips in eine Schüssel und machte das Glas Salsa verde auf, das ich mitgebracht hatte. Sie wird mit grünen Chilis zubereitet.

»Cheers«, sagte ich und gab McQuaid sein Glas. »Oder doch?«

McQuaid legte den Spieß hin, nahm sein Glas und stieß mit mir an. »Das ist die Theorie, an der er jetzt arbeitet«, antwortete er. »Nun, keine *richtige* Hexe. Eher jemand, der sich aus Interesse mit dem Thema beschäftigt hat, damit rumspielte und an Leute geraten ist, die es ernst meinen mit der Magie. Wie die *Palo Mayomberos*, die vor ein paar Jahren diese Studentin umbrachten.«

»Also verfolgt er den Okkultismus-Ansatz.«

McQuaid rieb mit etwas Spucke auf einem Saucenfleck herum, der auf seinem gelben Vatertagspolohemd aufgetaucht war. Brian und ich waren ins Wal-Mart gefahren und nicht nur mit dem Hemd, sondern auch mit einem Basketball wieder rausgekommen. »Ja«, sagte er, »da nichts anderes naheliegt. Die Tür zwischen Arbeitszimmer und Veranda war offen, aber nichts deutet auf gewaltsames Eindringen hin. Es gibt auch keine Spuren eines Einbruchs. Und nichts, was auf den Besuch hinweist, den sie euch gegenüber erwähnt hat. Fingerabdrücke hat er gefunden. Die werden jetzt untersucht. Wahrscheinlich wird er morgen deine und die von Ruby abnehmen.« Er begutachtete den Fleck. »Meinst du, ich muß es bleichen?«

»Ganz bestimmt nicht. Hast du Sauerampfer? Damit kriegt man's raus.« Als ich seinen Gesichtsausdruck sah, seufzte ich. »Versuch's mit Sodawasser. Was ist mit dem Ehemann? Wie hieß er doch gleich – C. W.?«

»Ziemlich schwer, in ihm den Mörder zu sehen, wenn du das meinst«, sagte McQuaid nachdenklich. »Er hat das

Ganze erfahren, als er heute nachmittag aus Atlanta zurückkam und sein Haus versiegelt fand.« Er klappte zwei Campingstühle auf und stellte sie mit dem Rücken zur Windrichtung neben den Grill.

Ich ließ mich vorsichtig nieder, denn ich hatte den Stuhl mit dem ausgerissenen Bezug. »Also war C. W. wirklich in Atlanta.«

»Offenbar. Er hatte eine Bordkarte von Atlanta und einen Abriß vom Ticket. Ich war dabei, als er Blackie beides zeigte.«

»Wie ist er so?«

McQuaid leckte das Salz von seinem Glas. »Umgänglich, gut frisiert, Cozumel-Bräune, gutaussehend, ein paar Pfund zuviel, Vierhundert-Dollar-Glanzlederstiefel von Tony Llama, großspuriger Dreihundertdollarhut, erstklassiger Schneider. Und er fährt einen nagelneuen LeBaron. Ich bin sicher, daß Blackie ihn sich gründlich vorknöpft.«

»Und was für ein Typ ist Blackie?« Ich hatte mir eine Meinung gebildet, aber ich wollte erst die von McQuaid hören.

»Gewitzt«, sagte McQuaid sofort. »Er ist im County groß geworden, sein alter Herr war hier lange Sheriff. Wir sind zur selben Zeit auf der Sam Houston gewesen, er hat ein paar Jahre Streife in Dallas gefahren, dann war er beim Sheriff in Taylor County, in der Nähe von Abilene. Als sein Vater starb, ist er hierher zurückgekommen. Er hatte es nicht schwer, gewählt zu werden, die Leute hatten seinen Vater in Erinnerung. Blackie ist in jeder Hinsicht fit und methodisch, und er steckt mit keinem Politiker unter der Decke. Er ist sauber.«

»Klingt zu gut, um wahr zu sein.« Ich trank einen Schluck. McQuaid mag aus dem Dienst sein, aber wenn er über seine Freunde bei der Polizei redet, ist alles eitel Sonnenschein.

Ich fühle mich immer an MacArthurs Abschiedsrede in West Point erinnert. Das Corps geht über alles.
McQuaid schnüffelte. »Ich muß die Bohnen umrühren, sonst können wir sie vom Topfboden kratzen.« Er schwang sich aus dem Stuhl und ging ins Haus.
Ich blieb sitzen, schaute in mein Glas, knabberte Tortilla-Chips mit Salsa verde und erinnerte mich an die Boy-Scout-Regeln, die ich mit Brian gepaukt hatte. Ich hatte dabei an seinen Vater denken müssen. Ein guter Pfadfinder ist verläßlich, loyal, hilfsbereit, freundlich, höflich, gutherzig, gehorsam, fröhlich, sparsam, mutig und respektvoll. Bei »gehorsam« und »respektvoll« war ich mir weniger sicher – McQuaid gehorcht keinem, und je dümmer die Vorschrift ist, desto lieber mißachtet er sie. Aber McQuaid war Eagle Scout, und alles andere traf auf ihn zu. Und dann war er auch noch sexy und sah gut aus, was mit Pfadfindern nichts zu tun hat, bei einem Liebhaber jedoch sehr erfreulich ist. Und obendrein mag er mich. Was, um Gottes willen, wollte ich mehr?
In diesem Moment schlurfte Howard Cosell um die Ecke, sah am Grill nach, ob das Abendessen schon fertig war, und ließ sich dann mit einem erschöpften Schnaufen unter McQuaids Stuhl nieder, als ob er sich bei dem Marsch völlig verausgabt hätte und dringend ein bißchen schlafen müßte. Das bezweifelte ich allerdings, da er in dem Loch unter der Forsythie auch nichts anderes getan hatte. Kurz darauf fuhren Brian und sein Freund Creep um die Ecke. Creep war wie immer in Begleitung seines zahmen Leguans Einstein.
»Dad, kann ich ...« setzte Brian an. Dann sah er den leeren Stuhl und sprach lauter. »Dad, wo bist du?«
»Er rührt die Bohnen um«, sagte ich.
Mühelos steigerte Brian die Lautstärke. »Dad, kann ich mit zu Creep gehen?« Howard Cosell klappte schläfrig ein

Auge auf und verdrehte es gen Himmel. Ich fragte mich, ob er sich vielleicht hierher verzogen hatte, um Brian zu entkommen.

»Wir essen um sechs«, schrie McQuaid aus der Küche.

»Okay. Können Einstein und Creep mitessen?«

»Heute nicht. China ist da.«

Brian verzog das Gesicht. »Och, Dad.«

Creep kam zu mir. Er ist ein mageres Kerlchen mit einer Brille mit Drahtgestell und hasenähnlichen Vorderzähnen. Auf seinem T-Shirt stand »Bitte nicht kotzen«, und er trug eine rote Baseballkappe mit dem Schirm nach hinten. Ich hatte mal gehört, wie er zu Brian sagte, er trage die Kappe so, damit Einstein ihm nicht in den Nacken kacke. Er setzte Einstein auf den Tisch neben die Schale mit den Tortilla-Chips. »Ham Sie echt 'ne tote Hexe gefunden?«

»Nein«, antwortete ich. Einstein züngelte in Richtung der Salsa verde.

»Du lügst, daß es stinkt«, sagte Creep zu Brian.

Brian machte den Mund auf, um wieder etwas zu schreien, aber ich kam ihm zuvor. »Wenn du mit deinem Dad reden willst, geh doch lieber in die Küche. Da brauchst du nicht so zu brüllen.«

»Das macht nichts«, meinte Brian. Er legte noch ein paar Dezibel zu. »Kann ich dann bei Creep essen?«

Howard Cosell klappte das andere Auge auf. Einstein marschierte züngelnd auf die Salsa verde zu.

»Ja«, antwortete McQuaid.

Brian, Creep und Einstein rasten davon. Ich stieß einen erleichterten Seufzer aus. Howard Cosell schloß beide Augen und widmete sich intensiv seinem Nickerchen. McQuaid kam aus dem Haus und trat hinter mich. Er beugte sich vor, legte mir die Arme um die Schultern und küßte mein Ohr.

»Der Kleine ist weg«, sagte er und schnupperte an meinem Hals. »Wie wär's mit einem Sprung ins Heu?«
»Am hellichten Nachmittag?«
McQuaid gluckste. Er zog meine Bluse hoch und nahm meine Brüste in beide Hände. »Was Besseres kann ich mir gar nicht vorstellen. Du?«
Ich auch nicht.
Später, als ich neben McQuaid und sein Arm unter meinem Kopf lag und der Duft des Mesquiterauchs durchs Fenster zog, dachte ich wieder an meine Frage. Was wollte ich mehr? Allmählich erwog ich ernsthaft, ob ich mich nicht doch langfristig oder sogar offiziell auf eine Verbindung mit McQuaid einlassen sollte, obwohl ich es mir nicht vorstellen konnte, wieder in die Stadt zurückzuziehen. Aber sogar wenn ich diesen Aspekt außer acht ließ, war da immer noch Brian. Ich hegte starke Zweifel, ob ich ebenso bereit war, mich auf McQuaids Sohn, den Hund des Sohnes sowie diverse Freunde und Leguane einzulassen.
Eine Viertelstunde später hatte ich die Klärung der Frage vertagt. Die Ribs waren knusprig und saftig, die Bohnen angenehm gewürzt, McQuaids Jalapeno-Hushpuppies köstlich und die Erdbeeren reif und kühl. Während wir an dem Campingtisch auf der Veranda aßen, erzählte ich McQuaid meine Version der Ereignisse des Morgens und beantwortete seine professionellen Fragen, die sich beinahe mit denen von Blackie deckten. Als ich von Sybils Besuch erzählte, fügte ich hinzu: »Ich hatte das Gefühl, daß es Andrew gewesen sein könnte. Ich hab sie bei der Studioeröffnung zusammen gesehen. Sie strahlten etwas ... man könnte sagen Vertrauliches aus.«
McQuaid zog die Augenbrauen hoch. »Mir ist aufgefallen, daß er an dem Abend im LILLIE'S nichts von sich erzählt hat. Hast du das Blackie gegenüber erwähnt?«

Ich schüttelte den Kopf. »Ruby war dabei. Sie würde es mir nie verzeihen, wenn ich Andrew da reinziehen würde. Außerdem kann es ja sein, daß es nicht stimmt.«

»Vielleicht. Aber Ruby würde doch nichts mit einem Typen haben wollen, der es gleichzeitig mit einer verheirateten Frau treibt, oder?« Das ist der Eagle Scout in ihm. Vollständig unbeleckt davon, wie die Leute ihre Affären gestalten, aber ich mag das an ihm.

»Sie findet ihn ziemlich gut«, sagte ich. »Ich schätze, sie wäre schon bereit, ein paar Sachen zu übersehen.« Ruby ist kein Eagle Scout.

Während wir den Abwasch machten, berichtete McQuaid vom letzten Stand der Dinge in seiner Fehde mit dem Leiter des Fachbereichs, einem gewissen Patterson. McQuaid hat mehr Artikel veröffentlicht und mehr Konferenzpapiere erstellt als die anderen im Fachbereich, was Patterson jedoch regelmäßig übersieht, wenn es um Empfehlungen für Bonuszahlungen geht.

»Im kommenden Budget täte er gut daran, mich für eine deftige Gehaltserhöhung vorzuschlagen.« McQuaid setzte dem Bohnentopf zu, als wäre er Patterson. »Oder ich geh zurück. Nächsten Monat erscheint wieder ein Artikel von mir, und nächste Woche bei der Konferenz halte ich wieder einen Vortrag, abgesehen davon, daß ich den größten Teil der Drecksarbeit mache. Ich mache es ja gern, aber es sollte sich schon in der Lohntüte niederschlagen.«

Ich sagte nichts. Tue ich selten, wenn McQuaid davon spricht, daß er seine alte Arbeit wiederaufnehmen will. Ich habe Angst, daß er mich dann fragt, ob ich mitkomme, und ich möchte nicht nein sagen müssen. Aber ja kann ich auch nicht sagen, weshalb ich lieber den Mund halte.

Ich hängte das Geschirrhandtuch auf. »Ich muß nach Hause. Leatha kommt in einer Stunde.«
McQuaid legte mir die vom Spülwasser nassen Hände auf die Schultern. »Lernen Brian und ich deine Mutter denn nun mal kennen?«
»Kommt drauf an, wie lang sie bleibt.« Bis jetzt hatte ich es geschafft, sie voneinander fernzuhalten; es roch zu sehr nach ernsthafter Bindung, sie bekannt zu machen. »Mit etwas Glück wird ihr schnell langweilig, und sie fährt Mitte der Woche nach Houston zurück. Außerdem hast du doch mit der Konferenz viel um die Ohren.«
»Ruf mich an«, erwiderte McQuaid. »Wir kriegen das schon hin.«
Die Haustür fiel donnernd zu, und das Geschirr im Schrank klirrte. Brian kam in die Küche, gefolgt von Howard Cosell, dessen Ohren am Boden schleiften. »Was gibt's zum Nachtisch?«
»Erdbeeren«, sagte McQuaid.
Brian umklammerte würgend seinen Hals und stolperte zum Kühlschrank. »Kotz, kotz. Zum Glück war ich nicht hier. Ist Eis da? Howard will welches.«
»Bis später, Jungs«, sagte ich und suchte das Weite.

Als ich nach Hause kam, hatte ich noch eine Dreiviertelstunde Zeit, aber ich mußte Handtücher raussuchen, das Bett im Gästehaus machen und kehren. Ich hatte dort Kräuter getrocknet, und der Boden war mit Blättern und Samen übersät.
Ich marschierte gerade mit einem Armvoll Bettzeug und Handtüchern zur Tür raus, als das Telefon klingelte. Es war Ruby.

»Andrew war eben bei mir«, sagte sie. Ihre Stimme klang brüchig. »Er hat in den Nachrichten einen Beitrag über Sybil gesehen.«

»Ah ja?« Ich klemmte mir den Hörer unters Kinn und griff nach dem Zitronenöl und dem Staublappen.

Ruby schwieg. Dann fuhr sie fort: »Er wußte nicht, daß ich schon mit dem Sheriff geredet habe. Er hat mich gebeten ... zu sagen, daß er letzte Nacht bei mir war. Die ganze Nacht.«

Ich war plötzlich hellwach. »Und was hast du ihm erwidert?«

»Daß ich der Polizei schon erzählt habe, daß ich letzte Nacht allein war.«

»Hat er erklärt, warum er ein Alibi braucht?«

»Ich hatte den Eindruck, daß er und Sybil irgendein geschäftliches Arrangement hatten und er Angst hatte, daß der Sheriff ... na ja, du weißt schon, ... ihn mit dem Mord in Verbindung bringen würde.«

»Ruby«, sagte ich ruhig, »der Sheriff kann Andrew nur dann mit Sybils Tod in Verbindung bringen, wenn da eine Verbindung *ist.*«

Als Ruby wieder sprach, war ihre Stimme eisig. »Ich weiß, daß du ihn nicht magst, China, aber das ist kein Grund zu glauben, daß er Sybil umgebracht hat.«

Ich erwiderte möglichst sanft: »Es geht nicht darum, ob ich ihn mag oder nicht, Ruby. Es geht um Fakten. Um Beweise. Blackie wird Andrew nur verdächtigen, wenn er Grund dazu hat. Fingerabdrücke, Zeugen, irgendwas Konkretes.«

»Fakten sagen nicht immer die Wahrheit«, beharrte Ruby. »Du weißt selbst, daß die Fakten stimmen können, und die Leute deuten sie falsch. Fakten kann man nicht trauen.«

Ich gab nicht auf. »Hat Andrew gesagt, wo er gestern abend gewesen ist?«

»Er war in San Antonio, ist aber ziemlich früh zurückgekommen.«

»Wann?«

»Etwa um zehn.«

»Wenn Andrew mein Freund wäre, würde ich ihm raten, sich bei Blackie zu melden und ihm von diesem Arrangement mit Sybil zu erzählen, was es auch ist. Ich bin sicher, Blackie wäre ihm äußerst dankbar. Vielleicht wäre er Andrew sogar freundlich gesonnen, weil er bei den Ermittlungen geholfen hat.«

Ruby zögerte. »Das kann ich tun, aber ich glaube, er wird es nicht machen. Er sagte, er will nicht in diese Sache reingezogen werden.«

Leute, die sagen, sie wollen in etwas nicht reingezogen werden, stecken meist schon bis zum Hals drin. »Tja, dann würde ich mir an deiner Stelle überlegen, selbst mit dem Sheriff zu reden.«

»Aber Andrew wird denken, ich hätte ihn verraten!«

Ich sprach langsam und gab jedem Wort Gewicht. »Wäre es nicht besser, dieses Risiko einzugehen, als sich der Beihilfe schuldig zu machen?«

Ruby war die Gekränktheit in Person. »Also bin *ich* jetzt schuldig!«

Es war sinnlos, Ruby ins Gedächtnis zu rufen, daß Sybil mit ihrem Messer getötet wurde und sie selbst kein Alibi hatte. Ich sagte, ich hätte keine Zeit mehr, ging ins Gästehaus und machte das Bett, wobei ich mir wünschte, daß Leatha in Houston bleiben würde. Aber mein verkrampfter Nacken hatte nichts mit Leatha zu tun. Niemand bittet einen anderen aus Spaß um ein falsches Alibi. Andrew mußte sich ziemlich in die Enge getrieben fühlen, sonst hätte er Ruby nicht aufgefordert, ihn zu decken. Und was sollte sie dekken? Welcher Natur war die Beziehung zwischen Andrew und Sybil? Waren sie Geschäftspartner, Freunde oder ein Liebespaar gewesen?

Ich spielte kurz mit dem Gedanken, McQuaid zu berichten, daß Andrew sich ein Alibi zu beschaffen versuchte. Er könnte es dann Blackie sagen. Aber diese Form von unoffener Kommunikation war faul. Wenn ich das so wichtig fand, warum teilte ich es Blackie nicht selbst mit? Das war sonnenklar. Weil ich dann das Gefühl hätte, Ruby zu verraten. Mist.

Ich legte die Handtücher zurecht, stellte den Boiler an, sah nach, ob Skorpione in der Dusche waren, und nahm mir dann den Wohnraum vor. Das Haus war früher mal ein Stall mit Zugang von der Straße. Der Architekt, der den Umbau gemacht hat, hat das sehr geschickt miteinbezogen. Die Wände sind gemauert und weiß verputzt, der Boden ist aus roten Klinkern, und Mittelpunkt des Wohnraums ist ein gemauerter Kamin mit einem schweren Eichensims. Die Küche ist klein und übersichtlich, und vom Schlafzimmer hat man durch eine Glasflügeltür Zugang zu einer Veranda, die von Thymiansträuchern umgeben ist. Ich habe schon daran gedacht, das Häuschen zu vermieten, und wenn die Finanzen noch knapper werden, tue ich das vielleicht auch. Dieses Jahr habe ich Kräuter darin getrocknet, und überall riecht es wie auf einer Wiese in der Julihitze. Ich kehrte den Klinkerboden und versuchte mich zu erinnern, ob Leatha gegen irgendwas allergisch war, was an den Balken hing.

Ich sah in den Kühlschrank und stellte ihn an, stieß auf eine Flasche Scotch und eine halbvolle Flasche Gin und trug sie zu mir rüber. Ein Glas reichte, um Leatha betrunken zu machen. Das Problem war nur, wie George Burns einmal sagte, daß man nicht genau wußte, ob es das dreizehnte oder das vierzehnte war. Sie sollte ihr Gift selbst mitbringen.

Es war schon acht Uhr vorbei, dann zwanzig nach acht. Das wunderte mich nicht. Leatha hat seit Jahren die Fähigkeit trainiert, genau vorherzusagen, wer wieviel zu spät kommen wird. Dennoch ist sie Trinkerin mit Führerschein. Als sie schließlich mit einem Korb am Arm um halb neun an die Küchentür klopfte, war ich fast froh, daß sie da war.

»China, Schätzchen«, sagte sie mit diesem trägen, runden Südstaatenakzent, der mich immer an Magnolien und Café au lait erinnert, »wie wunderschön, dich zu sehen! Es tut mir schrecklich leid, daß ich zu spät bin, Liebes, aber ich hatte heute nachmittag Besuch und habe darüber die Zeit vergessen.«

Wir brachten die Umarmung hinter uns, dann trat ich einen Schritt zurück und schaute sie erstaunt an. Sie hatte gut fünfzehn bis zwanzig Pfund zugenommen, seit ich sie im Mai zuletzt gesehen hatte. Bei Scotch und Zigaretten wird man nicht dicker; sie war immer knochig und mager gewesen. Ich hatte den Busen von Tante Hettie Greenfield als Kind viel lieber gemocht als den meiner Mutter. Tante Hettie war die schwarze Köchin, die zu uns kam, als ich vier war, und blieb, bis ich auf die Mittelschule ging. Sie trug immer gestärkte weiße Kleider und Schürzen und hatte einen molligen Busen, auf dem ich es mir gemütlich machte, während sie mich im Arm hielt und mir Grimms Märchen vorlas. Meine Mutter hatte keinen molligen Busen. Sie las mir auch keine Märchen vor, und auch nichts anderes.

Als ich die Überraschung verarbeitet hatte, stellte ich fest, daß ihr die Veränderung gut bekam. Sie trug ein graues Seidenkleid von Lord and Taylor und eine zweireihige Perlenkette und sah so untadelig und elegant aus wie stets. Aber irgendwas an ihrem Haar war anders, obwohl es immer noch kunstvoll aufgetürmt war. Es war stets asch-

blond gewesen, etwas heller als Champagner, doch jetzt mischten sich silberne Strähnen darunter, und am Ansatz war es eindeutig silbrig.
Ich muß ziemlich perplex ausgeschaut haben, denn Leatha lachte. Ihr Haar mochte natürlicher wirken, aber ihr Lachen war noch immer das künstliche Glöckchenklingeln, wie Harfentöne, das meinen Vater rasend gemacht hatte. Mir geht es auch auf die Nerven, obwohl ich weiß, daß andere Südstaatenfrauen nicht minder affektiert sind. Lachen ist für sie das, was der Taktstock für den Dirigenten ist: das Instrument, mit dem man alle in Einklang bringt und das gesellschaftliche Leben harmonisch gestaltet.
Meine Großmutter starb bei Leathas Geburt, und Leatha wurde von ihrem Vater und ihrer Schwester Tullie auf einer Plantage bei Greenville in Mississippi großgezogen. An einer Wand in ihrem Schlafzimmer hängen viele Fotos, auf denen sie als Debütantin zu sehen ist – strahlend, schön, in weißem Tüll. Danach schickte ihr stolzer Vater sie in Begleitung von Tante Tullie aufs Sophie Newcomb College for Women, das direkt hinter der Tulane University in New Orleans liegt. Leatha zog in die Josephine Louise Residence Hall und Tante Tullie in eine kleine Wohnung gegenüber vom Broadway. Leatha wurde in Kunst, Musik und Literatur unterrichtet, machte Fortschritte und aß allabendlich mit ihrer Tante und ab und zu mit ihrem Vater, der regelmäßige Besuche abstattete, um ihr Betragen im Auge zu behalten.
In ihrem zweiten Jahr begegnete sie meinem Vater, Robert E. Bayles, der an der Tulane Law School Jura studierte, Herausgeber des *Law Review* war und sich drei Jahre lang im pazifischen Raum aufgehalten hatte. Die Familie Bayles gehörte zur High-Society und bewohnte eine riesige Villa mit Säulen in der St. Charles Street im vornehmsten Viertel

von New Orleans. Großvater Baxter Bayles hatte an der Tulane University studiert, war Mitglied des Boston Club und der vornehmsten Karnevalsvereine, Rex und Comus, und »King of Carnival« gewesen. Großmutter China Bayles war Präsidentin des Vereins der ehemaligen Studentinnen von Newcomb, organisierte Wohltätigkeitsbazare und pflegte ihren edlen Garten. Von ihr habe ich meinen Namen und meine Liebe zu Pflanzen geerbt.

Das Ölbild, das anläßlich der Hochzeit meiner Eltern im letzten Studienjahr meiner Mutter gemalt wurde, hängt über dem Kamin in ihrem Wohnzimmer. Sie sitzt auf einem Stuhl, das mit Spitze gesäumte Seidenkleid ist sorgfältig drapiert, um seine Üppigkeit zur Geltung zu bringen, und sie schaut zu meinem Vater auf. Er steht neben ihr, stark und mächtig, den Blick geradeaus gerichtet, eine Hand fest auf ihrer Schulter, als wollte er sie daran hindern, aufzustehen. Die Haltung ist bezeichnend für ihre Ehe. Nach der Hochzeit zogen sie nach Houston, wo mein Vater Mitglied eines großen Unternehmens wurde und meine Mutter in dem riesigen Haus in University Hills verschwand. Auch damals schon war Houston ganz anders als Greenville oder New Orleans, und Leatha war völlig überfordert. Da sie selbst nicht zu strahlen vermochte, wurde sie zum Satelliten meines Vaters, stand immer in seinem Schatten, auf der dunklen Seite des Mondes. Mit der Zeit stellte sie fest, daß sie nichts zu tun hatte, und brachte sich das Trinken bei. Später trank sie, um zu vergessen, daß mein Vater sie dafür haßte, daß sie trank.

Leatha lachte wieder ihr Harfenlachen, etwas nervös, und berührte ihr Haar. »Findest du nicht, daß ich mir langsam ein paar graue Haare erlauben kann? Immerhin bin ich alt genug, um Großmutter zu werden.«

Dazu fiel mir nichts ein, vor allem nicht zu dieser Anspielung. Es ist ziemlich unwahrscheinlich, daß sie von mir Enkel bekommt. Aber ich schwieg meistens darüber. Meine Mutter und ich haben es nicht gelernt, miteinander zu sprechen.

Ich nahm Zuflucht zu den gesellschaftlichen Gepflogenheiten. »Du bist sicher müde. Es ist ein weiter Weg. Ich zeige dir das Gästehaus.«

»Es sind nur vier Stunden Fahrt, Liebes«, erwiderte Leatha. »Ich bin nicht müde.« Sie stellte den Korb auf den Tisch. Er war mit einer kundig gebundenen Schleife verziert und enthielt kleine Döschen bester Teesorten. Eulen nach Athen getragen. Im Laden war genug Tee für eine Flutwelle. »Ich dachte, wir trinken eine Tasse von diesem schönen Tee und unterhalten uns ein bißchen.«

Ich räusperte mich. »Nun, ich schätze, ich bin müde. Heute nacht ist jemand gestorben, den ich kannte, und ich hab den ganzen Morgen mit dem Sheriff zugebracht.«

Ihr »Oh?« klang nicht sehr interessiert.

»Es war Mord«, sagte ich. Vielleicht wollte ich sie etwas wachrütteln. »Ich hatte einen *sehr* anstrengenden Tag«, fügte ich übertreibend hinzu. »Extrem kraftraubend.«

»Na, dann verschieben wir unsere Plauderei doch, bis wir beide munter und ausgeruht sind«, entgegnete sie liebenswürdig. »Ich möchte doch nicht zu deiner Erschöpfung beitragen.« Tante Tullie hatte Leatha beigebracht, den Wünschen anderer nachzugeben und niemals, *niemals* Ungeduld oder Ärger an den Tag zu legen. Mein Vater wußte genau, wie er diese Eigenschaft ausnutzen konnte. Jetzt tat ich es.

Aber ich war, wie mir auffiel, tatsächlich müde, als ich Leatha dabei half, ihr Gepäck aus ihrem taubenblauen Chrysler ins Gästehaus zu tragen. Sie hatte manchmal schon ein oder zwei Tage dort gewohnt, aber ihrem Gepäck nach zu schließen, sollte es diesmal länger werden.

Sie stellte ihre Handtasche auf den Couchtisch und sah sich um. »Ich dachte, ich bleibe ein oder zwei Wochen. Ich brauche ein bißchen Zeit zum Nachdenken, und das kann ich im Moment besser außerhalb dieses großen, leeren Hauses.« Und wieder ertönte das silbrige Lachen. Es zerrte schon jetzt an meinen Nerven, was kein gutes Zeichen war. Ich mußte es mindestens noch eine Woche, wenn nicht länger, aushalten. »Und ich möchte wirklich, daß wir miteinander sprechen. Wir haben uns seit Jahren nicht mehr richtig unterhalten.«

Dann lassen wir's doch dabei, lag mir auf der Zunge. Aber ich zeigte ihr die Reservehandtücher und wünschte ihr eine gute Nacht. Als ich ins Haus ging, sah ich, wie sie eine braune Papiertüte aus dem Wagen holte. Auch ohne viel Scharfsinn war mir klar, was sie enthielt.

9

Es stellte sich jedoch heraus, daß in der Tüte die Zutaten fürs Frühstück waren. Um sieben, als ich noch im Bett lag, begann Leatha geräuschvoll in meiner Küche Pancake-Teig zu rühren und Eier und Speck zu braten.

»Was um alles in der Welt tust du da?« fragte ich völlig verpennt von der Tür aus. Montags schlafe ich immer etwas länger. Ich hatte noch mein labbriges Lieblingsshirt an und zerzauste Haare. Leatha trug einen lavendelfarbenen Jogginganzug, hatte sich meine grünkarierte Schürze umgebunden, und Frisur und Make-up waren makellos.

»Ich mache dir Frühstück, meine Liebe«, sagte sie und schlug ein Ei in den Pancake-Teig. »Du siehst aus, als könntest du eine vernünftige Mahlzeit vertragen.«

Ich gab ein hilfloses Lachen von mir. »Ich habe gerade gestern abend eine vernünftige Mahlzeit zu mir genommen. Ich esse gut. Besser als du jedenfalls«, fügte ich taktlos hinzu. Leatha ißt eigentlich gar nicht. Sie stochert in ihrem Essen herum. Und sie hatte noch nie Frühstück für mich gemacht. Na ja, nie vielleicht nicht. Aber selten. Wir hatten zahlreiche Köchinnen – Tante Hettie mit dem gemütlichen Busen war die erste, an die ich mich erinnern kann. Mein Vater bestand auf dieser Regelung, zum einen, weil häufig Gäste da waren, zum anderen, weil Leatha nie kochen gelernt hatte.

»Ich habe ein neues Kapitel angefangen«, sagte sie und prüfte, ob die gußeiserne Pfanne heiß war. »Ich esse viel besser als früher.« Sie tat Teig für einen Pancake in die Pfanne. »Merkt man's?«

»Na ja, mir fiel auf, daß du ein, zwei Pfund zugelegt hast.« Ich stellte den Teekessel auf und strich ein Streichholz an.

»Das liegt daran, daß ich nicht mehr trinke«, erklärte sie beiläufig und goß wieder eine Kelle Teig in die Pfanne. »Wenn man nüchtern ist, nimmt man leichter zu.«

Ich starrte sie an und verbrannte mir die Finger am Streichholz.

»Dein Vater wäre erstaunt«, sagte sie und sah zu, wie sich der Pancake am Rand aufwölbte. »Er war ja überzeugt, ich könnte gar nicht aufhören, ich hätte es im Blut, weil Daddy getrunken hat. Es hätte ihm wahrscheinlich nicht gefallen, daß ich zu einer Gruppe gegangen bin. Er sagte immer, er wolle nicht, daß ich mein Innerstes einem Haufen Säufer offenbare.«

Das zweite Streichholz zerbrach. »Du gehst zu AA?«

Sie nahm den Wender. »Das klingt ja schrecklich. AA. Wie eine Autofirma oder so etwas. Ja, ich gehe täglich hin, und einmal in der Woche suche ich eine wirklich süße Therapeutin auf, Marietta, die in ihrer Jugend in Gulfport gelebt hat und mich über alles reden läßt, was mir in den Kopf kommt, wie albern es auch sein mag. Und Marietta hat auch noch ein Damenkränzchen, wo wir uns einmal die Woche treffen und über Bücher und ... nun ja, Frauendinge sprechen.« Sie schaffte es überzeugend, den Pancake hochzuwerfen. »Am Anfang war es sehr schwierig, das kann ich dir versichern, und viel leichter ist es jetzt auch nicht. Ich muß sagen, mir fehlt der Schnaps, und das wird wahrscheinlich für den Rest meines Lebens so bleiben, zumindest behaupten sie das alle bei AA. Aber Marietta sagt, es geht bergauf mit mir, und es stimmt, ich esse mehr und fühle mich besser. Und ich sehe auch besser aus, was allerdings kein Kunststück ist, so klapprig und dürr, wie ich war. Jedes Windchen hätte mich umblasen können. Außerdem habe ich mit dem Rauchen aufgehört«, fügte sie noch hinzu.

Ich versuchte es mit einem dritten Streichholz, und diesmal klappte es. Ich setzte mich an den Tisch. »Und weswegen all diese bemerkenswerten Veränderungen?« fragte ich und bereute den sarkastischen Unterton sofort. Aber ich konnte es nicht ungeschehen machen, und ich war froh, daß Leatha tat, als hätte sie nichts gehört. Partielle Taubheit hatte sie auch von Tante Tullie gelernt, und ich haßte diese Angewohnheit und nutzte sie aus – und haßte mich dafür, daß ich sie ausnutzte.

»Ich hab beschlossen, daß ich ein eigenes Leben brauche. Mein Vater und dein Vater sind jetzt schon ziemlich lange tot, und die ganzen alten Geschichten sollten doch mal vorbei sein, findest du nicht?« Sie warf schwungvoll einen weiteren Pancake in die Luft. »Es war schlimm genug, mit den beiden alten Gockeln auszukommen, als sie noch lebten. Ich sehe keinen Sinn darin, sie mit ins Grab zu nehmen, wie Tante Tullie das gemacht hat.«

Ich starrte sie noch immer an. Mein Vater und ihr Vater waren ihre Götter gewesen. Was hatte dieses »Damenkränzchen« im Kopf meiner Mutter angerichtet?

Sie sprach munter und gelassen weiter. »Es ist so schade, daß du deine Großtante Tullie nie kennengelernt hast, China. Es hätte ihr gefallen, daß du auf die Uni gegangen und deinen Jura-Abschluß gemacht hast. Und es hätte ihr bestimmt auch gefallen, daß du dein eigenes Geschäft hast, anstatt für einen Haufen Männer zu arbeiten. Wenn sie gekonnt hätte, hätte sie es genauso gemacht. Sie ging zur

Schule, als Mama starb, weißt du. Mein Vater zwang sie, nach Greenville zurückzukommen, um sich um mich zu kümmern. Aber das war damals ganz normal. Es war immer so, daß Männer von Frauen bestimmte Dinge erwarteten und dafür sorgten, daß sie sie auch taten.« Sie legte zwei Pancakes und zwei Spiegeleier mit Speck auf einen Teller. »Hier«, sagte sie, sichtlich zufrieden. »Damit kannst du dem Tag entgegentreten. Das waren immer Tante Tullies Worte. Frühstücke vernünftig, Leatha, dann fängt der Tag vernünftig an.« Sie stellte den Teller vor mich hin.

Normalerweise aß ich zum Frühstück Müsli. All das war mir nicht geheuer – meine Mutter, die mit Eiern, Speck und Pancakes Familiengeschichte auftischte, von ihrer Therapeutin und den Anonymen Alkoholikern sprach und einem »Damenkränzchen«, das verdächtig nach Selbstfindungszirkel klang. Nichts von alldem paßte zu meinem Bild von ihr – Daddys liebem Mädchen in weißem Tüll, der hingebungsvollen Braut im weißen Seidenkleid, der hilflosen Frau im Whiskynebel. Das waren die Bilder, die mich insgeheim angespornt hatten, mir in der Männerwelt einen Platz zu erkämpfen. Mein Zorn auf meine Mutter und ihren Lebensweg mochte unvernünftig und ungesund sein, aber er gehörte *mir*, war das einzig Heile aus einer unheilen Familiengeschichte. Er hatte es mir ermöglicht, mich zu distanzieren, meine eigenen Ziele zu verfolgen, während sie auf bernsteinfarbenen Wogen dahindriftete.

Leatha setzte sich mir gegenüber. »Marietta hat darauf gedrängt, daß ich mit dir spreche.« Sie goß Ahornsirup über ihre Pancakes.

»Tun wir das nicht?«

Sie beugte sich vor und schüttete nun auch Sirup über meine Pancakes. »Wir sollten über uns sprechen.«

Ich strich den Sirup mit dem Messer wieder weg. »Warum?«

Leathas Augen sind grau wie meine. Sie sahen mich unangenehm direkt an. »Findest du nicht, daß es gut wäre, wenn wir uns wieder näher kämen?«

»Ich freue mich, daß du dein Leben in den Griff bekommst, aber ich weiß nicht, was das mit mir zu tun hat«, antwortete ich ausweichend. Das Wasser kochte, und ich stand auf und gab Pfefferminztee in die Kanne.

»Der Mandeltee, den ich mitgebracht habe, schmeckt sehr gut.«

»Ich versuch ihn später.«

Leatha schob ihren Pancake auf dem Teller herum. »Du ähnelst sehr deinem Vater.«

»Kann sein.« Das war kein Zufall. Ich hatte jahrelang bewußt versucht, wie er zu werden. Wenn er da war, gab es keinen Zweifel daran, daß alle Macht und Autorität und Handlungsfähigkeit bei ihm lag. Wenn er nicht da war, stellte ich mir vor, daß er dort draußen in der wirklichen Welt mit seiner Autorität und seiner Macht durch ein Fingerschnippen dem Unrecht Einhalt gebot und über Schicksale bestimmte. Wenn ich wie er wurde, würde ich nicht wie sie sein. Wenn ich wie sie wurde, würde ich niemand sein. So einfach war es.

Sie nahm ihr Orangensaftglas. »Es ist wirklich schwer, mit dir zu reden, meine Liebe.«

Ich setzte mich und bearbeitete meine Pancakes. »Das ist keine Absicht«, log ich, »mir fällt nur nicht viel ein, vor allem nicht beim Frühstück. Schau, Leatha ...«

Sie setzte das Glas wieder ab, ohne zu trinken. »Könntest du es irgendwie über dich bringen, mich Mama zu nennen?«

Ich nannte sie Leatha, seit ich mit elf zum erstenmal meine Periode bekommen hatte. »Warum?« fragte ich zurück.

Sie sprach sehr langsam, als wäre jeder Satz das Ergebnis

der Gedanken eines ganzen Monats. »Marietta sagt, daß es mir helfen wird ... nicht mehr zu trinken, wenn wir eine bessere Beziehung haben. Und einer der Schritte in dem Programm ist ... Dinge wiedergutzumachen. Ich möchte etwas tun, ich weiß nicht, was, um ... etwas auszugleichen. Das, was uns in all den Jahren verlorengegangen ist.«

Ich schaute auf meinen Teller. Wenn ich nein sagte, war es vermutlich, als würde ich ihr sagen, daß es mir egal war, ob sie trank oder nicht. Wenn ich ja sagte, öffnete ich ihrer Scham, ihren Depressionen, ihrem unterdrückten Zorn Tür und Tor. Ich entschied mich für den feigen Weg.

»Laß uns das auf später verschieben.« Ich schaffte es zu lächeln, als ich aufstand. »Ich hab heute morgen viel zu tun und muß jetzt anfangen.«

Sie schmollte. Zumindest diesen alten Trick hatte sie noch drauf. Ich war beinahe froh darüber. »Aber du hast nicht mal deinen Tee getrunken. Und ich dachte, montags ist der Laden zu.«

»Ist er auch. Aber ich muß den Brunnen fertigmachen, den McQuaid letzte Woche angeschlossen hat. Und die Pflanzen müssen vor dem ersten Frost gesetzt werden.« Das war eine Ausrede, und wir wußten es beide. Ich steuerte aufs Schlafzimmer zu, um mich anzuziehen. »Ich trinke nachher eine Tasse Tee«, sagte ich über die Schulter. »Oh, und danke fürs Frühstück.«

Sie nahm ihre Gabel. »Noch was, bevor du gehst. Kennst du zufällig eine gewisse Pam Neely?«

Ich blieb mit der Hand auf dem Türknauf stehen. »Ja. Warum?«

»Marietta hat mir von ihr erzählt und gesagt, daß ich zu ihr gehen soll, wenn ich das Bedürfnis zu reden habe, während ich hier sei.«

Die untergründige Drohung entging mir nicht – rede mit

mir, oder ich rede mit einer Psychologin. Ich beschloß, ihr Blatt zu reizen. In ihren sozialen Kreisen gibt es keine Schwarzen. »Sie soll gut sein, hab ich gehört«, sagte ich.
Leatha nagte an ihrer Unterlippe. »Glaubst du, wir könnten wenigstens zusammen zu Mittag essen?«
»Ja«, antwortete ich, »das könnten wir.« Ich ging ins Schlafzimmer und schloß die Tür.

* * *

Das Wetter schlug um. Mit den frühherbstlichen Temperaturen um zwanzig Grad, die wir noch in der Woche zuvor gehabt hatten, war es vorbei. Der Wind von Norden trieb graue Wolken heran. Ich zog einen Pullover an, holte meine Setzlinge und Samen und machte mich an die Arbeit. Leatha versuchte ich aus meinen Gedanken zu verdrängen. Eine Rabatte pflanzte ich mit Nutzpflanzen an, die nächstes Frühjahr eßbare Blüten tragen würden – Borretsch, Schnittlauch, Anis, Ysop, Brunnenkresse. Ich wollte einen Kurs über Kochen mit Blüten veranstalten.
Ich war gerade eine Viertelstunde dabei und hatte die Brunnenkresse gesät, als Blackie vorfuhr. Er stieg aus und kam zu mir herüber.
»Morgen, Ms. Bayles.« Sein strohfarbenes Haar wirkte noch kürzer als am Tag zuvor, und über seinen Ohren und im Nacken zeichnete sich ein blasser Streifen ab. Er schien frisch vom Friseur zu kommen.
»Guten Morgen, Sheriff«, sagte ich. Er hatte mich nicht mit China angesprochen, also redete ich ihn nicht mit Blackie an. »Sie sind ja früh unterwegs.« Es war noch nicht mal neun Uhr.
»Dachte, Sie könnten mir vielleicht bei ein paar Namen behilflich sein.«

»Was für Namen?«

Er förderte eine weiße Karteikarte und einen Bleistiftstummel zutage. »Ich habe gehört, daß Mrs. Rand in einem Wahrsagekurs war, den Sie auch besucht haben. Ich hätte gern die Namen der anderen Teilnehmerinnen.«

Ich richtete mich auf. »Es handelt sich nicht um einen Wahrsagekurs. Wir lernen etwas über Tarot.«

Für Blackie machte das keinen Unterschied. »Wer war dabei?«

Ich zählte sie an den Fingern ab. Gretel Schumaker, Judith Cohen, Pam Neely, Dot Riddle, Mary Richards, ich, Ruby. Nur sechs, jetzt, da Sybil tot war. Vielleicht würde Ruby sich unter diesen Umständen entschließen, den Kurs zu verschieben.

»War von diesen Leuten jemand mit Mrs. Rand befreundet?«

»Bloß Judith Cohen, glaube ich. Die anderen Frauen schienen sie nicht näher zu kennen.«

»Diese Mary Richards – hat bei ihr am Samstag abend die Halloween-Party stattgefunden?«

»So ist es.«

»Ich habe gehört, daß die Frauen in den weißen Gewändern Hexen waren und daß es da eine Zeremonie gab, bei der eine Hexe, die Knochen umhängen hatte, die anderen dazu zwang, Namen von toten Frauen zu singen. Wissen Sie was darüber?«

Ich grinste. »Da muß jemand über den Zaun gespäht haben.« Es handelte sich vermutlich um dieselbe Person, die das Ku-Klux-Klan-Treffen gemeldet hatte.

Er wiederholte die Frage ausdruckslos. »Wissen Sie was darüber?«

»Ja, aber es hat sich anders abgespielt. Niemand wurde zu irgend etwas gezwungen. Es wurde nur zum Anbeginn

eines neuen Jahres der Toten gedacht, und es war sehr bewegend.«
Blackie runzelte die Stirn. »Am Samstag war Halloween, nicht Silvester.«
»Halloween – Samhain – ist für die Wiccas Neujahr. Die Frauen in den weißen Gewändern waren Anhängerinnen von Wicca, einer Art Naturreligion. Wir anderen haben mit ihnen gefeiert.« Ich kam mir vor, als müßte ich eine Vorlesung in Religionswissenschaften auf Erstkläßlerniveau reduzieren.
»Diese Wiccas, sind das Hexen?«
»Auf eine Art schon, aber nicht die Art von Hexen, an die Sie denken. Hexen sind wie Baptisten – es gibt viele Varianten.«
Das Lachen blieb aus. »Und woher wissen *Sie*, an welche Art von Hexen ich denke?«
»Ich habe geraten. Und wenn Sie was über die Frauen bei der Party erfahren wollen, müssen Sie Mary Richards fragen. Wirklich, Sheriff Blackwell, Sie sind auf der falschen Fährte, wenn Sie glauben ...«
»Ms. Bayles«, sagte er geduldig, »ich muß *alle* Fährten aufnehmen. Neunundneunzig von hundert sind falsch. Aber eine ist die richtige.« Er drehte die Karte um. »Wissen Sie vielleicht, wer noch mit Sybil Rand befreundet war?«
Andrew, dachte ich, sagte aber: »Ich glaube nicht, daß sie viele Freunde hatte.«
Der Sheriff wies mit einer Kopfbewegung auf Rubys Laden. »Da wir gerade von Freunden sprechen – ich hab gehört, daß Ruby Wilcox von dem Laden da mit Andrew Drake befreundet ist. Stimmt das?«
Mein Samentütchen drohte davonzufliegen, und ich bückte mich und hob es auf. Als ich hochkam, hatte ich mein Gesicht wieder unter Kontrolle.

»Ja«, antwortete ich. Zumindest wußte er es nicht von mir. »Letzte Woche haben die beiden mit Mike McQuaid und mir zu Abend gegessen. Warum? Hat Andrew mit dieser Sache zu tun?«

»Schwer zu sagen«, meinte der Sheriff und steckte die Karte wieder ein. Dann schaute er auf das Samentütchen in meiner Hand. »Brunnenkresse, oder? Meine Frau hat einen Haufen davon bei der Garage angepflanzt. Sie liegt mir ständig in den Ohren, daß ich das Zeug *essen* soll – die Blüten, die Blätter, vor allem die Samen. Die Samen legt sie in Essig ein und setzt sie mir im Salat vor.« Er schüttelte den Kopf. »Verrückt, wie?«

»Eigentlich nicht«, erwiderte ich. »Aber ein Wissenschaftler hat gerade herausgefunden, daß die Samen sehr viel Oxalsäure enthalten. Sagen Sie Ihrer Frau, ein paar Samen schaden nicht, doch sie soll sie Ihnen nicht pfundweise geben.«

Blackies Gesicht hellte sich auf. »Ehrlich? Ich schick sie her, damit sie mit Ihnen redet.«

»Gern.« Ich bückte mich wieder. »Viel Glück bei Ihrer Hexenjagd.«

»Mal sehen«, sagte er und ging zu seinem Wagen.

* * *

Um halb zwölf hatte ich das Blumenbeet fertig angelegt sowie ein halbes Dutzend flauschige graue Eselsohren an leere Stellen umgesetzt und einige Büschel Thymian zu den Flammenblumen und dem Duftsteinrich an den Wegrand verpflanzt, wo sie über den Kies wuchern konnten. Ich überlegte gerade, ob mir noch Zeit blieb, um mir den Rainfarn vorzunehmen, als Leatha mit zwei Kartons von der MAGNOLIA KITCHEN über die Straße kam.

»Mittagessen«, trällerte sie. »Ich habe köstliche Sachen in diesem entzückenden kleinen Lokal gegenüber entdeckt.«
Ich folgte ihr ins Haus. Sie hatte dicke Tomatensuppe, Maggies Brokkolisalat (sie macht ihn auf griechische Art, mit Schafskäse und Oliven) und zwei Walnuß-Zimt-Kuchen mitgebracht. Während ich mir die Hände wusch und meine Fingernägel zu säubern versuchte, richtete Leatha alles picknickartig auf dem Tisch an. Ich holte zwei Flaschen Kräuterlimonade aus dem Kühlschrank, die Brian und ich gebraut hatten, und wir ließen uns nieder.
»Ich habe etwas ganz Seltsames gehört, während ich aufs Essen wartete«, berichtete Leatha. »Die Leute sagen, es gibt eine Art okkulte Sekte in der Stadt. Letzte Nacht haben sie bei einem Ritus auf dem Friedhof ein Lamm geopfert. Sie haben ihm das Herz rausgeschnitten.«
»Das fehlt uns gerade noch«, sagte ich. »Noch mehr Schauergeschichten.« Ich gab ein paar Löffel Dressing über meinen Salat. »Hast du Pam getroffen?«
Leatha runzelte ganz leicht die Stirn. »Ja.« Sie löffelte ihre Tomatensuppe und sah nicht auf. »Du hast mir ja gar nicht erzählt, daß sie ... farbig ist.«
»Ändert das was?« Ich fragte mich, wie meine Mutter die Situation bewältigt hatte. Die Beziehung zwischen Therapeut und Klient ist so vertraulich wie die zwischen Anwalt und Klient.
»Vermutlich nicht«, antwortete meine Mutter langsam. »Sie wirkt kein bißchen weniger intelligent als ...« Sie unterbrach sich. »Ich meine, sie ist genauso wie ...« Sie hielt erneut inne. »Sie redet nicht um den heißen Brei herum, wie?« Leatha legte ihren Löffel hin. Sie schien sich zu etwas entschlossen zu haben. »Pam Neely hat mir geraten, es dir einfach zu sagen.«
»Was sagen?«

Das Telefon klingelte. »Nimm ruhig ab, Liebes. Wir sprechen später weiter.«
Ich griff nach dem Hörer und stellte den Apparat auf den Tisch. McQuaid war dran. »Störe ich dich bei was Wichtigem?« fragte er.
»Leatha und ich essen gerade zu Mittag. Was gibt's?«
»Ich war eben beim Sheriff. Blackie hat Fingerabdrücke von der Haustür der Rands und vom Türpfosten des Zimmers identifiziert, in dem Sybil umgebracht wurde. Sie stammen von Andrew Drake.«
Ich verschüttete meine Kräuterlimonade.
»Laß nur«, sagte Leatha. »Sprich ruhig weiter mit deinem netten jungen Mann.« Sie sprang auf und holte ein Handtuch.
»Und das ist noch nicht alles. Blackie hat die Fingerabdrücke ans FBI geschickt, und die konnten sie zuordnen, weil es eine Akte über Drake gibt. Vor drei Jahren ist er in New Orleans wegen Betrugs festgenommen worden.«
»O Scheiße«, sagte ich. »Mein Gott, die arme Ruby.«
Leatha kam mit dem Handtuch. »Heb den Ellbogen hoch, Liebes, damit ich es wegwischen kann, bevor es auf den Boden tropft.«
»Ich bin noch nicht fertig«, fuhr McQuaid fort. »Blackie hat den Wachmann aufgespürt, der Samstag in Lake Winds Dienst hatte, einen gewissen Floyd. Floyd fuhr alle paar Stunden eine Runde durchs Viertel. Etwa um Mitternacht war er kurz vor dem Haus der Rands und sah, wie ein Wagen von dort wegfuhr. Er sagte, er wäre ihm normalerweise wahrscheinlich gar nicht aufgefallen, aber ein Rücklicht ging nicht.«
»Red jetzt nicht weiter. Ein roter Fiat.«
»Ganz genau. Floyd folgte ihm, weil er den Fahrer über das Rücklicht informieren wollte. Kurz darauf kam ihm ein

Haufen Jugendliche in die Quere – er glaubt zumindest, daß es Jugendliche waren. Die meisten waren mit Betttüchern und Masken ausstaffiert. Sie sagten, sie kämen von einer Halloween-Party.«

»Hat er sie verhört?« Unter Halloween-Kostümen konnte man so gut wie alles verstecken.

McQuaid stieß ein kurzes Lachen aus. »Sein Dienst war zu Ende. Er sagte ihnen, sie sollten nach Hause gehen, und zog ab. Er war mit einem Freund an der Brücke am I-35 zum Nachtangeln verabredet, und er wollte die Welse nicht warten lassen.«

»Also wissen wir nicht, ob es Jugendliche oder Santeros waren.«

»Oder andere Sektenfans.« McQuaid gluckste. »Wiccas vielleicht. Blackie erzählte, daß sie auf die am selben Abend auch schon gestoßen seien. Sie trugen ebenfalls weiße Tücher.«

Ich machte ein unfeines Geräusch.

»Sei nicht vulgär«, sagte McQuaid. »Und da wäre übrigens noch was.«

Leatha kehrte mit einem frischen Handtuch bewaffnet von der Spüle zurück. »Heb noch mal die Arme hoch, China.«

»Kannst du das bitte lassen?« fuhr ich sie an. »Es geht hier um etwas *Wichtiges.*«

»Entschuldigung.« Leatha setzte sich und wich meinem Blick aus.

»Was?« fragte McQuaid.

»Dich meine ich nicht.«

»Nun, ich hoffe, du meinst auch nicht deine Mutter. Meine Mutter würde mir ganz schön die Ohren langziehen, wenn ich sie so anschnauzen würde.«

»Ich habe niemanden angeschnauzt. Red weiter, McQuaid. Was ist sonst noch passiert?«

»Blackie hat einen Hilfssheriff zu Andrews Wohnung geschickt. Er trieb eine Nachbarin auf, die sagte, sie habe um zwanzig vor zwölf oder so ihren Hund spazierengeführt und Andrew vorfahren sehen. Er ging in seine Wohnung, kam wieder raus und fuhr weg, was sie seltsam fand, da es schon so spät war. Um zwanzig nach zwölf, als sie bereits im Bett lag, sah sie Licht auf ihren Vorhängen. Sie schaute aus dem Fenster. Andrew kam wieder.«

»Zum Glück hat Ruby ihm das falsche Alibi verweigert.«

»Was für ein falsches Alibi?«

Ich berichtete ihm davon. »Sieht ziemlich böse aus für Drake, wie?«

»Blackie ist sicher, daß er was damit zu tun hat. Wirst du es Ruby erzählen?«

»Ich muß«, sagte ich. »Die Informationen sind doch nicht vertraulich, oder? Wußte Blackie, daß du es mir sagen würdest?«

»Er bat mich jedenfalls nicht, es für mich zu behalten. Als ich losfuhr, brachte er gerade Andrew zum Verhör aufs Revier. Er geht also ziemlich zügig vor.«

»Er scheint sich recht sicher zu sein. Halt mich auf dem laufenden, McQuaid.«

»Ist recht.« McQuaid schwieg einen Moment. »He, sei ein bißchen netter zu deiner Mutter, ja? So schlimm kann sie gar nicht sein.«

»Woher willst du das wissen?« gab ich mürrisch zurück. »Bis dann.« Ich legte auf. »Okay«, sagte ich zu Leatha, »jetzt kannst du den Tisch abwischen.«

»Kräuterlimonade klebt eben so.« Als sie fertig war, hängte sie das Handtuch auf. »Das war Mike, nicht?«

»Ja«, antwortete ich, während ich überlegte, ob ich Ruby suchen sollte. Ich wollte nicht, daß sie von anderen erfuhr, daß man Andrew zum Verhör geholt hatte. Aber wenn ich sie nicht in Kürze ausfindig machte, würde genau das passieren. Ich griff zum Telefon.

»Weißt du«, sagte Leatha nachdenklich, »ich habe mich immer gefragt, warum du ihn nicht mit seinem Vornamen anredest. McQuaid klingt so ... nun, so *fremd*. Als ob er dir nicht wichtig wäre.«

»Ich habe ihn schon immer McQuaid genannt«, erwiderte ich, um einen freundlicheren Tonfall bemüht. »Seit ich ihn kenne. Er war Polizist, ich war Anwältin. Wir haben am selben Fall gearbeitet, auf entgegengesetzten Seiten. Da war das normal.«

Leatha legte die Stirn in Falten. »Ja, aber das war beruflich. Jetzt kennt ihr euch privat. Und ihr seid auf derselben Seite. Oder?«

»Entschuldige«, sagte ich, »ich muß dringend telefonieren.«

10

Ich versuchte es bei Ruby zu Hause, im Laden und im MANE ATTRACTION, wo sie manchmal am Montagnachmittag hingeht. Bei ihr teilte der Anrufbeantworter mir mit, daß sie nicht da sei, der Anrufbeantworter in der CRYSTAL CAVE ließ mich wissen, daß sie morgen wieder da sei, und Roxanne Spivey von MANE ATTRACTION sagte, ich hätte sie knapp verpaßt.

»Du wirst sie nicht wiedererkennen«, verkündete sie außerdem. »Wir haben die aufgesprungene Dauerwelle völlig rausgebügelt.«

Ich hinterließ Nachrichten und gab es auf. Leatha ging ins Gästehaus und las, und ich begab mich in den Garten und schnitt Wermutpflanzen für die Kränze. Der Wind war kälter geworden und brachte Sprühregen, und ich wollte die letzten Blätter retten, auch wenn sie schon etwas zerzaust waren. Sie eigneten sich gut als Füllsel. Als ich mit dem Schneiden fast fertig war, kam Constance den Weg entlanggesprintet. Sie trug einen knödelgelben Hosenanzug und eine durchsichtige Regenhaut. Sie sah aus wie ein Kartoffelkloß in Zellophan.

»Ich komme gerade vom Sheriff«, sagte sie keuchend und blieb stehen. »Andrew Drake ist übel dran. Äußerst übel.«

»Ach ja?« Ich band den letzten Strauß zusammen. »Woher wissen Sie das?«

»Maureen McKenny mußte sich am Freitag den Blinddarm rausnehmen lassen, und so hat Arnold mich gebeten, ihre Gerichtskolumne zu machen.« Constance ließ sich auf die Bank hinter dem Pfefferminzbeet plumpsen. »Ich war beim Sheriff und habe mit Blossom Rheinlander gesprochen. Von ihr kriegt Maureen immer die Informationen für ›Das Neueste vom Sheriff‹, Sachen wie die Flagge, die vom Schulgebäude geklaut wurde, und die Kinder, die von der Highway-Brücke in den Fluß sprangen und derlei. Blossom arbeitet dort seit Urzeiten und weiß alles ...«

»Constance«, sagte ich, »was war mit Andrew?«

»Er war hinten, in der Zelle, und er kam mit den ganzen Papieren rein und warf sie auf Blossoms Schreibtisch ...«

»Andrew?«

Sie klappte ihre gelbe Einkaufstasche auf, zog ein weißes Schnupftuch heraus und wischte sich damit die Stirn. »Der Sheriff. Er war stinksauer. Er sagte, sie solle mit dem Tippen anfangen, aber mit der Aussage müsse sie noch warten, weil aus Drake kein Wort herauszubekommen sei, bis sein Anwalt da sei. Dann ging er wieder. Der Sheriff, meine ich. Da Blossom mir schon alles erzählt hatte, machte ich mich auch auf den Heimweg. Und da sah ich Andrew, wie er von zwei Hilfssheriffs den Flur entlanggeführt wurde.«

In diesem Moment fuhr Rubys roter Honda vor, Ruby sprang heraus und rannte auf uns zu. »Du mußt mitkommen, China!« schrie sie.

Ich griff nach dem Korb mit dem Wermut. »Wohin?«

»Zum Sheriff. Ich hab Blossom auf dem Rathausplatz getroffen. Der Sheriff will Fingerabdrücke und eine Aussage von mir.«

Die Augen von Constance glichen kugelrunden braunen Murmeln. »Will er *Sie* auch festnehmen?«

»Wieso mich auch?« Ruby schaute mich an. »Wovon redet sie?«
»Ich habe rumtelefoniert, um dich zu finden, Ruby«, sagte ich. »Der Sheriff hat Andrew festgenommen, um ihn zu verhören.« Das war nicht alles, aber ich wollte ihr nicht zuviel zumuten.
Ruby wurde weiß im Gesicht. Sie sank neben Constance auf die Bank. »Andrew? *Warum?*«
»Ich versteh das auch nicht«, murmelte Constance kopfschüttelnd. »So ein netter Mann. Und so vertrauenswürdig. Er hat seine Miete drei Monate im voraus bezahlt.«
»Was kann ihm der Sheriff denn vorwerfen?« fragte Ruby drängend.
Ich sah kurz zu Constance. Wenn ich Ruby in Constances Anwesenheit von der Sache erzählte, würde es die halbe Stadt wissen, bevor Ruby das Stempelkissen erblickte. Also sagte ich: »Ich bring nur schnell den Korb in die Küche, dann können wir gleich losfahren.«
Kurz darauf verabschiedeten wir uns von Constance und stiegen in Rubys Honda. »Erzähl schon«, befahl Ruby mit zusammengebissenen Zähnen. »Es kann doch gar nichts gegen ihn vorliegen.« Sie ließ den Motor an. Er ging wieder aus. Sie machte einen zweiten Versuch. »Was *glauben* sie denn, was sie gegen ihn in der Hand haben?«
»Andrews Nachbarin führte Samstag nacht um zwanzig vor zwölf ihren Hund spazieren. Andrew fuhr vor, dann fuhr er wieder weg. Um zwölf Uhr zwanzig kam er zurück.«
Ruby startete ruckartig. »Das beweist gar nichts. Er kann irgendwo ein Bier getrunken haben.«
Ich war so sanft wie möglich. »Dann muß er das auf dem Weg zu Sybil gemacht haben. Der Wachmann von Lake Winds sagt, er sei um Mitternacht dort gewesen und habe gesehen, wie Andrews Fiat vom Haus der Rands wegfuhr.«

Das ließ sich schlechter erklären, doch sie versuchte es. »Vielleicht ist er bloß dorthin gefahren, aber gar nicht ausgestiegen. Ich *weiß,* daß er es nicht getan hat, China.«
Sie klang schon so verzweifelt, daß ich ihr den Rest am liebsten verschwiegen hätte. Doch es war besser, sie erfuhr es jetzt von mir als in ein paar Minuten vom Sheriff. »Er war zumindest in dem Zimmer, in dem Sybil umgebracht wurde, fürchte ich. Sie haben seine Fingerabdrücke am Türpfosten gefunden. Und einen Daumenabdruck an der Haustür.« Ich zögerte. Ich kam mir vor wie der Sprecher der Geschworenen, der das Urteil »schuldig« zu verkünden hat. »McQuaid sagt, Blackie konnte die Abdrücke mit Hilfe des FBI identifizieren. Sie sind aktenkundig, seit Andrew vor drei Jahren in New Orleans wegen Betrugs verhaftet wurde.« Ich legte meine Hand auf ihre und drückte sie. »Es tut mir wirklich leid, Ruby.«
Es entstand ein langes Schweigen, währenddessen wir die Ampel Ecke Guadalupe, MLK betrachteten. Als Ruby schließlich sprach, klang ihre Stimme erstickt. »Zumindest hab ich nicht von dir zu hören gekriegt: Ich hab's dir ja gleich gesagt.«
»Wenn jemand verhaftet wird, heißt das noch lange nicht, daß er schuldig ist. Nicht einmal, wenn er angeklagt wird. Es werden ständig Leute verhaftet, aber dabei bleibt es nicht immer.« Ich hoffte, daß ich das halbwegs tröstend hervorbrachte.
Offenbar nicht. Sie nagte an ihrer Unterlippe. »Es klingt trotzdem ziemlich schlimm.«
»Er braucht einen guten Anwalt, und zwar so schnell wie möglich. Er ist besser dran, wenn sein Anwalt sich in die Ermittlungen einschaltet, bevor die Anklageerhebung dem Großen Geschworenengericht vorgelegt wird. Man hat immer die Chance, etwas aufzustöbern, was die Polizei über-

sehen hat und womit man den Staatsanwalt zum Rückzug zwingen kann.« Ich nahm den Mund etwas voll, um Eindruck zu schinden.

Ruby warf mir einen Blick zu, der Bände sprach. Ich schüttelte den Kopf. »Nein. Ich bin nicht mehr im Geschäft. Ich habe keine Angestellten und kein Büro, und ich möchte keinen Prozeß mehr mitmachen.«

»Aber du kennst ihn«, sagte sie anklagend. »Du kennst den Sheriff. Du hast die Leiche gesehen. Du bist ideal dafür.«

Ich blieb fest. »Ich bin heute nachmittag für dich da, aber Andrew muß sich selbst einen Anwalt suchen. Er braucht jemanden, der auf Gerichte eingeschossen ist.«

»Vielleicht überlegst du's dir ja noch.«

»Tut mir leid«, sagte ich. »Was wird übrigens aus dem Tarotkurs? Findet er noch statt?«

Ruby schüttelte den Kopf. »Ich hab allen Bescheid gegeben, daß er verschoben wird. Ich hab es dir aufs Band gesprochen.«

Sie hielt vor einer der Eine-Stunde-Parkuhren vor dem Revier des Sheriffs, das in dem alten Büchereigebäude an einer Ecke des Rathausplatzes untergebracht ist. Diese Parkuhren waren schon unbeliebt, als man sie vor ein paar Jahren aufstellte, und wurden noch mehr geschmäht, seit man sie mit einem Quarter statt einem Dime füttern mußte. »Warum will der Sheriff meine Fingerabdrücke?«

»Er will Leute ausschließen können. Deine interessieren ihn, weil das Messer dir gehört hat und du am Samstag in dem Haus gewesen bist. Meine wird er auch haben wollen. Und die von Judith, Angela und dem Ehemann hat er vermutlich schon.«

Sie suchte in ihrer Handtasche nach dem Quarter. »Wenn er mir Fragen stellt, was soll ich dann antworten?«

»Die Wahrheit«, sagte ich schlicht. Ich sah sie an. »Deine Haare sehen gut aus.«
»Danke.« Sie warf den Kopf hin und her. »Dann gibt's zumindest ein passables Verbrecherfoto.«

* * *

Blossom Rheinlander ist eine freundliche, patente Frau Anfang Sechzig mit kurzgeschnittenem grauem Haar und einem von texanischer Sonne gegerbten, ungeschminkten Gesicht. Sie freute sich, daß ich mich daran erinnerte, daß ihre Enkelin beim Adams-County-Rodeo letztes Jahr Quarterhorse Queen geworden war und sich beim Faßreiten bestens gehalten hatte. Sie führte uns in einen kleinen Raum, sagte, der Sheriff komme sofort, und deutete auf die Wärmeplatte und die Kaffeekanne. Die Wände des Raums waren grün, desgleichen die Bodenfliesen, und am Fenster hing ein Foto vom Gouverneur. Ich verzichtete auf Kaffee, da ich meinem Körper seit ein paar Jahren kaum mehr Koffein zuführte. Ruby bediente sich.
Sheriff Blackwell trat ein, setzte sich und rieb sich sein kantiges Kinn. Er warf mir einen kurzen Blick zu, dann schaute er Ruby an. »Haben Sie Angst, daß Sie was Belastendes sagen könnten?« fragte er, und er sah aus, als lächelte er dabei ein wenig.
»Ich hielt es für eine gute Idee, sie mitzunehmen«, antwortete Ruby, trank ihren Kaffee aus und stellte den Becher beiseite. »Was möchten Sie wissen?«
Er zog eine weiße Karte aus der Tasche, vermerkte darauf mit winzigen, gestochen scharfen Buchstaben Rubys Namen und numerierte die Karte. »Beginnen wir mit Sybil Rand.« Er hörte sich an wie ein Steuerprüfer. »Seit wann kennen Sie sie?«

»Seit etwa einem Jahr. Sie kommt ...« Ruby schluckte. »Sie kam ab und zu in meinen Laden, kaufte Bücher, Kristalle, Räucherwerk und solche Sachen. Überwiegend Bücher. Ich habe auch Sachen für sie bestellt. Esoterik.«
»Bücher über Magie?«
»Kräutermagie, Astrologie, Tarot. Einiges, was sie wollte, war vergriffen. Ich mußte es antiquarisch suchen lassen.«
»Kennen Sie ihren Mann?«
»Nein.«
»Kennen Sie ihre Haushaltshilfe?«
»Ich bin Angela ein- oder zweimal begegnet. Am Samstag habe ich auch mit ihr gesprochen.«
»Wissen Sie, daß Mrs. Rand Andrew Drake fünfundzwanzigtausend Dollar geliehen hat?« Auch diese Frage kam ausdruckslos, ohne jede emotionale Regung.
Rubys Kopf fuhr hoch. »Nein!«
»Wissen Sie, ob er etwas davon zurückgezahlt hat?«
»Woher soll ich das wissen, wenn mir nicht mal bekannt war, daß er es sich von ihr geliehen hatte? Wofür brauchte er es? Für das Studio?«
»Wie standen Drake und Sybil Rand zueinander?«
Ruby senkte den Blick. »Soweit ich weiß, waren sie nur Bekannte.«
Der Sheriff notierte sich etwas. »Nur Bekannte? Sie hatten keine Liebesbeziehung?«
»Nein, ich denke nicht.« Sie ließ die Schultern hängen.
»Judith Cohen sagt, sie schliefen miteinander.«
Rubys Lippen wurden schmal. An ihrem Hals erschien ein roter Fleck. »Vielleicht weiß Judith etwas, was ich nicht weiß.«
»Wie gut kennen Sie Drake?«
»Kommt drauf an, was Sie meinen.« Ruby stieg die Röte ins Gesicht. »Wir ... haben uns in letzter Zeit öfter getroffen.

In den letzten Monaten, meine ich. Seit er in Pecan Springs wohnt.«

Der Sheriff schrieb etwas auf die Karte. »Haben Sie eine Liebesbeziehung?«

Rubys Gesicht nahm den Farbton ihrer Haare an. »Wir waren zusammen im Bett, falls Sie das meinen. Was spielt das für eine Rolle?«

»Wieviel wissen Sie über ihn?«

»Über seine Vergangenheit nicht viel. Es war mir nicht wichtig.«

»Ist Ihnen etwas über einen Fall von Betrug bekannt, in den er in New Orleans verwickelt war?«

Ruby sah schnell zu mir. »Nein«, antwortete sie. »Ich meine, na ja . . .«

»Ich habe Ruby davon berichtet, was Sie heute morgen McQuaid erzählt haben«, sagte ich.

»Liegt nahe«, meinte der Sheriff unbeeindruckt. »Dann lassen Sie mich die Frage anders stellen. Wußten Sie vor heute morgen, daß Drake verhaftet worden war, weil er eine vermögende Frau in New Orleans um Geld betrogen hatte?«

»Eine vermögende . . .?« Ruby schloß die Augen. »Nein. Das wußte ich nicht.«

Der Sheriff stand auf und ging hinaus.

Ruby beugte sich vor und flüsterte: »Wieso fragt er mich nach . . .«

Ich legte den Finger auf die Lippen. Daraufhin erhob sie sich, nahm sich noch einen Becher Kaffee, setzte sich wieder und trank ihn in kleinen Schlucken. Er schien nicht zu schmecken, denn sie verzog das Gesicht. Der Sheriff kehrte mit einem Pappkarton zurück und stellte ihn vor Ruby ab.

»Ich hab gehört, daß Sie so was wie 'ne Okkultismusexpertin sind«, sagte er. »Ich würde gerne Ihre Meinung über diese beiden Gegenstände hören.« Er öffnete den Karton und entnahm ihm ein Buch mit schwarzem Ledereinband und einem aufgeprägten goldenen Pentagramm, das er auf den Tisch legte. Daneben breitete er die Karten eines Tarotdecks aus. Sie hatten keinerlei Ähnlichkeit mit denen, die wir in Rubys Kurs benutzt hatten. Die Bilder auf diesen Karten waren düster und eckig, beinahe bedrohlich, und strahlten eine zornige Energie aus.

Ruby schlug das Buch auf und sah sich das Titelblatt an, dann blätterte sie es durch. Schließlich klappte sie es zu und schob es von sich weg. »Es ist genau das, was drin steht«, sagte sie. »*The Satanic Bible.* Sie wurde von Anton LaVey verfaßt und ist das zentrale Werk seines Trapez-Ordens.« Sie warf einen Blick auf das Tarotdeck. »Diese Karten wurden von Aleister Crowley entworfen, der sogenannte Thoth-Tarot. Wo haben Sie diese Sachen her?«

Der Sheriff trommelte mit den Fingern auf den Tisch. »Sie gehören nicht Ihnen?«

»Natürlich nicht«, fuhr Ruby empört auf. »Ich habe LaVeys Buch niemals bei mir im Laden gehabt.«

»Warum nicht?«

»Mit diesem Zeug gebe ich mich nicht ab. Es ist gefährlich. Hat es Sybil gehört?«

Ich betrachtete das Buch. Ich hatte es an dem Abend, als Sybil getötet wurde, nicht in ihrem Bücherregal bemerkt, aber das hatte nichts zu sagen. Es konnte sich an einer anderen Stelle im Haus befunden haben. Auch das Tarotdeck hatte ich noch nie gesehen. Als Sybil gestorben war, hatte sie einen anderen Tarot gelegt.

»Haben die Karten auch etwas mit Satanismus zu tun?«

»Nicht direkt.« Ruby hielt inne. »Crowley soll Satanist gewesen sein, aber soweit ich weiß, bestanden seine magischen

Praktiken lediglich aus einer Art wildwucherndem Freimaurertum, garniert mit einem Haufen lateinischem Hokuspokus. Ich lehne die Energie dieser Karten ab. Die Bilder sind zum Teil grob, gewalttätig.«

Der Sheriff schlug das Buch auf und deutete auf eine Inschrift auf dem Titelblatt. »Was hat es mit diesem Trapez-Orden auf sich?«

»Das hat etwas mit germanischer Mystik und der Church of Satan zu tun.« Sie schaute ihn an. »Wo, sagten Sie, haben Sie dieses Buch her?«

»Hat es etwas mit Nationalsozialismus zu tun?«

Ich sah das brennende Kreuz in Judiths Garten vor mir. Gab es einen Zusammenhang zwischen der Verbrennung des Kreuzes und Sybils Tod?

»Vielleicht«, antwortete Ruby. »Das weiß ich nicht genau. Ich kenne mich mit diesem Zeug nicht aus.« Sie grinste durchtrieben. »Falls Sie das alles interessiert, ich habe ein Buch im Laden, das sich auch mit LaVey beschäftigt. Es ist sehr seriös. Von einem Soziologieprofessor.«

Der Sheriff war nicht nur gewitzt, sondern auch hartnäckig. »Würden Sie sagen, daß der Eigentümer dieses Buches Satanist war?«

Ruby blickte unbehaglich drein. »Ich nehme an, jemand, der sich nicht für Magie interessiert, würde es nicht besitzen. Aber ich habe auch Bücher, die ich noch nicht mal gelesen habe. Nur weil man ein bestimmtes Buch besitzt, muß man noch lange nicht an den Inhalt glauben.«

Der Sheriff verschloß den Karton wieder. »Wieso halten Sie Satanismus für gefährlich?«

»Weil Satanisten glauben, daß alles berechtigt ist, was sie tun wollen«, antwortete Ruby. »Satanisten sind machtbesessen. Sie wollen Macht über andere Menschen erlangen. Sie manipulieren.«

Der Sheriff notierte sich etwas auf seiner Karte. »War Sybil Rand Satanistin?«
»Nein.« Ruby runzelte die Stirn. »Das glaube ich nicht. Mir ist nie etwas aufgefallen, das darauf hingewiesen hätte.«
Blackie wandte sich an mich. »Wie steht's mit Ihnen? Ich habe gehört, Sie kennen sich mit diesen ganzen Giftpflanzen von Mrs. Rand aus. Hat sie die bei satanistischen Kulten eingesetzt?«
»Möglich wäre es«, gab ich zu. »Sie wurden früher bei der sogenannten Schwarzen Magie benutzt. Tollkirsche, Bilsenkraut, Sturmhut, Stechapfel ...«
»Und diese Pflanzen hatte Mrs. Rand?«
»Ja, einige von diesen und auch andere.«
»Könnten Sie die Pflanzen, die bei Schwarzer Magie Verwendung finden, für mich identifizieren?«
»Ich kann die identifizieren, die früher in der Magie eingesetzt wurden.«
»Gestern wollte ich von Ihnen wissen, ob Mrs. Rand etwas mit Santeria zu tun hatte, und Sie haben die Frage verneint. Jetzt frage ich Sie dasselbe in bezug auf Satanismus. Ist Ihnen irgend etwas aufgefallen, was darauf hinweist, daß sie Satanistin war?«
Ich dachte an das Tarotdeck, die Pflanzen, die Bücher in Sybils Regal, ihre schwarze Kleidung, ihren Schmuck. Und ich konnte nachvollziehen, weshalb Blackie zwei und zwei zusammenzählte und auf vier kam. Ich vermochte seine Logik nicht von der Hand zu weisen, glaubte aber, daß er sich irrte. Sybil hielt nicht viel von Konventionen. Vielleicht war sie sogar in gewisser Weise machtbesessen, aber deshalb war sie noch lange keine Satanistin.
»Nein«, sagte ich.
Blackie wandte sich sofort wieder Ruby zu.
»Wie steht es mit Ihrem Freund Drake? Ist er Satanist?«

»Andrew?« fragte Ruby fassungslos. »Sie machen Witze.«
»Das heißt also, nein?«
»Ja, allerdings.« Sie runzelte die Stirn. »Ich meine, nein, er ist kein Satanist.«
Der Sheriff machte eine mikroskopisch kleine Notiz. Bei dieser Arbeitsweise konnte er noch Rubys ganze Lebensgeschichte auf der weißen Karte Nummer eins unterbringen.
»Und dieser Trapez-Orden? Gehörte er dem an?«
Ruby wurde allmählich sauer. »Ich habe doch gerade nein gesagt, oder nicht? Wenn er Satanist wäre, hätte ich das irgendwie mitbekommen.«
Der Sheriff steckte die Karte ein, nahm die Schachtel und stand auf. »Nun, wenn er kein Satanist ist, frage ich mich, warum wir diese satanistische Bibel in seiner Wohnung gefunden haben. Wollte er vielleicht nachlesen, wie man Menschen in Frösche verwandeln kann?«
Ich glaube, er erwartete nicht, daß wir lachten. Wir taten es auch nicht.

* * *

Bis wir beim zuständigen Hilfssheriff unsere Fingerabdrücke hinterlassen hatten, war die Parkuhr zur letzten Minute vorgedrungen. Agnes Rhodes, die Polizistin, die in Pecan Springs Strafzettel verteilt, lauerte mit einem Block in der Hand daneben. Als sie Ruby sah, grinste sie. »Ich dachte schon, ich krieg Sie. Fehlten nur noch dreißig Sekunden.« Damit ihr nicht langweilig wurde, machte Agnes sich einen Spaß aus der Sache.
Ruby lächelte nicht. Als Agnes bemerkte, daß Ruby nicht zu Späßen aufgelegt war, steckte sie ihren Block in ihre hintere Hosentasche. »Na, schönen Tag noch«, sagte sie und entfernte sich.

Ruby startete den Wagen. »Laß uns ein Bier trinken. Ich muß diesen Geschmack aus dem Mund kriegen.«

Es war noch früh, und LILLIE'S war fast leer. Wir setzten uns an die Bar, und Bob zapfte uns ein Lite und ein Lone Star und brachte einen Korb mit Chips. »Maria war noch nicht mit der Salsa da«, sagte er. Er zwinkerte Ruby zu. »Hast du schon das Neueste gelesen?«

Ruby verdrehte entnervt die Augen. »Sag nicht, Constance hat es bereits in die Zeitung gebracht!«

»Was meinst du?« fragte Bob. »Ich rede von Billy Lees Zeitung. Ich schau mal, ob ich sie finde.« Er verschwand nach hinten.

»Es war furchtbar, nicht?« sagte Ruby zu mir. »Ich meine, das Verhör.«

»Es war ziemlich gut«, erwiderte ich. »Blackie war ausgesprochen cool.« Er hatte seine Fragen im Rhythmus eines erfahrenen Bassisten gestellt, der die Tonartwechsel vorgibt, aber nichts verrät. »Und du hast dich gut gehalten, Ruby.«

»Aber ich hab mich nicht gut gefühlt. Ich hab mich gefühlt, als hätte er sich seine Meinung über Andrew schon gebildet, und ich sollte sie ihm nur bestätigen.« Ruby trank einen kräftigen Schluck Bier. »Blackwell scheint allen Schmutz auszugraben, den er mit seinen klebrigen Händen zu fassen kriegt. Was hältst du von dieser New-Orleans-Geschichte?«

»Ich weiß nicht. Blackie sagte, Andrew sei verhaftet worden, erwähnte aber nichts von einer Verurteilung. Vielleicht konnten sie ihm nichts nachweisen.«

Ruby stellte ihr Glas hin. »War möglicherweise eine von diesen irrtümlichen Verhaftungen.«

»Hör zu«, sagte ich, »ich kenne eine Staatsanwältin in New Orleans. Ich werd sie gleich morgen früh anrufen und sie bitten, sich für uns umzutun.«

»Meinst du, sie lassen ihn auf Kaution raus?«
»Wart's ab. Noch ist nicht klar, ob sie ihn überhaupt behalten.«
»Aber falls doch?« Ihr Herz hing an dieser Frage.
»Bei Mord sieht es schlecht aus, vor allem, da eine frühere Haftstrafe vorliegt. Der Richter ist sehr vorsichtig. Wenn er einwilligt, dürfte die erforderliche Summe so um die hunderttausend Dollar liegen.«
Ruby wurde bleich. »Hunderttausend!«
»Oder drüber. Andrew ist noch nicht lange in der Stadt. Das macht auch was aus.«
Ruby sah mir fest in die Augen. Ihre Sommersprossen schienen zu tanzen, aber ihr Blick war ruhig. »China, ich weiß, daß du nicht gerade wild auf Andrew bist, und er hat vielleicht einiges getan, was nicht allzu schlau war. Vielleicht hat er sich von Sybil Geld geliehen. Vielleicht hat er mit ihr geschlafen. Aber ich *weiß*, daß er ihr nicht die Kehle durchgeschnitten hat. Und ich sage das nicht nur, weil mir etwas an ihm liegt. Ich sage das, weil ich es im Bauch spüre.«
Ich kenne Ruby lange genug, um Respekt vor ihren Bauchreaktionen zu haben, doch in diesem Fall glaubte ich, daß ihre Gefühle für Andrew sie verwirrten. Liebe macht blind und erotische Anziehung taub und stumm. »Ich verstehe dich, Ruby. Aber du mußt es auch mal von Blackies Seite sehen. Er arbeitet an einer Theorie, die mit Okkultismus zu tun hat und die angesichts der Situation und den Sachen aus Andrews Wohnung ziemlich plausibel ist.«
Ruby schüttelte den Kopf. »Plausibel und wahrscheinlich ist nicht dasselbe. Andrew mag sich mit Sybil eingelassen haben, aber umgebracht hat sie ein anderer. Und Okkultismus haben wir im Moment reichlich in der Stadt. Der Mord an Sybil ist ja nicht das einzige seltsame Ereignis in letzter Zeit.«

Bob tauchte wieder auf. »Ich hab sie.« Er schob eine Zeitung über die Bar. »Hat etwas gedauert, bis ich sie gefunden hab. Sie war schon im Müll. Wo sie auch hingehört.«

Die Zeitung war mit Kaffeesatz und Ketchupklecksen übersät, aber noch lesbar. Auf der Titelseite wurde bekanntgegeben, daß es sich um *The Community Conscience* handelte und daß das Organ monatlich von der Everlasting Faith Bible Church in Pecan Springs, Texas, herausgegeben wurde. Unter dem Namenszug prangte die Schlagzeile: »Die Kirche bezieht Stellung gegen Teufelsanbeter.« Darunter folgte ein Bericht über die Demonstration, die dort blumig als »von Gott gesegnete Kampagne gegen das Böse in unserer Mitte« bezeichnet wurde. In einem anderen Artikel wurde die Stellung der Kirche gegenüber der Scheidung behandelt, die offenbar als ebenso verwerflich wie Teufelsanbetung galt. Auf einem Foto war der Reverend in seinem weißen Anzug zu sehen, wie er den Arm um eine Frau gelegt hatte, die im Gesicht Tammy Faye und in der Oberweite Dolly Parton glich. Die Bildunterschrift wies sie als »Barbie« aus. Das war passend.

»Igitt!« rief Ruby angewidert. »Schau dir diese Ballons an.«

»Schau dir *das* an«, sagte ich und deutete auf den Artikel unter dem Bild. Er war mit der Zeile »Boykotte des Monats« überschrieben, und der erste Satz lautete: »Nach Ansicht der Redaktion haben sich die folgenden Betriebe unheiligen Praktiken verschrieben und sollten deshalb mit einem Bann belegt werden.«

Die Liste war kurz. Sie bestand aus der CRYSTAL CAVE und der THYME AND SEASONS HERB COMPANY.

»Verfluchter Mist!« schimpfte Ruby.

»Nicht wahr«, sagte Bob. »Da möcht man kotzen, oder?«

Ruby zerknüllte die Zeitung und feuerte sie in den Plastikmülleimer hinter der Bar. »Ich dachte, Pauline hätte Harbuck befohlen, damit aufzuhören.«

»Sie hat ihm befohlen, mit dem *Marschieren* aufzuhören«, rief ich ihr ins Gedächtnis. »Sie wollte nicht, daß uns das Juroren-Team streiten sieht. Doch ich glaube kaum, daß sich die Juroren *The Community Conscience* antun werden.«

»Aber sie ruinieren uns das Geschäft«, jammerte Ruby.

»Und genau das will Billy Lee, meint ihr nicht?« Bob zapfte noch zwei Bier. »Die gehen auf mich.«

»Danke, Bob. Du bist ein Schatz.« Ruby leckte den Schaum von ihrem Bier und wandte sich mir zu. »Können wir ihn verklagen?«

»Wir müßten ihm unbedingten Vorsatz nachweisen können«, sagte ich. »Außerdem glaube ich nicht, daß wir viele Kunden aus der Schar des Reverends haben. Wenn die uns boykottieren, merken wir es wahrscheinlich nicht mal.«

Ruby ließ die Schultern hängen. »Mir geht es ums Prinzip.«

Bob begann Limonenstücke für Margaritas in eine Schale zu schnippeln, die wie ein Baseballhandschuh geformt war. »Wenn ihr mich fragt, der Kerl ist ein Idiot. Ich werd ein paar hundert Dollar ausgeben müssen, um mir 'nen neuen Stall zu bauen.«

»Er ist viel schlimmer«, sagte Ruby grimmig. »Vielleicht steckt er sogar hinter dem Mord an Sybil.«

»Sieh dich vor«, warnte ich.

Ruby war trotzig. »Ich glaube das aber.«

»Und wahrscheinlich hast du recht«, sagte Bob und stellte den Baseballhandschuh auf die Bar. »Ein kompletter Idiot, schon als Kind. Er hat auch nicht bloß ein Auto gestohlen. Ich hab dieses Wochenende meinen Bruder Dickie gefragt. Er sagte, vorher hätten sie noch ein paar Tankstellen ausgeraubt. Aber da war nicht viel zu holen, nur das Geld von den Limo-Verkäufen und Süßigkeiten und ein paar Dosen

Bier.« Er schüttete Salz auf einen Teller und stellte ihn neben den Handschuh. »Zum Glück hat Ma das nie rausgekriegt, sonst hätte es bei Dickie mehr als 'ne Tracht Prügel gesetzt. Dickie hat gesagt, es ging auch um 'n Mädchen.«

»Ein Mädchen?« fragte Ruby.

»Ja. Hat sie geschwängert, kurz bevor er wegen dem Auto ins Kittchen wanderte.« Er fischte die zerknäulte Zeitung aus dem Müll und betrachtete grinsend die Doppelgängerin von Tammy Faye und Dolly Parton. »Ich frag mich, was die neue Frau vom alten Billy Lee von der armen Kleinen in Abilene halten würde.«

Ruby machte mit ihrem Bierglas feuchte Ringe auf die Bar. »China«, sagte sie langsam, »meinst du ...«

»Nein, Ruby. Ganz bestimmt nicht.«

Sie drehte ihren Hocker zu mir. »Ich aber. Es kann kein Zufall sein. Der Reverend will Hexen jagen, also demonstriert er vor unseren Läden. Jemand bricht in meinen Laden ein ...«

»Und jemand fackelt meinen Stall ab«, warf Bob ein. »Und was war das mit dem Kreuz?«

»Genau«, sagte Ruby, »und dann wird Sybil umgebracht.« Sie knallte ihr Glas auf die Bar. »Ich behaupte ja nicht, daß der Reverend die Drecksarbeit selbst macht. Ich glaube nur, daß er seine Anhänger für die Hexenjagd psychisch präpariert hat, und jetzt können sie nicht mehr aufhören.« Sie runzelte die Stirn und sah ein bißchen verwirrt aus, wie immer bei ihrem zweiten Bier. »Und der Sheriff steckt einen Unschuldigen in den Knast, während der Schuldige, Pardon, der Hauptverdächtige, munter Zeitungen druckt, in denen er die Leute zum Boykott unserer Läden aufruft, weil wir Hexen sind.«

Bob sah von seinen Maraschinokirschen auf, die er aus dem Glas schüttete. »Wen hat er in den Knast gesteckt?«

»Hast du's denn noch nicht gehört?« fragte Ruby. Sie klang todtraurig. »Andrew Drake.« Tränen rollten ihr übers Gesicht.

»Na, na«, sagte Bob mitfühlend. Er hielt ihr leeres Glas unter den Bierhahn. »Trink noch eins, Ruby. Dann geht's dir besser.«

Ich stand hastig auf. »Danke, aber wir müssen los. Ich hab was vergessen. Ruby, ich fahr dich nach Hause.«

»Ist schon in Ordnung«, sagte Ruby zu Bob. Sie ballte kämpferisch die Faust. »Ich krieg den Dreckskerl. Wartet's nur ab.«

»Ganz bestimmt.« Bob beugte sich über die Bar. »Sagt mir Bescheid, wenn ich was tun kann, okay? Ich kenn noch Leute in Abilene.«

11

Das, was ich vergessen hatte, war Leatha. Ich war am frühen Nachmittag zum Sheriff losgefahren, ohne ihr Bescheid zu sagen, und jetzt war es fast sechs. Ich wäre nicht besonders überrascht gewesen, wenn sie inzwischen rückfällig geworden wäre.

Dem war nicht so. Sie saß in einem blaßrosa Pulli und passenden rosa Hosen auf dem runden Batiksofa im Gästehaus, las ein Buch und trank aus einem Sektglas Perrier. Ich hatte immer noch das Joggingzeug von heute morgen an und fühlte mich schmutzig und plump. Aber so habe ich mich in ihrer Nähe immer gefühlt. Sie hatte sogar noch gut ausgesehen, wenn sie sturzbesoffen war. Das war vermutlich ein weiterer wunder Punkt in meiner Beziehung zu ihr.

»Tut mir leid, daß ich so spät komme«, sagte ich. »Der Sheriff hat Rubys Freund wegen des Mordes an Sybil Rand festgenommen. Ruby hat er auch verhört. Sie hat mich gebeten, mitzukommen.«

Leatha sah erschrocken auf. »Das muß ja *schrecklich* für sie sein. Zum Glück hat sie dich. Wirst du ihren Freund verteidigen?«

»Nein«, sagte ich mit Nachdruck. »Hör mal, würde es dir was ausmachen, in dem Lokal gegenüber zu Abend zu essen? Ich habe um halb acht eine Verabredung und möchte jetzt nicht kochen.«

Nachdem ich Ruby daheim abgeliefert hatte, war ich zu Fuß nach Hause gegangen. Es dämmerte bereits, und die Abendluft war kühl. Ich hatte beschlossen, später bei Judith vorbeizufahren. Vor allem wollte ich wissen, was sie dem Sheriff erzählt hatte. Als ich zu Hause war, hatte ich sie angerufen. Sie schien nicht allzu begeistert zu sein, hatte aber eingewilligt.

Leatha sah enttäuscht aus, und mir fiel ein, daß ich mich nach dem Frühstück und dem Mittagessen rasch verdrückt hatte. »Ich bin höchstens eine Stunde weg. Danach können wir was zusammen machen.«

»Schön«, sagte Leatha. »Ich habe ja was zu lesen.« Sie hielt das Buch hoch. Es war über Kinder alkoholabhängiger Eltern. »Kennst du das? Es ist hervorragend.«

Ich schüttelte den Kopf. Ruby hatte mich auf solche Bücher aufmerksam gemacht, aber sie interessierten mich nicht. Ich kannte das Thema zur Genüge. Warum sollte ich ein Buch darüber lesen?

Leatha stand auf. »Vielleicht lasse ich es dir da, wenn ich durch bin.«

»Ich glaube nicht, daß ...«

»Ich weiß«, sagte sie mitfühlend, »es ist schrecklich schwer, darüber zu sprechen, nicht wahr? Bevor ich zu Marietta ging, wollte ich unter keinen Umständen darüber nachdenken, was Daddys Alkoholsucht für mich bedeutet hat. Du empfindest bestimmt dasselbe in bezug auf mich, China.«

»Ich habe nie viel darüber nachgedacht.« *Lügnerin.* Ich wurde das Thema seit Jahren nicht los. Warum war es mir peinlich, daß sie davon sprach?

Leatha lächelte. »Na ja, nicht nur du verdrängst, Liebes. Alle sind dann förmlich von Lügen verschüttet. Von denen müssen wir uns als erstes reinigen, sagt Marietta.«

Wir machten uns zum Abendessen auf.

Maggie's Magnolia Kitchen ist ein langgezogener Raum mit weiß verputzten Wänden. An ausgesuchten Stellen sind grüne und weiße Gitter angebracht, an denen bunte Geranientöpfe hängen und sich Weinranken emporschlängeln. Die Decke besteht aus dem traditionellen Walzblech – wofür man vermutlich auf dem Antiquitätenmarkt mehr Geld kriegt als für das gesamte Restaurant – und ist passend zum grüngestrichenen Holzfußboden grün lackiert. Die Tische sind weiß, die Stühle grün. Auf den Tischen stehen Töpfe, in denen Kräuter wachsen – Thymian, Majoran und diverse Basilikumarten. Man kann immer wieder Leute dabei beobachten, wie sie verstohlen die Blätter reiben und sie beschnüffeln. Ich bin zu dem Schluß gekommen, daß die Beziehung auf Gegenseitigkeit beruht – die Kräuter lassen sich gern reiben, und die Menschen reiben sie gern, wenn sie nicht stechen.

Es war Montag und noch früh am Abend. Der Raum war fast leer; nur an dem runden Tisch hinten bei der Küche saßen sechs Frauen. Sie sahen wie Nonnen aus – dunkle Röcke, weiße Blusen, kurzes Haar, vernünftiges Schuhwerk. Maggie, die bei ihnen Platz genommen hatte, winkte uns zu und stand auf. Ich winkte auch und überlegte, ob den Nonnen ihre Küchenchefin sehr fehlte.

Leatha und ich wählten einen der vorderen Tische. Maggie kam mit Speisekarten unterm Arm und gefüllten Wassergläsern. Sie hatte Leatha schon mittags kennengelernt und setzte sich einen Moment zu uns. Maggie ist klein, etwas stämmig und hat Hände und Arme wie eine Bäuerin. Ihr ergrauendes Haar ist über den Ohren kurz rasiert, ihr eckiges Gesicht ist wunderbar schlicht, und an ihr ist nichts Künstliches. An Maggie ist alles echt; sie kennt sich selbst und gibt anderen die Möglichkeit, sie kennenzulernen. Sie trug ein einfaches graues Hemdblusenkleid, eine weiße

Schürze, auf der in Grün das Logo des Restaurants und eine riesige Magnolie aufgemalt war, und schwarze Halbschuhe mit Kreppsohlen.
»Wie geht's?« fragte sie mich.
Ich gab ein unverfängliches Brummen von mir. Maggie kann man keine höflichen Lügen vorsetzen. Ihre Augen fordern einen auf, die Wahrheit zu sagen, und mir war nicht danach.
»China ist in einen Mordfall verwickelt«, eröffnete Leatha.
Ich verdrehte die Augen.
»Sybil Rand?« fragte Maggie und gab sich selbst die Antwort. »Sicher. Ist ja der einzige Mordfall in der Stadt. Eine traurige Sache.«
»Ich bin nicht darin verwickelt«, sagte ich. »Der Sheriff vernimmt einen Freund von Ruby.«
»Ich hab's gehört.« Maggie schüttelte den Kopf. »Ich weiß nicht, was schlimmer ist – sich vorzustellen, daß sie von einer Sekte umgebracht wurde oder von jemandem, der sie haßte.« Echtes Mitleid lag in ihren Augen. »Wie geht es Ruby?«
»Sie tut sich schwer.« Ich griff zur Speisekarte. »Was hast du denn heute abend zu bieten?«
Maggie kapierte. »Die Quiche kommt frisch aus dem Ofen«, sagte sie munter und stand auf. Für Leatha fügte sie hinzu: »Mit Salbei und Zwiebeln. China und ich haben draußen auf der Veranda den Salbei gezogen.«
Wir bestellten Spinatsalat und die Quiche. Ich hätte gern ein Glas Wein getrunken, war aber nicht sicher, ob das gegen die guten Sitten verstieß. Oder gegen die Moral. Konnte man in Gegenwart einer Alkoholikerin auf Entzug Wein trinken?
»Bestell dir ruhig Wein, wenn du möchtest«, meinte Leatha und nahm mir die Entscheidung ab. »Für mich bitte Kaffee.«

Maggie griff nach den Karten. »Sag Ruby, ich werde für sie beten. Und auch für ihren Freund.«
Ich lächelte. Wenn Maggie vom Beten spricht, ist das wörtlich gemeint. »Danke. Ruby wird dankbar sein.« Das war keine höfliche Lüge.
Wir wandten uns dem selbstgebackenen Brot zu, das Maggie auf einem kleinen Holzbrett brachte. Leatha schnitt zwei Scheiben ab. Es war warm und duftete nach Kräutern.
»Kann ich da weitermachen, wo wir beim Abendessen aufgehört haben?« fragte Leatha.
»Klar«, antwortete ich. Ich dachte an Ruby. Als ich wegging, war sie in ihrem Wohnzimmer auf und ab marschiert und hatte sich um einen Mann Sorgen gemacht, der, wenn ich Blackies Theorie Glauben schenkte, ein Mörder sein konnte. Glaubte ich das auch? Einerseits ja, andererseits nein. Andrews Fingerabdrücke und die Satanistenbibel – Tatsachen. Die Aussagen der Nachbarin und des Wachmanns. Die frühere Verhaftung. Ich verstand Blackies Vorgehen. Wenn ich als Polizist einen Mörder suchte, hätte ich ebenfalls bei Andrew angefangen.
Aber man konnte die Beweise auch anders deuten. Ich mochte Andrew nicht und mißtraute ihm. Ich fand es schrecklich, daß Ruby sich jemandem hingab, der sie verletzen konnte. Aber es war auch möglich, daß Andrew einfach eine untreue Ratte und kein Mörder war. Es war auch möglich ...
»Ich habe mich entschlossen zu heiraten«, verkündete Leatha.
»Sehr schön«, sagte ich abwesend und griff nach der Butter. Ich erstarrte. »Du hast *was?*«
Leatha verlagerte ihr Gewicht. »Es gab keine bessere Art, es dir zu erzählen, Liebes. Marietta und Dr. Neely fanden

beide, daß ich es dir direkt sagen müßte, ohne dich irgendwie darauf vorzubereiten.«

»Heiraten? Wen?«

»Sam Conners. Er hat eine Farm in der Nähe von Kerrville.«

»Aber ... aber ... Seit wann kennst du ihn?«

»Erst seit ein paar Monaten«, sagte Leatha. Ihre Wangen waren rosig, und sie kicherte doch tatsächlich. »Aber es kommt mir vor, als hätte ich ihn schon immer gekannt.«

Mein Wein kam, und ich griff nach dem Glas. Ich glaube, ich hatte nie daran gedacht, daß sie wieder heiraten könnte. Sie war mit dem Schnaps verheiratet gewesen. Und an Geld fehlte es ihr nicht. Dad hatte sie wohlversorgt hinterlassen. Aber ich hätte daran denken sollen. Ich hätte mich vielleicht sogar um sie sorgen müssen. Sie war mit Sicherheit ein attraktives Objekt für Mitgiftjäger.

Leatha beugte sich vor und sprach leise weiter. Sie kicherte nicht mehr. »Dein Vater ist jetzt seit zehn Jahren tot, China. Wir waren nie glücklich zusammen, außer vielleicht in den ersten ein, zwei Jahren, bevor Robert sich so in die Arbeit stürzte. Während du groß wurdest, war mein Leben schlicht und einfach die Hölle. Ich wollte, daß wir uns als Familie fühlten, aber er war nie zu Hause, und wenn, war er so kalt wie ein Eisberg. Wie mein Vater.« Sie brach ein Stück Brot vom Laib, ohne mich dabei anzusehen. »Ich versuche immer noch das alles aufzuarbeiten. Ich habe so vieles von meinem Vater vergessen. Aber Marietta sagt, es sei notwendig, also versuche ich es. Doch es tut weh.«

Ich starrte sie an. In all den Jahren, die ich Leatha kannte, hatte sie nie ablehnende Gefühle zum Ausdruck gebracht. Sie war immer absolut nachgiebig, absolut liebenswürdig, absolut vollkommen gewesen. Sogar wenn sie trank, tat sie dies in aller Stille, bis sie wegtrat. Ich konnte mich an keinen einzigen Streit, kein kritisches Wort gegenüber meinem Vater erinnern. Dabei hatte er es verdient gehabt. Ich hatte ihn dabei beobachtet, wie er ihr Grausamkeiten antat, große und kleine, und immer berechnete, wie sehr sie sie verletzen würden. Ich hatte gesehen, wie sie sich ihrem einzigen Trostspender zuwandte, und hatte sie dafür gehaßt, hatte sie dafür gehaßt, daß sie nicht stark genug war, sich gegen ihn zu stellen, sich zu verteidigen. Und was war das mit *ihrem* Vater? Ich dachte an das Foto von ihr als Debütantin, wo sie ihren Vater anstrahlte, der schützend seinen Arm um sie gelegt hatte und stolz lächelte wie ein junger Bräutigam. Mir wurde kalt. An was wollte sie sich nicht erinnern?

Den Ausdruck, den Leathas Mund jetzt annahm, hatte ich noch nie zuvor bei ihr gesehen. »Vielleicht denkst du, ich sollte diese Dinge nicht sagen, ohne daß dein Vater sich verteidigen kann. Aber Marietta sagt, ich muß aufhören, die ganzen alten Übel unter den Teppich zu kehren. Ich muß ihnen ins Auge blicken. Robert war gewalttätig – überwiegend verbal, aber seine Arroganz und sein Sarkasmus taten so weh wie körperliche Angriffe. Ich wünschte nur, ich wäre stark genug gewesen, mich gegen ihn zur Wehr zu setzen. Ich hätte ihn verlassen sollen. Um deinetwillen, nicht um meinetwillen.«

Ich starrte sie weiter an, und ein klarer deutlicher Schmerz in mir sagte mir, daß ich meine Mutter all die Jahre dafür gehaßt hatte, daß sie etwas nicht getan hatte, wozu sie unfähig gewesen war. Sie konnte nur immer wieder ja zu meinem Vater sagen. Das hatten ihr Vater, ihre Tante, ihre ganze Welt ihr eingetrichtert. Wie konnte ich sie nur *dafür* hassen?

Maggie brachte die Quiches. Sie stellte die Teller ab, legte das Besteck zurecht und füllte die Wassergläser nach. Ich versuchte mit meinem neuen Wissen zurechtzukommen. Schließlich fragte ich: »Wie ist er? Dieser Mann, meine ich.«

»Sam ist Witwer. Er hat ein Apartment in Houston, weil er dort oft geschäftlich zu tun hat. Aber hauptsächlich hält er sich auf der Ranch auf. Da werden wir auch leben.«

»Auf einer ... Ranch?« Meiner Erinnerung nach beschränkte sich Leathas Bekanntschaft mit Tieren auf die Organisation von Wohltätigkeitsveranstaltungen für den Zoo.

Sie trällerte ihr Lachen. »Ist das nicht unglaublich komisch? Ich auf einer Ranch. Aber es ist keine normale Ranch. Sam züchtet exotische Tiere. Hirsche und Antilopen aus Afrika, seltsame Tiere aus Asien, aus China.« Sie nahm ihre Gabel in die Hand. »Er wird es dir erklären, Liebes. Es wird ein Weilchen dauern, bis ich mich damit auskenne. Aber er wird es mir beibringen, und seine Kinder können ihm dabei behilflich sein.«

Ich war völlig überfordert. »Kinder? Wie viele Kinder hat er denn?«

Sie zählte sie auf: »Sam junior ist der älteste. Er verwaltet die Ranch, und seine Frau Becky Sue macht die Buchführung. Sie wohnen mit Sam in dem großen Haus und haben zwei Kinder, Jack und Allie, beide unheimlich süß. Sie werden es mir nicht schwermachen, mich als Großmutter zu fühlen. Dann die Zwillinge, Steve und Sara. Steve ist Arzt und lebt in San Antonio, und Sara ist Direktorin einer Bank in Houston. Sara ist ganz reizend. Wir essen einmal die Woche zusammen zu Mittag. Sie hat mich sozusagen adoptiert.« Leatha begann mit sichtlichem Appetit ihre Quiche zu verspeisen. »Ich glaube, sie vermißt ihre Mutter. Steve und sie sind nicht verheiratet. Aber Brenda Lee, die jüngste von ihnen, hat in diesem Sommer geheiratet, gleich nach-

dem sie ihre Ausbildung als Krankenschwester abgeschlossen hat.«
»Habt ihr, äh, euch schon für ein Datum entschlossen?« fragte ich, als ich meine Stimme wiederfand.
»Sam möchte dich natürlich kennenlernen und auf ein langes Wochenende auf die Ranch einladen, bevor wir unsere Verlobung bekanntgeben. Und er will noch eine große geschäftliche Sache abwickeln, ehe wir heiraten, damit wir eine richtige Hochzeitsreise machen können, unter Umständen eine Kreuzfahrt. Und dann müssen wir die Kinder alle unter einen Hut kriegen. Im April vielleicht.« Sie legte ihre Gabel hin, beugte sich vor und meinte in vertraulichem Ton: »Ich kann dir gar nicht sagen, wie froh ich bin, daß du es so aufnimmst, China. Ich hatte befürchtet, daß du vielleicht ... nun, schwierig sein könntest.«
Maggies Quiches waren wie immer köstlich, aber mir war der Appetit vergangen. Ich versuchte mit einer Mutter Konversation zu machen, die ich nicht kannte, einer Mutter, die frisch verlobt, nüchtern, therapiert, besonnen und attraktiv war. Nachdem ich mir mit ziemlichem Kraftaufwand ein überschaubares, geordnetes Leben ohne emotionale Verpflichtungen und Ansprüche geschaffen hatte, sollte ich jetzt Mitglied einer Großfamilie werden und einen Stiefvater und (wenn ich richtig gezählt hatte) vier Stiefbrüder und -schwestern sowie diverse Ehepartner plus eine Stiefnichte und einen Stiefneffen kriegen. Tausende und Abertausende.
Ich hoffte, daß Leatha damit klarkam. Bei mir war ich nicht so sicher.

***

Judith hatte den Fleck von dem brennenden Kreuz auf dem Rasen mit dem Rechen bearbeitet, aber das versengte Gras war noch zu erkennen. Sie wirkte wie eine Tänzerin, als sie zur Tür kam. Sie war barfuß, trug schwarze Steghosen und einen preiselbeerfarbenen Pullover und hatte ihr Haar lose auf dem Kopf aufgetürmt. Das Wohnzimmer auf der Rückseite des Hauses, in das sie mich führte, wirkte so schmal und asketisch wie Judith selbst – kleine Teppiche auf dem Boden, wenig Möbelstücke, ein paar asiatische Zeichnungen und ein halbhoher tönerner Buddha mit halb geschlossenen Lidern und einem ewigen, unergründlichen Lächeln auf den Lippen. Vom Fenster aus blickte man auf die Schlucht hinter dem Haus. Ich vermochte im Licht der Straßenlaternen die Umrisse knorriger Bäume zu erkennen. Die Vorhänge waren nicht zugezogen, und man konnte ungehindert von draußen hereinsehen. Ich fragte mich, was ein Spanner über Judiths Buddha denken mochte und ob die Kreuzverbrennung etwas damit zu tun hatte.

Ich ließ mich auf einem schwarzen Ledersofa nieder. »Der Sheriff hat heute nachmittag Ruby verhört«, sagte ich ohne Vorrede. »Er meinte, du glaubst, daß Sybil und Andrew was miteinander hatten.«

Judith setzte sich auf einen kleinen blauen Läufer vor dem Fenster und begab sich in den Lotossitz, mit geradem Rücken, gefalteten Händen, buddhagleich. Das Zimmer war nur durch eine Lampe beleuchtet, und auf ihren hohen Wangenknochen lagen Schatten. »Sie hat es mir nie direkt gesagt.« Ihre Stimme klang kühl, entfernt, und mir fiel auf, daß ich sie nicht sehr gut kannte. Ruby und sie waren enger befreundet. »Ich habe mir das zurechtgelegt. Warum sprichst du das an?«

»Weil Andrew Drake in die Sache verwickelt ist, was heißt,

daß Ruby darin verwickelt ist. Sie glaubt, daß Andrew es nicht getan hat.«

»Willst du Andrew frei kriegen?«

Ich versuchte locker zu bleiben. »Ich will Ruby dabei helfen, das Ganze zu begreifen, und das ist sehr schwer, weil Sybil so unergründlich war. Hast du etwas dagegen, über sie zu reden?«

Sie neigte den Kopf und ließ ihn kreisen, als trainiere sie ihre Nackenmuskeln. »Ich weiß nicht, ob ich dabei helfen kann. Sybil war sehr verschlossen.«

»Seit wann kanntest du sie?«

»Sie und C. W. sind vor etwa drei Jahren von Dallas hierher gezogen, als C. W. als Partner bei Lake Winds einstieg. Sie hörte von meinem Yogakurs und meldete sich an. Sie war eine gute Schülerin, sehr diszipliniert, sehr ernsthaft bei der Sache. Seit damals waren wir befreundet – soweit Sybil Freundschaft zuließ. Wir waren uns nicht so nahe wie du und Ruby.«

»Was ist mit ihrem Mann? Wie ist er?«

Judith blickte an mir vorbei auf den Buddha. »C. W.? Schindet gern Eindruck. Er handelte mit Immobilien – bis er einbrach. Sybils Bemerkungen nach zu schließen, war daran nicht nur die Wirtschaftslage schuld.« Sie sah mich wieder an. Ihre Stimme klang amüsiert. »Sybil hatte keine sehr hohe Meinung von C. W.s geschäftlichen Fähigkeiten. Sie sagte einmal, er sei ein kleiner Hai, der auch noch mit den großen Haien schwimmt, wenn sie ihm die Schwanzflosse abgenagt haben.«

So ein Satz paßte zu Sybil. »Wenn er Probleme hatte, wie ist er dann an Lake Winds rangekommen? Es muß einen Haufen Geld gekostet haben, sich einzukaufen, von der Viertelmillion oder so, die das Haus wert ist, ganz zu schweigen.«

»Es war *Sybils* Haus, und es war ihr Geld, mit dem er sich in das Unternehmen eingekauft hat. Ölgeld. Sie hat es von einer Tante geerbt, bevor C. W. und sie heirateten. Es war ihr Eigentum, und sie schirmte es sorgfältig gegen C. W.s Gläubiger und gegen C. W. selbst ab. Hin und wieder lieh sie ihm etwas oder machte eine Schenkung, mit der er durchkam.« Judith streckte ihre Beine, öffnete sie weit, hielt ihr rechtes Bein an der Wade fest und berührte mit der Stirn das Knie. Ihr Rückgrat war durchgestreckt, ihre Arme bildeten einen graziösen Bogen. Ich konnte ihr Gesicht nicht sehen. »Aber ihre Großzügigkeit neigte sich dem Ende entgegen.«
»Weshalb?«
Sie richtete sich auf und wiederholte die Bewegung mit ihrem linken Bein. »Sie wollte die Scheidung einreichen.«
Ich war verblüfft. »Scheidung?«
Sie nahm wieder den Lotossitz ein. »Ja. Sie sprach nicht viel darüber, aber ich weiß, daß sie in der Woche vor ihrem Tod deshalb bei Charlie Lipman war.«
Ich dachte an die besitzergreifende Geste, mit der Sybil bei der Studioeröffnung Andrew in Anspruch genommen hatte. »Glaubst du, daß es etwas mit Andrew zu tun hatte?«
»Möglich, aber ich weiß es nicht. Sie sprach nie direkt über Andrew; nur einmal erwähnte sie, daß sie ihm Geld für sein Studio geliehen habe.«
»Hat sie gesagt, wieviel?«
»Nein.«
»Gab es noch einen anderen Grund für die Scheidung?«
»C. W. hatte eine Affäre. Davon war sie nicht begeistert.«
»Aber wenn sie mit Andrew schlief ...«
Sie sah mich an. »Wenn es so war«, sagte sie. »Es kann auch sein, daß ich mich irre. Außerdem war das alles komplizierter. C. W. hatte ständig Probleme mit Frauen. Ein Mann

drohte, ihn als Mitverantwortlichen für eine Scheidung anzuklagen, und er hatte einen teuren Vaterschaftsprozeß am Hals. Teuer für Sybil. Sie zwang ihn, ihr zu versprechen, seine externen Aktivitäten in Zukunft einzustellen.«

»Sie war also wütend über diese Affären?«

»Ich glaube nicht, daß sie sehr wütend war, und sie war mit Sicherheit nicht eifersüchtig.« Judith runzelte die Stirn. »Ich denke, sie hatte einfach C. W.s Blödheit satt. Was Andrew betrifft, habe ich nur so eine Ahnung«, fügte sie hinzu, »aber das mit der Scheidung steht fest. Charlie Lipman hatte schon angefangen, die Papiere zusammenzustellen.«

»Hat Sybil dir erzählt, mit wem C. W. was hatte?«

»Jerri Greene. Sie ist Aerobic-Lehrerin in Lake Winds.«

Das paßte. Jerri war eine attraktive Frau mit Sex-Appeal, und sie hatte etwas Skrupelloses an sich, was einem Mann wie C. W. gefallen mochte. Jerri wußte, was sie wollte, und sie würde nicht innehalten, bis sie es hatte, wessen Flosse sie auf diesem Weg auch abnagen mußte.

»Eine Sache noch«, sagte ich. »Sheriff Blackwell scheint anzunehmen, daß Sybil und Andrew beide einer Sekte angehörten. Glaubst du, daß Sybil Satanistin war?«

»Nein!« antwortete Judith scharf. »Das ist absolut albern.«

»Warum hatte sie dann diese Pflanzen?«

Sie zuckte mit den Schultern. »Weil sie wie viele andere auch von der Norm abweichen wollte. Auffallen, sich von der Masse abheben. Oder vielleicht wollte sie auch nur C. W. ärgern. Er haßte diese Pflanzen. Er dachte, sie würde ihn damit vergiften.«

»Ernsthaft?«

»Das hat mir Sybil erzählt – daß C. W. sich vor den Pflanzen fürchtete. Sie schien das sehr witzig zu finden.«

Als ich durch die frostige Novembernacht nach Hause

radelte, dachte ich, daß Judith für jemanden, der Sybil angeblich nicht gut kannte, reichlich viel über sie wußte. Das Gespräch war sehr ergiebig gewesen. Wenn ich einen Fall für den Prozeß vorbereitete, hatte es immer einen bestimmten Punkt gegeben, an dem er zum Leben erwachte. Dann war er nicht länger eine Aneinanderreihung von »Er-hat-gesagt« und »Sie-hat-gesagt«, sondern wurde zu einem Drama mit richtigen Menschen, die, getrieben von kraftvollen Motiven, Vorhersehbares und Unvorhersehbares taten. Dies hier war nicht mein Fall, aber er erwachte jetzt zum Leben.

Was war das mächtige Motiv, das jemanden dazu gebracht hatte, Sybil zu ermorden? Wenn ich Blackies Satanistentheorie beiseite ließ, erblickte ich bei Andrew Drake kein Motiv. Was brachte ihm Sybils Tod? Daß er das geliehene Geld nicht zurückzahlen mußte? Vielleicht, aber das war als Anreiz nicht ausreichend. Andererseits hatte man gesehen, wie er vom Tatort wegfuhr. Und was mochte zwischen ihm und Sybil vorgefallen sein? Vielleicht ging es nicht nur um Geld. Vielleicht wußte sie etwas über ihn, das bedrohlich für ihn war, und hatte ihn damit unter Druck gesetzt. Vielleicht...

Während ich, was Andrews Motiv betraf, herumspekulierte, sprach das von C. W. Bände. Wenn er Sybil überlebte, stand er viel besser da, als wenn sie geschieden wurden. Wäre sie nach der Scheidung gestorben, hätte er den kürzeren gezogen. Daß er sich zur Tatzeit in Atlanta aufhielt, besagte gar nichts, da Mord wie alles andere gekauft und verkauft werden kann. Und der Mord an Sybil war Profiarbeit. Der Durchschnittsmörder ersticht sein Opfer mit einem Messer und schneidet ihm nicht die Kehle durch.

Doch, das Gespräch war wirklich ergiebig gewesen. Aber eine Frage ging mir hartnäckig im Kopf herum, als ich mein Fahrrad in die altersschwache Garage stellte, die mir Constance Letterman vermietete.

Wenn ich C. W.s Motiv so deutlich sah, warum sah Blackie es nicht auch?

* * *

Ich war gerade fünf Minuten zu Hause, als Brian und McQuaid an die Küchentür klopften. Sie kamen von einem Pfadfindertreffen. McQuaid ist der einzige Mann, den ich kenne, der auch noch in der Uniform eines Scoutmasters sexy aussieht.

»Hi«, sagte McQuaid. »Ist es zu spät, um dir Gesellschaft zu leisten?«

Brian machte den Vulkanier-Gruß. »Hast du wieder tote Hexen gefunden?«

»Sie war keine Hexe«, entgegnete ich und bat sie herein.

McQuaid küßte mich auf die Wange. »Wie wär's mit 'ner heißen Schokolade?«

»Cool!« rief Brian. »Mit 'nem Marshmallow obendrauf, ja? Kann ich die letzte halbe Stunde von *Raumschiff Enterprise* gucken? Sie bringen noch mal die Folge mit Mr. Spocks Hirn.«

»Aber bitte leise«, sagte sein Vater, und Brian verschwand im Wohnzimmer.

McQuaid ließ sich im Schaukelstuhl nieder, zog seine Schuhe aus und legte die Füße aufs Fensterbrett. »Ich bin heute am Spätnachmittag beim Sheriff vorbeigefahren. Blackie sagt, Ruby stehe nicht mehr unter Verdacht.«

»Na toll!« Ich holte den Topf für die Schokolade aus dem Schrank. »Hat er gedacht, sie würde aussagen, Andrew und sie gehörten zu einem Satanistenzirkel, der die Einwohner von Pecan Springs in Kröten verwandeln wollte?«

»Es war immerhin ihr Messer.«

»Das aus ihrem Laden gestohlen wurde.« Ich stellte den Topf auf den Herd. »Das ist auch noch so ’ne Sache. Warum sollte Andrew Rubys Laden verwüsten und ihr Messer stehlen? Und warum sollte er sie belasten? Immerhin schliefen sie miteinander.« Vielleicht schlief er allerdings auch mit Sybil. Mir war nach diesen ganzen Geschichten fast nach Zölibat zumute. Ich warf McQuaid einen verstohlenen Blick zu. Na, lieber doch nicht.

»Hast du mit Blackie darüber geredet?« fragte er.

»Bisher nicht. Es fiel mir nur ein. Sind noch Kekse da?«

McQuaid stand auf und nahm den Deckel von der Keksschale. »Ja«, sagte er. »Ein paar.« Er steckte sich einen in den Mund. »Der hier ist Hafermehl mit Rosinen.« Er holte zwei weitere raus.

Ich gab ihm einen Teller. »Was noch?«

Er betrachtete die Kekse in seiner Hand. »Das hier ist Schokosplitter. Aber auf dem anderen sind lauter verbrannte Aststücke.«

»Kokosnuß. Du brauchst es nicht zu essen, wenn du nicht magst. Doch das meinte ich nicht. Was hast du noch über *Andrew* rausgekriegt?«

McQuaid leerte den Inhalt der Keksschale auf den Teller. »Daß er wegen der Betrugssache in New Orleans nicht verurteilt wurde.«

Ich hielt inne, die Kakaodose in der Hand. »Ach ja? Wieso nicht?«

Er stellte den Teller auf den Tisch und setzte sich wieder in den Schaukelstuhl. »Bevor der Staatsanwalt den Fall vors Geschworenengericht bringen konnte, starb die Klägerin.«

»*Starb*? Woran?«

»Soweit ist Blackie noch nicht vorgedrungen. Aber ohne

ihre Aussage konnte der Staatsanwalt die Klage nicht aufrechterhalten.« Er faltete die Hände hinterm Kopf und schaukelte. »Sehr praktisch, wie?«

»Für Andrew, ja.« Ich gab Kakao und Zucker in den Topf und schüttete heißes Wasser aus dem Kessel dazu. »Nicht praktisch für die Klägerin. Und auch nicht für den Staatsanwalt.« Die Ähnlichkeit gefiel mir gar nicht. Andrew, Geld und zwei tote Frauen. Die kurze Liste mit Andrews möglichen Motiven wurde länger. Vielleicht hatte Sybil etwas von der Geschichte in New Orleans erfahren, und er hatte sie umgebracht, damit sie sie nicht weitererzählte. Volltreffer für Blackie.

»Andrew hat immer noch keine Aussage unterzeichnet«, berichtete McQuaid, einen Keks mampfend. »Aber Blackie hat wahrscheinlich alles, was er braucht. Andrew gibt zu, Samstag nacht im Haus der Rands gewesen zu sein. Er sagt, er sei um elf mit ihr verabredet gewesen.«

»Also war *er* der Gast.«

»Ja. Er gab an, er wollte ihr einen Scheck über fünfzehntausend Dollar ausschreiben, um einen Teil der Schulden zurückzuzahlen, aber er hatte in San Antonio einen Freund besucht, und es war schon Viertel nach elf, als er zurückkam. So machte er zuerst bei sich halt und rief sie an, um zu fragen, ob es zu spät für einen Besuch sei. Sie sagte, er solle vorbeikommen. Er fuhr hin. Er klopfte an die Haustür, und nichts tat sich. Er ging nach hinten zur Veranda – er scheint schon öfter dagewesen zu sein – und fand sie tot vor. Da geriet er in Panik und haute ab. Als er losfuhr, sah ihn der Wachmann.«

»Ich weiß nicht«, sagte ich zweifelnd, gab ein paar Tropfen Pfefferminzaroma zu dem Schokoladenbrei und goß Milch dazu. »Ich schätze, Blackie wird sich Andrews Konto ansehen, um festzustellen, ob er das Geld wirklich hatte.«

»Bestimmt. Doch das ändert nichts an Blackies Haltung. Er glaubt noch immer, daß Andrew sie umgebracht hat.«

»Aber er hat ein Problem. Sie haben auf der Haustür und am Türrahmen der Verandatür Fingerabdrücke von Andrew gefunden, jedoch nicht auf dem Messer. Warum nicht? Hat er, *nachdem* er die Abdrücke auf der Tür hinterlassen hat, Handschuhe angezogen? Das wäre ziemlich bescheuert für einen intelligenten Mann.«

»Stimmt.« McQuaid schaukelte hin und her. »Ich wette, daß Blackie die halbe Nacht nach einer Lösung suchen wird.«

»Haben sie Kleidung mit Blutflecken gefunden?« Der Mörder mußte irgendwo Blutspuren gehabt haben, vermutlich auf Armen und Schuhen.

»Ist noch nichts aufgetaucht. Blackie hat Bubba aufgetragen, alle Mülltonnen in der Gegend zu untersuchen.«

»Was ist mit der Satanistenbibel? Was hat Andrew dazu gesagt?«

»Daß sie einem ehemaligen Zimmergenossen von ihm aus New Orleans gehört hat. Der Kerl war Mitglied irgendeiner abgedrehten Gruppe, die sich Trapez-Orden nannte. Aber Blackie hält an seiner Sektentheorie fest.«

»Wenn du mich fragst, ist das der falsche Ansatz.« Ich goß die heiße Schokolade in zwei Becher. »Der trauernde Ehegatte hat ein viel stärkeres Motiv.«

McQuaid pfiff durch die Zähne, nachdem ich es ihm dargelegt hatte. »Hat Judith Blackie das alles erzählt?«

»Ganz bestimmt. Und das finde ich merkwürdig. Warum betrachtet Blackie C. W. nicht als potentiellen Verdächtigen?«

»Vielleicht weiß er etwas, was wir nicht wissen.« McQuaid nahm seinen Becher. »Er ist schließlich nicht verpflichtet, mir sämtliche Details seines Falls zu servieren.« Er runzelte

die Stirn. »Ich frage mich eigentlich, wieso er mir überhaupt so viel erzählt.«
»Vielleicht will er deine Meinung hören.«
McQuaid grinste. »Oder deine. Er weiß von dieser Sache, bei der du Bubba letztes Jahr geholfen hast. Möglicherweise bin ich bloß der Bote für ihn. Wie hoch ist dein Beraterhonorar?«
Ich holte die Marshmallows heraus, die ich immer für Brian kaufe, warf ein paar in den »Raumschiff Enterprise«-Becher, den er mir zu Weihnachten geschenkt hat, und goß die Schokolade darauf. Es ist einer dieser Trickbecher. Das Klingonen-Raumschiff versank. »Sag Brian, daß seine Schokolade fertig ist.«
McQuaid schrie: »He, beam dich hier rüber, Trekkie. Zeit zum Aufladen.«
Brian polterte herein. »Mr. Spock hat sein Gehirn zurückbekommen!«
»War das denn nicht klar?« fragte eine helle Stimme von der Küchentür.
Ich hatte Leatha ganz vergessen.
Die folgenden Minuten vergingen mit Vorstellen, Small talk, Lächeln und Höflichkeiten, während ich noch mehr Schokolade machte. Als es keine Kekse mehr gab, was beinahe sofort der Fall war, setzte ich Popcorn an. McQuaid war die Liebenswürdigkeit in Person, und Brian gab sich äußerst charmant. Einzig ich war ungehobelt, zum einen, weil ich noch immer mit Andrew, Sybil und Ruby beschäftigt war, zum anderen, weil ich ein schlechtes Gewissen hatte, meine Mutter vergessen zu haben. Aber ich muß zu meiner Schande gestehen, daß ich in erster Linie sauer war, weil McQuaid so reizend und Brian ein solcher Engel war, daß nicht viel gefehlt hätte, und ich hätte ihm einen Heiligenschein angeboten. Leatha ging ihnen sichtbar auf den

Leim. Ich war richtig froh, als McQuaid einfiel, daß Brian am nächsten Tag Schule hatte, und die beiden nach Hause fuhren.

»Na«, sagte Leatha und zog die Augenbrauen hoch, »scheint, als wäre ich nicht die einzige mit einer kleinen Romanze.«

»Ich weiß nicht, was du meinst«, erwiderte ich und spülte die Becher aus. Ich trocknete Brians »Enterprise«-Becher ab und stellte ihn auf das Regal zurück, damit er ihn beim nächsten Besuch gleich finden konnte.

Das Lachen. »He, Schätzchen, Mike ist verrückt nach dir. Und Brian – was für ein *entzückendes* Kind. Wirklich, China, ich verstehe nicht, warum du so vorsichtig bist. Die Ehe wäre so gut für dich, Liebes.«

Ich gab keine Antwort. Die Ehe wäre so gut für mich, wahrhaftig. Nachdem sie zugegeben hatte, wie furchtbar ihre Ehe gewesen war, und ich doch wußte, daß McQuaid und ich, wenn wir heiraten würden, jeweils etwas sehr Wichtiges aufgeben müßten und uns wahrscheinlich binnen kurzem nicht mehr ausstehen könnten?

Da weiß ich einiges, was mir mehr Spaß macht.

12

Gleich nachdem ich am nächsten Morgen den Laden aufgemacht hatte, rief ich Joyce Moyers, die Staatsanwältin, in New Orleans an. Sie war nicht da, und ich hinterließ ihr eine Nachricht mit meinem Anliegen.

Leatha sah sich den Laden an, betrachtete die Kräuterregale und blätterte die Kochbücher durch. Ich mußte Bestellungen ausfahren. Da sie ohnehin länger bleiben wollte, konnte sie sich auch nützlich machen.

»Was hieltest du davon, heute morgen den Laden zu übernehmen?« fragte ich sie.

»Das wäre toll«, sagte sie begeistert. Doch gleich darauf fiel ein Schatten über ihr Gesicht, und sie reagierte, wie ich es erwartet hatte. »Aber ich verstehe nichts von Kräutern. Ich würde alles nur durcheinanderbringen.«

Ich sah sie an. »Würde Marietta dir das durchgehen lassen?«

Sie verdaute das einen Moment. »Was soll ich machen?« fragte sie dann.

Ich brauchte etwa zehn Minuten, um ihr mein System mit Bargeld und Quittungen zu erklären und Preisschilder und Aufdrucke zu erläutern. »Ruby macht auch bald auf, falls du Hilfe benötigst.«

Sie setzte sich erwartungsvoll auf den Hocker hinter der Kasse. »Wo mußt du hin?«

»Nur ein paar Häuser weiter zu Charlie Lipman.« Ich suchte seine Telefonnummer aus dem Buch heraus und schrieb sie auf einen Block. »Du kannst mich dort erreichen, falls was los ist, bei dem Ruby nicht weiter weiß.«

Charlie Lipman hat sein Büro in einem restaurierten grauen Holzhaus mit grünen Zierleisten. Der Garten ist mit einheimischen Pflanzen angelegt – Salbei, Yucca-Palmen, Rosen. Charlie ist auf Scheidungen spezialisiert, und die gibt es auch in Pecan Springs, wo die Leute auf Familientradition halten, reichlich. Er hatte Ruby vertreten, als sie sich von Ward scheiden ließ, und wenn Judith recht hatte, war er ebenfalls Sybils Anwalt.

Charlies Empfangsdame blickte von ihrer Schreibmaschine auf, als ich hereinkam. Ich hatte an diesem Morgen ein khakifarbenes Baumwollhemd und einen Wickelrock angezogen und – Charlie zu Ehren – einen Hauch Lippenstift aufgelegt. Aber ihr konnte ich nicht das Wasser reichen. Sie war eine texanische Schönheit mit honigfarbenem Haar und rosigem Teint, und sie trug einen kurzen, eng sitzenden roten Rock und ein ärmelloses weißes Top mit Rollkragen, das ihre kecken Brüste zur Geltung brachte. Ihr Schmollmund sah aus wie aus einer Werbung für Estée-Lauder-Produkte. Aller Bewunderung zum Trotz mußte ich mich fragen, ob das eine vernünftige personelle Entscheidung von Charlie war. Ich an seiner Stelle hätte eine ältere Frau eingestellt, die den Klientinnen weniger das Gefühl gab, zum Alteisen zu gehören, und sie nicht dazu brachte, sich zum Trottel zu machen.

»Ist Charlie da?« fragte ich.

»Ihr Name bitte?« fragte Miss Texas zurück.

»China Bayles.«

»Haben Sie einen Termin?«

»Brauche ich einen?«

»Ja«, sagte sie entschieden, »allerdings.« Sie zog ihren Terminkalender zu sich. »Frühestens nächste Woche. Vorher ist leider nichts drin.«
Charlie erschien in der Tür. »China! Das ist ja toll! Komm rein, Mädchen. Wo hast du dich so lange rumgetrieben?«
Charlie Lipman hat etwas zugelegt. Seine Stirn wird merklich höher, und über seinem Gürtel machen sich deutliche Anzeichen eines Bauches bemerkbar. Er hatte die Ärmel seines Hemdes aufgekrempelt, den Kragen offenstehen, und die Krawatte saß lose. Er lächelte Miss Texas zu und gab ihr mit einem Zwinkern zu erkennen, daß sie ihre Pflicht getan hatte. Dann führte er mich in sein Büro und schloß die Tür.
»So«, sagte er und ließ sich in dem Ledersessel hinter seinem Nußbaumschreibtisch mit der Glasplatte nieder, »was kann ich für dich tun?« Er gluckste. »Um 'ne Scheidung kann sich's ja wohl nicht handeln, da McQuaid und du meines Wissens noch nicht die Ringe getauscht habt.«
Charlie ist in Dallas aufgewachsen, im Reichenviertel Highland Park. Er ist kein Junge vom Land, aber in seinem Job zahlt es sich aus, wenn man sich volkstümlich gibt. Charlie beherrscht Rollenwechsel so gut wie jeder Politiker.
»Doch, es geht um eine Scheidung«, sagte ich. »Aber nicht meine. Die von Sybil Rand.«
Charlies Brauen zogen sich mächtig zusammen. »Also, China, du weißt doch, daß ich nicht ...«
»Sie ist tot, Charlie.«
»Hab ich gehört, aber ...« Er runzelte die Stirn. »Hat Ruby dich überredet, Drake zu vertreten?« Charlie und Ruby hatten nach Rubys Scheidung eine kurze Affäre gehabt. Sie waren Freunde geblieben.
Ich wedelte mit der Hand hin und her, was sowohl ja als auch nein bedeuten konnte. Das war nicht direkt gelogen.

Charlie schnaubte. »Dachte mir schon, daß du es nicht schaffen würdest, keinen Gerichtssaal mehr von innen zu sehen. Dir fehlt die Action, stimmt's? Na ja, da hat Drake nicht das schlechteste Los gezogen.« Er machte eine Pause. »Also, was willst du wissen?«

»Ich habe gehört, daß Sybil vorhatte, die Scheidung einzureichen. Welche Vereinbarung wollte sie vorschlagen?«

Charlie klopfte mit seinem Bleistift auf den Tisch. »Die Hälfte der gemeinschaftlichen Güter sowie eine Viertelmillion von ihren Rücklagen. Wesentlich besser als notwendig. Der Ehevertrag ließ ihm keine Luft zum Atmen. Sie hätte ihn mit nichts abspeisen können bei seinen Weibergeschichten, aber sie war großzügig.«

»Warum?«

»Keinen Schimmer. Vielleicht ging sie selbst ein bißchen neben raus und hatte ein schlechtes Gewissen. Sie hatte alles schon vorbereitet, als sie herkam, bis zu den einzelnen Summen.«

»Hatte sie C. W. davon erzählt?«

Charlie balancierte seinen goldenen Bleistift auf dem Finger. »Noch nicht. Aber sie wollte es machen, bevor er auf Geschäftsreise ging, und ihm so Zeit geben, darüber nachzudenken.«

»Wenn C. W. also wußte«, sagte ich, »daß Sybil vorhatte ...«

Charlie denkt schnell. »Glaubst du, er wollte sie fertigmachen, bevor sie sich scheiden lassen konnte?«

»Die Möglichkeit besteht.«

Er schüttelte den Kopf. »Da müßte der Bursche wirklich in puncto Grips leer ausgegangen sein. Als die Lady die Scheidungsvorbereitungen getroffen hat, hat sie auch einen Zusatz zum Testament gemacht. Sie hat ihn von der Erbfolge ausgeschlossen. Irgendeine Cousine oben im Panhandle erbt ihren gesamten Besitz, und es gibt nur ein paar kleine

Schenkungen für das Hausmädchen, für Judith, und noch ein paar Leute. Von den gemeinschaftlichen Gütern kriegt er natürlich auch einen Teil. Sie hörte sich allerdings so an, als wäre das nicht mehr die Welt.«

Ich beugte mich vor. »C. W. ist *nicht* der Erbe?«

»Das hab ich doch gerade gesagt, oder?« Er grinste. »Sagen Sie, Frau Anwältin, von welchem Punkt wollen Sie diesen Fall aufziehen? Scheint eine schwierige Verteidigung zu werden. An Ihrer Stelle ...«

Zur Strafe für meine Neugier mußte ich mir einen zehnminütigen Vortrag von Charlie über seine Vorstellung von Andrews Verteidigung anhören. Damit kam ich noch gut weg. Es hätten auch zwanzig Minuten sein können.

Miss Texas zog gerade ihre Lippen nach, als ich rauskam. Sie ließ ihre Utensilien in eine Schublade fallen und beugte sich wieder über die Schreibmaschine. Oh, wie ist das Leben doch mühsam.

Als ich in den Laden zurückkam, führte Leatha ein Gespräch mit einem Kunden. Als er weg war, fragte ich: »Wie lief's?«

Leatha strahlte. »O China, das macht ja solchen Spaß! Ich hatte mit so interessanten Menschen zu tun. Und ich habe ...« sie warf einen Blick auf die Kassenzettel »... für fünfzehn Dollar und zwanzig Cent Sachen verkauft!«

»Phantastisch«, sagte ich aufrichtig. »Hat Joyce Moyers aus New Orleans angerufen?«

»Nein. Aber eine Frau namens Dottie rief wegen irgendwelcher Kräuter für ihr Haustier an. Es schien was Spezielles nur für Katzen zu sein.« Sie sah auf den Notizblock. »Es heißt Paw de Ark.«

Ich lächelte. »Das war Dottie Riddle, die Katzendame. Sie kümmert sich um sämtliche heimatlosen Katzen. Das Kraut heißt Pau d'arco.« Ich buchstabierte es und zeigte ihr, wo es stand. »Sie will auch Echinacea-Wurzeln. Sag ihr, der Rotklee ist ausgegangen, aber ich habe welchen nachbestellt. Ich muß noch ein paar Sachen ausfahren. Möchtest du weitermachen, oder soll ich Laurel anrufen?«

Leatha machte es sich auf dem Hocker hinter der Kasse bequem. »Laurel anrufen? Sei nicht albern! Natürlich mache ich weiter.«

Ich sah die Post durch, dann ging ich nach nebenan zu Ruby, die gerade Ware auspackte. Sie trug türkisfarbene Leggings und ein passendes Top mit weiten Ärmeln. Ihre Haare wogten um ihren Kopf wie ein ingwerfarbener Heiligenschein. Sie umarmte mich herzlich. »Ich bin dir wirklich dankbar, daß du gestern abend mit Judith geredet hast. Andrew bestimmt auch.«

Das ist typisch Kleinstadt. Man kann nicht mal pinkeln gehen, ohne daß es jemand mitkriegt. Ich sah sie prüfend an. »Triffst du ihn heute morgen?«

»Ja. Und wenn ich ihm sage, daß du dich für seinen Fall interessierst, wird ihn das bestimmt aufmuntern. Er findet dich ziemlich beeindruckend, China.«

Ich trat einen Schritt zurück. »Moment mal, Ruby. Nur weil ich Judith ein paar Fragen gestellt habe, heißt das noch lange nicht, daß ...«

»Was hat Charlie dir erzählt? Hast du was erfahren, was Andrew entlastet?«

Ich seufzte. Diskrete Ermittlungen waren ein Ding der Unmöglichkeit. »Nein, Ruby«, antwortete ich. »Es ist eher so, daß Andrew noch tiefer drinhängt. C. W. fällt als Verdächtiger weg. Charlie hat mir erzählt, daß Sybil vorhatte, ihrem Mann mitzuteilen, daß sie sich scheiden lassen wolle. Und nicht nur das, sondern sie hat ein neues Testament gemacht, bei dem sie ihn von der Erbfolge ausgeschlossen hat. Das heißt, er hat kein Motiv. Und ich hab dir schon gesagt, daß ich den Fall nicht übernehme. Kommt nicht in Frage.«

Ruby hat ein Gespür fürs Wesentliche. »Warum stellst du dann Nachforschungen an?«
»Das tue ich nicht«, antwortete ich ausweichend. »Ich gehe nur einer Reihe offener Fragen nach, das ist alles.«
»Oh«, sagte Ruby. Sie griff in den Karton und holte eine Kristallpyramide heraus. »Dann bist du die einzige in der Stadt, für die es noch offene Fragen gibt.« Sie hielt das Ding hoch. Das Licht brach sich darin und zeichnete ein Regenbogenmuster auf die Wand. »Alle anderen sind von seiner Schuld überzeugt.«
»Er ist nicht schuldig, solange die Geschworenen das nicht entschieden haben.«
»Mag sein.« Ruby polierte die Pyramide mit dem Ärmel und stellte sie behutsam zwischen einen chilenischen Kaktusregenstab und Karma-Karten auf das Regal. »Aber in diesem Fall haben die Geschworenen schon entschieden. Sie sitzen in der DOUGHNUT QUEEN, trinken Kaffee und plaudern darüber, daß Andrew nicht nur Sybil umgebracht hat, sondern auch diese andere Frau, die aus New Orleans.«
Ich starrte sie an. »Woher wissen sie denn schon von *der?*«
»Einer der Hilfssheriffs hat seiner Schwester davon erzählt, die die Nachtschicht an der Exxon-Tankstelle schiebt.« Ruby nagte an ihrer Unterlippe und legte die Stirn in Falten. »Du kennst doch diese Stadt, China. Bis der Sheriff sich überlegt hat, wer Sybil wirklich umgebracht hat, ist es zu spät. Ist es wahrscheinlich jetzt schon.«
Ich gab es ungern zu, aber Ruby hatte recht. In einer Kleinstadt klebt Mordverdacht an einem wie das Blut an den Händen der Lady Macbeth – man kann es nicht abwaschen, man kann es nicht entfernen, es haftet an einem, auch wenn man sich beide Hände abhackt. Wenn Andrew unschuldig war, mußte schleunigst jemand den richtigen Mörder auftreiben, sonst hatten wir zwei Tragö-

dien – die von Sybil und die von Andrew. *Falls* Andrew unschuldig war. Nachdem C. W. ausschied, sprach noch mehr für Blackies Theorie.

Ruby entnahm dem Karton einen Medizinbeutel aus Wildleder und schüttete ein halbes Dutzend glänzende Steine auf den Ladentisch. »Ich schätze, ich muß mich einfach einmischen«, sagte sie und zählte die Steine. »Ich weiß, daß Andrew es nicht getan hat, also muß es jemand anderes gewesen sein.«

»Einmischen?« fragte ich. »Hängst du nicht schon genug mit drin?«

Sie nahm einen schimmernden grünen Stein mit roten Einsprengseln in die Hand und rieb ihn an ihrer Wange. Dann steckte sie ihn in die Tasche und schob die anderen Steine in den Beutel zurück. »Die Antwort muß direkt vor unserer Nase sein, China. Vergiß nicht, daß die Mordwaffe aus *diesem* Laden gestohlen wurde. Wenn ich herausfinden würde, wer hier eingebrochen ist, wüßte ich, wer Sybils Mörder ist.« Sie hielt inne, und ich ahnte, was kommen würde. Ihre nächste Frage war leicht zu erraten. »Meinst du, deine Mom könnte auf beide Läden aufpassen, China? Ich muß einiges erledigen.«

»Ruf besser Laurel Wiley an«, sagte ich. »Ich glaube, Leatha hat alle Hände voll zu tun.« Ich sah sie an. »Was ist das für ein Stein, den du in die Tasche gesteckt hast?«

Ruby legte den Medizinbeutel neben die Pyramide aufs Regal. »Ein Blutstein. Er steht für den Planeten Mars.«

»Ich fürchte, die Bedeutung entzieht sich mir.«

Sie hob den Karton hoch. »Er bedeutet Kraft«, sagte sie, und ihre Augen verengten sich. »Kraft und Entschlossenheit.«

Das machte Sinn.

* * *

Blossom beugte sich über die Schreibmaschine und pinselte Tipp-Ex auf ein Formular. »Ich weiß gar nicht, wie ich früher ohne dieses Zeug auskommen konnte. Ich verbrauche pro Woche ein Fläschchen davon. Wenn jemand verhaftet wird, gibt's immer kiloweise Schreibarbeit.«
Ich stützte die Ellbogen auf den Tresen. »Ich hab mal gelesen, daß eine Frau es zu Hause in ihrer Küche zusammengerührt hat. Und sie ist reich damit geworden.«
Blossom zog die Augenbrauen hoch. »Echt? Na ja, war ja klar, daß es 'ne Frau war. Wenn Männer was tippen und Fehler machen, schreiben sie einfach drüber und kümmern sich nicht drum, wie's aussieht. Wir brauchen unbedingt einen Computer. Der Sheriff hat vor, einen auf den Etatplan zu setzen. Wollen Sie zu ihm?«
»Wenn er einen Moment Zeit hat. Sagen Sie ihm, ich habe nur eine Frage.«
Der Sheriff füllte mit Bleistift einen Stundenzettel aus. Ich schaute darauf. »Noch mehr Papierkrieg?«
Er legte den Bleistift hin. »Wollen Sie wissen, wieviel Arbeitsstunden wir bisher in den Fall gesteckt haben?« Er machte eine wegwerfende Handbewegung. »Nein, das wollen Sie wahrscheinlich nicht, China. Sie sind ja nicht der Polizeipräsident, der so was spannend findet.«
Es entging mir nicht, daß wir wieder beim Vornamen waren, und so reagierte ich freundlich. »Die sorgen dafür, daß Sie ständig unter Streß stehen, was?« Ich hatte im *Enterprise* gelesen, daß Blackie eine Etaterhöhung von achtzigtausend Dollar gefordert hatte, unter anderem für zwei weitere Hilfssheriffstellen. Die Präsidenten bewilligten die Hälfte davon und teilten ihm mit, den Rest würde er bekommen, wenn er die beiden Stellen entsprechend begründen könne. Ob der Mord an Sybil das nun möglich machte?

»War das Ihre Frage?«
Ich setzte mich auf den Stuhl neben dem Schreibtisch. »Sie betrifft C. W. Rand.«
»Was ist mit ihm?«
»Ich möchte wissen, wann er vom geänderten Testament seiner Frau und der geplanten Scheidungsvereinbarung erfahren hat.«
Blackie kippte seine Rückenlehne zurück und nahm einen Zahnstocher aus einem Holzviereck, auf dem eine texanische Flagge aufgemalt war. »Wie sich alles rumspricht. Vertreten Sie Drake?«
Ich hatte heute morgen schon gelogen. Das zweitemal war auch nicht schwerer. »Ich ziehe es in Erwägung.«
»Wird Zeit, daß er jemanden kriegt. Die Anklageerhebung ist heute nachmittag, mit oder ohne Anwalt. Wenn er keinen hat, besorgt ihm der Richter einen.«
»Wie war das mit C. W.?«
Blackie kaute auf seinem Zahnstocher herum und überlegte, ob er kooperativ oder zugeknöpft sein sollte. Er entschied sich für kooperativ. »Warum nicht. Wir sind ja alle Freunde hier. Außerdem erfahren Sie's sowieso, wenn Sie Drake übernehmen. Ja, Rand wußte von der Scheidung. Er und Mrs. Rand sprachen darüber, nachdem sie bei Charlie gewesen war. Sie fertigte sogar eine getippte Notiz an, mit Datum und Namen. Womit sein Motiv zum Teufel wäre, falls Sie das wissen wollten.«
Ich stand auf. »Danke.«
»Keine Ursache.« Er erhob sich ebenfalls und sagte, den Zahnstocher im Mundwinkel: »Sie sollten den Fall übernehmen, China. McQuaid meint, Sie verschwenden Ihr Talent mit dem Grünzeug. Und das könnte eine spannende Sache werden.« Er grinste. »'n bißchen wie Klapperschlangen fangen.«

McQuaid würde von mir was zu hören kriegen wegen des Getratsches über mein Talent. »Klapperschlangen? Haben Sie noch was im Sack, wovon ich nichts weiß?«
Er zog eine Augenbraue hoch. »He, Sie haben gesagt: *eine* Frage.«
Ich ging zu meinem Wagen zurück, setzte mich rein und starrte durch die Windschutzscheibe. Es war eine Sackgasse. Rand hatte Schwein gehabt, daß Sybil ihm von dem Testament und der Scheidungsvereinbarung erzählt hatte. Und doppeltes Schwein, daß sie alles aufgeschrieben hatte. Ich runzelte die Stirn. Die Geschichte kam mir bekannt vor. Aus einem alten Fall vielleicht. Ich hatte jede Menge von diesem Zeug in meinem Hirn gespeichert, mich aber nach Kräften bemüht, es loszuwerden. Ich kriegte den Gedanken nicht zu fassen.
Schließlich startete ich den Wagen. Sackgasse hin oder her, jetzt war ich neugierig. Es war Zeit, den glücklichen Witwer kennenzulernen.

* * *

C. W.s Büro befand sich in dem Hauptgebäudekomplex von Lake Winds, der ferner ein Fitneßstudio, Tennishallen, ein Restaurant und diverse Läden beherbergte. Die Häuser waren aus einheimischem Kalkstein, rustikal und von einer üppigen Gartenanlage mit blühenden gelben und rosaroten Chrysanthemen- und Stiefmütterchenrabatten umgeben.
Als ich parkte und aus dem Wagen stieg, sah ich Jerri Greene, die Aerobic-Lehrerin, den Weg entlangkommen. Sie trug ein Westernhemd, einen schmalen wadenlangen Jeansrock mit Schlitzen und hochhackige Cowboystiefel. Sie lächelte und winkte flüchtig herüber, dann stieg sie,

offensichtlich bester Stimmung, in ihr rotes Mustang-Cabrio und brauste davon, daß der Schotter aufspritzte.
Ich blieb eine Weile stehen, sah ihr nach und überlegte, ob sie ihrer Schwester oder C. W. einen Besuch abgestattet hatte. Anschließend ging ich rein.
Das Büro war mit dickem Teppichboden ausgelegt und mit rotem Zedernholz getäfelt. An den Wänden hingen Fotos von Lake Winds und von Promis, die hier aufgetreten oder gehätschelt worden waren – Ronald Reagan, Arnold Palmer, die Cheerleader der Dallas Cowboys. An einer Wand standen eine braune Ledercouch, zwei Chromsessel und ein Holzcouchtisch mit Intarsien, auf dem sich ein stachliger Kaktus, ein ausgebleichter Kuhschädel sowie diverse Hefte der Zeitschrift der ehemaligen Studenten von der University of Texas und andere Magazine befanden. Außerdem verfügte das Büro über zwei Schreibtische, von denen einer, der der Empfangsdame, unbesetzt war. Ich ging auf den anderen zu, an dem Rita, Jerris Schwester, saß. Sie hatte mich nicht kommen gehört und die Hände vors Gesicht geschlagen.
Ich räusperte mich. Rita sah auf. Ihre Wimperntusche war unter den Augen verschmiert, und die Wimpern klebten in kleinen Klümpchen zusammen. Der Boden war mit Blättern übersät, als hätte jemand sie vom Tisch gefegt, und eine Tasse mit Stiften war umgestoßen worden. Es sah ganz danach aus, als wären Rita und ihre Schwester aneinandergeraten.
»Oh, hallo.« Sie lächelte verkrampft und wandte sich zur Seite, um ihre Augen abzutupfen. »Kann ich was für dich tun?« Sie bemerkte die herumliegenden Blätter, stand auf und sammelte sie ein. Rita trug ein rosa-blau geblümtes Rüschenkleid und dazu ein passendes Haarband – eine Aufmachung, in der sie aussah wie ein unbedarftes Schul-

mädchen, das sich für ihr erstes Rendezvous schönmachen will, aber nicht weiß, wie. Sie wirkte mitleiderregend, und ich dachte wieder über den Unterschied zwischen ihr und Jerri nach – die laut Judith für Sybil Rand »die andere« gewesen war.

Ich deutete auf eine Tür, an der ein goldenes Schild mit der Aufschrift »C. W. Rand« hing. »Ist Mr. Rand da? Ich weiß, daß er eine schwere Zeit durchmacht. Ich werde ihn nicht lange aufhalten.«

Sie sah auf die Uhr. »Er müßte in ein paar Minuten wiederkommen«, sagte sie und lächelte unsicher. »Das ist eine furchtbare Sache. Mit Mrs. Rand, meine ich.«

»Ja, wirklich«, stimmte ich mitfühlend zu. »Ob ich dich wohl was fragen könnte, während ich warte, Rita?«

Sie rappelte sich auf, die Arme voller Blätter. »Sicher. Was möchtest du wissen?«

Manchmal weiß man genau, was man wissen will, und steuert darauf zu. Dann wieder fragt man ins Blaue hinein. Ich hatte nicht vorgehabt, Rita nach Jerri und C. W. zu fragen, aber es erschien mir plötzlich sinnvoll. »Eine von Sybils Freundinnen hat mir erzählt, daß Sybils Mann und deine Schwester eine Affäre haben. Stimmt das?«

Alle Farbe wich aus Ritas Gesicht. »Nein. Wer behauptet so etwas?«

»Das kann ich dir nicht sagen«, antwortete ich. »Aber die Person war sich sehr sicher.«

»Es ist eine Lüge.« Ritas Stimme klang gepreßt. »Mr. Rand ist nicht so ein Mann. Er würde nie ...« Ihr Kinn zitterte, und sie wandte sich ab.

»Na ja, du kennst ihn sicher besser als diese Person. Und du kennst auch Jerri. Wenn sie sich auf so etwas eingelassen hätte ...«

Sie drehte sich um, die Blätter umklammernd, als wären sie

eine Schwimmweste. »Das hat sie nicht getan!« Eine dunkle Röte stieg ihr jetzt ins Gesicht.

»Danke«, sagte ich. »Ich bin dir wirklich dankbar, daß du das aus der Welt schaffen konntest, Rita. Du weißt, wie das ist mit Gerüchten – wenn man ihnen nicht gleich zu Anfang Einhalt gebietet, breiten sie sich ungehemmt aus.« Ich sah sie mitfühlend an. »Wie geht es denn dir? Der Mord an Mrs. Rand muß ja ein furchtbarer Schock für dich gewesen sein.«

»Ja, es war grauenhaft. Und der arme Mr. Drake ...« Sie hielt inne und suchte nach Worten.

»Du glaubst nicht, daß er es getan hat?«

Sie schüttelte stumm den Kopf.

»Wer dann?«

Die Frage überraschte sie. Plötzlich flammte in ihren Augen etwas auf, und ihre Stimme wurde heftig. »Diese schrecklichen Santeros, die die ganzen Tiere töten. Es war Halloween. Und dieser Hinweis, den diese Frau Chief Harris am Telefon gegeben hat. Ich meine, die müssen es einfach gewesen sein.« Sie wurde lauter, und ihre Stimme zitterte. »Die könnten jeden von uns umbringen. Jeden. Sogar dich. Oder mich.«

Der *Enterprise* hatte bei der Berichterstattung über den Mord an Sybil nicht mit Details gegeizt. Ich ging davon aus, daß die Hälfte der Einwohner von Pecan Springs mit einem Schürhaken neben dem Bett schlief. »Wirklich, Rita, man braucht nichts zu befürchten. Ich bin sicher, daß die Polizei ...«

Doch sie konnte nicht aufhören. »Und sie ... vielleicht hat sie sogar zu denen gehört. Die ganzen Giftpflanzen und die unheimlichen Bücher und Karten zum Weissagen ...«

»Rita, Schätzchen, du solltest nicht so daherreden. Sybil hatte nichts mit einem solchen Zirkel zu tun. Zumindest nicht wissentlich.«

Die Blätter flatterten wieder zu Boden. Ich drehte mich um. Die Stimme des Mannes war ruhig und tief, und sein Äußeres war die passende Ergänzung. Graues Haar, sorgfältig frisiert, nußbraune Augen, makellose Zähne, voller Mund, prägnantes Kinn. Er sah aus wie einer Seifenoper entsprungen. Er trug ein graues Seidenhemd mit Ziernähten und Perlmuttknöpfen, eine rote Krawatte, dunkle Hosen, einen Glanzledergürtel mit goldener Schnalle, auf der seine Initialen eingeprägt waren, und passende Glanzlederstiefel.

»Das tut mir leid.« Er bückte sich und half Rita, die Blätter aufzusammeln. »Ich wollte Sie nicht erschrecken. Und ich wollte auch nicht unfreundlich sein. Es ist nur so, daß ...«

»O bitte, Mr. Rand«, sagte Rita und hob hastig die Papiere auf. »Ich mache das schon. Sie müssen wirklich nicht ...« Sie war wieder rot geworden und ließ ihn nicht aus den Augen. Mich hatte sie völlig vergessen. »Möchten Sie einen Kaffee? Ich habe gerade einen aufgebrüht. Und ich habe Doughnuts mit Himbeergelee gekauft. Ich dachte, Sie sind vielleicht noch nicht zum Frühstücken gekommen.«

»Braves Mädchen«, sagte er und tätschelte ihr die Hand. »Ja, Kaffee und ein Doughnut wären sehr schön. Und bringen Sie doch bitte eine Tasse für unseren Gast.« Rita verschwand durch eine Tür hinter ihrem Schreibtisch in einer kleinen Küche. C. W. wandte sich mit einem prüfenden Blick mir zu, eine Augenbraue hochgezogen. Er streckte mir die Hand hin. »Ich glaube, wir kennen uns noch nicht. C. W. Rand.«

»China Bayles.« Seine Hand war kräftig und warm und hielt meine für einen Sekundenbruchteil länger fest als notwendig. »Ich werde Sie nicht lange aufhalten, Mr. Rand. Eine Freundin von Andrew Drake hat mich gebeten, mich mit der Sachlage zu beschäftigen, und ich dachte, Sie könnten mir vielleicht ein, zwei Fragen beantworten.«

Er verschränkte die Arme vor der Brust und sah mich abschätzend an. »Sie sind Anwältin?«
»Ich arbeite mit an den Voruntersuchungen.« Das war keine Lüge, nur eine ausweichende Antwort.
Die braunen Augen blickten klar und aufrichtig. »Nun, fragen Sie, was Sie möchten. Ich habe nichts zu verbergen und bin gern behilflich, wenn ich kann.« Er griff in seine Jackentasche, zog eine Schachtel Zigaretten hervor, steckte sich eine in den Mund, holte ein Feuerzeug heraus und zündete sie an. »Wenn Sie mich fragen, ist der Sheriff mit Drake auf der falschen Fährte.«
»Was glauben Sie, wer Ihre Frau getötet hat?«
Die Antwort kam prompt. »Eine von diesen mexikanischen Teufelsgruppen, wie die, die in Matamoros diese Touristin umgebracht hat.« Er inhalierte und blies den Rauch durch die Nase. »Ich habe Sybil davon erzählt und ihr gesagt, sie soll die Finger von diesen blöden Pflanzen, dem Tarot und diesem Astrologie-Hokuspokus lassen. Weil sie mit diesem Zeug rummachte, war sie ein perfektes Opfer für irgendwelche Irren, die über die Grenze kamen.«
»Waren Ihnen Gerüchte über Ihre Frau und Drake zu Ohren gekommen?«
Er ließ sich auf die Ecke von Ritas Schreibtisch sinken und schüttelte den Kopf. »Der Ehemann weiß es offenbar immer zuletzt. Aber ich war nicht völlig überrascht, als der Sheriff es mir sagte.« Er seufzte, ließ die Schultern hängen und ein Bein baumeln. »Ich schätze, Sie haben gehört, daß sie die Scheidung wollte.«
»Sie hat es Ihnen offenbar erzählt.«
»Nachdem sie bei ihrem Anwalt gewesen war.« Er streifte die Asche von seiner Zigarette ab. »Es ist kaum zu glauben, aber sie hat wirklich alles schwarz auf weiß festgelegt. Als ob sie sichergehen wollte, daß ich es auch kapierte. Als ob ich

es übersehen könnte«, fügte er mit beißender Ironie hinzu. »Schließlich drehte sie mir den Hahn ab. So was pflege ich eigentlich zu bemerken.«
»Aber Sie müssen zugeben, daß das ein glücklicher Umstand war. Daß sie diese Notiz hinterließ, meine ich.«
»Ich soll froh sein, daß ich meinen Anteil gegen den Passierschein vom Sheriff eintauschen kann?« Er lachte auf. »Vielleicht wäre mir das Geld lieber. Vor allem da ich in Atlanta war, als es passiert ist. Ich falle als Killer aus.«
»Könnte ich die Notiz mal sehen?«
»Der Sheriff hat sie.« Er rieb sich trübsinnig das Kinn. »Ich sage Ihnen, es war ein echt harter Schlag für mich. Wirklich hart. Sicher, Sybil und ich hatten so unsere Probleme. Ich bin kein Heiliger, und sie konnte ein echtes Biest sein. Aber wir hatten es mal schön zusammen, früher, und sie hat es ganz bestimmt nicht verdient, daß man ihr die Kehle durchschneidet.« Er schüttelte den Kopf. »Glauben Sie mir, mein Leben ist ein einziges Chaos. Ich kann nicht mal mehr in mein Haus. Die Polizei hat es versiegelt, und ich wohne in einem unserer Bungalows.«
»Es ist bestimmt alles sehr schwer für Sie.« Ich sah auf die Uhr. »Sagen Sie bitte Rita, daß ich leider keine Zeit mehr für Kaffee habe. Und danke für Ihre Hilfe.«
»Ich habe Ihnen nur mitgeteilt, was der Sheriff auch schon weiß. Drake hat ein Recht auf Unterstützung. Ich wünschte nur, der Sheriff würde ihn endlich vom Haken lassen und sich statt dessen die Baracken am Freeway draußen vorknöpfen. Da versteckt sich die Teufelsbande, wenn Sie mich fragen.«
Ich fuhr in die Stadt zurück und dachte über mein neues Wissen nach. Obwohl Rita es geleugnet hatte, nahm ich an, daß sie wußte, was sich zwischen ihrem Boß und ihrer Schwester abspielte. Und ich glaubte auch, daß sie selbst

auf die Art in ihn verknallt war, wie Frauen sich eben hin und wieder in ihren Chef verknallen. Er mußte nicht mal gut aussehen. Vielleicht ging es Miss Texas mit Charlie Lipman ebenfalls so.

Aber es schien, als wäre C. W. fein raus. Die Notiz bewies, daß Sybil ihn über die Scheidung informiert hatte. Ich schüttelte den Kopf. Diese Notiz erinnerte mich an etwas, doch es wollte mir einfach nicht einfallen.

13

Als ich wieder in den Laden kam, war es ein Uhr. Leatha teilte mir mit, daß Joyce Moyers nicht angerufen hatte, berichtete begeistert von den Ereignissen des Vormittags, der recht ergiebig gewesen war, und eilte dann in die Küche, um Sandwiches zu machen. Sie hatte im Laden das Radio an, und als ich es abstellen wollte, bemerkte ich, daß Fanny Couchs Sendung *Gartenzaun* über den Äther kam, und hörte zu.

»Ich weiß, daß alle über die Ereignisse beunruhigt sind«, sagte Fannie, »aber Sie glauben doch nicht wirklich an Hexen.« Sie gab der Frage durch eine Sprechpause mehr Gewicht. »Oder?«

»Na ja, einerseits schon, und dann auch wieder nicht.« Die Anruferin hatte eine hohe, atemlose Stimme, die wie eine Harmonika klang. »Ich meine, es gibt Leute, die glauben, sie sind Hexen, und es gibt Hexen.« Eine sehr erhellende Darstellung, dachte ich.

Fannie blieb skeptisch. »Aber sie würden doch niemanden töten, oder?«

Die Anruferin zögerte. »Die, die welche sind, brauchen's nicht. Die, die sich für welche halten, sind die gefährlichen. Die könnten jemanden umbringen, nur um zu zeigen, daß sie dazu in der Lage sind.«

Sie senkte die Stimme, als könnte jemand mithören.

»Wenn Sie mich fragen, ich glaube, es war der Fotograf. Ich hab gehört, er hatte 'ne Satanistenbibel in der Wohnung und hat immer mit nacktem Hintern getanzt, im ...«

Fannie fiel ihr hastig ins Wort. »Tut mir leid, aber es ist Zeit für die Werbung.« Dann wurde ihre Stimme herzlicher. »Liebe Hörer dort draußen, bleibt bei uns. Wir haben eine tolle Sache für euch. Bei uns sind die Pecan Springs Singin' Sweethearts, die gerade von ihrem großen Auftritt in San Antonio zurückkommen. Sie werden uns mit ihrer Version von ›The Yellow Rose of Texas‹ das Leben versüßen.«

Ich schaltete das Radio aus, ging die Post durch und sortierte sie nach interessanten Sachen und Rechnungen. Die neueste Ausgabe von *The Business of Herbs* war dabei, und ich schob die Rechnungen zur Seite und schlug die Zeitschrift auf. Paula Oliver, die Herausgeberin, ist eine Freundin von mir, und für Kräuterläden ist das Magazin das Nonplusultra. In dieser Ausgabe fand sich zum Beispiel ein Artikel über eine kleine Firma namens HILLSIDE HERBS, die zwei Schwestern gehört und einzigartigen Kräuterschmuck herstellt. Ich war ganz in den Artikel versunken, als die Tür aufging und Angela Sanchez hereinkam. Sie trug Jeans, ein rötlichbraunes Sweatshirt mit CTSU-Aufdruck und hatte ihr langes schwarzes Haar zu einem Zopf geflochten.

Sie hielt eine Tasche hoch. »Maria schickt dir getrocknetes Epazote im Austausch gegen frisches Hoja Santa. Hast du welches da, China?«

»Klar.« Ich nahm das Epazote und gab ihr eine Tüte, mit der sie in den Garten ging. Epazote ist ein mexikanisches Kraut, das man in der letzten Viertelstunde einem Bohnengericht beigibt – zum Würzen, aber auch, um zu verhindern, daß sie im Gedärm das bewirken, was Bohnen normalerweise dort bewirken. Hoja Santa, das heilige Blatt, riecht wie eine Kräuterlimonade mit einer Prise Anis. Mexikanische Köche benutzen die frischen Blätter manchmal statt Maisblätter, um die Tamales einzuwickeln, und die trockenen als Gewürz für Soßen, Bohnen und Shrimps. Um das Kraut frisch zur Hand zu haben, habe ich ein paar Pflanzen am Gästehaus gesetzt, wo sie nachmittags Schatten haben. Wenn es gedeiht, muß man es im Auge behalten, denn es verbreitet sich wie Bambus.

Angela kam nach ein paar Minuten mit einer vollen Tüte wieder. »Danke. Du scheinst 'ne gute Ernte zu kriegen.«

Ich sah sie an. »Was hört man bei euch in der Gemeinde über die Santeros und den Mord an Mrs. Rand?«

Angela blickte düster drein. »Alle sagen, daß die Santeros nichts damit zu tun haben.«

»Vielleicht haben die Leute Angst, daß die Polizei einem Chicano den Mord anhängt. Oder vielleicht wollen sie jemanden schützen.«

Angela schüttelte mit entschiedenem Gesichtsausdruck den Kopf. »Nein, China. Diese Sache trägt nicht die Handschrift von Santeros und auch nicht von Palo Mayomberos. Dann hätte man irgendwelche Zeichen gefunden, Knochen, Münzen, einen Altar. Kein Opfer ohne einen Altar. Außerdem würde es sich rumsprechen, wenn es Santeros gewesen wären.«

»Und was ist mit der Puppe?« Die bedrohliche Voodoo-Puppe, die man Sybil hingelegt hatte, war eine weitere Schwachstelle in Blackies Beweiskette gegen Andrew – es sei denn, er konnte ihn irgendwie mit der Puppe in Verbindung bringen. Hatte er das mit den Klapperschlangen gemeint?

»Ich hör mich weiter um«, versprach Angela, »und sag dir Bescheid, wenn ich was erfahre. Aber ich habe etwas *gesehen,* das du wissen solltest. Ich war gestern abend in Lake Winds draußen und habe Mrs. Maxwell geholfen, die Gäste

zum Abendessen hatte. Gerade als ich an einigen von den Bungalows vorbeifuhr – die D-Sektion –, sehe ich Jerri Greene aus ihrem Mustang aussteigen.« Sie hielt inne. »Kennst du Jerri Greene?«
Ich nickte.
Angela grinste durchtrieben. »Na ja, es war schon spät, und ich war neugierig. Also hielt ich an einer Stelle, wo mich niemand sehen konnte, versteckte mich und wartete ab. Sie stand da vor der Tür, zupfte hier dran, strich da was glatt und so.« Angela demonstrierte Jerris Vorbereitungen, indem sie hier und dort an Brüsten und Hüften zupfte. »Nachdem alles saß, klopfte sie. Der Mann, der aufmachte, war Mr. Rand. Als ich wegfuhr, sah ich seinen LeBaron neben dem Haus.« Sie blickte mich an. »Ich will damit nicht behaupten, daß da was faul ist. Ich dachte nur, du solltest es wissen.«
Ich zog die Augenbrauen hoch. »Danke. Ach, sag mal, Angela, kennst du Andrew Drake?«
Angela legte den Kopf schief. »Ich hab ihn ein paarmal bei den Rands gesehen, als ich dort war. Er und Mrs. Rand waren ... befreundet.«
Das Zögern entging mir nicht. »Nur befreundet? Oder war da noch mehr?«
Angela zuckte vielsagend mit den Schultern. In ihrer Kultur war man tolerant und fand sich mit allen möglichen Formen von Beziehungen ab. »Schon möglich. Der Sheriff hat mich auch danach gefragt, und dem hab ich dasselbe geantwortet. Ich glaube, daß Drake es getan hat. Die Leute sagen, er hat in New Orleans auch eine Frau umgebracht.«
Eine Entgegnung blieb mir erspart, da die Tür aufging und eine einsneunzig große rothaarige Ausgabe von Ruby hereinkam. Sie trug einen orangefarbenen Jogginganzug, auf dem »Lady Longhorns« stand.
»Hallo, Shannon«, begrüßte ich sie.

Angela nahm ihre Tüte mit Hoja Santa. »*Gracias,* China«, sagte sie und wandte sich zur Tür. *»Hasta la luego.«*

»De nada. Hasta la vista.«

Shannon sah sich vorsichtig um, als hätte sie Angst, irgendwo anzustoßen. Wenn man einsneunzig ist und gewöhnlich auf Basketballplätzen herumflitzt, kriegt man wahrscheinlich in kleinen Räumen Atemnot. Sie verschwendete keine Zeit. »Was soll denn dieser Mist von wegen, daß Mom sich mit einem Mörder eingelassen hat?«

»Es ist nicht bewiesen, daß er ein Mörder ist«, sagte ich. »Die Ermittlungen sind noch nicht abgeschlossen. Nach dem Gesetz ...«

Shannon schnaubte. »Ach, hör doch auf. Der Kerl sitzt im Knast, oder nicht?« Beim Basketball schüchtert sie mit ihrer Größe die Gegner ein. Jetzt beugte sie sich vor, um das bei mir zu probieren. »China, ich mache mir riesige Sorgen um meine arme, liebe, irre Mutter. Ab und zu dreht sie wegen irgendeines schrägen Mackers völlig durch. Diesmal hat sie sich besonders viel Mühe gegeben, sich einen Versager aufzugabeln. Was wollen wir unternehmen?«

Ich ließ das Epazote von Maria auf ein Tablett fallen und nahm es in Augenschein. Es war astrein, wie immer, und duftete nach Minze mit einem Hauch Kampfer. »Wir könnten sie in einen Schrank sperren und den Schlüssel in den Fluß schmeißen.«

»Was ist mit dem Kerl, der ihr den Kopf verdreht hat? Wandert er auf den Stuhl?«

»Er ist noch nicht mal verurteilt.« Ich legte das Epazote in einen sauberen Tontopf. »Außerdem verwenden sie in Texas nicht mehr den Stuhl. Sie machen es mit der Spritze.«

»Spritze? Ist ja ätzend.« Sie verstummte einen Moment lang und verdaute diesen Hinweis. »Man sagt, du bist seine Anwältin?«

»Das stimmt nicht.« Ich wischte ein paar Epazoteblätter vom Ladentisch. »Außerdem ist das kein Fall für eine Todesstrafe. Er könnte höchstens lebenslänglich kriegen.«
Shannons Brust entwand sich ein tiefer Seufzer. »Wirklich, China, ich mache mir wahnsinnige Sorgen um Mom. Sie unternimmt gerade den dritten Versuch, ihre Fingernägel anständig zu lackieren. Aber es ist sinnlos, wenn ich ihr sage, sie soll die Hände von dem Idioten lassen. Wenn du irgendwas tun kannst, um zu beweisen, daß es jemand anders war ...«
Bei dieser Logik blieb mir nur zu erwidern: »Ich werde mein Bestes tun.«
Sie umarmte mich stürmisch, und mein Kopf knallte gegen ihre Brust. »Hör mal«, sagte sie, als sie mich wieder freiließ, »mach dir keine Gedanken wegen der Eintrittskarten. Ich hab dich auf die Liste gesetzt. Aber du mußt voll bezahlen. Die NCAA hat diese Sachen scharf im Auge.« Sie schnitt eine Grimasse. »Die sollten sich um Steroide kümmern, statt dessen glotzen sie auf die Eintrittskarten.«
»Wie läßt sich die Saison denn an?« fragte ich, froh, von dem Thema Andrew und Ruby loszukommen.
»Nicht schlecht. Als nächstes walzen wir die LSU nieder.« Sie machte ein obszön wirkendes Zeichen mit verschränkten Fingern, das ich immer ein wenig peinlich fand. »Tricks es so, daß der Kerl ungeschoren davonkommt«, sagte sie und zog den Kopf ein, als sie zur Tür rausging. Dabei verfehlte sie knapp Leatha, die ein Tablett mit Sandwiches, Salat und Getränken hereintrug.
Nach dem Lunch teilte ich Leatha mit, daß ich noch mal los müsse, und bot ihr an, den Laden Laurel Wiley zu überlassen, die drüben in der CAVE saß.
Leatha schüttelte den Kopf. »Nein, nein«, sagte sie, »es macht mir riesigen Spaß.« Sie blickte sich um. »Vielleicht

sage ich Sam, daß ich auch gerne so einen kleinen Laden hätte. Wo gehst du hin?«
»Zum Fitneßstudio.«
»So ist es recht.« Leatha ließ sich hinter der Kasse nieder. »Du solltest wirklich auf deine Kondition achten.«

* * *

Jerri Greene beendete gerade eine Unterrichtsstunde, als ich eintraf. Sie trug ein rotes Leotard und rot gestreifte Leggings und wirkte inmitten der schwabbligen anderen Frauen, die müde zu ohrenbetäubender Musik auf und ab hopsten, wie eine Ballettmieze. Sie winkte mich in ihr Büro und schloß die Tür hinter uns. Drinnen hörte man nur das Bummern der Bässe, die den Boden in Schwingung versetzten.
»Willst du dich zum morgendlichen Trimmlauf anmelden?« fragte sie mit einem fachkundigen Blick auf mein weites schwarzes Sweatshirt, unter dem sich tausendundeine Sünde verbargen. Sie ließ sich nicht täuschen. »Dreimal die Woche, halb sieben. Ist 'ne gute Art, vor den Ferien ein paar Pfunde loszuwerden.«
»Sollte ich wahrscheinlich machen«, sagte ich, obwohl ich nicht die Absicht hatte. »Hör mal, Jerri, ich wollte dich etwas fragen. Man hat mich gebeten, in dem Rand-Mordfall ein paar Nachforschungen anzustellen.«
»Ach ja?« Sie nahm ein Handtuch von einer Stuhllehne, schleuderte ihren Pferdeschwanz hoch und trocknete sich den Nacken. »Hast du vor, wieder als Anwältin zu arbeiten? Da verdient man ganz gut, oder?«
»Nicht alle. Aber ich will nur ein paar Sachen abklären.«
Sie legte sich das Handtuch um die Schultern. »Na, wenn du für Drake arbeitest, mußt du dich ziemlich reinhängen.

Ich hab gehört, daß Sybil und er es miteinander trieben. Deshalb hat er sie umgebracht.«
»Überrascht dich das?«
Sie ging zu einem kleinen Kühlschrank neben dem Fenster. »Warum sollte es?« fragte sie und warf mir einen raschen Blick zu. »Ich kannte sie nicht. Und ihn kenn ich auch nicht.«
»Weshalb glaubst du, daß er es getan hat? Bestimmt nicht, weil sie eine Affäre hatten.« *Falls* sie eine hatten.
Sie holte eine Flasche Preiselbeersaft aus dem Kühlschrank und trank in tiefen Zügen. »Hab gehört, daß er ihr 'n Haufen Geld schuldete.« Sie wischte sich mit dem Handrücken über den Mund und sah mich Bestätigung heischend an. Als ich nicht reagierte, sprach sie weiter. »Jedenfalls müssen sie sich mit ziemlich schrillem Zeug abgegeben haben. Das Mädchen, das bei der Exxon-Tankstelle arbeitet, hat 'nen Bruder, der Hilfssheriff ist. Sie sagt, Drake hatte so ein Buch mit Zaubersprüchen und Anleitungen für ganz abgedrehten Sex. Und ich weiß sicher, daß Mrs. Rand Giftpflanzen hatte.« Sie schauderte. »Da könnte leicht einer bei umkommen, mit diesen ganzen Giftpflanzen. Gott, ich an C. W.s Stelle, ich wär durchgedreht.«
Das war mein Stichwort. »Es war bestimmt schwer für ihn«, sagte ich mitfühlend. »War es so? Ich meine, ist er durchgedreht?«
»C. W.?« Sie setzte sich, schlug die Beine übereinander und trank wieder. »Na ja, er hat es ein-, zweimal erwähnt. Würdest du nicht zuviel kriegen, wenn deine Frau so 'n Zeug im Garten hätte, mit dem sie dich kaltmachen könnte? Ich wär in Null Komma nichts weg, wenn mir einer mit so was käme. Ich würd abhauen.«
»Du meinst, sie hat wirklich gedroht, ihn zu *vergiften?*« Ich klang aufrichtig schockiert.

»Wenn das nicht 'ne Drohung sein soll, das ganze Giftzeug anzupflanzen, dann weiß ich auch nicht«, sagte Jerri. »Vor allem, da er sie ja gebeten hat, es sein zu lassen. Er hat sie gebeten, das schreckliche Zeug abzuhacken, und hat ihr gesagt, sie würd Ärger kriegen. Und prompt war's auch so.« Sie lehnte sich zurück, einen »Geschieht ihr recht«-Ausdruck auf dem Gesicht.

»Ich hab gehört, daß ihr befreundet seid, du und C. W.« Ich lächelte freundlich, damit die Bemerkung harmlos wirkte. »Jemand hat dich gestern abend gesehen, wie du ihn in Lake Winds besucht hast«, fügte ich erklärend hinzu.

Jerri zog das Handtuch weg und ließ es auf den Boden fallen. »Echt wahr? Mann, in dieser Stadt kann man doch gar nichts machen, ohne daß es jemand weiß. Ja, klar, wir sind befreundet. Er ist einer meiner Massageklienten. Wenn er völlig gestreßt ist, ruft er mich immer an, und ich massiere ihn. Normalerweise bei ihm zu Hause oder im Büro. Aber die Cops lassen ihn nicht in sein Haus, und so bin ich gestern abend zu diesem Bungalow gefahren.« Sie lachte. »Ich sollte vielleicht besser aufpassen. Womöglich kommt noch jemand auf falsche Gedanken.«

Ich stimmte in ihr Lachen ein. »Ja, das kann man nie wissen.«

Jerris Assistentin, eine Magersüchtige, die in einem silbrigen Leotard und Leggings steckte und Arme und Beine wie Stöckchen hatte, öffnete die Tür einen Spalt und schaute herein. »Ich sag's dir nur ungern, Jerri«, schrie sie über die Musik hinweg, »aber das Klo ist wieder verstopft. Das Zeug schwimmt schon auf dem Boden rum. Und der Regulator an der Sauna ist im Eimer. Ist auf Grillen stehengeblieben.«

Jerri schüttelte entnervt den Kopf. »Danke, Peaches.«

Peaches knallte die Tür zu, woraufhin es wieder einigermaßen still war. »Gott, bin ich froh, wenn ich aus dieser Bude rauskomme. Dieser Dreckskerl von Vermieter läßt das Klo nicht reparieren, im Dach sind lauter Löcher vom Hagel, und er hat die Asche von der Versicherung einfach eingesackt. Von den Kakerlaken ganz zu schweigen.« Sie deutete mit zwei Fingern eine Spanne von zehn Zentimetern an. »Große braune, so groß wie 'n Alligator. Zwei Wochen noch, dann bin ich weg hier.«

»Du ziehst aus?«

»Du hast es erfaßt. In der Mall werden Räume frei, nicht billig, aber jeden Penny wert. Vielleicht schaff ich sogar ein paar neue Geräte an. Und jetzt muß ich den Klempner anrufen, entschuldige.« Sie lächelte mich an. »Vergiß den Morgenlauf nicht. Genau das Richtige, um abzuspecken.«

Die nächste Aerobic-Klasse nahm ihre Plätze ein, als ich aus dem Büro kam. Peaches klatschte über dem Kopf, lächelte und strahlte geballte Energie aus.

»Okay«, rief sie und hüpfte auf die Plattform. »Fangen wir mit dem wilden Boogie an. Was haltet ihr davon?«

Lachen aus nicht mehr ganz taufrischen Kehlen inklusive der meinen schallte ihr entgegen. Ich schätze, den Boogie vergißt man nie, Speck hin, Speck her.

* * *

Als ich im Laden ankam, erklärte Leatha sich zu einer Mittagspause bereit. »Ich glaube, ich schau mal ins EMPORIUM. Sara könnten diese Kerzen gefallen, die ich im Fenster gesehen hab.«

Ich mußte kurz überlegen, wer Sara war. Ach ja. Die zukünftige Stieftochter meiner Mutter. »Viel Spaß«, sagte ich und blätterte die Telefonnotizen durch. Leatha war schon halb auf der Straße, als ich die über Joyce Moyers entdeckte. Ich riß die Tür auf und schrie: »He, war irgendwas Besonderes mit dem Anruf aus New Orleans?«

Leatha drehte sich um und schüttelte den Kopf. »Du sollst zurückrufen. Die Frau sagte, es sei zu kompliziert, um es zu erklären. Und sie wollte dich was fragen.«

Ich hockte mich auf den Stuhl hinter dem Ladentisch und wählte die Nummer der Staatsanwältin. Besetzt. Nach einer Minute versuchte ich es noch mal. Immer noch besetzt. Ich hatte gerade aufgelegt, als das Telefon klingelte. Miss Texas war dran. Kühl verkündete sie, Charlie wolle mich sprechen.

»Ich dachte, Ruby könnte vielleicht 'n bißchen Aufmunterung brauchen, da sie doch ihren Freund Drake eingelocht haben«, sagte er. »Ich hab mir überlegt, sie zum Abendessen einzuladen.«

»Klingt sehr gut. Wenn sie wieder da ist, sag ...«

Die Zwischentür ging auf. »Ich bin wieder da!« rief Ruby. »Gibt's was Neues?«

Ich hielt ihr den Hörer hin. »Charlie Lipman will dich was fragen.«

Ruby nahm ihn. »Hi, Charlie.« Eine Pause entstand. »Na ja, ich weiß nicht«, sagte sie zweifelnd. »Shannon ist aus Austin hergekommen, und wir wollten ...« Wieder eine Pause, während der sie an der Unterlippe nagte. Dann, entschlossen: »Andererseits hört es sich wirklich gut an. Okay, also bis um sieben.« Sie reichte mir mit einem mißtrauischen Blick den Hörer. »Hast du das angeleiert?«

»Würde ich so was hintenrum tun?« Ich legte den Hörer auf. »Ich wundere mich, daß du zugesagt hast.«

Sie sah mich scharf an. »Du und Shannon, ihr haltet mich für völlig durchgeknallt, nicht?« Das war keine Frage. »Eine echte Spinnerin.«

»Na ja ...« sagte ich gedehnt.
»Streß mich nicht, China. Shannon hat mir erzählt, daß sie sich mit dir darüber unterhalten hat, wie sonderlich ich bin.«
»Die meiste Zeit hat Shannon geredet. Sie sagte, sie mache sich Sorgen, und sie wollte wissen, was wir tun könnten. Wenn ich mich recht entsinne, schlug ich vor, dich in einen Schrank zu sperren und den Schlüssel in den Fluß zu schmeißen, aber das war irgendwie unpraktisch ...«
»... und statt dessen hast du Charlie auf mich angesetzt.«
»Hab ich nicht. Die Idee kam von ihm. Außerdem hättest du ja absagen können.« Ich sah sie an. »Warum hast du's nicht gemacht?«
»Weil ich das Gefühl habe, daß es nicht recht war von Andrew, sich mit Sybil zu treffen, ohne mir davon zu erzählen«, sagte Ruby würdevoll. »Wir hatten keinen Alleinanspruch auf den anderen oder so was. Aber ich bin altmodisch. Ich möchte gerne wissen, wer sonst noch mit dem Mann schläft, mit dem ich schlafe, auch wenn ich Safer Sex mache. Es geht da ums Prinzip.«
»Ich nehme an, du hast heute morgen mit Andrew gesprochen.«
Ruby nickte.
»Hat er gesagt, daß sie was zusammen hatten?«
»Nicht direkt. Aber er hat auch nicht gesagt, daß es nicht so war, was wohl auf dasselbe rausläuft. Meine rechte Hirnhälfte glaubt noch immer nicht, daß er sie umgebracht hat, aber meine linke ist nicht mehr so sicher. Er war am Tatort, und vielleicht hatte er ja doch ein Motiv.« Sie runzelte die Stirn. »Obwohl ich mir nicht vorstellen kann, daß er in meinen Laden einbricht und mein Messer stiehlt. Ich glaube einfach nicht, daß er mich so belasten wollte.«

»Da dein Messer gestohlen wurde, ist es eben nicht belastend für dich. Du würdest wohl kaum deinen eigenen Laden verwüsten.«

»Auf wessen Seite stehst du?«

»Auf deiner.«

Ruby seufzte. »Es ist alles so verwirrend. Jedenfalls sehe ich Andrew, wenn er freikommt, vielleicht wieder. Das entscheide ich, wenn es soweit ist. Inzwischen ...« Sie hob mit einem kühlen Lächeln das Kinn »... inzwischen gehe ich aus, mit wem ich will, sogar mit Charlie Lipman. Und meine Tochter und du, ihr könnt aufhören, euch Rettungspläne für mich auszudenken. Sie sind überflüssig.«

»Das haben wir gar nicht getan.« Ich versuchte zu verbergen, wie erleichtert ich war, daß sie in bezug auf Andrew Vernunft annahm. Gleichzeitig empfand ich absurderweise etwas wie Bedauern. Ruby gab sich hin, wenn sie liebte, war so wunderbar offen, so leidenschaftlich. Es schmerzte mich zu sehen, wie sie sich verschloß, vernünftig, rational wurde. Und ich dachte, daß Andrew etwas Wesentliches verlor, wenn Ruby nicht mehr bedingungslos zu ihm hielt. Ich sah sie an. »Was hast du sonst noch heute getrieben?«

Sie warf den Kopf zurück. »Ach, mit ein paar Leuten telefoniert, ein bißchen nachgeforscht.«

»Nachgeforscht? Wenn du beschlossen hast, das mit Andrew gelassener zu nehmen, wieso wühlst du dann ...«

Ruby beugte sich vor und stützte sich mit den Ellbogen auf den Ladentisch. »Ich habe Informationen über den Reverend eingeholt und dabei erfahren, daß er wegen des Autodiebstahls in Abilene sechs Monate einsaß. Danach ging er nach Dallas und wurde religiös.«

»Wie hast du das rausgekriegt?«

»Mein Schwager Raymond hat eine Schwester, Raynelle, die in Abilene wohnt. Es stellte sich raus, daß Raynelle und Bob

Godwin zusammen zur Schule gingen. Und sie war mit seinem Cousin Harpo befreundet.«
Ich versuchte Schritt zu halten. »Raynelle hat Billy Lees Werdegang verfolgt, nachdem er von Abilene wegzog?«
»Nein«, sagte Ruby, »Raynelle nicht, aber Harpo. Ich hab Raymond angerufen, und der hat mir Raynelles Nummer gegeben. Dann hab ich sie angerufen, und sie hat Harpo angerufen. Es hat eine Weile gedauert, aber sie ist auf seine Fährte gestoßen, indem sie seine Mutter anrief. Er hat eine Straußenzucht drüben bei Brownwood. Ist das nicht interessant? Ich dachte, Strauße gäbe es nur in Australien.«
»Eigentlich Afrika.«
»Ach ja? Vielleicht sind das Emus, die aus Australien. Harpo züchtet sie jedenfalls wegen des Fleisches. Er sagt, das ist cholesterinfrei.«
Ich dachte an das Geld, das Ruby vertelefoniert hatte, um die Vorteile von Straußenfleisch zu entdecken. »Was hast du noch über den Reverend erfahren?«
»Na ja, nachdem er in Dallas erlöst wurde, hat er für Harvey Haines, den bekannten Fernsehprediger, gearbeitet, der seine Millionen gemacht hat, indem er nette alte Omas vorm Fernsehschirm dazu gebracht hat, ihm Geld für ihre Gebetswünsche zu schicken. Da hat Billy Lee wohl sein Handwerk gelernt.« Sie hielt inne und wartete auf meine Reaktion.
»Warum ist das von Interesse?«
»Haines sitzt ein, oder? Wegen Betruges?«
»Soweit ich weiß. Aber ich seh den Zusammenhang nicht.«
Ruby übte sich in Geduld. »Wenn Billy Lee sein Handwerk von Harvey Haines gelernt hat, könnte er sich dort auch den einen oder anderen Trick angeeignet haben, wie man den Leuten das Geld aus der Tasche zieht.«

»Ruby«, sagte ich vorsichtig, »worauf willst du mit dieser Gedankenkette hinaus?«

Ruby wurde ärgerlich. »Zum Teufel, weiß ich doch nicht. Ich weiß nur, daß Bubba nicht rauskriegt, wer meinen Laden verwüstet und mein Messer gestohlen hat, und daß ich einfach nicht glaube, daß es Andrew war. Ich denke immer noch, daß Billy Lee was damit zu tun hat. Er hat jedenfalls in Abilene ein Mädchen geschwängert und wegen Autodiebstahls eingesessen. Das ist genug Stoff, um ihn davon abzubringen, Lügen über uns in seiner Zeitung zu verbreiten. Oder?« Sie stützte die Hände in die Hüften. »Oder nicht?«

»Ich hoffe nur, daß der Cousin vom Reverend ihn nicht anruft und ihn fragt, wieso jemand namens Ruby Wilcox in seiner Vergangenheit rumschnüffelt.«

»Soll das ein Witz sein? V. I. Warshawski sagt nie jemandem ihren richtigen Namen. Harpo glaubt, ich sei B. J. Jones und Billy Lee und ich seien zusammen zur Schule gegangen.« Sie sah mich an. »Und wie steht's mit dir? Hast du was Nützliches rausgekriegt? Was hast du aus New Orleans erfahren?«

»Noch nichts. Bei der Staatsanwältin ist dauernd besetzt. Aber ...« Ich wollte ihr gerade von Jerris Affäre mit C. W. und der Notiz berichten, die Sybil ihrem Mann hinterlassen hatte, als Laurel Wiley durch die Zwischentür schaute und uns unterbrach.

»Ruby«, sagte sie, »Shannon ist am Telefon. Willst du mit ihr sprechen, oder soll sie noch mal anrufen?«

»Ich geh ran«, antwortete Ruby. »Ich muß ihr sagen, daß wir heute verabredet sind. Bis später, China«, rief sie mir über die Schulter zu.

Als sie weg war, griff ich wieder zum Telefon. Diesmal war bei Joyce frei.

»China!« dröhnte sie. Joyce ist eine wuchtige, entschlossene und selbstsichere Frau mit einer Stimme, die, sogar wenn sie flüstert, bis in den hintersten Winkel des Gerichtssaals zu vernehmen ist. Man hörte sie fast bis Pecan Springs. »He, wie geht's dir und deinen Pflanzen so? Arbeitest du viel?«

Ich hielt den Hörer etwas vom Ohr weg. »Ich weiß nicht, wie es die Pflanzen machen, doch ich mache jeden Tag um fünf Feierabend.«

»Ach wirklich? Da mußt du aber echt neue Saiten aufgezogen haben.« Sie grölte vor Lachen. »Ich hab gehört, du interessierst dich für Andrew Drake. Ist er dein Klient?«

»Ein Freund einer Freundin«, antwortete ich. »Was hast du über ihn?«

»Nicht viel. Der Fall wurde vor drei Jahren rechtskräftig abgeschlossen. Scheinbar hat Drake sich von einer alten Dame namens Georgia Forgette dreißigtausend Dollar geliehen. Sie wohnte östlich vom Audubon Park. Zumindest hat er behauptet, er habe es geliehen. Sie hat behauptet, es sei Betrug. Aber sie starb, bevor der Fall vor Gericht kam. Ende.«

Die grobe Zusammenfassung kannte ich schon. Ich brauchte Einzelheiten. »Woran ist sie gestorben?«

Joyces Stuhl quietschte. »Unglücklicherweise ist mir das nicht bekannt. Ich konnte es auch einem Burschen namens Blackwell nicht sagen, der gestern hier anrief. Kennst du ihn?«

»Ja. Wieso weißt du das nicht?«

Joyce war der Ärger anzuhören. »Weil die Akte unvollständig ist. Der Autopsiebericht fehlt. Und einige Seiten danach.«

Meine Haut kribbelte. »Jemand hat den *Autopsiebericht* verschlampt? Wie kann denn das passieren?«

»Keine Ahnung. Es war nicht mein Fall. Ich hab jedenfalls Blackwell gesagt, daß ich mir die Sterbeurkunde schicken lasse, und ich bin der Untersuchungskommission wegen des Autopsieberichts auf die Pelle gerückt. Aber die haben neue Computer in der Abteilung, und alles dauert Ewigkeiten. Ich melde mich sofort, wenn ich was reinkriege.«
»Wenn du von der Akte ausgehst, was meinst du von deinem Gefühl her, was passiert ist?«
»Da kann ich nur sagen, daß Drake freigelassen wurde. Ich meine, wir machen hier allerhand blöde Sachen, aber Mörder lassen wir eigentlich nicht entkommen.«
Ich gluckste. »Was wollen wir wetten?«
»Da kannst du lange warten«, entgegnete Joyce vergnügt. Sie raschelte mit Papieren. »He, wenn du Lust auf ein bißchen Laufarbeit hast, hab ich was für dich. Das war mir noch nicht aufgefallen, als ich mit dem Sheriff geredet habe. Es ist also exklusiv. Die Frau wohnte zum Zeitpunkt des angeblichen Verbrechens mit ihrer Schwester zusammen. Hier ist eine Anmerkung, daß die nun in Texas lebt. In Fredericksburg. Ist das in eurer Ecke?«
»Etwa hundertzwanzig Kilometer von hier.« Ich griff zu einem Bleistift. »Hast du einen Namen?«
»Virginia Forgette, Dallas Street Nummer 802. Zum Zeitpunkt des angeblichen Verbrechens war sie achtundsechzig. Könnte sich lohnen, mit ihr zu reden. Oder du wartest, bis hier was auftaucht.«
Ich schrieb mir alles auf. Es mochte sich wirklich lohnen, mit Virginia Forgette zu sprechen. Was den Mord an Sybil betraf, würde es natürlich nicht zur Aufklärung beitragen. Aber wenn Virginia Forgette der Meinung war, daß Andrew ihre Schwester umgebracht hat, sprach das für Blackies Theorie.

Joyces Stuhl quietschte wieder, als sie sich offenbar zurücklehnte. »He, Linda Corbey hat mir erzählt, daß du dir einen tollen Excop an Land gezogen hast. Ist da was dran?«
Ich konnte es schlecht leugnen, da Linda McQuaid und mich zum Abendessen eingeladen hatte, als sie vor einer Weile in Austin gewesen war. »Irgendwie schon«, gab ich zu. »Es stimmt jedenfalls, daß er toll ist.«
Joyce seufzte tief. »Mann, manche Leute haben einfach den Bogen raus. Erst ziehst du Leine, bevor's zu spät ist, und dann auch noch das große Los. Wann heiratest du?«
»Gar nicht.«
Sie war ganz Ohr. »Ach ja? Weshalb nicht? Linda hat erzählt, er sei rundum perfekt – sehe gut aus, sei sexy und habe Grips.«
»Ja, klar. Aber deshalb muß ich ihn noch lange nicht heiraten.«
Joyce fuhr fort, als hätte ich nichts gesagt. »Meine Assistentin hat letzten Monat geheiratet, im reifen Alter von fünfundvierzig Jahren. Und sie wagt's zum erstenmal. Also schätze ich, besteht für uns alle noch Hoffnung. Er wohnt in Atlanta, und sie werden 'ne Wochenendehe führen.« Sie gluckste. »Ich hab mir gedacht, ich nehm mir vielleicht mal ein, zwei Stunden frei und such mir einen geeigneten Partner.« Sie lachte wieder, lauter diesmal, um zu verdeutlichen, daß sie witzelte und mit ihrem Single-Dasein vollauf zufrieden war. Aber etwas an dem Lachen klang, als wäre sie gar nicht zufrieden. Sie hatte einen hohen Preis bezahlt, um es dahin zu schaffen, wo sie jetzt war. Vielleicht zog sie nun Bilanz.

* * *

Ich läutete gerade den Feierabend ein, als McQuaid reinkam. Er sah gut, sexy, klug und total verärgert aus.
Ich schob den Pflanzenständer in die Ecke. »Was ist passiert?«
»Patterson«, grollte er.
»Was hat er denn wieder angerichtet?«
McQuaid lief nervös auf und ab. »Es geht um das, was er *nicht* angerichtet hat. Ich hab ihn vor drei Monaten darauf hingewiesen, daß er sich um die Zimmer und die Ausstattung für die Konferenz kümmern soll, und was glaubst du, was er getan hat? Nichts. Er hat drei Monate seinen Arsch plattgesessen und mir heute morgen mitgeteilt, daß *ich* es nun machen soll. Ich hab den ganzen Tag gebraucht, um den Papierkrieg zu erledigen, alles durchzugehen und abzuklären – und ich mußte zwei Seminare halten. Und dann stellt sich raus, daß sich schon einer die Tonbänder unter den Nagel gerissen hat, so daß ich jetzt die Recorder und alles mieten muß, was einen großen Happen vom Budget für die Konferenz frißt.« Er gab ein angewidertes Geräusch von sich. »Gott, was für ein Schwachkopf. Ich hab wirklich den Eindruck, der Typ schnallt jetzt völlig ab.«
Ich räumte die Kasse leer. »Nach so viel Mist brauchst du einen freien Tag. Du hast doch morgen keine Seminare, oder?«
»Nein, aber alle Hände voll zu tun. Die Konferenz fängt Donnerstag abend an, und ...«
»Blas es ab. Laß es sausen. Sag dem Schwachkopf, du müßtest wegen einer wichtigen Ermittlung verreisen. Laß ihn mal spüren, wie es ist, wenn du nicht mehr brav ja und amen sagst.«
McQuaid blieb stehen. »Ermittlung?«
»Ja. Erzähl ihm, du müßtest nach Fredericksburg, um dort eine ältere Dame zu fragen, ob Andrew Drake ihre Schwester ermordet hat.«

14

Morgen bist du wieder unterwegs?« erkundigte sich Leatha, als wir unsere Chicken Chalupas verspeist hatten, die ich zum Abendessen gezaubert hatte. Chalupas sind schnell gemacht – man braucht nur gekochtes Hühnchen, Avocadocreme, Käse, Salat, Tomaten und Chilischoten und häuft das Ganze dann auf einen Tortilla. Den Sauerrahm obenauf pflege ich durch einen Löffel fettarmen Hüttenkäse zu ersetzen.

»Macht es dir was aus?« fragte ich. An sich war die Frage überflüssig. Ich fuhr sowieso, ob es ihr nun was ausmachte oder nicht. Und es ging mir dabei auch nicht um Ruby, die sich von Andrew zurückzuziehen schien. Ich fuhr dorthin, weil mich die Frage, was vor drei Jahren in New Orleans passiert war und ob es etwas mit dem Mord an Sibyl zu tun hatte, nicht mehr losließ. Ich überlegte, ob ich Ruby anrufen und ihr vom Gespräch mit Joyce erzählen sollte. Aber sie war mit Charlie unterwegs, und außerdem war mir nicht danach. Ruby hatte in letzter Zeit genug schlechte Nachrichten bekommen. Sie sollte sich ruhig mal amüsieren.

Leatha schob ihren Teller weg. Sie schaute ziemlich ernst drein. »Um ehrlich zu sein, China, ich fühle mich wie das fünfte Rad am Wagen. Ich helfe ja gern im Laden, aber den Rest der Zeit ... Ich glaube, du hast auf alles andere Lust, bloß nicht, mit mir zu reden.«

Ich hätte die Behauptung gerne vom Tisch gewischt, konnte es aber nicht. Ich hatte in mühevoller Arbeit eine Mauer zwischen uns errichtet, und ich war nicht in der Lage, sie im Handumdrehen wieder einzureißen. Umarmungen, Küßchen, die Vergangenheit und die alten Wunden sind vergeben und vergessen. Wahrscheinlich war das nie mehr möglich. Ich würde nie mehr ihre Traumtochter werden, ebenso wie sie nie mehr die Mutter werden würde, die ich gebraucht hatte. Wir mußten wohl das Gegebene hinnehmen und versuchen, so gut wie möglich damit zurechtzukommen.

»Tut mir leid«, sagte ich. »Vielleicht ...«

Sie ging rasch darauf ein. »Vielleicht sollte ich nach Houston zurückfahren? Das wäre vermutlich am besten.« Sie zupfte ein Stückchen Salat von ihrem hellblauen Pullover. »Aber vorher muß ich dir noch etwas sagen.«

»Was denn?« Ich vermied es, sie anzusehen. Ich würde vielleicht ein schlechtes Gewissen haben, wenn sie abreiste, aber zumindest war ich dann diese strapaziösen Gespräche los. Und sie hatte Sara, ihre künftige Stieftochter, die eine brauchbare Alternative zu mir zu sein schien. Unter einer dünnen Schicht naturgemäßer Eifersucht machte sich bei mir eine große Erleichterung darüber bemerkbar. Vielleicht konnte Sara ihr all das geben, was sie von mir nicht bekam.

Sie legte ihre Serviette hin und verschränkte entschlossen die Hände unterm Kinn. »Vorgestern habe ich gesagt, du hättest viel Ähnlichkeit mit deinem Vater. Das war kein Kompliment.«

Das überraschte mich. »Ach?«

»Von mir aus hätte ich das wohl nicht angesprochen, aber Marietta meint, ich solle mir alles auf einmal vom Herzen reden, dann hätten wir eine bessere Basis. Dr. Neely fand das auch.«

»Also, dann tu's!« Ich spürte die alte Bitterkeit in mir aufsteigen. Seltsamerweise war das ein angenehmes Gefühl. Der Umgang mit der geläuterten Leatha in den letzten Tagen hatte mich wahnsinnig angestrengt. Es war eine Erleichterung, wütend zu sein.

»Dein Vater war ein ungeduldiger Mensch, der sich nicht gerne mit Leuten abgab. Er wollte am liebsten von den Problemen der anderen nichts hören – außer im Gerichtssaal, wo er dafür bezahlt wurde. Wenn es beruflich erforderlich war, konnte er genauso warm und einfühlend sein wie die anderen. Aber was sein Privatleben betraf ... nun, er schaffte es nicht, zu jemandem eine Beziehung herzustellen. Vielleicht zu seiner Mutter, aber nicht zu mir. Und nicht einmal zu dir.« Sie spielte mit der blauen Perlenkette, die farblich auf ihren hellen Pullover abgestimmt war. »Damals kannte ich natürlich nichts anderes. Ich war froh über das bißchen Zuwendung, das ich bekam, und dachte, ich müßte damit zufrieden sein. Doch heute weiß ich, wie schwer es für dich gewesen sein muß.«

Ich runzelte die Stirn. Es war seltsam, daß nun meine Mutter unsere psychische Geschichte rekapitulierte und Erklärungen fand, die ich mir selbst zurechtgelegt hatte. Als nächstes wollte sie mir womöglich weismachen, daß ich ...

»Und deshalb«, fuhr sie fort, »glaube ich wirklich, daß es hilfreich für dich sein könnte, wenn du eine Therapie machst.«

»*Therapie!*« rief ich. »*Du* willst mir sagen, ich soll eine Therapie machen?«

»Warum nicht? Was ist so schlimm daran, sich Unterstützung zu holen, wenn man sie braucht?« Sie beugte sich vor und legte mir eine Hand auf den Arm. »Du bist das, was sie ein ›erwachsenes Kind‹ nennen, China. Mit diesem Ausdruck bezeichnet man ...«

»Ich weiß, was das heißt«, sagte ich grob. »Und ich brauche keine Therapie. Ich komme gut zurecht. Ich hab mich aus dem Berufsstreß zurückgezogen, ich habe ein funktionierendes Unternehmen, Freunde ...«
»China, China.« Ihre Stimme war weich, ihre Augen voller Mitgefühl. »Es ist schön, daß du nicht mehr so viel arbeitest wie dein Vater. Es ist schön, daß du versuchst, dich zu entspannen, und dich mit anderen Dingen beschäftigst. Aber glaubst du nicht, daß es noch schöner für dich wäre, wenn du eine echte Beziehung eingehen könntest?«
»Ich *habe* eine echte Beziehung.« Ich versuchte mich zu beherrschen. »Zwei. Einmal Ruby. Und McQuaid und ich sind jetzt seit drei Jahren befreundet. Ist dir das nicht echt genug?«
»Ja, aber ist es eine Beziehung, die sich entwickeln kann?« fragte sie. Sie beugte sich wieder vor, und ihre Augen leuchteten wie bei einem Anhänger des Reverends. »In einer echten Beziehung gibt man dem anderen Menschen Raum im eigenen Leben, China, auch wenn man dafür auf das eine oder andere verzichten muß. Dein Vater war dazu nie imstande, und du hast so viel Ähnlichkeit mit ihm.«
Ich ließ den Rest meiner Chalupa auf den Teller fallen. »Danke für den Ratschlag, Leatha. Ich werd's mir überlegen.«
Leatha sah mich an. Dann schaute sie auf die Uhr. »Wenn ich jetzt meine Sachen in den Koffer werfe und losfahre, könnte ich um elf in Houston sein.« Ihr Tonfall war munter, beiläufig. »Sam hat vor dem Essen angerufen. Er ist heute überraschend dort eingetroffen und ist in seiner Wohnung.«
Ich schlug den gleichen Ton an. »Ah ja? Du weißt, daß ich wirklich ungern auf die Möglichkeit verzichte, mit dir ...«
»Natürlich«, sagte sie nachdenklich und räumte mir noch

eine Chance ein, »hat er es nicht gern, wenn ich nachts fahre.«
»Aber du würdest ja den Interstate nehmen«, sagte ich. »Ich meine, da ist wirklich kein ...«
Leatha lachte. »Ich weiß. Sind Männer nicht einfach furchtbar? Sam ist schrecklich betulich, wenn es darum geht, daß ich Auto fahre.« Sie schob den Stuhl zurück und stand auf. »Ich glaube, ich werde mich doch noch heute abend auf den Weg machen. Findest du morgen jemanden für den Laden?«
Ich erhob mich ebenfalls. »Natürlich. Und laß bitte das Geschirr stehen. Ich mach das schon.«
Leatha verharrte einen Moment. Offensichtlich wollte sie noch etwas loswerden. »Dein Freund Mike ist ein sehr netter Mensch, China, und er hat wirklich einen entzückenden kleinen Jungen. Ich hoffe, du heiratest ihn.«
Das war zuviel. »Warum heiratest *du* ihn denn nicht, wenn du ihn so toll findest?« schrie ich.

* * *

»Wo ist deine Mom?« fragte McQuaid, als er mich am nächsten Morgen abholte. »Paßt sie auf den Laden auf?«
»Sie ist gestern abend nach Houston zurückgefahren«, antwortete ich knapp. »Laurel kümmert sich heute um den Laden.«
McQuaid sah mich an. »Hattet ihr Streit?«
»Wie kommst du denn auf die Idee?« Ich hatte meinen grünen Cordrock angezogen und mich entschlossen, ihn mit einem grünen Pullover zu kombinieren. Graue Wolken hingen wie schwere Kissen am Himmel, und der Wind von Norden war kalt und brachte Schneeluft vom Panhandle. Man mußte abends mit Frost rechnen. »Laß uns gehen.«

»Hast du diese Frau angerufen?« wollte McQuaid wissen. »Ich hab keine Lust, umsonst hinzufahren.«
»Hab ich«, antwortete ich. »Sie erwartet uns.«
Wir gingen gerade zur Tür raus, da rief Ruby an. »Ich wollte dir nur sagen, daß ich heute morgen nicht im Laden bin. Ich hab Laurel gebeten, ihn aufzumachen.«
»Dann muß sie beide übernehmen. McQuaid und ich fahren nach Fredericksburg.« Ich holte tief Luft und erzählte ihr kurz, was wir vorhatten.
Ruby klang verloren. »Glaubst du, er hat sie umgebracht?«
»Ich weiß es nicht. Wenn es so ist, haben die Polizei von New Orleans und die Staatsanwaltschaft die Sache gründlich verpfuscht.«
»Kann ich mitkommen? Ich würde die Geschichte von der Frau gern selbst hören.«
Ich dachte rasch darüber nach. Ruby *glaubte* vielleicht, daß sie die Geschichte gerne hören wollte, aber vermutlich verhielt es sich umgekehrt. Und was die Logistik betraf, war es ungünstig. Das benutzte ich als Ausflucht. »Drei Leute sind zuviel für eine Befragung.«
»McQuaid kann ja dableiben.«
»Ich halte es einfach nicht für gut. Du bist innerlich zu sehr beteiligt. Das heißt nicht, daß du nicht damit umgehen kannst. Aber ...«
Sie gab auf. »Melde dich, wenn ihr zurück seid.«
Wir fuhren mit McQuaids blauem Ford-Pickup. Ich hatte in Houston gelebt, wo man nicht täglich Kojoten und Klapperschlangen über den Weg läuft, und mich nie daran gewöhnt, vor einer Halterung mit einem geladenen Gewehr zu sitzen. In diesem Bundesstaat ist es erlaubt, Gewehre und Flinten im Wagen zu haben; sie dürfen nur nicht abgesägt, also »heimtückisch« sein. McQuaid fährt mit einer Flinte Kaliber 12 herum. Als ich ihn kennenlernte, fand

ich das etwas merkwürdig, vor allem, als ich feststellte, daß sie mit Rehposten und Flintenlaufgeschossen geladen war. Ich war auch nicht beruhigter, als McQuaid mir erklärte, daß das seine Art von Altersversicherung sei, die er eher zum Schutz vor wild gewordenen Schurken aus seiner Vergangenheit als zum Schutz vor Wildtieren brauchte. Excops wie McQuaid sind immer zum Abschuß freigegeben.

Während der Fahrt erläuterte McQuaid mir die wesentlichen Gedanken des Artikels über die Erarbeitung des Täterpsychogramms anhand von Tatortanalysen. Ich lieferte ihm zum Ausgleich eine Kurzversion meiner Unterhaltung mit Leatha, wobei ich den Teil übers Heiraten ausließ.

»Therapie?« sagte er nachdenklich.

»Ja. Ich bin froh, daß Leatha ihr Leben auf die Reihe kriegt, obwohl ich mir nicht sicher bin, ob der Umgang mit ihr durch ihre Abstinenz einfacher wird. Aber ich glaube nicht, daß eine Therapie für mich der richtige Weg wäre.«

»Ich denke, das kommt darauf an.« McQuaid legte mir den Arm um die Schulter und zog mich zu sich, als wären wir Teenager beim ersten Stelldichein.

»Worauf?«

Er rieb mir den Nacken. »Darauf, was du willst.«

Ein angenehmer Schauer lief mir bei der Berührung den Rücken hinunter. »Wie meinst du das, was ich will?«

McQuaid ließ sich Zeit mit der Antwort. Als er sprach, war sein Tonfall fast übertrieben beiläufig. »Es ist verständlich, daß Kinder, die in ihrer eigenen Familie keine guten Erfahrungen gemacht haben, nichts mit Familie zu tun haben wollen. Wenn sie den Punkt erreichen, da sie unter Umständen eine eigene Familie haben möchten, kann man vielleicht in einer Therapie ein bißchen dran arbeiten, wie man damit umgeht.«

Ich verfiel in Schweigen. Wir waren auf der FM 32 zwischen

Wimberley und Blanco. Die Straße führt am Espinazo del Diablo entlang, dem Devil's Backbone, dem wildesten Landstrich dieses Teils von Texas. Wenn man an der Schlucht entlang Richtung Westen fährt, sieht man Kilometer um Kilometer weiße Kalkfelsen, die vor Hunderten Millionen von Jahren aus dem seichten Meer der Kreidezeit entstanden waren. Sie sind dicht mit Zedern bewachsen. Am Straßenrand sieht man immer wieder Liveoak-Haine, und aufgeschrecktes Wild flüchtet und sucht Deckung auf felsübersäten Wiesen. Es ist eine beeindruckende Landschaft von wilder Schönheit.

Ich brach das Schweigen. »Soll das heißen, daß du es gut fändest, wenn ich eine Therapie machen würde?«

Er sah mich mit einem ernsthaften Ausdruck in seinen blauen Augen an. »Das kommt darauf an, was du willst, China. Ich möchte eine Familie haben. Du, ich und Brian. Ich denke, es könnte gut sein, sich wirklich einzulassen. Langfristig.«

Ich seufzte. Wir steuerten auf das Wort mit H zu.

McQuaid grinste und gab mir einen leichten Klaps auf die Schulter. »He, ist ja nur so ein Gedanke. Laß es dir locker durch den Kopf gehen.« Er löste seinen Arm von mir und fuhr langsamer, um einen Laster mit Pferdetransporter vorbeizulassen. »Drake wurde gestern nachmittag angeklagt. Mord. Die Kautionsverhandlung ist für Donnerstag angesetzt, aber unter diesen Umständen kommt er wahrscheinlich nicht raus. Der Staatsanwalt legt den Fall am Montag den Geschworenen vor. Scheint, als hätten sie's ziemlich eilig.«

Ich war ihm dankbar, daß er das Thema wechselte, obwohl das neue auch nicht angenehmer war als das alte. »Wer macht die Autopsie? Das Travis County?«

Von den Counties entlang des I-35 hat das Adams County am wenigsten Einwohner und verfügt deshalb nicht über einen eigenen Gerichtsmediziner. Es muß auf die großen benachbarten Counties Travis und Bexar zurückgreifen. Die Friedensrichter arbeiten lieber mit Travis zusammen, weil es dort schneller geht und man mit dem Gerichtsmediziner sprechen kann, bevor der offizielle Bericht erstellt wird.

»Ja, Travis. Heute morgen müßten sie die Ergebnisse bekanntgeben.«

»Ich nehme an, Andrew hat inzwischen einen Anwalt.«

»Laut Blackie einen Burschen aus San Antonio. Offenbar ein Freund, der eine kleine Kanzlei hat und nicht teuer ist.«

Ich runzelte die Stirn. Eine gute Verteidigung ist immer teuer. In unserem Justizsystem hat der Staat normalerweise alle Trümpfe in der Hand, inklusive Geld und Arbeitskraft. Die meisten kleinen Anwälte haben nicht das nötige Geld, um einen Fall selbst aufzuwickeln, weshalb sie ihre Verteidigung auf den staatlichen Ermittlungen aufbauen müssen. Dabei erntet der Klient in der Regel eine Verurteilung, bestenfalls eine Verringerung der Haftzeit. Mein Lieblingsprofessor sagte immer, daß die Faustregeln des Football auch für das Strafrecht gelten: Die beste Verteidigung ist ein sehr guter Angriff. Das heißt, daß man seine eigene Theorie über das Verbrechen entwickeln und die Geschworenen überzeugen muß, daß diese Theorie mindestens so gut wie die der Anklage ist. Geht man nicht so vor, ist man der Anklage ausgeliefert.

McQuaid warf mir einen Blick zu. »Ich hab heute morgen in der DOUGHNUT QUEEN einen Kaffee getrunken. Die Leute dort setzen auf Andrew. Die Satanistenbibel war der Auslöser. Mrs. Bragg behauptet, sie hätte Andrew in der Nacht, als ihre Hühner gemetzelt wurden, am Hühnerstall rumschleichen sehen. Und alle sind sicher, daß er Bob Godwins Ziegenbock geschlachtet und an den Beinen aufgehängt hat. Eine regelrechte Ein-Mann-Satanisten-Band.«

»Ja, so ist das«, sagte ich. »Wenn es mein Fall wäre, würde ich Verlegung des Verhandlungsortes beantragen. In Pecan Springs gibt es keine unvoreingenommenen Geschworenen mehr.«
»Das ist das Problem bei Kleinstädten. Die Mehrzahl der Menschen denkt in engen Bahnen. Obwohl, in der Großstadt ist das auch nicht anders. Wenn die Geschworenen die Anklageerhebung erst einmal bestätigt haben, glauben die meisten Leute, daß die Arbeit der Justiz getan ist. Der Prozeß ist dann nur noch der Show-Teil.«
Ich schwieg. McQuaid hatte recht. Die Leute haben ähnliche Ansichten über Verbrechen und Bestrafung, ob sie nun in Pecan Springs oder Houston leben. Aber Andrews Lage zeigte mir Pecan Springs aus einem Blickwinkel, aus dem es nicht mehr so beschaulich und harmlos wirkte – nicht wegen der schaurigen Mordtat, sondern weil die Einwohner zu leichtfertig Schuld zuwiesen. Wie Pauline Perkins, die die Marschierer vertrieben hatte, weil sie auf eine Meinungsverschiedenheit hinwiesen, wollten sich die Einwohner von Pecan Springs so schnell wie möglich des Mörders von Sybil entledigen – nachdem sie sich an den sensationsträchtigen Details ihres Todes schadlos gehalten hatten.
Nach Blanco nahmen wir die Abkürzung durch Luckenbach, ein kleines Nest, das Größen der Country-Music wie Willie Nelson und Waylon Jennings hervorgebracht hat. Etwa um zehn kamen wir in Fredericksburg an. Die Stadt ist nicht groß, hat nur etwa sechstausend Einwohner, wirkt aber größer, weil sie wie Pecan Springs vom Tourismus lebt. An der Hauptstraße finden sich reihenweise Läden wie UDDERLY TEXAS, in dem auf einem einsachtzig hohen nachgemachten Saguaro-Kaktus Kuhschmuck und Krawatten mit Kuhabbildungen drapiert sind, und das PLATEAU CAFÉ, wo man sein Essen inmitten von rostigen Landwirtschafts-

geräten und Stierschädeln einnehmen kann. Ich besuche hier häufig Sylvia und Bill Varney, denen die FREDERICKSBURG HERB FARM gehört, ein Unternehmen, das um einiges größer ist als THYME AND SEASONS. Sie haben ihren Laden in einem schönen alten Haus, das meinem ähnelt, aber mit Tearoom und Gästezimmern ausgestattet und von einem riesigen ordentlichen und durch Kiespfade gegliederten Duftkräutergarten umgeben ist. Ich beneide sie um das Anwesen und bin immer fassungslos, wieviel Arbeit und Mühe Sylvia und Bill in das Projekt gesteckt haben.

Virginia Forgette wohnte unweit der Hauptstraße in einem zweistöckigen weißen Holzhaus, das von einem weißen schmiedeeisernen Zaun umgeben ist. Im Sommer mußten die Rosen im Vorgarten eine Pracht sein; an einem Spalier neben der Veranda gab es noch ein paar Blüten zu bewundern. Man sah Miss Forgette an, daß sie Besuch erwartete. Sie trug eine weiße Bluse mit Spitzenrüschen, eine rosa Strickjacke, einen rosa Rock und eine Brille mit rosafarbenen Gläsern. Ihr Haar war weiß mit einem rosa Stich und in kunstvollen Wellen erstarrt, ihre faltigen Wangen mit rosa Rouge bepinselt, und ihr rosa Lippenstift verlief in den Falten am Mund. Sie war sehr zierlich, reichte mir gerade bis zur Schulter und sprach mit schriller Stimme und einem unverkennbaren New-Orleans-Akzent.

»Guten Morgen«, sagte sie heiter. Sie sah zu mir auf und dann zu McQuaid, der hinter mir stand. »Ah, Sie haben einen Fotografen mitgebracht. Das ist sehr gut.« Sie betastete mit ihrer knochigen Hand ihre Frisur und kicherte. »Ich bin froh, daß mir Bellah das Haar so hübsch gemacht hat. Meine Freundinnen sind alle ganz verrückt nach dem Artikel.« Sie hielt die Tür weit auf. »Treten Sie doch ein. In den dünnen Sachen wird Ihnen kalt da draußen.«

McQuaid schaute mich an. »Fotograf?«

»Wir sind aus Pecan Springs. Ich hatte gestern abend angerufen. Erinnern Sie sich?«

»Sie kommen nicht von der Zeitung dort?«

»Nein. Wir wollten Ihnen ein paar Fragen wegen Ihrer Schwester stellen.«

»Ach so.« Sie klang enttäuscht. »Na, vielleicht hab ich mich verhört. Ich dachte, Sie wollten was über mein Hobby schreiben. Die hiesige Zeitung hat letzte Woche was darüber gebracht.«

»Ihr Hobby? Was ist denn Ihr Hobby?«

Sie lächelte. »Fingerhüte.«

»Fingerhüte?« fragte McQuaid.

»Meine Tante Mildred sammelt Fingerhüte«, sagte ich. »Sie hat mehrere Dutzend.«

Miss Forgette brach über Tante Mildreds armselige Sammlung in kreischendes Gelächter aus. »Ein paar Dutzend? Ich habe *Tausende!* Dreitausendundsechzehn, um genau zu sein. Ich hab sie gerade letzte Woche gezählt, damit ich der Zeitung auch nichts Falsches sage.« Sie führte uns durch den Flur ins Wohnzimmer. Die Tapete hatte ein Rosenmuster, und an zwei Wänden erhoben sich Regale, die mit Fingerhüten vollgestellt waren – silbernen und goldenen Fingerhüten, Fingerhüten aus Porzellan, in allen Farben, mit allen erdenklichen zierlichen Mustern.

»Meine Güte«, sagte McQuaid. »Ich bin beeindruckt. Kein Wunder, daß die Zeitung über Sie geschrieben hat.«

Miss Forgette strahlte. »Ja, ich habe schon Fingerhüte gesammelt, als ich noch ein kleines Mädchen war. Den ersten hab ich von meiner Großmutter bekommen – das war dieser hier, der auf dem mittleren Regal.« Sie deutete darauf. »Von ihr habe ich den goldenen und von meiner Schwester Georgia den silbernen – der daneben ist der von Georgia.«

Ich packte die Gelegenheit beim Schopfe. »Und wegen Ihrer Schwester Georgia sind wir hier. Wir möchten Ihnen gerne einige Fragen stellen«, sagte ich. »Ich heiße China Bayles, und das ist Mike McQuaid. Wir sind mit einer Sache befaßt, die einen Mann namens Andrew Drake betrifft. Könnten wir ein paar Minuten Ihrer Zeit in Anspruch nehmen?«

»Andrew Drake?« Miss Forgette ließ sich auf dem Rand ihres cretonnebezogenen Sofas nieder. »Gibt es da ein Problem? Die Zahlungen treffen sehr regelmäßig ein.«

»Zahlungen?« fragte McQuaid.

»Jeden Monat. War es nicht das, was Sie wissen wollten? Bei dem Tempo wird er die ganze Sache in den nächsten drei, vier Jahren abbezahlt haben, sogar mit Zinsen.«

»Die dreißigtausend Dollar, die er Ihrer Schwester schuldete?« fragte ich.

»Genau.« Sie glättete ihren rosa Rock und schüttelte den Kopf. »Die arme Georgia, sie hat so einen Aufruhr verursacht, indem sie den Jungen anklagte, obwohl alles mit rechten Dingen zuging und er jeden Penny zurückzahlen wollte.« Sie kniff die Lippen zusammen. »Ich bin der Meinung, daß die alte Jackson nebenan dran schuld war. So eine Heuchlerin, immer sucht sie die Schuld bei anderen. Sie hat Georgia in einem fort Geschichten von netten jungen Männern erzählt, die arglosen alten Damen das Geld aus der Tasche ziehen, und Georgia bekam es mit der Angst zu tun und rief die Polizei an. Ich hab ihr gesagt, sie soll sich nicht aufregen, das ist schlecht für ihren Blutdruck, aber ich konnte nichts ausrichten, nicht, solange sie auf Miss Jackson hörte. Es war traurig, daß Georgia verstarb, aber mindestens hat sein Ruf deshalb keinen Schaden genommen.«

»Ah ja«, sagte ich. Die Sache nahm Konturen an. »Woran ist Ihre Schwester eigentlich gestorben, Miss Forgette?«

»Was, das wissen Sie nicht?« Sie zog ein Spitzentaschentuch aus ihrer Rocktasche und betupfte sich damit ein Augenlid. Ich konnte keine Tränen entdecken. »Es war *ganz* furchtbar. Die Straßenbahn, in der sie saß, wurde an der Ecke St. Charles, Prytania Street von einem Müllwagen gerammt. Es stank entsetzlich.«

McQuaid hustete.

»Der Straßenbahnfahrer war nämlich betrunken, wissen Sie«, fuhr Miss Forgette fort. »*Überall* lag Unrat herum.«

»Das ist ja wirklich furchtbar«, sagte ich. »Kam Ihre Schwester bei dem Unfall um?«

»Nein, es gab nur zwei Tote. Aber ihr Bein war ziemlich zerschrammt, und als sie sie von der ambulanten Behandlung heimbrachten, hatte sie einen Bluthochdruck, der war himmelhoch, und am nächsten Tag erlitt sie einen Schlaganfall und starb.« Sie wedelte mit der Hand in Richtung der Fingerhüte. »Deshalb hab ich so viele Fingerhüte, wissen Sie. Mindestens die Hälfte hab ich von ihr geerbt. Obwohl ich sagen muß, daß ich meine schöner finde.« Sie deutete auf ein kleines Glastablett auf dem Tisch neben ihr. »Die hier hab ich von meiner Nichte. Auf einem sind Charles und Di drauf und das Datum ihres Hochzeitstags. Und hier sind die kleinen Prinzen. Sind sie nicht niedlich?« Ein tiefer Seufzer entrang sich ihrer Brust. »*So* eine Tragödie mit dieser Familie. Ich weiß gar nicht, wie eine Mutter *soviel* Unglück ertragen kann. Ich anstelle der Queen würde Charles seine Eskapaden verbieten, und wenn er's nicht lassen würde, dann ...«

McQuaid beugte sich vor. »War Andrew Drake dabei, als Ihre Schwester den Schlaganfall hatte?«

»Nein, nur Miss Jackson und ich. Ich schwör's Ihnen, diese Person steckte ihre Nase in alles, und ständig kam sie rüber und redete über Andrew. Der Herr sei ihr gnädig, wenn Georgia nicht wegen des Müllwagens gestorben ist, dann wegen Miss Jackson. Aber er war ein Schatz. Gleich als er davon hörte, besuchte er mich. Er sagte: ›Sie müssen sich keine Sorgen machen, Miss Forgette. Ich halte mein Wort. Sie kriegen jeden Penny von dem Geld zurück, das ich Ihrer Schwester schuldig bin.‹« Sie nickte eifrig. »Wirklich, ich kann Ihnen versichern, daß er ein guter Mensch ist und seine Schulden bezahlt er. Pünktlich am Fünfzehnten jeden Monats.«

»Wissen Sie, warum er sich das Geld geliehen hat?« fragte ich.

»Er wollte drüben an der Carrollton ein Fotostudio eröffnen. Das war auch so eine schreckliche Geschichte. Wissen Sie, was passiert ist?«

Ich schüttelte den Kopf.

»Nun, sein Partner brannte mit dem ganzen Geld durch, und Andrew saß mit leeren Händen da«, berichtete sie in mitleidigem Tonfall. »Ein Wunder, daß er den Schock überhaupt verkraftet hat. Und mit Georgias Geld wollte er einen neuen Versuch machen.«

»Haben Sie in letzter Zeit von ihm gehört?«

»Nur durch den Scheck; der kam wieder pünktlich auf den Tag. Vor ein paar Monaten schrieb er mir, daß er in Texas, in Pecan Springs drüben, ein neues Studio eröffnen wolle und daß ich herzlich eingeladen sei, ihn zu besuchen. Er würde mich dann umsonst fotografieren. Ich wünsche ihm jedenfalls, daß er diesmal mehr Glück hat.«

»Vielen Dank«, sagte ich, als McQuaid und ich aufbrachen. »Sie haben uns sehr geholfen.«

»Wenn Sie ihn sehen, sagen Sie ihm bitte, daß ich irgendwann reinschaue und mich fotografieren lasse.« Sie lächelte. »Er hat's wirklich verdient, daß alles gut läuft, der junge Bursche.«

* * *

»Nun«, sagte McQuaid, als wir die Hauptstraße entlangfuhren, »bist du überrascht?«
»Um ehrlich zu sein, ja. Das hätte ich nicht gedacht.« Ich zeigte zum Fenster raus. »Da ist ein Parkplatz. Vor dem AUSLANDER.«
»Ist dir deutsch recht?«
Ich lachte. »In Fredericksburg gibt's kaum was anderes. Entweder Tex-Mex oder deutsch.« Das war übertrieben. Mit etwas Glück hätten wir sicher auch Spaghetti auftreiben können, aber Fredericksburg war wie Pecan Springs von deutschen Siedlern gegründet worden, und man stieß überall auf deutsches Kulturgut.
Wir entschieden uns gegen den Biergarten mit Jukebox und blinkendem Lone-Star-Schild und für den Speisesaal, der mit Postern von Deutschland, deutschen Weinflaschen auf dem Tellerregal, Bierfilzen in Bilderrahmen und einem Ölbild von einem waschechten Großvater mit grüner Trachtenjacke und grünem Tirolerhut mit Feder dekoriert war. Die Kellnerinnen trugen blaue Schürzen über blau-rot gemusterten Röcken und weißen Rüschenblusen, dazu weiße Turnschuhe und weiße Söckchen. Ich bestellte ein Reuben-Sandwich mit Corned beef, Schweizer Käse und Sauerkraut. McQuaid nahm Knackwurst mit Sauerkraut und Bratkartoffeln. Dazu tranken wir beide Shiner Bock aus Glasmaßkrügen.
»Jetzt steht Drake in einem anderen Licht da, wie?« meinte McQuaid und schob sich ein großes Stück Knackwurst in den Mund.
»Ja«, sagte ich nachdenklich, »allerdings. Ich glaube, ich bin so dumm wie der Rest der Stadt. Ich war einfach überzeugt, daß er Ruby nur benutzen wollte.«
»Hat er ja vielleicht auch. Möglicherweise wollte er sich Geld von ihr pumpen. Hat Ruby irgendwelche Rücklagen?«

»Ein bißchen was, von ihrer Großmutter. Mit einem Teil hat sie das Haus gekauft. Und es war ungeschickt von ihm, so zu mauern, was seine Vergangenheit betraf. Erinnerst du dich noch, als wir vier uns zum Abendessen trafen? Ich dachte damals, daß ich von dem Mann nur weiß, daß er Linkshänder ist und ungern über sich spricht.«
»Doch er *war* nun mal am Tatort«, insistierte McQuaid. »Und zwischen ihm und Sybil lief irgendwas. Daß er woanders seine Schulden begleicht, schließt nicht aus, daß er Sybil ermordet hat.«
»Ich weiß«, erwiderte ich. »Aber ...« Ich hob gerade meinen Bierkrug zum Mund, als die Kellnerin mir von rechts das Essen servierte. Wir stießen zusammen, und ich verschüttete das Bier.
»Oh, tut mir leid«, sagte sie und stellte den Teller ab. »Ich muß einfach daran denken, daß die meisten Menschen Rechtshänder sind.« Sie wischte das Bier auf.
»Macht nichts. Ist ja nichts passiert.« Als sie weg war, starrte ich in Gedanken versunken auf die eingelegte Chilischote, die, mit einem Zahnstocher aufgespießt, mein Reuben-Sandwich krönte.
McQuaid sah, Knackwurst kauend, auf. »Was ist los? Magst du's nicht, wenn dein Sandwich in Bier badet?«
»Hast du nicht gesagt, heute würde der Autopsiebericht bekanntgegeben?«
»Blackie wartet darauf. Ich hab mich sowieso gewundert, weshalb er Anklage erhoben hat, bevor er den Bericht hatte. Ich schätze, er hielt die Fingerabdrücke und die Zeugenaussagen für ausreichend.«
Ich stand auf. »Bin gleich wieder da«, erklärte ich, schnappte meine Handtasche und steuerte auf das öffentliche Telefon im Biergarten zu. Dort wählte ich die Auskunft, ließ mir eine Nummer geben und wählte sie dann. Blossom ging ran.

»Tja, ich weiß nicht«, sagte sie. »Der Sheriff mag's gar nicht, wenn man ihn beim Mittagessen stört.«

»Dann fragen Sie ihn doch bitte. Wenn *Sie* ihn stören, findet er's bestimmt nicht so schlimm.«

»Na gut. Was möchten Sie wissen?«

Ich sagte es ihr. Nach knapp einer Minute hatte ich die Antwort.

»Der Sheriff läßt Ihnen ausrichten, daß der Mörder Rechtshänder war. Jedenfalls dem Bericht des Gerichtsmediziners von Travis zufolge«, fügte sie hinzu. »Der Bericht war gerade erst reingekommen.«

»Ach ja? Hören Sie, könnten Sie mir noch einen Gefallen tun? Sagen Sie doch bitte dem Sheriff, daß Andrew Drake Linkshänder ist. Und lassen Sie mich wissen, wie er darauf reagiert.«

Diesmal dauerte es nur dreißig Sekunden. »Er hat gesagt ...« Blossom stockte. »Na ja, ich glaube, das wiederhole ich besser nicht. Es war nicht salonfähig.«

»Das kann ich mir vorstellen. Vielen Dank, Blossom.«

Sie seufzte. »Heißt das, ich hab die ganzen Wische hier umsonst getippt?«

15

McQuaid blinzelte verwirrt, als ich zum Tisch zurückkam und ihm das Ergebnis des Autopsieberichts mitteilte. »Wenn es nicht Drake war«, sagte er, »wer, zum Teufel, war's denn dann?«

»*Ich* weiß es nicht«, erwiderte ich verdrossen. »Vielleicht hat Ruby recht, und es war doch der Reverend.«

»Billy Lee? Ach, komm schon. Der Typ ist ein Idiot, aber ich glaube nicht, daß er jemanden umbringen würde.«

»Na gut, doch wer bleibt dann noch übrig? Der Ehemann profitierte nur von der lebenden Sybil, nicht von der toten. Und die Notiz beweist, daß sie ihn von der Erbfolge ausgeschlossen hat.«

»Diese Notiz«, sagte McQuaid und trank einen Schluck von seinem Shiner. »Irgendwie kommt mir das bekannt vor.«

»Dir auch? Das Blöde ist, daß ich nicht weiß, woher.«

»Irgendein Fall, vor ein paar Jahren. Aber ich hatte nicht ...« Er schnippte mit den Fingern. »Ich hab's! Es war ein Artikel im *Texas Monthly*. Eine Frau wurde beschuldigt, ihren Mann vergiftet zu haben, um an sein Erbe zu kommen, das hauptsächlich aus einer Versicherung bestand. Das Problem war bloß, daß er ein paar Monate vorher den Nutznießer geändert hatte.«

»Genau, das war es!« Ich war so aufgeregt, daß ich mein Bier verschüttete. »Beim Prozeß brachte die Verteidigung einen Brief vor, den der Mann angeblich selbst getippt und seiner Frau geschickt hatte und in dem stand, daß sein Bruder Nutznießer der Versicherung sein sollte. Aber die Anklage schaffte einen Zeugen herbei, der aussagte, daß der Ehemann nicht Schreibmaschine schreiben konnte, und ein Graphologe erklärte die Unterschrift als Fälschung. Die Geschworenen kamen zu dem Schluß, daß eine Frau, die eine Notiz fälscht, um ihr Motiv aus der Welt zu schaffen, auch zum Mord an ihrem Gatten fähig war.«

»Du hast den Artikel gelesen?«

»Nein, ein Freund aus Houston, der bei der Verteidigung mitarbeitete, hat es mir erzählt. Aber C. W. könnte ihn gelesen haben.« Jetzt schnippte auch ich mit den Fingern. »Auf dem Couchtisch in seinem Vorzimmer liegen einige Zeitschriften. Wollen wir wetten, daß da ein paar alte Ausgaben vom *Texas Monthly* dabei sind?«

»Wenn er den Artikel wirklich gelesen hat, würde er wohl kaum den Fehler wiederholen. Sybil konnte Maschine schreiben, oder?«

»Ja. Als ich am Samstag bei ihr war, tippte sie gerade auf der Maschine in der Küche eine Pflanzenliste.«

McQuaid nickte. »Gut. Nehmen wir mal an, C. W. wußte nichts von der Scheidung und dem neuen Testament. Und nehmen wir an, er heuerte jemanden an, der sie töten sollte, während er verreist war. Dann kommt er nach Hause, und die Sache ist gelaufen. So weit, so gut. Aber später erfährt er von Blackie, daß sie sich scheiden lassen wollte und daß sie ihn von der Erbfolge ausgeschlossen hat.«

Ich starrte ihn an. »Du glaubst doch wohl nicht, daß der Sheriff so dumm ist und ihm *das* erzählt hat?«

»Das hat nichts mit dumm oder klug zu tun. Man ist mit einem Verdächtigen drei, vier Stunden allein und ist nicht Perry Mason. Man hat keinen Drehbuchautor, der einem tolle Sätze schreibt. Manchmal nehmen die Dinge ...« Er zuckte beredt mit den Schultern.

Ich nickte. Mir waren auch schon Patzer unterlaufen. »Du meinst also, Blackie oder einer der Hilfssheriffs verplappert sich und sagt was wie: ›Wann haben Sie erfahren, daß Ihre Frau Sie bei der Scheidung großzügig abfindet, aber von der Erbfolge ausschließt?‹ Und C. W. äußert spontan: ›Nun, natürlich, bevor ich nach Atlanta fuhr.‹ Dann erinnert er sich an den Artikel im *Texas Monthly* und sagt, er könne das gerne anhand einer Notiz beweisen.«

»Woraufhin er nach Hause geht und sie tippt und Blackie überreicht. Voilà – kein Motiv, keine Gelegenheit, er kommt mit der Hälfte der gemeinschaftlichen Güter davon. Was wollen wir wetten, daß Sybils Name unter der Notiz mit Maschine geschrieben ist?«

»Vielleicht«, entgegnete ich, »hat er den Mörder auch nicht angeheuert.«

McQuaid zog beide Augenbrauen hoch. »Ach ja? Was meinst du damit?«

»Daß er vielleicht jemanden überredet hat, die Drecksarbeit für ihn zu erledigen.«

»Wen zum Beispiel?«

»Seine Geliebte, Jerri Greene.«

»Eine Frau?« McQuaid kratzte sich die Narbe an der Nase. »In meiner ganzen Zeit beim Morddezernat ist mir nicht einmal zu Ohren gekommen, daß eine Frau jemandem die Kehle durchgeschnitten hätte. Erstechen ja, aber nicht die Kehle durchschneiden. Das ist keine weibliche Vorgehensweise.«

»Irgendwann gibt's immer ein erstes Mal«, entgegnete ich. »Und Jerri ist mit Sicherheit stark genug dafür. Außerdem hat sie noch letzte Woche rumgejammert, daß sie sich's nicht leisten könnte, mit dem Studio umzuziehen, und gestern erzählt sie mir, daß sie demnächst teure Räume in der Mall anmietet.«

McQuaid war nicht überzeugt. »Vielleicht will sie ihn heiraten und läßt sich jetzt von ihrem Zukünftigen finanzieren. C. W. erbt wohl keine Millionen, aber die Hälfte der gemeinschaftlichen Güter ist auch kein Pappenstiel.« Er leerte seinen Bierkrug. »Oder er hat ihr vielleicht nicht von Sybils Finanzarrangements erzählt, und sie glaubt, er erbt alles.«

Ich schob meinen Stuhl zurück und nahm die Rechnung an mich. »Nun, wir kriegen es nicht raus, indem wir weiter hier rumsitzen. Komm, laß uns zurückfahren.«

McQuaid legte seine Hand auf meine. »Ich bin dran. Du hast gezahlt, als wir mit Ruby und Andrew essen waren.«

»Ja, aber du hast letzten Sonntag für mich gekocht. Und dieser Ausflug hier war meine Idee.«

McQuaid ließ meine Hand grinsend los. »Sehr überzeugend, Frau Anwältin. Außerdem hat meine Mutter mir geraten, nie mit einer Dame über die Rechnung zu streiten.«

* * *

Die Rückfahrt erschien mir länger als die Hinfahrt, vielleicht, weil ich es jetzt eilig hatte, nach Hause zu kommen. Was ich dort tun würde, war mir allerdings nicht ganz klar. Blackie würde mir wahrscheinlich die ominöse Notiz, die Sybil angeblich verfaßt hatte, nicht zeigen, doch ich hoffte, daß er McQuaid aus alter Freundschaft erlauben würde, einen Blick darauf zu werfen. Sollte ich mir C. W. noch einmal vornehmen? Oder war es besser, bei Jerri anzufangen und rauszukriegen, was für ein Alibi sie für Samstag abend hatte? Oder vielleicht …

»Ich meine, daß wir Blackie alles erzählen und ihm die Sache überlassen sollten«, sagte McQuaid und unterbrach damit meinen Gedankengang.

»Er ist völlig auf Andrew fixiert.«

»Du glaubst, er würde sich eine andere Theorie gar nicht anhören?«

»Warum sollte er? Es bleibt alles beim alten. Die Tatsache, daß der Mörder Rechtshänder war, ist sicher nicht unerheblich. Die Verteidigung wird sich darauf stützen, um begründeten Zweifel geltend zu machen. Aber angesichts der restlichen massiven Beweise ist das nicht eindeutig. Blackie wird vielleicht etwas unruhiger sein als vor dem Mittagessen, aber ich gehe jede Wette ein, daß er nicht von Andrew abrückt. Hast du es jemals erlebt, daß ein Cop ohne eine radikale Veränderung der Beweislage von einem Verdächtigen zu einem ganz anderen umschwenkt? Und Blackie hat den Polizeipräsidenten am Hals. Womit soll er die ganze Arbeitszeit rechtfertigen, die für eine neue Ermittlung vonnöten wäre?«

McQuaid wußte nichts zu antworten, und wir verfielen in Schweigen. Wir waren etwa dreißig Kilometer westlich von Pecan Springs auf dem Backbone. Der Himmel war bedeckt – typisches Novemberwetter. Ich schaute in die Gegend und überlegte mir gerade meine Fragen für Jerri, als mir plötzlich ein Schwarm Truthahngeier auffiel, sechs, acht, vielleicht auch zwölf Vögel, die träge über einer bestimmten Stelle kreisten. Geier leben von Aas. Dort unten im Cañon mußte etwas Totes liegen, vielleicht ein junger Ochse oder ein Hirsch. Für die Bogenschützen hatte die Jagdsaison begonnen, und wenn sie ein Tier nur verwundeten, gelang es ihnen manchmal nicht, es aufzuspüren.

Im Devil's Backbone konnte man leicht ein angeschossenes Tier verlieren. Der Felsabhang rechts von mir hatte einen

Winkel von ungefähr fünfzehn Grad. Nach etwa zwanzig Metern Abhang stieß man auf ein breites steiniges Plateau, nach weiteren zwanzig Metern auf das ausgetrocknete Flußbett. Aber die Geier machten sich nicht über ein totes Tier her. Am Abgrund, fast abgerutscht, sah ich ein Autowrack. Das trockene Gras im Umkreis des Wagens war verbrannt.

»He, halt an.« Ich verdrehte den Kopf, um etwas zu erkennen. »Da unten ist ein Wagen!«

McQuaid wurde langsamer, bremste und fuhr an den Rand. »Wo?«

»Dort, fünfzig Meter weiter hinten.«

»Das muß ein altes Wrack sein.« Er legte den Rückwärtsgang ein und stieß auf dem breiten Schotterstreifen zurück. »Ich hab keine Reifenspuren gesehen.«

Ich holte McQuaids Fernglas aus dem Handschuhfach. »Das glaube ich nicht«, sagte ich, als er anhielt. »Die Brandspuren scheinen frisch zu sein.« Ich sprang raus und stellte das Fernglas auf das Wrack ein. Der Wagen, ein Cabrio, war mit den Rädern zuunterst auf dem Felsvorsprung gelandet. Die zerquetschte Motorhaube war dem Felsabhang zugewandt. Das Heck war versengt. Drei oder vier Geier waren eingehend mit einem Objekt auf dem Vordersitz beschäftigt, die anderen hockten auf dem Auto und auf dem Boden und warteten ungeduldig, bis sie dran waren.

Mein Mund fühlte sich plötzlich trocken an. »O Gott, McQuaid, der Fahrer ist noch da unten!«

McQuaid riß mir das Fernglas aus der Hand. »Da rührt sich nichts. Hör zu, China, nimm den Wagen, fahr so schnell du kannst zu der Fina-Tankstelle, die da hinten kommt, und ruf die Polizei. Sag ihnen, da unten liegt ein roter Mustang, und der Fahrer ...«

»Ein roter Mustang?« Ich riß das Fernglas wieder an mich und stellte es erneut auf die Vögel ein, die sich an der

zusammengesunkenen Gestalt auf dem Vordersitz zu schaffen machten. »Das ist der Wagen von Jerri Greene!«
»Nun, wenn das da unten Jerri Greene ist«, sagte McQuaid leise, »dann kommt sie als lebende Verdächtige nicht mehr in Frage.«

* * *

Nachdem ich von der Tankstelle zurückgekehrt war, kletterte ich den Abhang hinunter. McQuaid war schon dort, und er hatte recht. Jerri Greene war tot. Ihr Schädel war zertrümmert, die Augenhöhlen waren leer, blutige Fleischfetzen hingen von ihrem einstmals hübschen Gesicht und ihren Armen – die Geier hatten nicht gezaudert. Der Anblick erinnerte mich an Bilder von Flugzeugabstürzen, wo die Opfer noch angeschnallt in ihren Sitzen saßen, zerschmettert wie Plastikpuppen. Von dieser Straße dort oben herunterzustürzen, kam durchaus einem Absturz vom Himmel gleich.
»Sieht nach Genickbruch aus«, mutmaßte McQuaid. Er schaute nach oben. »Hat sich vermutlich ein-, zweimal gedreht und ist dann runtergerollt. Deshalb zeigt die Schnauze zu der Felswand. Nach dem Werk der Geier zu schließen, muß sie schon den ganzen Tag hier liegen. Vielleicht sogar seit gestern nacht. Es fühlt sich alles kühl an.« Er zog seine Jacke aus und breitete sie über Jerris Überreste.
Ich wandte mich schaudernd ab. Meine Knie waren weich, meine Handflächen naß. Die lebhafte, energische junge Frau, die ich in Erinnerung hatte, die vor Ehrgeiz und Plänen strotzte – es gab sie nicht mehr. Nur ein zerstörter Körper blieb, verletzliches Fleisch, zerfetzt von Schnäbeln und Klauen.

McQuaid sah mich an. »Alles in Ordnung, China? Du schaust ziemlich grün aus. Setz dich lieber irgendwo hin.«
Ich hätte es gern getan, aber ich konnte nicht. Jetzt, nachdem Jerris Gesicht bedeckt war, war es weniger schlimm. Ich ging um den Wagen herum. Die Kühlerhaube war zusammengedrückt, die Windschutzscheibe verschwunden, der rechte Kotflügel eingedellt. Das Heck war weniger beschädigt, aber rauchgeschwärzt. Das Feuer hatte sich hinter dem Wagen ausgebreitet; ein paar Dutzend Meter im Umkreis war das Gras verbrannt.
Der Mustang hatte eine Automatikschaltung, die sich auf einer Konsole zwischen den Sitzen befand. Eine leere Ginflasche war zwischen die Konsole und die Sitze geklemmt, die mit Geierkot übersät waren.
»Der Gang ist drin und die Zündung an«, sagte McQuaid. »Der Motor muß bei dem Unfall abgestorben sein. Deshalb hat der Wagen vorn kaum Feuer gefangen. Wahrscheinlich ist der Tank zu Bruch gegangen.«
»Er raste den Abhang runter, und das Benzin floß hinten raus und verursachte das Feuer?«
»Ja«, sagte McQuaid. »Zum Glück ist der Wagen nicht in die Luft geflogen. Aber dieses poröse Gestein hat einen Großteil des Benzins aufgesaugt. Und wenn ein Auto nicht beim Aufprall explodiert, geht es nicht so leicht in Flammen auf.«
»Sie muß mit hoher Geschwindigkeit gefahren sein«, sagte ich und versuchte mir die Szene vorzustellen. »Sie trank die Ginflasche leer, war sturzbesoffen und hat die Kurve da hinten verfehlt.«
McQuaid runzelte die Stirn. »Gehen wir noch mal rauf. Ich möchte mir was ansehen.«
Oben schritt McQuaid jeweils dreißig Meter nach beiden Richtungen ab und untersuchte den Asphalt und den

Schotter. Ich lief neben ihm her, stemmte mich gegen den kalten Wind und versuchte festzustellen, wonach er Ausschau hielt.

»Ich sehe nichts«, sagte ich schließlich.

»Weil es nichts zu sehen gibt. Keine Bremsspuren, keine Reifenspuren auf den Randstreifen, keinerlei Anzeichen, wo sie von der Straße abkam.«

»Dann muß sie wohl geflogen sein.«

»Das nehme ich nicht an.« McQuaid wandte sich um und sah zu dem Wagen hinunter. »Wenn sie Richtung Westen fuhr, muß sie irgendwo hier von der Straße abgekommen sein. Aber es sind nirgendwo Spuren.«

»Und wenn sie in die andere Richtung unterwegs war, nach Pecan Springs?«

»Auch dann müßte man Spuren finden. Aber es sind keine da. Keine Bremsspuren, keine umgeknickten Büsche, nichts.«

Ich ging noch einmal etwa zwanzig Meter zurück. Eine kleine Stelle fiel mir auf, an der das Gras verbrannt war.

»Schau mal hier«, rief ich McQuaid zu.

Er kam zu mir. »Könnte ein Streichholz oder eine Zigarette gewesen sein. Hat Jerri geraucht?«

»Ich glaube nicht. Warum?«

»Ich hatte überlegt, ob sie vielleicht hier geparkt und zu ihrem letzten Drink eine letzte Zigarette geraucht hat.«

Ein Schauder lief mir den Rücken hinunter. »Du meinst, sie ist *absichtlich* da runtergefahren?«

»Es sieht ganz danach aus. Es gibt keinerlei Hinweise darauf, daß sie die Kontrolle über den Wagen verloren und von der Straße abgekommen ist. Und es müßte Spuren geben, wenn es so war. Was bleibt also noch? Selbstmord.«

Ich schob mit dem Fuß Schotter herum. »Scheint zu passen. Vielleicht hat alles nicht so hingehauen, wie sie dachte.

Sie hat Sybil umgebracht, damit sie C. W. heiraten konnte, aber vielleicht hatte er was anderes im Sinn. Oder C. W. hatte sie überredet, den Mord zu begehen, und sie bekam Gewissensbisse und beschloß, allem ein Ende zu machen.«
Ich bückte mich und nahm einen alten Turnschuh etwa einen Meter neben der verbrannten Stelle in Augenschein. Dreißig Zentimeter davon entfernt lagen eine zerdrückte Bierdose, eine McDonald's-Tüte und ein Zigarettenstummel der Marke Salem. Die »Haltet Texas sauber«-Schilder nutzen nicht bei allen. Ich richtete mich auf, als ein schwarzweißer Streifenwagen neben uns zum Stehen kam und ein Mann in grauer Uniform ausstieg.
»Was gibt es hier?« fragte er. Er war ein untersetzter Bursche mit Schnurrbart, Pockennarben im Gesicht und einem vorspringenden Kinn, trug einen breitkrempigen Stetson sowie eine einfache Sonnenbrille mit biegbaren Bügeln, und in seinem Hüftholster steckte ein .357er.
»Hallo, Callaghan«, sagte McQuaid. »Wie lebt sich's so bei der Straßengang?«
Der Uniformierte grinste, wobei er schiefe Zähne mit braunen Tabakflecken entblößte. »He, alter Junge. Bestens. Und wie geht's so im Elfenbeinturm?«
»Könnte nicht besser sein«, erwiderte McQuaid. Ich fragte mich, ob sie einen Spezialgruß auf Lager hatten, aber sie schüttelten sich nur die Hände. Ich gehörte nicht zur Bruderschaft. McQuaid stellte mich nicht vor. »Tödlicher Unfall«, sagte er und nickte in Richtung des Autos.
Der Uniformierte ging zum Rand des Abhangs und sah mit angewidertem Ausdruck hinunter. »Verdammter Dreck. Das ist der dritte in diesem Monat. Die Leute knallen sich die Birne voll und rasen hier lang, als wär der Teufel hinter ihnen her. Warst du unten bei dem Wagen?«
»Ja. Die Jacke über der Leiche ist meine. Die Geier sind

schon zugange. Haben sich Frühstück und Mittagessen genehmigt und bereiten sich gerade aufs Abendmahl vor.«
Ich schauderte. Bisher hatte ich McQuaid immer als sanft und freundlich wahrgenommen. Versteckte er hinter dem markigen Ton seine Gefühle, oder war das der Arbeitsjargon von Cops?
»Irgendwas, was auf Suff hindeutet?«
»'ne leere Ginflasche.«
»Tja, paßt. Bei den anderen war's auch Alkohol am Steuer.« Der Polizist marschierte an mir vorbei zu seinem Wagen, als wäre ich Luft. »Ich ruf die Ambulanz. Du kannst verschwinden, McQuaid. Ich seh zu, daß du deine Jacke wiederkriegst.«
»Wär nett«, sagte McQuaid. Wir stiegen in den Pickup und fuhren los.
Ich kuschelte mich in meinen Pulli. »Du hast die fehlenden Reifenspuren gar nicht erwähnt. Und das verbrannte Grasstück auch nicht.«
»Ich pfusche doch nicht in Callaghans Revier rum.« McQuaid stellte die Heizung an. »Er ist ein Freund von mir, und dabei soll's auch bleiben. Er hat ja Augen im Kopf und wird das schon mitkriegen.«
»Und wenn nicht?«
McQuaid zuckte die Achseln. »Dann wird es als ein weiterer Unfall wegen Trunkenheit am Steuer in den Akten vermerkt werden. Sie ist tot, China. Selbstmord oder Unfall, für sie ist da kein Unterschied mehr. Callaghan wird dafür bezahlt, daß er das abklärt. Und du mußt versuchen, es zu vergessen, sonst setzt es dir zu sehr zu.«
Ich lehnte den Kopf an die Nackenstütze und fühlte mich auf einmal total erschöpft. Vielleicht hatte McQuaid recht. Wenn Jerri Sybil getötet hatte, war es unter Umständen nicht das Schlechteste, daß sie diese Lösung gewählt hatte.

Und vielleicht war es für Rita und den Rest der Familie besser, wenn ihr Tod als Unfall betrachtet wurde.
Aber es blieb Andrew, der wegen des Mordes an Sybil in Haft war. Und da Jerri tot war, waren die Chancen, herauszufinden, ob sie die Mörderin gewesen war, jetzt gleich Null.
Der trübe Nachmittag wurde plötzlich noch trostloser.

* * *

Nach dem scharfen, eisigen Wind draußen genoß ich den Laden, in dem es nach Gewürzen duftete und die Farben der Trockenblumen und Herbstkränze warm und erdig leuchteten. Laurel berichtete, daß sie ganz anständig verkauft habe. Die Kränze gingen gut, und die neuen Kräuterseifen, die ich ausprobierte, waren ausverkauft. Ich bestellte gleich telefonisch welche nach, und da ich schon dabei war, bat ich auch um ein paar Proben von Badekräutern und Duftsäckchen – tröstliche Dinge nach dem Anblick in dem Autowrack. Dann schloß ich die Kasse und den Laden ab, ging in die Küche, setzte den Kessel auf und machte mir eine Tasse Pfefferminztee. Ich hatte sie gerade ausgetrunken und grübelte über Jerri, Sybil und C. W. nach, als Ruby anklopfte.
»Tee?« fragte ich.
»Sherry«, gab sie zurück und zog eine Flasche aus ihrer Tasche. »Was hast du rausgekriegt?«
»Über Andrew?« War es wirklich erst einen halben Tag her, seit wir mit Virginia Forgette über ihre Schwester gesprochen hatten? Eine Ewigkeit schien dazwischenzuliegen. Ich holte Gläser, und Ruby schenkte uns ein. »Georgia Forgette ist gestorben, nachdem die Straßenbahn, in der sie saß, von einem Müllwagen angefahren wurde. Andrew zahlt in klei-

nen Raten die geliehene Summe zurück. Der Schwester zufolge ist er ein gewissenhafter junger Mann.«

Ruby stieß heftig den Atem aus. »Also ist er unschuldig!«

»Die Frau in New Orleans hat er nicht getötet, falls du das meinst. Und ich bezweifle auch stark, daß er Sybil umgebracht hat. Heute morgen kam der Autopsiebericht. Der Mörder war Rechtshänder.«

»Und Andrew ist Linkshänder!« Ruby hob triumphierend ihr Glas. »Ich *wußte* es! Ich wußte, daß er den Mord nicht begangen hat! Haben sie ihn schon entlassen?«

»Entlassen?« Ich kippte meinen Sherry runter und goß nach. »Ruby, ich habe gesagt, *ich* glaube nicht, daß er Sybil umgebracht hat. Ich habe keine Ahnung, was der Sheriff denkt.«

»Oh, doch er ...« Sie unterbrach sich. »Oder nicht?«

»Nur Blackie kann diese Frage beantworten.« Khat stolzierte aus dem Schlafzimmer herüber und sprang auf meinen Schoß. Er wühlte sich in meinen grünen Cordrock und schnurrte beifällig. Cord ist sein Lieblingsstoff. »Aber das ist noch nicht alles. Auf dem Rückweg, etwa dreißig Kilometer westlich auf dem Devil's Backbone, haben McQuaid und ich den Wagen von Jerri Greene in einer Schlucht gefunden. Sie ist tot.«

Ruby biß sich auf die Unterlippe und riß die grünen Augen weit auf. »Tot? Großer Gott! Wie ist das passiert?«

»Als wir weiterfuhren, war der zuständige Polizist lediglich zu dem Schluß gekommen, daß es Trunkenheit am Steuer war. Vorn im Wagen lag eine Ginflasche.«

Ruby fuhr sich mit den Fingern durch ihr rotes Haar. »Du scheinst nicht seiner Meinung zu sein.«

»Da waren keine Bremsspuren, keinerlei Anzeichen, daß sie bei hoher Geschwindigkeit von der Straße abkam. McQuaid meint, sie sei absichtlich runtergefahren.« Nachdem er es mir gestattet hatte, ihn zu streicheln, sprang Khat von meinem Schoß und schlenderte zu seinem Futternapf. Als er feststellte, daß er leer war, ließ er sich nieder, setzte eine Pfote in den Napf und starrte mich unverwandt an.

Ruby schüttelte verwirrt den Kopf. »Selbstmord.« Ihre Stimme war leise, verstört. »Aber *warum?*«

Ich ging zum Kühlschrank und holte das Gourmet-Katzenfutter heraus, das Khat diese Woche als Menü abgesegnet hatte. Als Feinschmecker ist er bezüglich seines Futters ebenso wählerisch wie Imelda Marcos hinsichtlich ihrer Schuhe. »Wenn Andrew Sybil nicht umgebracht hat, wer dann? Wir wissen, daß C. W. und Jerri eine Affäre hatten, sie war also seine Geliebte. Und als wir beide letzte Woche mit Jerri sprachen, hat sie doch gejammert, daß sie kein Geld habe, um das Studio renovieren zu lassen. Erinnerst du dich?«

Khat nahm die Pfote aus dem Napf, erlaubte mir, ihn zu füllen, und beschnüffelte so mißtrauisch das Futter, als wollte ich ihn reinlegen. Schließlich entspannte er sich und führte sich genüßlich und laut schnurrend die Speisen zu Gemüte.

»Ja, ich erinnere mich«, antwortete Ruby. »Sie sagte, es sei eine Bruchbude, was mich etwas gewundert hat. Ich meine, es ist nicht das Tadsch Mahal, aber für ein Studio war es doch nicht schlecht.«

Ich setzte mich wieder. »Tja, jedenfalls erzählte sie mir gestern, als ich bei ihr war, daß sie in die Mall ziehen und neue Geräte kaufen wollte.«

Rubys kupferfarbene Augenbrauen schossen in die Höhe. »Die Räume dort kosten ein Vermögen. Wo hat sie das Geld her?«

»Vielleicht hatte sie vor, es durch Heirat zu erwerben.«

»Du glaubst, sie hat Sybil umgebracht, damit C. W. Sybils Geld erbte und sie selbst C. W. heiraten konnte?«
»Das wäre eine Betrachtungsweise.«
Ruby runzelte die Stirn. »Aber sie ist ungeschoren davongekommen. Der Sheriff hat Andrew den Mord angehängt. Warum sollte sie sich dann umbringen?«
»Ich weiß es nicht. Möglicherweise Reue.« Aber die Frau, mit der ich noch wenige Stunden vor ihrem Tod gesprochen hatte, hatte nicht reuevoll gewirkt. Sie war aufgeregt gewesen, weil sie sich neue Räume und neue Geräte zulegen wollte. Sie hatte den Eindruck einer Frau gemacht, die mit dem Messer in der Hand ungeduldig darauf wartete, die goldene Auster öffnen zu dürfen. Was war geschehen?
Ruby dachte nach. »Vielleicht hat sie sich geirrt, und C. W. wollte sie gar nicht heiraten. Oder vielleicht hat er kalte Füße bekommen, nachdem sie Sybil getötet hatte.« Sie schauderte. »Welcher normale Mann würde auch eine Frau heiraten, die seiner eigenen die Kehle durchgeschnitten hat?«
»Das wäre möglich«, sagte ich langsam, obwohl ich dachte, daß Jerri genau wußte, wie sie ihre Pläne verwirklichen konnte. Wenn sie entschlossen genug war, um Sybil zu töten, hätte sie eine Ablehnung von ihrem Liebhaber nicht untätig hingenommen.
Ruby griff nach dem Sherry und goß sich erneut ein. »Wenn Jerri Sybil ermordet hat und Jerri bei einem Unfall umkam und niemand sie für die Mörderin hält, was ist dann mit Andrew?« Sie sah mich an, immer weiter Sherry in ihr Glas schüttend. »Ich frage dich nicht, weil ich an ihm hänge. Ich frage dich, weil ich ... nun, weil er ein Freund ist.« Sie schaute auf die Sherry-Lache hinunter. »Mist«, schimpfte sie. »Wieso ist mir das passiert?«
Ich holte einen Schwamm und wischte den Sherry auf. »Du

hast nachgedacht. Es ist schwer, gleichzeitig zu denken und Sherry einzugießen.«

»Haben sie genug Beweise für eine Verurteilung?«

Ich warf den Schwamm ins Spülbecken. Es war sinnlos, ihr etwas vormachen zu wollen. »Vermutlich. Fingerabdrücke, Zeugenaussagen, nach denen er am Tatort war, Andrews Aussage, daß er dort war, was er niemals hätte gestehen dürfen. Wenn die Anklage sich schlau anstellt, reicht vermutlich das schon für eine Verurteilung aus.« Ich hielt inne. »Sogar, wenn sie sich nicht schlau anstellt. Diese verdammte Satanistenbibel ist schuld. Für die Geschworenen ist das ein untrüglicher Beweis dafür, daß Andrew seine Seele dem Teufel verkauft hat.«

Ruby nahm vorsichtig ihr Glas hoch und nippte daran. »Also müssen wir rauskriegen, wer Sybil *wirklich* umgebracht hat.«

»Wir nicht«, sagte ich. »Andrews Anwalt. Das ist Aufgabe der Verteidigung.«

Doch damit kam ich bei Ruby nicht davon. »Aber wenn sein Anwalt sich nicht darum kümmert? Der Sheriff und der Staatsanwalt haben sich festgelegt. Sie haben genug Beweise, um Andrew zu verurteilen, und nichts anderes wollen sie.« Sie klang bitter. »Die Wahrheit ist denen scheißegal.«

Ich mußte zugeben, daß Ruby recht hatte. Es hörte sich nicht so an, als hätte Andrew jemanden gefunden, der sich für ihn engagierte. Wenn ich mich nicht irrte, würde sich der Anwalt zurücklehnen und auf die staatlichen Ermittlungen warten, um seine Verteidigung aufzubauen. Bis dahin war die Fährte eiskalt. Oder noch schlimmer: Überall stieß man auf die Fußspuren der staatlichen Ermittlungen, die die Wahrheit verwischten.

Ich hockte da und starrte in mein Glas, als wäre es eine Kristallkugel. Was sich mir dort offenbarte, war alles andere

als erfreulich. Schließlich sagte ich: »Was hast du heute morgen gemacht? Wolltest du dir nicht freinehmen?«
Ruby nickte, immer noch mit Andrews Lage beschäftigt. »Ich hab sechsmal in Abilene angerufen.«
»Noch auf der Spur des aalglatten Reverends?«
Sie sah mich an. »So aalglatt ist er nicht mehr. Ich hab gefunden, wonach ich gesucht hab. Er hat diese Sechzehnjährige geheiratet, die er geschwängert hat.«
»Ach ja? Aber seine Kirche sagt doch, man darf sich nicht scheiden lassen, oder?«
»Was wollen wir wetten, daß es von denen keiner weiß?«
»Und was willst du jetzt mit diesem Wissen tun? Es publik machen?«
Ruby wurde ärgerlich. »Lenk mich doch nicht ständig ab, okay?« Sie beugte sich vor und sagte drängend: »Wir können nicht darauf warten, daß jemand anders die Wahrheit rauskriegt und den Sheriff von Andrews Unschuld überzeugt. Los, China, denk nach! Wir müssen uns was einfallen lassen.«
Ich ließ mir zweierlei einfallen.
Punkt eins: mit C. W. sprechen. Aber in seinem Büro nahm niemand ab. Angela hatte gesagt, daß er in der D-Sektion in Lake Winds wohnte, doch ich wußte nicht genau, wo. Ich konnte die Runde durch die Happy-Hour-Bars machen, von denen es nicht viele gab, würde ihn aber vermutlich verpassen. Ich mußte bis morgen warten.
Punkt zwei: mit der Schwester der Toten sprechen. Der Moment war allerdings ungünstig. Rita hatte wahrscheinlich gerade von Jerris Tod erfahren und versuchte, mit ihrem Kummer und den unvermeidlichen Details des Unglücks fertig zu werden. Auch das mußte bis morgen warten.

16

Es wurde ein kurzes Warten. Am nächsten Morgen um zehn war Rita am Telefon. Ihre Stimme klang brüchig, und sie atmete unregelmäßig. Sie hatte geweint.

»Ich wußte nicht, wen ich anrufen sollte«, sagte sie. »Dann fiel mir ein, daß du mal Anwältin warst. Könntest du zu Jerris Wohnung kommen, China? Gleich? Es ist ...« Sie verstummte, schluckte und versuchte sich zu fangen. »Ich muß dir etwas zeigen.«

»Ja, sicher«, antwortete ich und ließ mir die Adresse geben.

»Ich komme mit«, erklärte Ruby, als ich nach nebenan ging, um ihr Bescheid zu sagen. »Ich ruf Laurel an. Sie soll bis halb zwölf auf beide Läden aufpassen. Bis dahin muß ich zurück sein, weil ich mit Fannie ein Telefongespräch im *Gartenzaun* habe.«

Ich dachte an Ritas Zustand und hielt das für keine gute Idee. »Ich weiß nicht, Ruby. Zu zweit ...«

»Gestern wart ihr auch zu zweit, und alles ging glatt.« Ruby griff zum Telefon, und ich holte meine Jeansjacke, die zu Jeansrock und Pullover paßte. Der Himmel war verhangen wie am Vortag, aber es war kälter geworden, und der Regen fühlte sich eisig an. Vom Panhandle rückte, unaufhaltsam wie eine Lokomotive, der Winter ein.

Eine Viertelstunde später hielten wir vor Jerris Haus. Es war ein kompaktes rosa Holzhaus im Ranchstil. Gipsfelsen zierten die Vorderseite, und links und rechts der kleinen Fenster waren schwarze Fensterläden aufgemalt. Neben der Haustür hing schlapp eine Bougainvillea, deren Blätter von einer Armee von Blattschneiderameisen verputzt wurden, die vor dem ersten Frost die letzte Beute bergen wollte. Emsig marschierten die Ameisen die Wand hinunter und über den Gehweg und verschwanden in einem schwächlichen Wacholderstrauch. Der *Enterprise* vom Tage lag vor der Haustür; das Foto von Jerris Wagen auf der Titelseite nahm zwei Spalten ein. Die Schlagzeile lautete lakonisch: »Besitzerin von Fitneßstudio bei Unfall umgekommen.«

Wir klingelten, und Rita öffnete die Tür. Sie trug ein zu langes schwarzes Kleid mit Puffärmeln und Schulterpolstern, in dem sie verloren wirkte wie ein kleines Mädchen, das die Sachen ihrer Mutter anzieht. Ihr farbloses Haar war in der Mitte gescheitelt und mit roten Plastikhaarspangen festgesteckt. Ihre Haut war fahl und an einigen Stellen vom Weinen gerötet. Die Augen hinter der blaugeränderten Brille waren verquollen, und ihre Lippen bebten. Sie sah aus wie jemand, der von Schuld gepeinigt ist. Vielleicht fühlte sie sich verantwortlich für das Schicksal ihrer Schwester.

»Danke, daß ihr gekommen seid.« Sie stockte. »Ich ... ich war mir unsicher, ob ich anrufen sollte. Aber ich mußte ... es jemandem sagen.«

»Es tut uns so leid wegen deiner Schwester.« Ruby legte Rita den Arm um die Schulter und führte sie ins Wohnzimmer. Sie setzten sich aufs Sofa, und Ruby tröstete Rita, die von Weinkrämpfen geschüttelt wurde.

Ich ging in die Küche, ließ Wasser in einen Topf laufen und suchte nach Kaffee. Die Küche erstaunte mich. Ich hatte erwartet, daß die Leiterin eines Fitneßstudios Wert auf gesunde Ernährung legte. Aber auf dem Küchentresen fanden sich diverse kleine Cornflakestüten, eine angebrochene Schachtel Schokoladenkekse, eine leere Konservendose, die Makkaroni mit Käse enthalten hatte, und mehrere leere Colaflaschen. Auf dem Küchentisch waren die Überreste einer Kentucky-Fried-Chicken-Mahlzeit verstreut, und eine Schachtel mit drei alten Doughnuts drohte vom Kühlschrank zu kippen. An der Wand hing ein Gestell mit scharfen Küchenmessern, die fehl am Platz wirkten in einem Raum, in dem offenbar nicht gekocht wurde.

Ich machte den Kaffee sehr stark und brachte ihn in Bechern ins Wohnzimmer. In der Küche schien Jerri nicht gekocht und im Wohnzimmer nicht gewohnt zu haben. Der Raum war dürftig und lieblos eingerichtet – ein Sofa mit tweedähnlichem Bezug, zwei Lampentische aus Resopal, auf denen Lampen mit gelben Schirmen standen, ein brauner Sessel und ein Couchtisch mit Glasplatte, der mit Geschirr, Zeitschriften und diversen Taschenbüchern mit Titeln wie *Wie man als Makler mörderisch Geld verdient* vollgestopft war. An der Wand standen eine billige Stereoanlage und ein Fernseher. Auf Sofa und Stühlen lagen Kleider herum, und in der Ecke war ein Wäschekorb mit zerknüllten Laken darin. In einer anderen Ecke befand sich auf einem Viereck roter Klinker ein Holzofen, von dem aus eine Aschespur zu einer Glasschiebetür führte. Dahinter waren eine winzige Betonveranda und ein trostloser, kahler Garten.

Ritas Weinen ließ nach, und sie versuchte ihre Schluchzer unter Kontrolle zu kriegen. Als ich hereinkam, setzte sie sich auf und nahm dankbar den Becher mit dem Kaffee. Dann griff sie in ihre Handtasche, holte eine Zigarette heraus und versuchte sie ungeschickt mit einem Einwegfeuerzeug anzuzünden. Es wirkte, als hätte sie erst vor kurzem das Rauchen angefangen. »Diese letzten zwölf

Stunden waren einfach schrecklich. Unbeschreiblich. Mama führt sich auf, als ginge die Welt unter. Sie gibt mir die Schuld.«

»Gibt dir die Schuld?« fragte Ruby. »Aber warum?«

»Weil ...« Ihr Gesicht verzerrte sich. »Weil Jerri tot ist und ich lebe.« Sie trank einen Schluck, zuckte zusammen, da er bitter war, und nahm noch einen. »Jerri war ihr Liebling. Und Dads. Sie hat immer alles geschafft, auch wenn sie nicht immer ... Ich kann einfach nicht fassen, daß sie ... tot ist.« Die Tränen quollen langsam aus ihren Augen und rannen die geröteten Wangen hinunter. Sie sah aus wie ein von aller Welt verlassenes Kind.

»Was wolltest du uns sagen?« Ich hätte gern mehr über Jerri erfahren, aber dann nahmen die Tränen kein Ende.

Sie schwieg einen Moment lang. Ihr Gesicht zuckte. »Ich ... ich weiß nicht, ob ich ...«

Ruby und ich wechselten einen Blick. Ruby legte ihre Hand auf Ritas. »Es ist schwer, das ist uns klar. Aber einiges muß getan werden, auch wenn es nicht machbar scheint. Es mag furchtbar sein, doch hinterher geht es einem besser.« Lebenshilfe in Kurzform. Es wirkte.

Rita richtete sich auf. »Ich glaube, ich kann es euch nicht sagen.« Sie stellte den Becher auf den Tisch und drückte die Zigarette auf einer schmutzigen Untertasse aus. »Ich muß es euch zeigen.« Sie setzte ihre Brille auf und erhob sich schwankend. Wir folgten ihr in den Flur.

In Jerris Schlafzimmer waren die Jalousien heruntergelassen. Es war dunkel und roch muffig. Rita knipste das Licht an. Auf dem Boden lagen Kleider und Zeitschriften herum, und das Bett war ungemacht. Daneben standen eine Lampe und eine billige grüne Vase voll verwelkter gelber Rosen. Die Tür zum Badezimmer war offen; auf einem Regal türmten sich Kosmetika und benutzte Handtücher. An einem Haken an der Tür hing ein rotes Leotard, und auf dem Boden lagen zwei Hanteln, stumme Zeugnisse von Jerris körperlicher Energie.

»Ich hab ... heut morgen Jerris Sachen wegen eines Kleides für das Bestattungsinstitut durchgesehen.« Rita beugte sich vor und zog ein Paar schmutzige weiße Tennisschuhe aus dem Schrank. Sie waren mit roten Spritzern übersät. »Da hab ich die hier gefunden.« Sie hielt sie uns hin.

»Blut?« flüsterte Ruby.

»Wirklich?« Rita ließ die Schuhe fallen wie einen heißen Ziegelstein, sank aufs Bett und wandte das Gesicht ab. Ihre Stimme klang gepreßt, und sie rang die Hände. »Ich weiß einfach nicht ... ich kann mir nicht vorstellen ...« Sie schüttelte heftig den Kopf, als wollte sie etwas loswerden.

Ich sah sie an. »Hast du noch mehr gefunden?«

Daraufhin zog Rita die Schublade der Kommode auf und gab mir eine kleine Puppe. Sie trug schwarze Kleidung, das Haar war aus schwarzem Garn, und um den Hals war ein Stück Kupferdraht gewunden.

Ruby riß die Augen auf. »Sybils Voodoo-Puppe!«

»Nein«, sagte ich. »Die hat Blackie. Das hier ist eine andere, die genauso aussieht.«

Rita preßte die Lippen zusammen. »Nie im Leben hätte ich erraten, was das ist, aber gestern morgen kam Angela Sanchez ins Büro, um ihren Scheck von Mr. Rand abzuholen, und da hat sie von der Puppe erzählt, die man Mrs. Rand vor ihrem Tod geschickt hatte. Die hier sieht genauso aus, wie Angela sie beschrieben hat.« Sie legte sie in die Schublade zurück. Ihre Augen wirkten riesig und dunkel. »Ihr glaubt doch nicht, daß dieselben bösen Mächte, die Mrs. Rand umgebracht haben, auch Jerris Tod bewirkt haben, oder?« Sie lachte gezwungen. »Nein, das ist Unsinn. Das meine ich nicht ernst. Aber ...«

Ich runzelte die Stirn. Irgendwas stimmte an der ganzen Sache nicht. »Können wir uns noch ein bißchen umsehen?«
Ruby nahm sich die beiden Schlafzimmer und das Bad vor, ich ging in die Küche zurück. Ich verbrachte zehn Minuten damit, Schubladen und Schränke zu durchsuchen, fand aber nur noch mehr Pappfutter, und im Müll stieß ich bloß auf leere Verpackungen. Im Tiefkühlfach lagen ein halbes Dutzend Fertigmenüs, ein Liter Schokoladeneis, drei Fertigkäsekuchen und eine Plastiktüte voll Schokoriegel. Ich fragte mich, ob Jerri ihre tolle Figur durch Freßgelage und Abführmittel behalten hatte.
Ich wandte mich vom Kühlschrank ab und betrachtete eingehend die Messer: ein Hackbeil, ein großes Schlachtermesser, ein langes scharfes Tranchiermesser und ein kleineres Filetiermesser. Die Klingen waren grau und schimmerten matt, die Schneiden waren scharf gewetzt. Auf den von häufigem Gebrauch nachgedunkelten, mit Messingnieten verzierten Naturholzgriffen stand »Greene's Fleischwaren«.
Anschließend ging ich ins Wohnzimmer, wühlte mich durch den Berg Illustrierte und das Geschirr auf dem Couchtisch, dann durch die herumliegenden Kleider und den Wäschekorb. Nichts von Belang. Ich öffnete die Ofenklappe. Der Ofen war kalt, aber er enthielt die Reste eines Feuers. Jemand hatte offenbar versucht, einen grauen Jogginganzug zu verbrennen.
Als Ruby hereinkam, wandte ich mich um. »Hast du was gefunden?«
»Nur das hier.« Ruby hielt ein Stück von einem Briefumschlag hoch, auf dem »LW C7, 2.30« notiert war. »Das stand auf der Karte, die bei den Rosen war. Sagt dir das was?«

»Bis jetzt nicht.« Ich steckte die Notiz in meine Rocktasche und öffnete die Ofenklappe. »Sieh dir das mal an.«

Ruby beugte sich vor und spähte in den Ofen. Als sie wieder hochkam, war sie ganz blaß. Sie sprach nicht gleich. »Verbrannte Joggingsachen«, sagte sie schließlich. »Ob noch genug Blutflecken für Tests drauf sind?«

»Blutflecken?« fragte Rita vom Flur her. »Noch mehr Blut?« Ihr Gesicht war weiß und verkniffen, ihre Hände und Lippen zitterten. Sie sank gegen die Wand, als wollte sie umfallen.

Ruby ging zu ihr. »Du mußt dich zusammennehmen, Rita«, sagte sie bestimmt, als spräche sie zu einem Kind. Sie legte ihr den Arm um die Taille und führte sie zum Sofa. »Was auch geschehen ist, wir müssen den Dingen auf den Grund gehen. Sonst hättest du uns doch nicht angerufen, oder?«

Rita sackte auf das Sofa. Ihre Arme hingen schlaff herab. »Ja, aber Jerri hat niemals so etwas ... Schlimmes getan«, flüsterte sie heiser. »Manchmal war sie nicht ...« Sie schluckte. »Manchmal hat sie Leute ein bißchen herumgeschubst. Doch ich glaube einfach nicht, daß sie ... ein Verbrechen begangen hat.«

»Rita«, sagte ich, »diese Messer in der Küche. Gehörten die Jerri?«

Sie sprach mit geschlossenen Augen, als wäre sie zu müde, um die Worte hervorzubringen. »Sie gehörten meinem Vater. Er hatte eine Schlachterei in New Braunfels. Die Leute brachten ihm die Schweine und Kühe, die geschlachtet werden sollten. Er machte das, fror das Fleisch ein und verpackte es. Er war sehr stolz auf seine Arbeit. Und er war stolz auf die Messer. Sie waren sein Handwerkszeug.«

Wie in einem Suchbild für Kinder begann sich allmählich ein Bild abzuzeichnen. Ich beugte mich vor. »Hat Jerri früher bei eurem Vater gearbeitet?«

Rita öffnete die Augen. »Ja, wir beide. Mom und ich kümmerten uns um die Kunden, Jerri arbeitete hauptsächlich mit meinem Vater. Sie schlachtete die Tiere und half beim Zerlegen. Deshalb hat Mom ihr Vaters Messer geschenkt, als er starb. Jerri konnte gut damit umgehen.« Sie hielt inne und sah mich an, dann straffte sie sich. Ruby legte beide Arme um sie. »Warum stellt ihr mir diese Fragen?« schrie sie und versuchte Ruby wegzuschieben. »Was soll das heißen?«

Ich sagte behutsam: »Es kann sein, daß deine Schwester etwas mit dem Mord an Sybil Rand zu tun hat, Rita. Der Sheriff muß sich die Dinge ansehen, die wir hier gefunden haben.«

»Nein!« schrie Rita. »Nein, nein, nein!« Sie hämmerte mit den Fäusten auf Rubys Arme ein.

Ich starrte sie an. Irgend etwas stimmte nicht. Was war es?

Ruby hielt sie fest. »Einem Unschuldigen wird zur Last gelegt, was Jerri vielleicht getan hat. Sie ist nun tot, ihr kann nichts und niemand mehr schaden. Aber es liegt in deiner Macht, *ihn* zu retten. Bitte ruf den Sheriff an.«

»Ich kann nicht«, stöhnte Rita. Sie krümmte sich in Rubys Armen und umklammerte ihren Bauch. »Jerri war manchmal egoistisch ... und sie war ... in Mr. Rand verknallt, aber ...«

Ich beobachtete sie scharf. Das Gefühl, daß etwas nicht stimmte, wurde immer stärker. »Wann hast du gemerkt, daß deine Schwester und C. W. eine Liebesbeziehung hatten?«

Eine Haarsträhne fiel ihr übers Gesicht. »Liebesbeziehung?« Sie schien verstört. »Jerri ... und Mr. Rand?«

»Ja. Weißt du es schon lange?«

Sie wippte in Rubys Armen vor und zurück. Als sie sprach, war ihre Stimme hoch und dünn wie die eines Kindes. »Seit ... vorgestern. Als du ins Büro kamst.«

»Da hat sie es dir gesagt? Direkt bevor ich kam?«
»Ja, aber sie hat das nur so gesagt.« Die Kleinmädchenstimme klang bitter. »Sie hat immer ziemlich angegeben, was für tolle, wichtige Sachen sie macht. Sie hatte es immer raus, wie man Leute beeindruckt, sich einschmeichelt, vorwärtskommt. Aber wenn man genau hinhörte, war alles gelogen.«
»Hat sie dir erzählt, daß sie und C. W. heiraten würden?«
Rita sah mit ungläubig aufgerissenen Augen zu mir auf. »Meinst du damit, daß sie ... getötet hat, weil sie glaubte, sie könnte ... heiraten ...« Sie senkte den Blick wieder, aber zu spät. Ich hatte das flüchtige Aufleuchten gesehen, den Triumph. Ganz kurz nur, kaum erkennbar.
Und da fiel der Groschen, und ich verstand alles. Rita wußte, daß Jerri Sybil umgebracht hatte, und sie sollte nicht damit davonkommen, auch wenn sie tot war. Endlich, nach all der Bitterkeit, der lebenslangen Erniedrigung, ewig zurückstehen zu müssen, widerfuhr ihr jetzt Gerechtigkeit. Als sie die Beweise entdeckt hatte, hatte sie uns mit Vorsatz gerufen. Sie hatte uns gezeigt, was Jerri getan hatte, und damit zeigte sie es auch ihrer Mutter. Es war kompliziert, aber ich wußte, daß ich mich nicht irrte. Und ich konnte es ihr nicht einmal verdenken, nachdem ich die beiden Schwestern erlebt und ihre Beziehung kennengelernt hatte.
Ich atmete tief durch und konzentrierte mich wieder. »Hat sie dir erzählt, daß sie und C. W. heiraten würden?« fragte ich erneut.
Es entstand ein langes Schweigen, als Rita sich dagegen sträubte, die letzte Illusion über ihre Schwester aufzugeben. Schließlich rang sie sich die Worte ab: »Das hat sie. Aber es war gelogen. Mr. Rand war freundlich zu ihr, doch ich weiß, daß er niemals ...« Sie schüttelte den Kopf. »Viel-

leicht hat sie gedacht, sie könnte ihn überreden. Und als das nicht klappte …« Sie ballte die Fäuste. »Als das nicht klappte, stieg sie ins Auto und fuhr den Abhang hinunter.«
Ich straffte mich. Es hatte keinen Sinn, ihr die Wahrheit einzutrichtern. Besser, man ließ ihr das Bild von C. W., wenn es auch falsch war. »Wenn du den Sheriff nicht anrufst«, sagte ich ruhig, »muß ich es tun.«
Rita umklammerte Rubys Hand, als wäre die ihre letzte Rettung. »Ich *kann* nicht«, flüsterte sie. »Mama würde mir nie verzeihen, wenn ich …«
Ruby strich ihr mitleidig über die Wange. »Dann tue ich es.«

* * *

»Das war's wohl, oder?« fragte Ruby, als wir in meinen Datsun stiegen. Es war fast halb zwölf.
»Sieht so aus.« Die letzte Viertelstunde hatten wir mit Sheriff Blackwell gesprochen. Er war nicht gerade erfreut, als er hörte, daß wir Jerris Haus durchsucht hatten, aber er mußte meine Erklärung akzeptieren, daß wir auf Ritas Wunsch hin gekommen waren und nicht erwartet hatten, etwas Wichtiges zu finden. Als wir gingen, steckte ein Hilfssheriff gerade die blutigen Schuhe, die Kleiderreste aus dem Ofen und die Puppe in Plastiksäckchen. Ein weiterer Beamter nahm eine Hausdurchsuchung vor, um sich zu vergewissern, daß wir nichts übersehen hatten. Rita würde dem Sheriff einige Fragen beantworten müssen, aber ich glaubte, daß er sie vorsichtig anpacken würde. Und ich glaubte auch, daß er nicht auf ihr Geheimnis stoßen würde. Rita hielt es tief innen verborgen, so tief innen, daß es ihr vielleicht nicht einmal selbst bewußt war. Und der Sheriff war auf Jerri konzentriert. Als ich ging, forderte er telefonisch einen Bericht über das Autowrack und die Autopsie an.

Blackie wirkte erleichtert, und ich fragte mich, ob sein Fall noch durch andere Details als die Tatsache, daß Andrew Linkshänder war, aus den Fugen gegangen war. Wenn ja, war seine Erleichterung nicht weiter erstaunlich. Selbstmord nach einem Mord ersparte dem County die Kosten für die Gerichtsverhandlung. Das war kein Pappenstiel. Bis man zu einem Urteil kam, war man schnell über hunderttausend Dollar los, vor allem, wenn der Verhandlungsort verlegt oder die Geschworenen ausgetauscht wurden. Die Polizeipräsidenten waren sicher froh, nichts zahlen zu müssen.

Ruby sah mich fragend an. »Das war's doch wirklich, oder? Der Sheriff wird Andrew doch jetzt laufenlassen, oder?«

»Er wird vermutlich damit warten, bis er aus dem Labor die Bestätigung hat, daß das Blut von Sybil stammte. Wenn nicht...«

»Ich bin ganz sicher«, sagte Ruby im Brustton der Überzeugung.

»Ich glaube es auch. Diese Sache mit den Messern und daß Jerri in der Schlachterei arbeitete, das paßt alles zusammen. Wenn ihr Vater ihr beigebracht hat, wie man Fleisch schneidet, hat er ihr auch gezeigt, wie man ein Tier ausblutet.«

»Ihm die Kehle durchschneidet, meinst du.« Rubys Stimme war leise.

»Ja.« Wir schwiegen beide, während ich um den Rathausplatz fuhr. Die Bürgermeisterin kam gerade aus dem alten Bankgebäude, in dem jetzt das Rathaus untergebracht ist. Sie war in Begleitung mehrerer Leute – die Jury, dachte ich. Sie winkte uns zu, und ich rief mir in Erinnerung, daß ich die Juroren am nächsten Tag zum Lunch ausführen mußte. Es war ein gutes Gefühl, an so etwas Angenehmes zu denken, nach allem, was ich in den letzten Tagen erlebt hatte.

»Also ist Jerri in den Laden eingebrochen«, sagte Ruby

nachdenklich. »Das hat sie wohl getan, um die Spuren zu verwischen, damit es nach einem Ritualmord aussah.«

Ich bog in unsere Straße ein. »Und deshalb hat sie wahrscheinlich auch die Voodoo-Puppe hinterlassen. Ich glaube nicht, daß sie den Verdacht auf Andrew lenken wollte. Er hatte nur das Pech, gerade am Tatort aufzutauchen.«

»Vielleicht hat sie sich deshalb umgebracht«, sagt Ruby. »Um ihn zu entlasten.« Sie runzelte die Stirn. »Nein, wenn sie ihn hätte entlasten wollen, hätte sie eine Nachricht hinterlegt. Sie hätte es nicht anderen überlassen, es herauszufinden.«

Genau dieser Teil war mir nicht geheuer, obwohl sonst alles so schön klar schien. »Irgendwas stimmt immer noch nicht, Ruby.« Ich hielt vor den Läden und stellte den Motor ab. »Ich habe ein paar Stunden, bevor Jerri den Abhang runtergefahren ist, mit ihr gesprochen, und sie wirkte nicht wie jemand, der sich umbringen wollte, sondern wie jemand, der große Pläne und Vorhaben hat.«

»Aber wenn es kein Unfall war und kein Selbstmord, dann ...«

Ich lachte kurz. »Na ja, wenigstens haben wir Andrew rausgehauen.«

Ruby starrte mich an. »Willst du zu C. W. gehen?« fragte sie. »Glaubst du, daß *er* es getan hat?«

Ich schüttelte den Kopf. »Du bist mir wieder weit voraus, Ruby. Ich werde C. W. fragen, ob er sich vorstellen kann, warum Jerri sich umbringen wollte, das ist alles.«

»Ich komme mit«, erklärte Ruby entschlossen. »Ich rufe beim Sender an und sage, ich kann nicht ...«

Ich ließ den Motor wieder an. »Und die arme Fannie Couch soll die einstündige Sendung allein bestreiten? Das verzeiht sie dir nie.«

* * *

Wie jedes Feriendorf in Texas an einem Werktag im November wirkte Lake Winds wie ausgestorben. Als ich an den mit Pampasgras, Zwergmispel- und leuchtend roten Gagelsträuchern bepflanzten Hügeln vorbei auf das Gelände fuhr, fielen mir Wegweiser auf, die wie anklagende Finger in unterschiedliche Richtungen zeigten. A1–A10 stand auf einem. Ich erinnerte mich plötzlich an etwas, fuhr an den Rand, griff in meine Rocktasche und zog den Briefumschlag heraus, auf den Ruby die Nummer von Jerris Karte notiert hatte. LW C7, 2.30. Ich sah hoch und bekam eine Gänsehaut, denn ich stand direkt vor dem Wegweiser zu den mit »C« bezeichneten Gebäuden.
C7 war ein schicker Bungalow, den man aus Kalkstein und Zedernholz auf einem Kliff am Rande des Canyon Lake errichtet hatte. Am postkartenblauen Himmel strahlte die Sonne, das Wasser glitzerte, und der Nordwind schäumte kleine weiße Wellen auf, die Meringen auf einer Torte glichen. Ein an die neun Meter langes Segelboot fuhr aus dem Jachthafen. Ich sah zu, wie der Steuermann den Motor ausschaltete und das Boot in den Wind drehte. Eine junge Frau in weißen Hosen und weißer Jacke, deren blondes Haar im Wind flatterte, lief auf dem Deck entlang und setzte den Klüver, dann mit Hilfe einer Motorwinde das Großsegel. Als der Steuermann das Großsegel ansteckte, beulte es sich knatternd aus, und das Boot legte sich elegant in den Wind. Die Messingbeschläge spiegelten sich auf dem schimmernden Teakholzdeck. In Texas zeigt man gern, was man hat.
Als ich zur Rückseite von C7 ging, fragte ich mich, ob Jerri gehofft hatte, durch Heirat mit C. W. Zugang zu dieser Welt der Reichen zu bekommen. Das wäre durchaus ein Motiv für den Mord an Sybil gewesen. Und C. W.? Welche Rolle hatte er gespielt?

Ich stieg die Betontreppe auf der Rückseite des Hauses hinauf. Ja, was war mit C. W.? War er der unschuldige Ehemann, der nichts vom Plan seiner Geliebten wußte? Oder hatte er eine andere Rolle gespielt? Ich dachte an Sybils Notiz. Vielleicht war er mehr als nur Mitwirkender. Vielleicht hatte er alles geplant, und Jerri hatte die Arbeit erledigt.

Aber das war eine Frage für Fortgeschrittene; ich war noch Anfänger. Einziger Beweis für die Liebesbeziehung zwischen Jerri und C. W. war, wenn man von Sybils Bemerkung zu Judith mal absah, Jerris Aussage gegenüber Rita. Beides Beweise aus zweiter Hand, die wertlos waren. Wollte man Anklage gegen C. W. erheben, brauchte man etwas Handfesteres.

Die Hintertür von C7 schwang auf, als ich klopfte, was jedoch den Tatbestand des Einbruchs nicht minderte. Ich nahm das Risiko auf mich, steckte den Kopf durch die Tür und schrie: »Ich komme vom Vermieter. Soll das Gelände prüfen. Ist jemand zu Hause?« Die leeren Räume mit ihren schweren Vorhängen und dicken Teppichböden schluckten das Echo.

Die Küche hätte man in einem Werbespot einsetzen können – saubere Arbeitsflächen, blinkende Spüle und blitzblanker Herd, im Kühlschrank nur ein Päckchen Backpulver. Dasselbe galt für den Abstellraum, das Badezimmer und das elegante Wohn- und Eßzimmer, das mit farblich abgestimmten Möbeln und Bildern wie frisch aus dem Möbelhaus wirkte. Auf dem silbergrauen Teppichboden zeichneten sich die Spuren des Staubsaugers ab und klar und deutlich die Fußabdrücke eines Mannes und einer Frau, die hohe Schuhe getragen hatte. Sie führten vom Flur die Treppe hinauf. Die Menschen, die sie hinterlassen hatten, waren verschwunden.

Die Räume im ersten Stock strahlten, einem Seifenoper-Set gleich, dieselbe kostspielige Leere aus. Ich ging den Fußabdrücken nach und gelangte vom Flur ins Schlafzimmer. Die Vorhänge waren zugezogen, und ich knipste mit dem Ellbogen das Licht an. Jemand hatte hastig die Bettdecke glattgestrichen, doch die Kissen wiesen noch Abdrücke auf. Ein Paar schien hier ein Schäferstündchen verbracht zu haben, ohne das Bett abzugedecken, und dann eilig aufgebrochen zu sein. Deshalb waren vermutlich auch die verblühten Blumen in der Vase auf dem Nachttisch zurückgeblieben und der Styroporbecher mit den Lippenstiftspuren, der zu einem Viertel mit einer bernsteinfarbenen Flüssigkeit gefüllt war, die wie Scotch roch. Bei den Blumen handelte es sich um die gleichen gelben Rosen, die ich neben Jerris Bett gesehen hatte. Und auf einer an der Vase lehnenden Karte stand: »Für Jerri, von Herzen, C. W.«

Ich schüttelte den Kopf. Die Irrungen und Wirrungen der Liebe.

Wieder unten, klemmte ich einen Stuhl unter den Türknauf der Vordertür, damit keiner hereinkam. Dann wickelte ich mir ein Taschentuch um die Hand und machte die Hintertür zu. Einen Moment lang starrte ich das Schloß an, dann holte ich meinen Schlüsselbund aus der Handtasche. Sämtliche Schlüssel daran waren in Gebrauch – mit Ausnahme desjenigen zu Leathas Haus, den sie mir für Notfälle gegeben hatte. Dies war ein Notfall. Ich steckte den Schlüssel so weit wie möglich in das Schloß, dann drehte ich ihn mit Druck um. Er brach ab.

Wer demnächst Zugang zu C7 begehrte, mußte sich mächtig anstrengen.

* * *

Die Frau am Empfangstisch blickte auf, als ich das Büro betrat. Sie war zierlich, dunkelhaarig, hatte kunstvoll geschminkte braune Augen, hohe Wangenknochen und einen weichen, sinnlichen Mund. Ihr kobaltblaues Kostüm brachte geschickt ihre Formen zur Geltung, und ein weißer Chiffonschal umschmeichelte das Dekolleté, das freizügigen Einblick gewährte. Das Namensschild auf ihrer linken Brusttasche wies sie als LouEllen Lamour, Kauffrau, aus, und sie war mit einer Art Absatzliste beschäftigt. Ritas Schreibtisch war abgeräumt, die Schreibmaschine abgedeckt. Die Tür zu C. W.s Büro war geschlossen.

»Willkommen in Lake Winds«, sagte LouEllen mit einem Lächeln und einer trainierten Kopfneigung, die ihrem Gesicht besonders zum Vorteil geriet. »Was können wir für Sie tun?«

Ich pflanzte mich auf die Ecke ihres Tischs und ließ einen Fuß baumeln. »Ob Sie wohl heute schon von Rita gehört haben, LouEllen?« Ich schüttelte den Kopf. »Armes Wesen. Ich schätze, unter diesen Umständen wird sie wahrscheinlich nicht so schnell wieder auftauchen.«

LouEllens Lächeln verblaßte. »Eine schreckliche Tragödie, nicht wahr? Jerri war so ein wunderbarer Mensch, so voller Energie und Lebenskraft. Rita wird wohl die ganze Woche nicht hier sein.«

Ich erhob mich. »Nun, dann werd ich mich mal eben mit dem Boß unterhalten. Sie brauchen nicht durchzuklingeln.« Ich steuerte auf C. W.s Tür zu.

LouEllen stand auf und kam um den Tisch herum. Ihr Rock war außerordentlich kurz, und sie verfügte über erstklassige Beine. Wenn ich solche Beine hätte, würde ich wahrscheinlich auch kurze Röcke tragen. »Es tut mir leid«, sagte sie rasch, »Sie können heute morgen nicht zu ihm. Er empfängt ...«

Aber ich hatte die Tür schon geöffnet.
C. W. saß hinter einem riesigen schimmernden Nußbaumschreibtisch. Die Ärmel seines weißen Hemds waren hochgerollt und die Krawatte gelockert, an seinem kräftigen Handgelenk blinkte eine schwere goldene Rolex, sein üppiges graues Haar lag locker in der Stirn. Ein attraktiver Mann, vielleicht eine Spur zu schwer. Er sah von den Papieren auf, mit denen er beschäftigt war.
»Normalerweise klopft man an.« Seine Stimme war tief und angenehm und vertraut. Er lächelte und zeigte dabei seine blendend weißen Zähne. »Der Sheriff hat Ihren Klienten immer noch unter Verschluß, habe ich gehört. Ich dachte, Sie hätten ihn inzwischen frei gekriegt.«
Manche Zeugen führt man sachte und bedacht zum Ziel, andere packt man direkt an, schockiert sie, um ihnen die einstudierten Geschichten auszutreiben. Bei C. W. entschied ich mich für die Schockmethode.
»Der Sheriff ist in Jerris Wohnung und steckt blutverschmierte Turnschuhe und Kleider und eine Voodoo-Puppe in Plastiksäckchen. Er meint, daß es sich um das Blut Ihrer Frau handelt.«
C. W. widerstand dem Schock. Er seufzte tief und warf seinen goldenen Stift hin. »Ich hatte befürchtet, daß sie's war«, sagte er und schob die jungenhafte Tolle aus der Stirn.
»Wie kamen Sie darauf?«
Er strich sich mit seiner sorgfältig manikürten Hand über die Augen und ließ müde die Schultern hängen. »Sie müssen das verstehen, Miss Bayles. China.« Er sah mich aus seinen hellen, von langen dunklen Wimpern gesäumten Augen an. »Die ganze Sache war sehr anstrengend. Ich bin in einer schwierigen Lage.«
»Sie schliefen mit Jerri. War das die schwierige Lage?«

Er ließ die Hand sinken und stand auf. »Ich weiß, daß Jerri das ihrer Schwester erzählt hat. Aber sie hat gelogen. Sie wollte gern eine Affäre mit mir haben – sie war schon drei, vier Monate hinter mir her, rief mich an, kam hier vorbei, hinterließ Nachrichten bei mir zu Hause.« Seine Stimme war sanft. »Es war mir egal.«
Ich glaubte ihm nicht ganz. »Der geläuterte Mann, wie? Die Vaterschaftsklage in Dallas. Die hat sie gottesfürchtig werden lassen oder?«
C. W.s Stimme verlor ihren samtigen Klang. »Hat Sybil ihnen davon erzählt?«
»Wenn Sie sich so gebessert haben, weshalb wollte Sybil sich dann scheiden lassen? Warum hat sie einer Freundin erzählt, daß Jerri Greene sie am Ende Geld kosten würde wie all die anderen, mit denen Sie sich eingelassen haben?«
Er stützte die Ellbogen auf den Tisch und legte die Fingerspitzen aneinander. Der große Diamant in seinem protzigen Goldring glitzerte. »Ich will Ihnen die Wahrheit verraten, Miss Bayles. Was Frauen betrifft, hatte ich ein paar Probleme in der Vergangenheit. Meine Frau war wirklich beunruhigt wegen dieser Greene, vor allem, als sie anfing, bei uns zu Hause anzurufen. Aber ich habe Sybil gesagt, und ich sage es jetzt Ihnen, daß es keinerlei Anlaß zur Beunruhigung gab. Ich schwöre, daß zwischen Jerri Greene und mir niemals etwas Privates gewesen ist. Sybil wünschte die Scheidung aus anderen Gründen.« Er lehnte sich bequem in seinem Sessel zurück und nahm eine Zigarette aus einem Goldkästchen auf dem Bord hinter ihm. »Sie sagte es mir damals nicht, und ich hatte keine Ahnung, aber jetzt weiß ich, daß sie mich loswerden wollte, weil sie auf Andrew Drake scharf war. Deshalb wollte sie mich so großzügig abfinden. Nach dem ganzen Ärger, den sie mir wegen anderer Frauen gemacht hatte, hatte sie ein schlechtes

Gewissen. Sie wollte sich freikaufen.« Er zündete die Zigarette mit einem goldenen Feuerzeug an, warf es auf den Tisch, inhalierte tief und stieß eine Rauchwolke aus. »Keine schöne Geschichte, aber so war's nun mal. Die ungeschminkte Wahrheit.«

Warum glaubte ich ihm nicht? Ich kehrte zu meiner ursprünglichen Frage zurück. »Wie kamen Sie darauf, daß Jerri Greene Ihre Frau umgebracht hat?«

»Als wir uns das letztemal sprachen – das war Freitag, bevor ich nach Atlanta fuhr –, erklärte Jerri mir, daß sie mich liebte. Ich sagte, sie solle verschwinden. Ich wollte nichts mit ihr zu tun haben. Aber Jerri Greene war eine hartnäckige Person. Wenn sie was wollte, holte sie sich's, ohne Rücksicht auf Verluste. Wenn ihr jemand im Weg war, überrannte sie ihn. Als ich nach Hause kam und Sybil tot war, wußte ich, daß sie es gewesen war.«

Ich schlug eine andere Richtung ein. »Als Sie am Freitag mit Jerri sprachen, erzählten Sie ihr da, daß Ihre Frau sich scheiden lassen wollte oder daß sie Sie vom Testament ausgeschlossen hatte?«

»Warum sollte ich? Das ging Jerri nichts an.«

»Und mich haben Sie angelogen, als Sie sagten, Sie glaubten, Sybil sei von einer Sekte ermordet worden.«

»Was wollen Sie? Sollte ich Ihnen erzählen, daß meine Frau von einer Person getötet wurde, die scharf auf mich war?« Er schüttelte amüsiert den Kopf. »Das konnte ich doch nicht.«

»Und Sie haben es zugelassen, daß der Sheriff Andrew Drake festnahm.«

Er lächelte. »Ich hätte etwas unternommen. Aber ich dachte, ein, zwei Tage im Knast sind nicht so schlimm. Und außerdem glaubte ich, sie würden schon von allein auf Jerri kommen.«

»Und jetzt ist sie tot.«
»Und jetzt ist sie tot.« Er setzte sich auf. »Punkt, Absatz, Ende. Oder?«
»Das bezweifle ich.« Ich konnte mir nicht helfen, ich fing allmählich an, den Kerl zu hassen. Seine arrogante Glattheit brachte mich auf die Palme, wie auch die Tatsache, daß er zwei Frauen in seinem Leben verleugnete, weil es ungünstig war, sich zu den Beziehungen zu ihnen zu bekennen. »Wenn Sie nichts mit ihr zu tun haben wollten, wieso luden Sie sie dann Sonntag abend in Ihren Bungalow ein?«
Er war auf der Hut. »Sie kommen ganz schön rum.«
»Warum haben Sie sie eingeladen?«
»Ich habe sie nicht eingeladen.« Er äffte meinen knappen Tonfall nach. »Sie rief an und bat, vorbeikommen zu dürfen, um mir zu sagen, wie leid ihr das mit meiner Frau tue. Ich sagte, sie solle bleiben, wo sie sei, ich sei völlig fertig, aber sie kam trotzdem. Ich hab sie dann ganz schnell wieder rausgeschmissen.«
Ich wechselte das Thema. »Was haben Sie Dienstag abend gemacht?«
Er sah überrascht aus. »Dienstag? Ich glaube, dasselbe wie Montag abend. Die Polizei hatte mich aus meinem Haus ausgesperrt. Ich war bis vier, halb fünf im Büro und dann eine Stunde im Fitneßstudio.«
»In Jerris Studio?«
»In dieser Bruchbude?« Er grinste und ließ seine Zähne aufblitzen. Ich fragte mich, was er für sein Gebiß hingelegt hatte. »Das soll wohl ein Witz sein. Ich habe die Geräte hier so eingestellt, wie ich sie brauche. Dann habe ich in SANTIAGO'S CANTINA einen Drink genommen und danach im Steakhaus am I-35 drüben was gegessen. Anschließend bin ich in den Bungalow zurück und habe ferngesehen.«
»Allein?«

»Natürlich allein«, sagte er pikiert. »Meine Frau war gerade gestorben. Für was für ein Scheusal halten Sie mich?«
Ich lächelte ihn bösartig an. »Tja, das ist wohl die Frage, wie?«
Er preßte seine vollen Lippen zusammen. »Ich möchte folgendes klarstellen, Miss Bayles. Ich müßte ja verrückt sein, wenn ich meine Frau umgebracht hätte, nachdem ich erfahren habe, wie die Scheidungsvereinbarung aussah. Aber ich war nicht allzu überrascht, als ich heute morgen in der Zeitung las, daß Jerri Greene sich betrunken hat und einen Abhang hinuntergerast ist. Man soll nicht schlecht von Toten sprechen, doch sie war ein launisches Biest mit einer lebhaften Phantasie. Sie war zu allem fähig – zu Mord *und* zu Selbstmord.« Er warf einen Blick auf die Rolex. »Ich muß jetzt leider unser Gespräch beenden. Morgen ist Sybils Beerdigung, oben im Norden, und ich habe noch einiges zu erledigen.«
Damit war ich entlassen. Beim Hinausgehen schleuderte ich genüßlich seine Bürotür hinter mir zu. LouEllen, die Zahlen von ihrer Liste in einen Taschenrechner eintippte, fuhr hoch.
Ich wies mit dem Daumen über die Schulter. »Teilen Sie Ihrem Boß mit, daß ich der Zeitung eine Kopie dieses Gesprächs schicken werde«, sagte ich aus purer Bösartigkeit.
»Toll.« LouEllen vermerkte die Summe und nahm sich die nächste Zahlenreihe vor. »Mr. Rand freut sich immer über Publicity.«
Kochend vor Wut marschierte ich den Weg entlang. Ich habe bei meinem früheren Job ständig Leuten die Wahrheit rausgeleiert, die sie für sich behalten wollten, und ich habe ein Näschen für Lügner. Er war einer. C. W. erzählte Lügen über seine Beziehung zu Jerri – der Beweis lag im

Schlafzimmer von C7. Ich hätte ihm das unter die Nase reiben können, aber ich fand es klüger, es vorerst für mich zu behalten. Und ich war mir auch sicher, daß er nichts über das Testament und die Scheidungsvereinbarung gewußt hatte, bevor sich jemand beim Verhör verplappert hatte.

Als ich in meinen Wagen stieg und den Motor startete, sah ich den ganzen Ablauf klar und deutlich vor mir, und C. W. stand dabei hinterm Vorhang und zog die Fäden. Er erwartete, das Geld seiner Frau zu erben. Er versprach Jerri, sie zu heiraten, sobald seine Frau beseitigt war. Er hatte mit ihr gemeinsam geplant, Sybil umzubringen – vermutlich war es seine Idee gewesen, und er hatte sie dazu überredet. Und Jerri, die von ihrem Vater gelernt hatte, wie man Tieren die Kehle durchschneidet, hatte die Sache erledigt, während er verreist war.

Aber die Tatsache, daß C. W. sich nicht zu Jerri bekannte, war vor dem Gesetz absolut belanglos. Wenn zwei Leute gemeinsam etwas Ungesetzliches planen – juristisch nennt man das »Verabredung« –, ist jeder der beiden nicht nur für das haftbar, was er selbst tut oder was beide zusammen tun, sondern auch für das, was der andere allein tut. Wenn C. W. mit Jerri geplant hatte, seine Frau umzubringen, hatten sie beide die Hand am Messer gehabt. Er war ebenso schuldig wie sie.

Ich fuhr durchs Tor und auf dem Highway Richtung Pecan Springs. Unterwegs ging ich noch einmal die Details der widerwärtigen Geschichte durch, die Rita mit ihrer Entdeckung von Jerris Schuhen, der verbrannten Kleidung und der zweiten Voodoo-Puppe ans Tageslicht gebracht hatte. Nachdem Jerri den Auftrag für C. W. ausgeführt hatte, war sie kein Aktivposten mehr. Sie war im Gegenteil zur Belastung geworden. Wenn ich richtig lag, hatte C. W.

irgendwann am Dienstag abend einiges unternommen, um dieses Problem zu lösen. Er hatte Jerri betrunken gemacht und ihren Wagen in den Abgrund geschoben, damit es wie ein Unfall durch Alkohol am Steuer aussah.

Doch ich hatte schon vor langer Zeit lernen müssen, daß man zwar die Wahrheit kennen, aber außerstande sein kann, sie den Geschworenen beizubringen. Jetzt, da ich die Wahrheit kannte, stand mir eine schwere Aufgabe bevor. Ich mußte beweisen, daß Jerri den Mord an Sybil nicht alleine ersonnen hatte. *Und* ich mußte beweisen, daß Jerri von ihrem Komplizen umgebracht wurde.

Ein Kinderspiel war das nicht, aber ich wußte, welche Fragen ich stellen mußte.

17

Auf dem Rückweg nach Pecan Springs hielt ich unterwegs bei der Exxon-Tankstelle und rief von dort beim nächsten Polizeirevier an. Nachdem man mich dreimal weiterverbunden hatte, konnte ich meine erste Frage stellen: Wo war das Wrack von Jerris Mustang? Die Antwort lautete: auf Hanks Schrottplatz im Osten von Pecan Springs.

Ich stieg wieder in den Wagen, wobei mir auffiel, daß ich nichts zu Mittag gegessen hatte und mein Magen vernehmlich knurrte. Die zweite Frage stand bevor, und ich steuerte MARIA'S TACO COCINA in der Zapata Street an. Das Restaurant befindet sich in einem kleinen Holzhaus auf einem Grundstück, das gänzlich ungestaltet ist – von ein paar weiß gestrichenen Autoreifen, die mit gelben bronzefarbenen und roten Chrysanthemen, silbrigen Flockenblumen und blauem Wiesensalbei, der um diese Jahreszeit noch blüht, bepflanzt sind, mal abgesehen. Die Wände der COCINA sind mit Zeitungsausschnitten gepflastert, und der Raum ist vollgestopft mit Tischen, unterschiedlichen Stühlen aus dem Laden der Heilsarmee und lauten, fröhlichen Gästen. Maria, die Tante von Angela Sanchez, macht hervorragende Tacos und Tamales. Ich entschied mich heute für Chiles Rellenos – gebratene Chilis –, die mit Marias spezieller Fleischmischung, Koriander, Nelken, Knoblauch und Rosinen gefüllt werden. Nach dem Essen spazierte ich in die

Küche. Marias Küchenhilfe war nach dem Andrang zum Mittagessen damit beschäftigt, Ordnung herzustellen, und Maria selbst begann mit den Vorbereitungen fürs Abendessen. Maria ist klein und dick und bewegt ihren Körper mit der Grazie eines Astronauten, der das Raumschiff andockt, durch die Küche. Sie rührte in einem Topf mit Gemüsesuppe, in dem in einer dicken Hühnerbrühe Zwiebeln, Karotten, Mais und Zucchini köchelten.

Wir begrüßten uns und plauderten ein paar Minuten. Ich kam so bald wie möglich zu meiner Frage. »Was hast du über den Mord an Sybil Rand gehört?« Ich hatte die Frage für mich bereits zufriedenstellend beantwortet, aber es konnte nicht schaden, sich andere Varianten anzuhören.

Maria schüttelte den Kopf und schenkte ihre Aufmerksamkeit statt der Gemüsesuppe nun einem riesigen Bottich mit Chili. Sie probierte und gab dann eine kräftige Prise Comino hinzu. »Die Santeros waren's nicht, China. Auf keinen Fall. Die haben auch keine Puppen gemacht. Sag das dem Sheriff, *comprende?*«

»Du bist ganz sicher mit der Puppe?«

Maria blickte mich scharf an. »Ganz sicher. Meine Schwestern und meine Mutter haben alle ihre Freunde gefragt. Keiner weiß was. Und jeder kann eine Puppe machen, die wie eine Voodoo-Puppe aussieht.« Sie wedelte mit ihrem hölzernen Kochlöffel herum. »Wenn man's will, kann man's auch. Sie könnten die Magie nicht machen, aber die Puppe schon.«

Jerri konnte es ebenfalls. Sie konnte auch zwei Puppen machen und die gelungenere von ihnen Sybil hinters Haus legen.

Ich bedankte mich bei Maria, kaufte drei mit Zimt und Zucker bestreute Pinienkernkekse und zog los, um meine dritte Frage zu stellen.

Hanks Autowerkstatt liegt am Ende der Zapate, dort, wo sie auf die parallel zum I-35 verlaufende Landstraße Richtung Süden stößt. Hank hat McQuaids Pickup verarztet, bei meinem Datsun die Bremsen ausgewechselt und Rubys Honda am Leben erhalten. Er ist ehrlich, kennt Autos wie seine Westentasche und hat viel Geduld. Ich verdrückte den letzten Keks, als ich vor seinem Laden vorfuhr.

Hank hat seine Arbeitsstätte in einem großen Wellblechschuppen an einem Schotterplatz, auf dem stets kränkliche Autos und Laster ihrer Behandlung harren, die nach einem undurchschaubaren System erfolgt. Im Schuppen standen drei Autos Schlange, darunter ein Chevy auf einer Hebebühne. Hank kam heraus, steckte seinen Schraubenschlüssel in die Tasche und wischte sich mit einem Lappen die ölverschmierten Hände ab.

»Hallo, China«, sagte er. »Dich hab ich ja seit Ewigkeiten nicht mehr gesichtet. Wie geht's dem Datsun?« Hank steuert auf die Vierzig zu, ist schlaksig, blond und hellhäutig. Er trägt grundsätzlich einen schmutzigen khakifarbenen Overall, einen rot-weiß-blauen Button mit der Aufschrift »Perot for President« (wer einmal für Perot war, ist immer für ihn, behauptet Hank) und eine gelbe Baseballkappe, auf der steht: »Bei Hank geht's fix.« Er kaut Spearmint-Kaugummis, was eine hundertprozentige Verbesserung gegenüber dem Kautabak ist, den man früher ertragen mußte. Auch jetzt zog er einen Streifen Kaugummi raus, wickelte ihn aus, knickte ihn und schob ihn sich zwischen die Zähne.

»Dem geht's prima«, antwortete ich. »Ich hab von der Polizei gehört, daß Jerri Greenes Mustang bei dir ist.«

Hank steckte den Lappen in die hintere Tasche, wo er wie eine rote Flagge heraushing. »Stimmt«, sagte er kauend. »Dort.« Er wies mit dem Kopf zu dem einen Hektar großen Schrottplatz hinter dem Schuppen. »Das war vielleicht 'ne

Scheiße, den den Hang hochzukriegen. Schon der zweite in zwei Wochen. Beim ersten war's Southern Comfort. Hier Gin. Glaubste, die Leute lernen mal was dazu?«
Ich pflichtete ihm bei, daß es erfreulich wäre, wenn die Leute dazulernten, auch wenn sie dabei zu Tode kamen.
»Ob ich mir den wohl mal ansehen könnte?«
»Gibt's nicht viel zu sehen.« Hank rieb sich nachdenklich das Kinn. »Er ist dort hinten, hinter dem Stacheldraht. Suchste was Bestimmtes?«
»Ja. Ich hab den Unfall gemeldet. McQuaid und ich haben den Wagen auf der Rückfahrt von Fredericksburg entdeckt.«
»Muß ganz schön scheußlich gewesen sein.«
»Von schön konnte nicht mehr die Rede sein. Würde es dir was ausmachen, ihn mir kurz zu zeigen?«
Hank blickte zu dem Chevy hinüber, als müßte er ihn um Erlaubnis fragen, dann zuckte er die Achseln. »Kann ich schon machen«, sagte er. »Ist sowieso Zeit für 'ne Pause.«
Wir gingen über den Schrottplatz, auf dem sich Autowracks in allen Stadien des Zerfalls häuften. Hank baut die gefragten Teile aus, behält die Karosserien, bis er keinen Platz mehr hat, dann ruft er den »Crusher« an, ein riesiges Gerät, das die Schrottplätze abklappert. Ein Bagger verkrallt sich in den Fenstern, hebt das Wrack hoch und läßt es in die Autopresse fallen, die aussieht wie eine überdimensionale Bügelmaschine. Die quetscht den Wagen zu einem handlichen Stück Faltblech zusammen.
Jerris Mustang stand in einem separaten Teil, wo Hank abgeschleppte Wagen aufbewahrt, bis sich die Besitzer melden oder die Polizei ihm sagt, was er damit machen soll. Ich erkannte ihn sofort. Auf dem Sitz lag noch Geierkot, und er war vom Transport noch mehr verbeult.

Hank schloß das Tor auf, und wir gingen rein. »Was suchst du?« fragte er. »An dem Schlitten ist nichts mehr zu retten außer dem Tapedeck und dem Radio. Aber ich habe noch kein grünes Licht vom County.«

Ich starrte einen Moment das verbeulte, verkohlte Autowrack an und fragte mich selbst, wonach ich eigentlich suchte. Vielleicht konnte Hank mir weiterhelfen. »Wenn ich den Wagen den Abhang runterstoßen wollte, aber so, daß es nach einem Unfall aussieht – wie würde ich das anstellen?«

Hank nahm seine Kappe ab und kratzte sich am Schädel. Seine blonden Haare waren angeklatscht, und hinten drückte sich ein Rand von der Kappe ab. »Du meinst wegen der Versicherung?«

»So was in der Art.«

»Tja, wenn die Lady das im Sinn hatte«, sagte er fachkundig, »hat sie's verbockt. Wenn das 'n Witz haben soll, muß man am Leben bleiben, um die Kohle zu kassieren.« Er brach in schallendes Gelächter aus. »Das weiß auch einer, der nicht viel in der Birne hat.«

»Laß die Lady mal aus dem Spiel«, sagte ich. »Wenn ich das machen wollte, was müßte ich dann tun?«

»Nun, glaub nicht, daß ich das wüßte.« Er setzte seine Kappe wieder auf. »Aber da das 'n Automatikwagen ist, der losfährt, so wie du nicht den Fuß auf der Bremse hast, würd ich mich einfach bei laufendem Motor auf die Fahrerseite stellen.«

»Auf Drive geschaltet?«

»Auf Park. Dann würd ich vielleicht mit 'nem Schraubenzieher auf Leerlauf stellen.« Er sah mich an und runzelte die Stirn. »Da du's bist, würde ich lieber das Gaspedal mit 'nem Stöckchen festklemmen oder so.«

Ich beugte mich vor. Am Gaspedal war kein Stöckchen oder

etwas Ähnliches zu sehen. Vielleicht war es runtergefallen. Vielleicht war es nie dagewesen. »Würde der Wagen auch rollen, wenn das Gaspedal nicht festgeklemmt wäre?«
»Ja. Er würd langsamer rollen, aber er würd rollen.«
»Okay. Und dann?«
Hank stellte sich neben den Mustang und führte es vor. »Na ja, ich würd reinlangen, so, und dann auf Drive schalten, also ...«
Ich packte seine Hand. »Nicht anfassen«, sagte ich, als mir die Fingerabdrücke einfielen.
»Ach nee?« Er schob die Kappe in die Stirn. Die Sache begann ihn zu interessieren. »Na, und wenn ich dann auf Drive geschaltet hab, tret ich einfach zurück und schau zu, wie er vorwärts rollt, den Abhang runter. Das leichteste von der Welt.«
Ich dachte an das verbrannte Grasstück an der Straße. »Und wenn ich wollte, daß der Wagen brennt, wenn er auftrifft? Wie würde ich das bewerkstelligen?«
Hank dachte eine Minute nach. »Es ist viel schwerer, einen Wagen zum Brennen zu kriegen, als die meisten Leute glauben. Also, ich würd irgendwo ein Loch in die Benzinleitung bohren, so daß er weiterfährt und Benzin holt. Von wann ist der, von '82? Als sie den gebaut haben, gab's noch keine Schubabschaltung wie heute. Und auch heute funktionieren die Teile nicht immer. Oder sie drosseln, wenn sie nicht sollen. Ich hatte gerade letzte Woche 'nen nagelneuen LeBaron hier wegen dieser Sache.«
»Den LeBaron von C. W. Rand?« fragte ich und bekam eine Gänsehaut. Da war er. Der Beweis. Fast.
»Ja. Von wem sonst. Es gibt nur einen hier in der Stadt. Ich mußte ihn von da draußen bei dem Feriendorf abschleppen.« Er lachte. »Dieser Rand, der hat sich mächtig aufgeregt, als ich ihm erzählt hab, daß was bei den Sicherheits-

vorrichtungen nicht funktioniert und sich sein Wagen deshalb nicht rührt. Da werden die Leute immer sauer. War aber kein Malheur. Die Rechnung hat 'n Chrysler-Händler in Austin gekriegt.«

»Könnte ich mal einen Blick auf den Motor werfen?«

»Ist völlig verkeilt.« Hank schaute mich an. »Meinst du das ernst?«

»Es könnte sehr wichtig sein.«

Er stieß einen tiefen Seufzer aus und schlenderte zu seiner Werkstatt zurück. Als er wiederkam, hatte er ein rostiges Stemmeisen bei sich, das er an der zerknautschten Motorhaube ansetzte. »Ich schätze, darauf kommt's nicht mehr an«, sagte er und drückte. Die Haube sprang quietschend auf. Er klemmte das Stemmeisen darunter, um sie offenzuhalten. Der Motor bestand nur noch aus einem Haufen verkohlter Teile und geschmolzener Schläuche. Ich versuchte aus dem Chaos schlau zu werden. »Wo ist die Benzinpumpe?«

»Hier unten.« Er legte die Stelle frei. Dann runzelte er die Stirn. »He, schau dir das an.« Er deutete auf einen geschmolzenen Plastikklumpen in dem Schlauch, der von der Benzinpumpe zum Vergaser führte. »Wenn du mich fragst, hat hier das Feuer angefangen.«

»Woher weißt du das?«

»Der Klumpen ist der Rest vom Benzinfilter. Angenommen, man bohrt ein Loch rein, während der Motor an ist, dann läuft weiter Benzin raus. Und wenn es mit was Heißem in Berührung kommt, dem Auspuffrohr zum Beispiel, fängt's hübsch an zu brennen.«

»Könnte ich selbst den Benzinfilter anbohren?«

»Kein Problem. Du nimmst dir 'nen spitzen Schraubenzieher oder 'nen alten Eisstößel und stichst ein paarmal rein. Wenn das Benzin rausspritzt, zündest du ein Streichholz an, und dann nichts wie weg.«

»Aber warum ist der Wagen dann nicht in Flammen aufgegangen?«
»Ich sag doch, es ist ziemlich schwer, ein Auto zum Brennen zu kriegen, es sei denn, einer fährt dir rein, und der Tank fliegt in die Luft. Hier glaub ich, daß der Motor beim Aufprall ausging, so daß er kein Benzin mehr geholt hat. Und wie's aussieht, ist der Tank geplatzt, und das Benzin ist den Abhang runtergelaufen.«
»Und hat das Gras in Brand gesetzt«, sagte ich, als mir der verbrannte Grasstreifen unterhalb des Wagens einfiel.
»Vielleicht war der Tank auch nicht voll.«
»Und ich könnte oben an der Straße ein Loch in den Benzinfilter bohren, bevor ich den Wagen auf Drive schalte, und ihn dann anzünden?«
»Wenn du ihn anzünden wolltest, müßtest du es so machen.« Er beugte sich vor und inspizierte den Motor, dann richtete er sich stirnrunzelnd auf. »Und genau so muß es hier gewesen sein. Es gibt keinen Grund, warum der Filter beim Aufprall platzen sollte. Der Schlauch ist biegbar, und um ihn herum ist alles unbeschädigt.« Die Stirnfalten vertieften sich. »Ist die Polizei auf dieselben Gedanken gekommen wie du?«
»Das glaube ich nicht«, sagte ich. »Der Polizist, der die Ermittlungen leitete, schien es für einen Unfall wegen Alkohol am Steuer zu halten. Und du bist der erste, der seit dem Unfall die Haube aufgemacht hat.«
Hank spuckte seinen Kaugummi aus. »Ich sollte sie vielleicht mal anrufen.«
»Könnte nicht schaden, wenn du ihnen deine Ideen in der Sache schilderst«, stimmte ich zu.
»Wahrscheinlich hören sie nicht hin.« Hank holte den nächsten Kaugummi heraus. »Tun sie so gut wie nie.« Er zog das Stemmeisen weg, und die Motorhaube fiel kra-

chend zu. »Aber wenn ich den Chevy fertig hab, mach ich's vielleicht.«
Hank wandte sich wieder seinem Kombi zu, und ich stieg in meinen Wagen und blieb ein paar Minuten dort sitzen. Die Erklärungen zu Frage Nummer drei waren ergiebig gewesen. Es sah mehr und mehr danach aus, als wäre Jerri nicht das Opfer eines Unfalls, sondern das eines sorgfältig vertuschten Mordes geworden. C. W. mochte auf die Idee mit dem Feuer gekommen sein, als er Hank seinen LeBaron zur Reparatur übergab. Aber wenn er keine Fingerabdrücke auf dem Schalthebel hinterlassen hatte – und das hatte er sicher vermieden –, konnte man ihn nicht mit dem Mustang in Verbindung bringen. Ich mußte den Beweis dafür, daß C. W. der Mörder war, anderswo suchen.
Doch vorher war da noch etwas nachzuprüfen. C. W. hatte vielleicht mit seinen Verrichtungen an dem Wagen nicht gewartet, bis Jerri betrunken war und wegdämmerte. Vielleicht hatte er sie bewußtlos geschlagen, ehe er sie in den Abgrund stieß. Ich hielt an einer Tankstelle und rief im Büro des Gerichtsmediziners im Travis County an. Ich wollte versuchen rauszukriegen, ob Jerris Leiche Verletzungen aufgewiesen hatte, die nicht von dem Unfall herrührten.
»Hier ist Mattie«, sagte ich, »vom Büro des Sheriffs in Adams County. Haben Sie schon was über die Greene-Autopsie?«
Die Angestellte ging weg und kam nach einer Minute wieder. »Wir haben keine Autopsie unter dem Namen Greene hier. Sind Sie auch im richtigen County?«
»Ach«, entgegnete ich, »ich wollte ja Bexar anrufen. Tut mir leid.« Ich wählte die Nummer des Gerichtsmediziners in Bexar und wiederholte die Frage.
»Ist Pete heut morgen nicht zum Sheriff durchgekommen?« fragte die Angestellte verwirrt.
»Wohl nicht«, antwortete ich. »Sheriff Blackwell ist gerade

vom Mittagessen zurück und hat mich gebeten, mich zu erkundigen. Von Pete hat er nichts gesagt.«
»Tja, es dauert noch bis morgen mit dem Bericht«, erklärte die Angestellte. »Wir kommen hier nicht voran. Frühestens morgen mittag, und nicht per Telefon. Tut mir leid, aber wir ersticken in Arbeit.«
»Kein Problem«, sagte ich. »Es klemmt bei jedem mal. Ich geb's dem Sheriff weiter.«
Ich hängte auf. In dieser Sache erfuhr ich also erst morgen mehr, aber ich hatte noch etwas anderes im Sinn.

* * *

Um Viertel nach zwei war ich wieder zu Hause. Ruby war weg, und Laurel paßte auf beide Läden auf. Die Geschäfte gingen besser. Sie hatte einen Kranz aus Weinreben zu siebzig Dollar sowie drei oder vier Pflanzschalen, einige Kosmetika und Trockenkräuter und ein halbes Dutzend Bücher verkauft.
»Ich hoffe, Ruby schlägt sich im Radio so tapfer wie wir an der Kasse«, sagte ich.
Laurel lachte. Sie ist Ende Zwanzig, schlank, hat dunkle Augen, ein Grübchen in der linken Wange und ist sehr ernst. Heute trug sie Jeans, ein kariertes Baumwollhemd und einen gepunzten Cowboygürtel. Ihr dunkles Haar hatte sie zu Zöpfen geflochten, die mit Lederbändern durchzogen waren. Ihr vollständiger Name ist Laurel Walkingwater Wiley. Ihr Mann und sie kommen aus Albuquerque. Er ist Umwelt-Ingenieur, sie Expertin für Kräuter im Südwesten. »Ruby hat sich sehr gut gehalten«, berichtete sie, »obwohl behauptet wurde, sie sei eine Hexe.«
Ich schüttelte den Kopf. »Das hat einer der Anrufer gebracht, wie?«

»Ja, aber Fannie hat ihm was gepfiffen.« Das war wörtlich gemeint. Wenn ein Anrufer Dinge sagt, die sie für die Öffentlichkeit für ungeeignet hält, pfeift sie ins Mikro. Das treibt den Tontechniker zur Raserei, und er verbietet es ihr regelmäßig, aber sie tut es trotzdem. Fannie lebt nach ihren eigenen Gesetzen. »Ruby war ganz cool«, fuhr Laura fort. »Sie sagte, sie sei keine Hexe, und der Anrufer solle doch mit einem Frosch zu ihr in den Laden kommen, dann würde sie ihm zeigen, daß sie ihn nicht in Bubba Harris verwandeln kann. Fannie fand das wahnsinnig komisch.«

Ich auch. Ich hätte von Ruby wissen wollen, wie sie vorhatte, das zu beweisen. »Wo ist Ruby?« fragte ich.

»Ich soll dir ausrichten, daß sie etwa zum Ladenschluß wieder da ist. Sie macht heute Bestellungen, es wird also ziemlich lange dauern.«

Ich bat Laurel, den Rest des Nachmittags zu bleiben, ging durch die Verbindungstür zu mir rüber und suchte im Telefonbuch die Nummer von Rita heraus. Ich wurde das Gefühl nicht los, daß sie mehr über C. W. und Jerri wußte, als sie zugab. Oder vielleicht wußte sie etwas über die Beziehung zwischen den beiden, was ihr unangenehm war, und sie hatte es vergessen, weil sie es nicht ertragen konnte. Es würde jedenfalls kein Honigschlecken, ihr die Wahrheit zu entlocken. Sie liebte C. W. und würde ihn mit Zähnen und Klauen verteidigen.

Rita hob ab. Als ich sie fragte, ob ich vorbeikommen und mit ihr sprechen könne, sagte sie: »Jetzt geht es nicht. Mama und zwei Schwestern von ihr sind hier.« Sie hielt inne, und ich hörte hohe, aufgeregte Stimmen im Hintergrund. »Hat es noch ein paar Stunden Zeit?«

»Wie wär's mit vier?«

»Bis dahin sind sie wohl weg.« Sie seufzte. »Mam muß

irgendwann mal nach Hause, um sich hinzulegen. Aber ruf lieber vorher an.«

Danach wählte ich die Nummer von McQuaids Büro. Meine Vorstellungen von dem Fall nahmen Gestalt an, und ich wollte sie mit ihm durchsprechen. Er sieht immer auf Anhieb die Fehler in meiner Logik. Da keiner abnahm, versuchte ich es beim Fachbereich Strafrecht. Lucille Sweet, die Sekretärin, sagte mir, er sei nach San Antonio zum Flughafen gefahren, um einige Konferenzteilnehmer abzuholen.

»Wann kommt er wieder?« fragte ich.

»Frühestens um halb sieben«, antwortete sie. »Das letzte Flugzeug landet um fünf, und er wird in den Berufsverkehr geraten.« Sie senkte die Stimme. »Hören Sie, China, wenn Sie ihn vor mir sprechen sollten, sagen Sie ihm doch bitte, daß Patterson ihn wieder auf dem Kieker hat.«

»Ach du lieber Gott! Was ist es denn diesmal?«

»Der Kopierer.« Lucille klang entmutigt. »McQuaid hat seine Kopien nicht bezahlt. Wenn er einen Zehner in die Kasse steckt, ehe der Vorsitzende morgen kommt, kann ich sagen, die Kasse sei mir runtergefallen und ich hätte den Zehner hinter der Heizung gefunden. Dann gibt er Ruhe.«

Ich grinste. Die arme Lucille hatte immer die üble Laune des Vorsitzenden auszubaden, aber sie tat es, ohne mit der Wimper zu zucken. Ich ließ McQuaid ausrichten, er solle mich anrufen, und versuchte es noch mal bei Ruby, weil ich es für eine gute Idee hielt, sie zu Rita mitzunehmen. Aber es nahm niemand ab, und mittlerweile war es Viertel vor drei geworden. Ich ging raus, stieg in den Wagen und fuhr zu Jerris Fitneßstudio.

* * *

Eine mit roter Kreide beschriftete Tafel an der Tür verkündete: »Heute geschlossen«, doch die Tür war nicht verriegelt. Ich ging rein. Peaches saß, die Beine auf dem Schreibtisch, im Büro. Sie trug violette Sweatpants und rosa Legwarmers zu einem gold-violett gestreiften Leotard, und auf ihrem hohlwangigen Gesicht lag ein pikierter Ausdruck. Rosa Plastiklockenwickler, denen sie mit einem Fön zusetzte, kringelten sich wie fette rosa Würmer auf ihrem Kopf.

»Hast du zugemacht?« fragte ich sie.

»Na und? Was soll ich denn tun?« fragte sie über das Kreischen des Föns hinweg zurück. »Ihre Gruppen übernehmen? Leute an die Geräte lassen? Oder was?«

»Erkundige dich bei Jerris Mutter«, sagte ich. »Oder bei Rita. Irgendwer in der Familie wird sich für solche Entscheidungen zuständig fühlen.«

Peaches schaltete den Fön aus und schwang die Beine vom Tisch herunter. »Quatsch. Ich bin nur hergekommen, um mich ein paar Minuten in die Sauna zu setzen und zu entspannen. Jetzt pack ich mein Zeug und hau ab. Geld seh ich sowieso nicht mehr. Und mit Rita will ich nichts zu tun haben. Sie sieht aus, als könnte sie keiner Fliege was zuleide tun, aber glaub mir, das täuscht. Ich hab ein-, zweimal mitgekriegt, wie Jerri und sie sich in der Wolle hatten.«

»Ach ja?« Das interessierte mich. Ich hatte mich oft gefragt, wie alles geworden wäre, wenn ich eine Schwester gehabt hätte, jemanden, mit dem ich hätte reden und gemeinsam etwas erleben können. Aber vermutlich verklärte ich diese Art von Beziehung. Schwestern waren wie alle Menschen; ab und zu gerieten sie eben aneinander.

»Ich kann dir nur sagen«, fuhr Peaches mit Nachdruck fort, »Jerri wurde wild und schmiß mit Sachen, zerschmetterte Gläser, trat gegen die Wand. Nach zehn Minuten war sie wieder okay. Aber Rita ...« Sie zog einen Lockenwickler aus den dunklen Haaren und prüfte, ob die Locken schon aufsprangen. »Niedliches Gesicht, zuckersüß, doch Vorsicht. Hinter deinem Rücken kratzt sie dir die Augen aus.«

Peaches' Metaphern waren äußerst phantasievoll, aber Fakten und Zeitpunkte interessierten mich mehr. »Warst du Dienstag abend hier?«

Peaches blickte in einen Spiegel über dem Tisch und begann die Wickler aus ihrem Haar zu lösen. »War das der Abend, an dem sie den Unfall gebaut hat?« Als ich nickte, erzählte sie: »Ja, ich war hier. Ich hatte es nicht vor, aber Jerri rief an und fragte mich, ob ich die Stepgruppe um sieben übernehmen und hinterher abschließen könnte, und ich hab ja gesagt. Hab gedacht, das gibt ein bißchen mehr Geld.« Sie verzog den Mund. »Schätze, das kann ich in den Wind schießen.«

»War Jerri hier, als du herkamst?«

Sie war mit den Wicklern fertig und fuhr sich mit den Fingern durchs Haar. »Ja. Sie haute ab, nachdem der Kurs angefangen hatte. Ich weiß es, weil ich sie hab rausgehen sehen und ihr noch nachgewunken hab.« Peaches ließ die Hände sinken und sah ihr Spiegelbild an. Ein ernster Ausdruck trat in ihre Augen, und sie schaute ein bißchen ängstlich aus, als betrachtete sie ihren Totenschädel. »Ich hab da drüber nachgedacht. Über das Winken, mein ich. So nach dem Motto: Was hätt ich gemacht, wenn ich gewußt hätte, daß ich sie nie mehr wiederseh? Ich find das irgendwie ... ich mein, irgendwie mickrig, oder? Bloß ein Winken, wenn jemand grad dabei ist, abzutreten.« Sie zuckte die Achseln und zupfte wieder an ihren Haaren. »War wohl eher gut, daß ich's nicht gewußt hab.«

»Und wie wirkte sie?«

Sie tunkte alle zehn Finger in einen Topf mit Gel. »Wirken? Was meinst du?«
»War sie guter Stimmung an diesem Abend? Oder schlechter? Hatte sie was getrunken?«
Sie strich mit den Händen durch ihr Haar, bis es glänzte. »'n bißchen was vielleicht. Sie hatte immer Wein im Kühlschrank. Aber sie war nicht betrunken oder so. Und sie war ganz sicher nicht schlechter Stimmung. Sie redete davon, rüber in die Mall zu ziehen, richtig loszulegen, vielleicht sogar mehrere Studios aufzumachen.« Sie beugte sich vor und zupfte an den Locken, damit sie zerzaust aussahen. »Ich hab doch echt ein Schweinepech, oder? Die hatte so 'ne Art, von großen Plänen zu erzählen, daß ich gar nicht mehr hinhörte. Aber diesmal war's anders. Sie glaubte echt dran. Und ich dann auch.«
»Hat sie gesagt, wo sie das Geld herhatte?«
Peaches lachte trocken und griff nach einem Lockenkamm. »Das soll wohl 'n Witz sein. Sie erzählte mir *gar nichts,* höchstens daß ich meinen Scheck später kriegen würde.« Sie lockerte die Haare seitlich mit dem Kamm. »Dann jammerte und stöhnte sie immer wegen der Miete und den Rechnungen und dem Zeug und weil die Bank wieder dies und jenes haben wollte und sagte mir, ich müsse warten.«
»Als sie Dienstag abend wegging, wollte sie sich da mit jemandem treffen?« Ich hielt inne und zielte dann sorgfältig: »Mit C. W. Rand vielleicht?«
Peaches kramte aus ihrer Handtasche einen kleinen Spiegel hervor und inspizierte damit ihre Frisur von hinten. »Sie hat nicht direkt gesagt, wo sie hinwollte, aber sie hatte vorher mit C. W. geredet. Ich war nämlich dran, als er anrief.«
»Kam das häufiger vor?«

Peaches steckte den Spiegel in die Tasche zurück. »Ein-, zweimal am Tag vielleicht. Ich hab nicht mitgezählt. Aber an dem Abend – ich weiß nicht, ob sie ihn getroffen hat. Als sie hier wegging, war ihre Schwester bei ihr.«

Das war neu. Vielleicht hatte Jerri Rita gesagt, daß sie sich später mit C. W. treffen wollte.

Peaches wandte sich zu mir um und schüttelte ihr Haar. »Wie sieht's aus?«

»Lockig«, antwortete ich. »Feucht.«

»Gut«, sagte sie zufrieden und griff nach ihrer Tasche. »Hör mal, ich verschwind jetzt. 'ne Freundin hat mir erzählt, daß sie in 'nem Fitneßstudio in San Marcos vielleicht 'nen Job für mich haben.«

»Viel Glück.«

Sie sah sich um. »Na ja, wo's mich auch hin verschlägt, schlimmer als dieses Rattenloch hier kann's nicht werden. Hier kann's einen echt ...« sie schüttelte sich »... voll gruseln.«

18

Die Unterhaltung mit Peaches hatte sich als unerwartet ergiebig erwiesen. Peaches würde nicht nur aussagen können, daß Jerri keineswegs am Dienstag abend in Selbstmordstimmung gewesen war, sondern auch, daß sie an diesem Tag und an anderen mit C. W. telefoniert hatte. Wenn man Peaches ein bißchen bearbeitete, förderte sie vielleicht noch weitere Beweise für die Beziehung der beiden zutage. Ich war ziemlich sicher, daß Rita über das Treffen von Jerri und C. W. an diesem Abend Bescheid wußte.

Ich hielt an einer Telefonzelle und rief bei Ruby an, wo ich immer noch den Anrufbeantworter drankriegte. Als ich meinen eigenen in der Hoffnung auf eine Nachricht von Ruby abhörte, vernahm ich statt dessen Leatha, die mir mitteilte, daß sie das Wochenende mit Sam und Sara auf der Ranch in Kerrville verbringen würde und daß ich und auch McQuaid und dieser »entzückende kleine Junge« herzlich willkommen seien. Ich mußte zugeben, daß es etwas Verlockendes hatte, Pecan Springs für ein Wochenende den Rücken zu kehren. Brian konnte sich mit den Tieren herumtreiben, McQuaid auf die Jagd gehen und ich mich mit Sam und dem Rest der Familie befassen. Aber solange ich noch dabei war, herauszufinden, welche Rolle C. W. bei Jerris Tod spielte, kam dergleichen nicht in Frage.

Als ich beide Geräte abgehört hatte, war es fast vier Uhr; es wurde kühler, und am Himmel kündigte sich die Dämmerung an. Ich konnte nicht auf Ruby warten, und so rief ich Rita an. »Wäre es dir recht, wenn ich jetzt vorbeikäme?«

»Ist in Ordnung.« Sie klang müde. »Mama ist heimgefahren, um sich hinzulegen. Wenn wir was besprechen müssen, ist es jetzt am günstigsten.« Sie sagte mir ihre Adresse.

Rita lebte in einer kleinen Parterrewohnung vier Straßen von Jerris Haus entfernt. Nach dem dritten Läuten machte sie die Tür auf. Sie trug noch immer das weite schwarze Kleid vom Vormittag. Irgendwann mußte sie sich mit dem Absatz im Saum verfangen haben, denn er hing herunter. Ihr dunkelblondes Haar war strähnig und kraftlos, unter ihren Augen lagen tiefe dunkle Ringe, und sie war barfuß. Sie tappte voraus, und wir kamen durch einen Flur in ein kleines Wohnzimmer, das auf eine postkartengroße Betonveranda hinausging. Die Veranda war von einem verwitterten Zaun umgeben. Zwischen Zaun und Beton blühten einige Chrysanthemen tapfer gegen den kalten grauen Nachmittag an.

Ritas Wohnzimmer war nicht größer als das von Jerri, aber ordentlicher, und sie hatte sich viel Mühe mit dem Einrichten gegeben. Um einen Couchtisch herum waren ein Sofa, ein Sessel und ein Schaukelstuhl gruppiert. Auf dem glänzenden Holztisch stand eine weiße Vase mit roten Seidenrosen, daneben eine farbige Porzellanstatuette – eine Frau in einem tief ausgeschnittenen langen Kleid mit goldenen Rüschen. An einer Wand hing eine Collage aus roten Stanniolherzen, rotem Samtband und Spitze. An der Wand gegenüber befand sich ein großes gerahmtes Poster von *Vom Winde verweht,* auf dem Vivien Leigh dem leidenschaftlichen Clark Gable in die Arme sinkt. In einem Bücherregal standen in schöner Ordnung zahlreiche Taschenbuchausgaben von Liebesromanen.

»Setz dich doch.« Rita deutete auf das rote Plüschsofa, auf dem sechs Häkelkissen lagen. »Möchtest du eine Tasse Kaffee?«

»Danke, nein.« Ich blieb stehen und wartete darauf, daß sie sich setzte. »Wie war's beim Sheriff heute morgen?«

»Ziemlich schrecklich.« Sie ging in die Küche und kam mit einer Zigarette, einem Feuerzeug und einem Aschenbecher wieder. Wir setzten uns beide, ich aufs Sofa, wobei ich darauf achtete, die Häkelkissen nicht zu zerdrücken, sie in den Schaukelstuhl rechts von mir. Sie schloß kurz die Augen. »Ich weiß gar nicht, was ich Mama erzählen soll.« Dann öffnete sie die Augen wieder und zündete sich die Zigarette an. »Von diesen Dingen in Jerris Haus, meine ich. Oder vom Sheriff und seinen Fragen. Der Gedanke daran ist alles andere als schön. Sie wird völlig am Ende sein, wenn sie das erfährt.«

Ich glaubte ihr nicht. Ich glaubte, daß der Gedanke sehr wohl schön war, ihrer Mutter die Illusionen über Jerri zu nehmen, die Schwester, die immer bevorzugt worden war. Aber ich konnte verstehen, wie ihr zumute war, und es brachte nichts, uns beide zu belasten, indem ich das Thema auswalzte. Ich hatte es vielmehr auf ihre Illusionen über C. W. abgesehen. »Am besten wartest du, bis alles geklärt ist«, sagte ich und warf ihr einen mitfühlenden Blick zu. »Aber es ist wirklich nicht leicht für dich, das alles allein zu ertragen.«

»Nein.« Sie machte hastig einige Züge. »Es ist gar nicht leicht, hier zu sitzen und sich anzuhören, wie Mama jammert, daß Jerri so ein liebes süßes Mädchen war, das nie irgendwas Unartiges tat. Sie weigert sich ja auch zu glauben, daß Jerri getrunken hatte. Ihrer Meinung nach muß jemand bei ihr gewesen sein, dem die Ginflasche im Wagen gehörte.« Rita lehnte sich zurück und wippte hin und her. »Mama sagt, wahrscheinlich finden sie noch eine weitere Leiche in der Schlucht. Oder der andere ist rausgekrochen und abgehauen.« Tränen traten ihr in die Augen. »Der Unfall mit Jerri ist schon schlimm genug, aber es ist noch schlimmer, daß Mama all diese Geschichten erfindet, damit sie den Tatsachen nicht ins Auge blicken muß.«

Ich murmelte etwas. Auf dem Boden neben dem Schaukelstuhl stand eine Packung Kleenex. Rita drückte ihre Zigarette aus und zog ein Tuch heraus. Sie schob ihre Brille auf die Stirn und wischte sich die Augen.

»Mir geht's wahrscheinlich wie Mama. Ich will es einfach nicht glauben, aber ich muß wohl. Der Sheriff sagte mir, sie habe sich absichtlich in den Abgrund gestürzt, damit niemand erfährt, was sie getan hat.« Sie putzte sich die Nase. »Wie soll ich Mama nur beibringen, daß ihr kleines Mädchen sich *umgebracht* hat?«

Ich beugte mich vor. »Rita, ich glaube, es war alles anders.«

Ritas Kopf fuhr hoch, und die Brille rutschte auf ihre Nase. »Es war ... anders? Du meinst, es war wirklich ein *Unfall?*«

»Ich glaube auch nicht, daß es ein Unfall war. Ich bin der Meinung, daß deine Schwester ermordet wurde.«

Rita wurde kreidebleich.

Ich nahm ihre Hand. Sie war eiskalt. »Bist du okay? Soll ich dir ein Glas Wasser holen?«

Ihre Augen wirkten riesig, die Pupillen waren erweitert und glichen schwarzen Löchern. »*Ermordet?* Aber ... aber *wer?*«

Ich hielt ihre Hand ganz fest. »Rita, ich glaube, es war C. W.«

Ihre Augen schlossen sich, und ihre Hand wurde schlaff. Da ich fürchtete, daß sie ohnmächtig würde, ging ich in die Küche, um Wasser zu holen. Ich hatte gewußt, daß es nicht

leicht werden würde. Rita würde sich mit aller Kraft dagegen wehren, die Wahrheit zu akzeptieren.
Ich brachte ihr das Wasser und flößte es ihr ein. Als sie die Augen öffnete, sagte ich: »Es ist schwer zu begreifen, warum C. W. so etwas getan haben sollte, aber du mußt es versuchen. Vielleicht ist es hilfreich, wenn wir ganz von vorn beginnen. Jerri und C. W. hatten eine Liebesbeziehung. Sie ...«
Rita setzte sich ruckartig auf und umklammerte die Stuhllehnen. »Jerri hat gelogen!« schrie sie. »Sie *wollte* das, aber er nicht. Er liebte ... Er wollte einfach nicht, das ist alles.«
»Nein, sie hat nicht gelogen. Sie hatten ein Stelldichein in einem unbewohnten Haus in Lake Winds. Du kannst dich selbst davon überzeugen. Auf dem Nachttisch steht eine Vase mit Blumen, die gleichen wie in ihrem Schlafzimmer, mit einer Karte von C. W. an Jerri. Und Peaches vom Fitneßstudio sagt, daß C. W. Jerri jeden Tag ein-, zweimal anrief. Auch am Dienstag, an dem Tag, als sie starb. Und an diesem Abend traf er sich mit ihr und brachte sie um.«
Auf Ritas leichenblassen Wangen erschienen zwei rote Dreiecke, die Clownsschminke glichen. »Nein!« stöhnte sie. »O nein, nein, *nein!*«
Es war schwer zu sagen, was ihr Nein bedeutete – daß sie die Tatsache ableugnete oder daß sie es nicht fassen konnte, daß ihre Illusion sich im harten, unbarmherzigen Licht der Wirklichkeit verlor wie ein Schatten. Ihre Treue hatte sie aufrechterhalten, war Herzstück ihrer Loyalität gegenüber C. W. Ohne sie zerfiel Rita, und ich wußte nicht, ob sie den Verlust verkraften konnte. Doch um an die Wahrheit zu gelangen, mußte die Illusion geopfert werden, wie grausam dieser Vorgang auch sein mochte.
»Ich weiß nicht, wer auf die Idee kam, Sybil umzubringen«, sagte ich. »C. W. oder Jerri. Aber sie haben den Mord

gemeinsam geplant. Auf C. W. wäre sofort der Verdacht gefallen, also arrangierten sie es so, daß er zum Zeitpunkt von Sybils Tod verreist war. Vielleicht beschlossen sie, daß Jerri ihr die Kehle durchschneiden sollte, weil sie das gelernt hatte oder weil es für eine Frau untypisch ist. Oder vielleicht hatten sie vor, es nach einem Ritualmord aussehen zu lassen. Nach den Vorfällen in der Stadt war das eine geeignete Tarnung. Das würde die Voodoo-Puppe und den Einbruch in Rubys Laden erklären, bei dem einer der beiden, vermutlich Jerri, Rubys Ritualmesser stahl. Und Jerri war es wohl auch, die Bubba anrief und ihn auf das Menschenopfer hinwies.«

Rita schüttelte den Kopf wie eine mechanische Puppe. »Wie kommst du auf diesen Blödsinn?« fragte sie verzweifelt. »Das ist Irrsinn. Du hast dir das ausgedacht.« Sie zog wieder ein Tuch aus der Kleenex-Packung. »Zumindest das über Mr. Rand. Jerri hat das alles alleine gemacht. Er kann nichts damit zu tun haben. Mrs. Rand hatte doch diese Notiz über die Änderungen im Testament hinterlassen.«

»Ich glaube, er hörte erst von der Scheidung und dem geänderten Testament, als er vom Sheriff vernommen wurde«, sagte ich. »Dann fuhr er nach Hause und tippte selbst die Notiz, damit es aussah, als hätte er es schon gewußt. Auf die Idee kam er durch einen Artikel über einen Mordprozeß in einer Zeitschrift.«

Rita begann das Papiertuch zu zerfetzen. »Du verstehst ihn nicht«, sagte sie weinerlich. »Sonst würdest du diese schrecklichen Dinge nicht sagen. Es klingt, als wäre er ganz *furchtbar.* Aber das ist er nicht. Er ist lieb und gut. Er war ... mir immer ein wunderbarer Freund. Er schreit mich nie an, auch wenn ich dumme Sachen mache. Er gibt mir oft frei. Und er ... schenkt mir Blumen und Süßigkeiten und schreibt mir Kärtchen dazu, um mir zu zeigen, wie sehr ... er

mich mag.« Ihr Kinn zitterte. »*Er* war derjenige, der in Gefahr gewesen ist.«
»Gefahr? Wieso?«
»Wegen seiner Frau.« Ritas Augen blitzten auf. »Sie war eine böse, böse Frau. Sie wollte seinen Tod. Wozu, glaubst du wohl, hat sie diese schrecklichen Pflanzen gehabt? Er hat mir jeden Tag gesagt, wie sehr er sich fürchtet. Einmal hat sie versucht, ihn mit dem Messer umzubringen, und ein andermal wollte sie ihn totfahren. Er konnte gerade noch wegspringen. Er hatte Angst, daß sie ihm was ins Essen tun würde. Es war nur noch eine Frage der Zeit.«
Ich sah sie mit gerunzelter Stirn an, denn ich konnte mir nicht vorstellen, daß Sybil versucht hatte, C. W. umzufahren oder ihm eine Handvoll Sturmhutblätter oder Wandelröschenbeeren in den Salat zu tun. Und ich konnte mir ebenfalls nicht vorstellen, daß er irgend etwas zu sich nehmen würde, was auch nur entfernt einer Giftpflanze ähnelte. Aber Ritas Version der Geschichte hatte einen entscheidenden Vorteil, den ich mir sofort zunutze machte.
»Ja, siehst du das denn nicht, Rita? Wenn C. W. sich so von seiner Frau bedroht fühlte, ist es wahrscheinlicher, daß er sie umbringen wollte.«
Es entstand ein langes Schweigen. Sie hatte das Papiertuch zu kleinen Fetzen zerrissen, die auf ihrem schwarzen Kleid hafteten. Als sie schließlich sprach, klang ihre Stimme verletzt, brüchig. »Aber warum sollte er *Jerri* töten wollen? Meine Schwester war nicht immer ... nett. Doch sie hat ihm nie ... etwas Böses getan.«
»Sieh es mal von dieser Seite, Rita. Als Sybil tot war, erwartete Jerri, daß C. W. sie heiraten würde – was er vielleicht nicht vorhatte. Und sie wußte zuviel. Sie war ein Risiko. Ich glaube sogar, daß er von Anfang an im Sinn hatte, sie

umzubringen. Er überredete sie dazu, seine Frau zu töten, und als sie tot war, entledigte er sich seiner Mitwisserin.«

Rita starrte mich lange wortlos an. Ihre blassen Lippen waren zusammengepreßt, und das Licht spiegelte sich in ihren Brillengläsern, so daß ich ihre Augen nicht sehen konnte. Ich war ziemlich grob gewesen, aber es ging nicht anders. Ich mußte ihr klarmachen, daß der Mann, den sie anhimmelte, ein skrupelloser Mörder war, der eine Frau dazu gebracht hatte, für ihn zu töten, und sie seinerseits tötete, als sie seinen Plan ausgeführt hatte. Und nicht irgendeine Frau. Ihre *Schwester*.

Ihre Stimme war flach und tonlos. »Wie, glaubst du, ... ist es geschehen?«

Ich entspannte mich ein bißchen. Offenbar war ich zu ihr durchgedrungen. »Sie fuhren Dienstag abend zum Devil's Backbone. Vermutlich hatten sie einige Drinks genommen, und Jerri war ein bißchen betrunken. Er brachte sie dazu, anzuhalten, und schlug sie dann vielleicht bewußtlos. Das werden wir genauer wissen, wenn morgen der Autopsiebericht fertig ist. Dann schaltete er auf Park, startete den Motor, bohrte ein paar Löcher in den Benzinfilter und zündete das Benzin an, das rausspritzte. Auf die Idee war er wahrscheinlich gekommen, als er seinen LeBaron Hank überließ, damit er die Schubabschaltung reparierte. Dann zog er den Hebel auf Drive und sah zu, wie der Wagen in den Abgrund fuhr.«

Über Ritas Gesicht huschte ein Ausdruck, in dem sich Unglauben, Verzweiflung und Angst mischten. »Woher *weißt* du das alles?« sagte sie fassungslos. »Hat das jemand beobachtet?«

»Das ergab sich aus den Anhaltspunkten. Da waren keinerlei Spuren, die darauf hinwiesen, daß Jerri bei hoher Geschwindigkeit von der Straße abgekommen wäre. Auf dem Randstreifen ist ein verbranntes Grasstück, wo der Wagen angezündet wurde, bevor er hinunterstürzte. Aber das Feuer hat nicht alle Spuren zerstört. Man kann feststellen, daß es vorsätzlich gelegt wurde.«

Rita biß sich auf die Unterlippe. »Weiß das sonst noch jemand?«

»Zur Zeit nur wir beide.« Außer Hank, aber das spielte jetzt keine Rolle. »Ich brauche dich, um zu beweisen, was Jerri am Dienstag abend tat, nachdem sie das Fitneßstudio verließ. Wo ist sie hingegangen?«

Wieder war da dieser Gesichtsausdruck. Diesmal war die Angst stärker, fast Panik. Hatte ich sie nicht überzeugt? Wollte sie C. W. nicht in den Rücken fallen? »Wir ... Jerri und ich gingen zu ihr nach Hause. Da saßen wir und redeten eine Weile, dann sind wir ... bin ich gegangen und heimgefahren.«

Das war nicht die Wahrheit – zumindest nicht die ganze.

»Hat sie gesagt, was sie danach vorhatte?«

»Nein, nichts Genaues. Aber sie ... sie ...« Rita legte die Hand an die Schläfe, als wäre ihr schwindlig. »Ich weiß nicht. Ich weiß einfach nicht. Ich bin ganz durcheinander. Es ist ... alles zuviel.«

»Du machst es schon richtig, Rita. Laß dir Zeit. Eins nach dem anderen. Als du bei Jerri warst, hat da jemand angerufen?«

Ihre Augen flackerten. »Ich weiß ... ja, ich glaube schon. Ja. Aber sie hat im Schlafzimmer abgenommen. Ich habe nichts gehört.«

»Hat sie dir erzählt, wer angerufen hat?«

Sie lehnte sich zurück, atmete tief ein, sagte »ja« und atmete wieder aus.

»Wer war es?«

»Es war ... Mr. Rand.«

»Hat sie dir etwas von dem Gespräch erzählt?«
»Nicht direkt. Sie sagte, sie würden ... sich treffen.« Sie mied meinen Blick. »Ich dachte, sie lügt. Ich wollte einfach nicht glauben, daß die beiden ... zusammen sind.« Wieder holte sie tief Luft und stieß einen langen, zittrigen Seufzer aus. »Aber wenn er sie umgebracht hat, kann ich ihn nicht schützen. Dann muß er für seine Tat bezahlen.« Sie verstummte und starrte auf ihre Hände. Schließlich sprach sie wieder. »Glaubst du, wir ... könnten ihn dazu bringen zu gestehen?«
Jetzt starrte ich sie an, verblüfft über den plötzlichen Gesinnungswechsel. Ich hielt mich für geschickt im Umgang mit Zeugen, aber daß ich *so* geschickt war, hatte ich nicht angenommen. »Du möchtest eine Gegenüberstellung?«
Sie richtete sich auf, als wollte sie sich gegen etwas wappnen, an das sie kaum zu denken wagte. »Glaubst du wirklich, daß er meine Schwester umgebracht hat?«
»Ja«, sagte ich, ohne zu zögern, »und ich glaube, daß der Sheriff, wenn er die Beweise sieht, auch davon überzeugt sein wird.« Das war etwas geflunkert, da Rita selbst mein bester Beweis war. »Es ist bestimmt nicht angenehm, sich dem zu stellen, Rita. Bist du sicher, daß du das durchstehst?«
»Wenn sie beweisen können, daß C. W. es getan hat, habe ich keine Wahl«, entgegnete sie. Ihr Gesicht wurde entschlossen, ihre Schultern strafften sich, als ob sie aus einer inneren Quelle Kraft bezöge. »Er arbeitet heute abend. Ich soll um sechs ins Büro kommen und ihm helfen, die Akten für die Sitzung nächste Woche herauszusuchen. Das wäre ein günstiger Zeitpunkt, um ...« sie schluckte »... es zu tun.«
Ich sah auf die Uhr. Es war fast fünf. Eine Gegenüberstellung wäre die schnellste Lösung dieser blutigen Geschichte.

C. W. fühlte sich zweifellos völlig sicher, und er rechnete bestimmt nicht damit, gerade von Rita beschuldigt zu werden. Wenn sie ihn volle Breitseite mit ihrem Wissen erwischte, konnte sie ihm möglicherweise sogar ein Geständnis entlocken. Andererseits sind solche Perry Mason-Szenarios ziemlich riskant. C. W. lachte vielleicht einfach über ihre Anschuldigungen, und dann standen wir dumm da. Oder er geriet in Panik, und jemand kam zu Schaden. Blackie mußte dabei sein, und ich würde mich wesentlich besser fühlen, wenn auch McQuaid mit von der Partie wäre.

»Ich hatte es nicht auf eine Konfrontation abgesehen, aber es könnte funktionieren.« Ich sah mich nach dem Telefon um. »Rufen wir den Sheriff an. Er muß dabei sein, und es wird ein Weilchen dauern, bis wir ihm die Idee schmackhaft gemacht haben.« Das war eine glatte Untertreibung. Ich hatte das Gefühl, daß es um ein Vielfaches schwieriger sein würde, Blackie von C. W.s Schuld zu überzeugen, als Rita. Rita hatte ich mit einer Geschichte geködert, die überwiegend aus Hypothesen bestand. Der Sheriff würde Fakten haben wollen, und da hatte ich nur Ritas Aussage vorzuweisen, daß Jerri am Abend ihres Todes mit C. W. verabredet gewesen war.

Rita schüttelte nervös den Kopf. »Nein. Kein Sheriff.«

»Aber es könnte gefährlich werden. Es ist verrückt, ohne den Sheriff einfach loszustürmen ...«

»Wenn du den Sheriff anrufst, mach ich nicht mit.« Ihre Augen verengten sich, ihre Stimme wurde hart und entschlossen. Sie erinnerte mich plötzlich an Jerri. Sie war eine Frau mit *tsuyoki* und unerwartet starkem *ki*, das plötzlich aus verborgenen Quellen in ihrem Innern zutage getreten war, um sie für diese Anstrengung zu rüsten. »Nur wir beide. Wenn du es so nicht willst, lassen wir's.« Ein angespanntes Lächeln deutete sich in ihren Mundwinkeln an,

und sie spielte ihre stärkste Karte aus. »Und ich habe auch nie etwas gesagt. Daß Jerri mit ihm telefoniert hat. Ich werde schwören, daß ich das nie gesagt habe, und du wirst ihn nie mit dem Mord in Verbindung bringen können.«
Damit hatte sie mich. »Aber warum nicht der Sheriff? Ich verstehe ja, daß du C. W. gegenübertreten willst, doch wieso alleine?«
Ihr Gesicht verzerrte sich schmerzlich. »Weil ich ... ihn liebe.« Sie rang die Hände. »Hast du nicht einmal jemanden geliebt, der dich verletzt hat? Verstehst du nicht, wie mir zumute ist?«
Ich verstand. Als ich klein war, glaubte ich, daß das Gute von selbst das Böse besiegt. Als ich heranwuchs, glaubte ich, daß die Justiz für Gerechtigkeit sorge. Aber dann lernte ich, daß die Justiz mangelhaft ist und daß wir unser eigenes Risiko tragen. Täglich, im kleinen und im großen, müssen wir selbst für Gerechtigkeit sorgen. Der Mann, den Rita liebte, hatte ihre Schwester ermordet, und sie fühlte sich verantwortlich dafür, ihn vor Gericht zu bringen. Ich war ziemlich sicher, daß sie mir nicht die ganze Wahrheit erzählte, und ich klettere ungern ohne Netz auf einen wackligen Ast, aber ich verstand sie. Ich mußte nachgeben.
»Wir können einen Kassettenrecorder mitnehmen«, sagte ich, »um das Geständnis festzuhalten, falls es zu einem kommt. Aber es ist noch nicht mal fünf, und da sind ein paar Dinge, die ich dringend vorher erledigen muß. Wie wär's, wenn ich dich in fünfzig Minuten abhole?«
Sie schüttelte den Kopf. »Nein. Wenn ich hier rumsitze, drehe ich nur durch. Ich komme mit. Warte einen Moment, ich zieh mich schnell um.«
Sie verschwand im Schlafzimmer, ließ die Tür aber offenstehen. Nach ein paar Minuten kehrte sie zurück. Sie hatte dunkle Jeans und ein dunkelblaues Sweatshirt an und ihr

Haar nachlässig mit einem Gummi zusammengebunden. »Ich bin fertig.«

Draußen dämmerte es. Ein leichter Nebel hing in der Luft. Wir fuhren wortlos zum Laden. Rita kurbelte das Fenster einen Spaltbreit auf und blies den Rauch ihrer Zigarette hinaus. Normalerweise hätte ich mir das verbeten, aber ich wollte ihre Nerven nicht überstrapazieren. Meine Augen waren auf die Straße gerichtet, doch in Gedanken war ich schon in Lake Winds. Ich erwog, ob ich alles mit Rita durchgehen sollte, wie ich es normalerweise mache, wenn ich Zeugen für den Zeugenstand vorbereite. Aber es war vielleicht wirkungsvoller, wenn sie einfach mit ihren Anschuldigungen herausplatzte.

Außerdem mußte ich selbst einige Entscheidungen treffen. Sollte ich bei ihr sein oder mich verstecken und sie mit ihm allein lassen? Wenn ich nicht dabei war, mußte sie den Kassettenrecorder nehmen – und das Risiko eingehen, alleine einem Mörder gegenüberzutreten. Und nicht irgendeinem Mörder, sondern dem Mann, den sie liebte, dem Mann, der ihre Schwester ermordet hatte. Das war kein Kinderspiel, und ich hatte ein unbehagliches Gefühl.

Ich sah sie von der Seite an. Sie rauchte mit hastigen, ruckartigen Bewegungen. Würde sie durchhalten? Konnte ich mich darauf verlassen, daß sie das durchzog? Und was verbarg sie?

Diese Frage beunruhigte mich mehr als alle anderen. Diese Sache aufs Geratewohl und ohne Rückendeckung anzugehen, war riskant. Sie anzugehen mit jemandem, der mir etwas verschwieg, war geradezu gefährlich. Es wäre richtiger, zum Sheriff zu fahren, sie aus dem Wagen zu zerren und Blackie für eine kleine Unterredung zu servieren. Aber wenn sie ihre Drohung wahrmachte und alles leugnete, was sie über Jerris Verabredung mit C. W. gesagt hatte, stand ich dumm da. Ohne ihre Bestätigung würde Blackie mir meine Mutmaßungen nie abnehmen. Nein, ob es mir paßte oder nicht, die Konfrontation mit C. W. war die einzige Möglichkeit. Doch mein Magen fühlte sich wie ein kalter Knoten an. Ich kann mit Gerichtssälen umgehen, aber ich bin nicht Kinsey Millhone. Bei mir heißt es »F wie Feigling«. Ich hatte jetzt schon nasse Hände, und wir hatten noch nicht mal losgelegt.

Als wir zum Laden kamen, war er bereits abgeschlossen und Laurel gegangen. Ich warf einen Blick in die Kasse, schaute, ob Ruby eine Nachricht hinterlassen hatte, und wandte mich dann zu Rita um. »Ich muß mal nach nebenan. Ruby war den ganzen Tag weg, und mein Recorder ist drüben.«

Rita nickte nervös. Ich sah nach, ob in der CAVE die Ladentür abgeschlossen war, dann ging ich zum Ladentisch. Ich hatte Ruby letzte Woche meinen Minirecorder geliehen. Zum Glück fand ich ihn gleich; ein paar Tapes und das fingerhutgroße Mikrofon lagen daneben. Ich prüfte die Batterien, schob ein Band rein, schrieb Ruby hastig eine Nachricht und steckte sie an die Kasse, wo wir immer unsere Nachrichten füreinander hinterlassen. Das Telefon stand zwar in Reichweite, aber Rita war herübergekommen, lehnte am Türrahmen und behielt mich im Auge. Also schrieb ich es ab. Ich konnte sowieso niemanden anrufen. Blackie hätte mich ausgelacht, und McQuaid war irgendwo auf der Straße nach San Antonio.

»Ich glaube, ich hab's.« Ich ging an Rita vorbei in meinen Laden zurück. Eine Sache war da noch – meine Beretta, ein trauriges, scheußliches Erinnerungsstück an ein tragisches Vorkommnis in meiner Vergangenheit. Ich hatte vor vier Jahren beschlossen, keine Waffen mehr anzurühren, und ich wollte mir jetzt nicht untreu werden, so unbehaglich mir auch zumute war. Die Beretta blieb, wo sie war.

»Fertig?« Ich griff nach meiner braunen Jacke.
Rita sah hinaus. Es war jetzt ganz dunkel, und Wind war aufgekommen und zerrte an den Ästen der Bäume. »Wir sind ein bißchen zu früh, aber ich denke, das macht nichts.«
Wir stiegen in den Wagen, und ich steckte den Schlüssel ins Zündschloß und schaltete das Licht an. Als wir losfuhren, wurde ich das bohrende Gefühl nicht los, daß ich etwas übersehen hatte – etwas, das mich in höllische Schwierigkeiten bringen konnte.

19

Wir sprachen nicht. Ich dachte angestrengt nach, hauptsächlich darüber, was uns bevorstand. Aber Ritas plötzliches Drängen auf eine Konfrontation mit C. W. beunruhigte mich noch immer. Hatte sie mehr belastende Informationen als ich? Und wenn ja, welche?

Ich ging in Gedanken noch einmal die Beweislage gegen C. W. durch, die, wie ich zugeben mußte, dürftig war. Was den Mord an Sybil betraf, sprach alles dafür, daß Jerri die Täterin war – die Waffe und die Todesart, die blutverschmierte Kleidung, die Ritualmord-Tarnung durch die beiden Voodoo-Puppen, der Diebstahl des Messers und der anonyme Anruf einer Frau, die ein Menschenopfer ankündigte. C. W. und sie waren sehr vorsichtig gewesen. Es gab nichts, was auf ihn hinwies, außer der gefälschten Notiz, die offensichtlich ein Versuch der Schadensbegrenzung war. Wenn er den Mord an Sybil nicht begangen hatte, brauchte er die Notiz nicht.

Aber in den Händen eines gewitzten Anklägers konnte die Notiz so wichtig werden wie Andrews Satanistenbibel. Und es gab einiges, was Rand mit Jerris Tod verknüpfte. Die Blumen und die Karte im Schlafzimmer von C7, die vermutlich auch Fingerabdrücke aufwiesen, waren Zeugnisse ihrer Beziehung. Hank konnte bestätigen, daß C. W. über die Brandgefahr bei Autos Bescheid wußte, Peaches war

Zeugin seiner häufigen Anrufe im Fitneßstudio, und Rita konnte aussagen, daß Jerri vor ihrem Tod mit ihm verabredet gewesen war.
Ich ging die Fakten nacheinander durch. Irgend etwas, ein Erinnerungsfetzen, versuchte sich den Weg durch das Gedanken-Tohuwabohu zu bahnen. Ich entspannte mich, und da war er, klar und deutlich wie Leuchtschrift. Vorgestern, im Büro in Lake Winds. Rita, verstört und aufgeregt, die Arme voller Schriftstücke, die sie vom Boden aufgelesen hatte, wie sie behauptete, daß Sybil von Santeros ermordet worden war.
Diese schrecklichen Santeros, die die ganzen Tiere töten. Und dieser Hinweis, den diese Frau Chief Harris am Telefon gegeben hat.
Doch Bubba hatte den Mund gehalten, und der *Enterprise* hatte kein Wort von einem etwaigen Menschenopfer geschrieben. Nicht einmal die alten Knaben in der DOUGHNUT QUEEN wußten darüber Bescheid. Woher wußte Rita, daß jemand den Sheriff gewarnt hatte?
»Wir können hinter dem Büro parken. Dann sieht er den Wagen nicht«, sagte Rita, und ihre Stimme klang angespannt, vibrierte vor unterdrückter Energie wie eine zusammengepreßte Sprungfeder.
Ich fuhr am Parkplatz vorbei und einen Weg entlang. Es war dunkel; das einzige Licht kam von den Autoscheinwerfern und spiegelte sich auf dem Asphalt. Vor drei Monaten wäre es um diese Uhrzeit noch hell gewesen. Urlauber hätten die Tennisplätze, den Jachthafen, den Laden, das Restaurant bevölkert. Aber jetzt war ein Werktag im November. Der Parkplatz war leer, das Restaurant und der Laden geschlossen, die Tennisplätze verlassen. Irgendwie hatte ich nicht erwartet, daß es so menschenleer sein würde. Ein Eisklumpen lag mir im Magen.
Ich parkte hinter C. W.s Büro und stellte den Motor ab.

»Wir können drinnen warten«, sagte Rita und stieg aus.
Ich steckte den Recorder in meine Jackentasche und folgte ihr. Vielleicht wäre es doch eine gute Idee gewesen, die Beretta mitzunehmen. Der Eisklumpen wurde schwerer. Wir gingen unter den Bäumen um das Gebäude herum. Fragen zischten durch meinen Kopf wie schwarze Fledermäuse, und mir war nicht klar, ob ich mich lieber ducken oder eine fangen sollte.
Woher wußte Rita von dem Anruf beim Sheriff? Und wer hatte ihr gesagt, daß der Anrufer eine Frau gewesen war? Jerri? Wenn Jerri ihr so viel erzählt hatte, was hatte sie ihr dann noch gesagt? Und wann? Oder wußte sie es von C. W.?
Wir kamen an der beleuchteten Eingangstür an. Ich wartete, während Rita die Schlüssel aus ihrer Tasche holte und aufschloß. Innen knipste sie das Licht an und ging zu ihrem Schreibtisch hinüber. Ich sah mich rasch um. Es gab drei Türen – die zur Küche, hinter Ritas Schreibtisch, die zu C. W.s Büro seitlich und die Vordertür.
Rita deutete lässig auf LouEllens Schreibtisch. »Setz dich. Es kann noch ein Weilchen dauern.«
Ich setzte mich und legte den Recorder neben die Schreibmaschine. Die schwarzen Fledermäuse vermehrten sich. Wenn C. W. Rita davon erzählt hatte, wann war das gewesen? Nachdem er Jerri getötet hatte? Ich schauderte. Oder vorher?
Rita ließ sich ebenfalls nieder und holte ein Päckchen Zigaretten aus ihrer Handtasche. Ich warf einen Blick darauf. Salem Menthol.
Und da schoß eine andere Fledermaus durch meinen Kopf, die Erinnerung an ein verbranntes Grasstück an der Straße. Ein ausgelatschter Turnschuh, eine zerdrückte Bierdose, eine McDonald's-Tüte, ein Zigarettenstummel Marke Salem.

Noch so ein schwarzes Tier, ein größeres, gräßlicheres. Peaches, wie sie sich rosafarbene Wickler aus den Haaren zog. »Niedliches Gesicht, zuckersüß, doch Vorsicht. Hinter deinem Rücken kratzt sie dir die Augen aus.«
Ich schaltete unbemerkt den Recorder an. »Es war nicht Jerri, die mit C. W. den Plan ausgeheckt hat, seine Frau zu töten«, sagte ich beiläufig. »*Du* hast Sybil umgebracht. Und du hast ihm geholfen, Jerri umzubringen.«
Rita straffte die Schultern. »Nicht C. W.« Ihre Stimme war scharf. »Ich war es. Ich ganz allein.« Sie griff in die obere Schublade ihres Schreibtisches, holte einen gemein wirkenden kleinkalibrigen Revolver mit langem Lauf und Holzgriff heraus und richtete ihn auf mich. »Ich hab mich gefragt, ob du noch draufkommen würdest. War es etwas, was ich gesagt habe?«
Ich lehnte mich langsam zurück. »Chief Harris hat die Sache mit dem Anruf nicht bekanntgegeben, du konntest es also nur wissen, wenn der Anrufer es dir gesagt hatte – oder du selbst der Anrufer warst.« Ich brachte eine Art Grinsen zustande. »Und Rauchen wird noch dein Tod sein. Du hast an der Straße eine Salem-Kippe liegenlassen, an der Stelle, wo du Jerris Wagen in Brand gesteckt hast.« Ich hielt inne; das Entsetzen der Erkenntnis packte mich. »Also hat nicht nur Jerri gelernt, wie man Tiere schlachtet.«
»Nein.« Ihr Mund war verkniffen. »Jerri sowieso nicht. *Ich* war die einzige, die das lernen mußte. Sie war immer zu gut dafür, Blut an den Händen zu haben. Sie arbeitete vorn im Laden, weil sie mit den Kunden umzugehen verstand, vor allem mit den Männern. Immer lachte und flirtete sie. Sie spielte in einer Band, sie war Cheerleader, sie hatte Verabredungen, sie war beliebt. Mir schob sie immer die Drecksarbeit zu, damit sie abziehen und sich amüsieren konnte.«
»Aber ich verstehe nicht ...«

Rita schnitt mir das Wort ab, jetzt war sie an der Reihe. »Zuerst fürchtete ich mich davor, die Kühe und Schweine zu töten. Ich mußte mich übergeben, wenn ich ihnen die Kehlen durchschnitt, damit sie ausbluteten. Aber nach einer Weile hat es mir nichts mehr ausgemacht. Ich wurde eine gute Schlachterin. Sogar Daddy sagte, ich mache es gut.« Sie blickte zufrieden auf den Revolver. »Das ist seiner. Er gab ihn mir, damit ich die Tiere töten konnte. Er hat ihn mir vererbt. Und die Messer.«

»Die bei Jerri an der Wand hingen?«

»Ich hab sie dort hingehängt. Damit ihr sie findet. Du und der Sheriff.« Ihr Lächeln verblaßte. »Daddy sagte zu mir, ich mache meine Sache gut, aber wenn sie in der Nähe war, wurde er immer fröhlich. Wenn sie da war, schien ich unsichtbar zu sein. Es war egal, was ich konnte, es war, als wäre ich Luft.«

Ich stand auf und wandte mich um. »Ich werde jetzt gehen.«

»Aber bitte rückwärts.« Rita hob den Revolver und zielte auf mich. Er zitterte nicht. »Ich möchte dir wirklich nicht in den Rücken schießen. Das macht meine Erklärung für die Polizei zunichte.« Sie entsicherte die Waffe.

Ich setzte mich wieder. »Und was ist mit C. W.?«

»Was soll mit ihm sein? Ich hab gelogen. Er kommt nicht um sechs. Er kommt erst um sieben. Bis dahin sind wir fertig. Beziehungsweise du bist fertig.« Sie lächelte über ihren kleinen Scherz.

Ich schwitzte trotz des Eisklumpens in meinem Bauch. Die brave Rita war gar nicht mehr zuckersüß. Sie hatte die Oberhand, und der Revolver verschaffte ihr Respekt. Sie wollte reden, vielleicht damit prahlen, was sie erreicht hatte. Ich konnte sie genausogut ermutigen.

»Warum hast du Sybil denn umgebracht?«

Sie sah mich an, als hätte ich den Verstand verloren. »Das fragst du? Weil sie ihn töten wollte.«

»Woher weißt du das?«

»Das hab ich dir doch schon gesagt«, antwortete sie gereizt. »Erinnerst du dich nicht mehr?« Sie biß sich auf die Unterlippe. »Wirklich, es war so furchtbar. Es ist mir ein Rätsel, wie er das ausgehalten hat. Sie hat ihm ständig mit diesen schrecklichen Giftpflanzen gedroht und ihm furchtbare Sachen in seinen Salat getan, Blätter und Beeren und solches Zeug, aber er hat es nie gegessen. Und einmal hat sie mitten in der Nacht versucht, ihn zu erstechen, und einmal hat sie ihn fast totgefahren. Er war so beunruhigt, hat sich so gefürchtet, daß ich auch Angst bekam. Ich dachte, sie würde ihn umbringen, und dann wäre ich ganz alleine gewesen. Und ein Leben ohne ihn konnte ich einfach nicht ertragen.« Sie grinste mich an, nicht ängstlich, sondern wie ein kleines Mädchen, das vor Stolz platzt. Es war so jämmerlich, daß mir trotz meiner Angst nach Weinen zumute war. »Verstehst du? Nur ich konnte ihm helfen. Ich mußte etwas unternehmen, um ihn zu beschützen, und das habe ich getan. Ich habe ihm das Leben gerettet.«

»Aber kam dir das nicht merkwürdig vor?« fragte ich. »C. W. ist groß und stark. Wenn er sich vor seiner Frau fürchtete, warum hat er nicht selbst etwas unternommen? Oder warum ist er nicht zum Sheriff gegangen?«

Sie legte den Revolver hin, nahm sich eine Zigarette und zündete sie mit einem Streichholz an. Blitzschnell schätzte ich die Entfernung ab. Etwa zwei Meter. Sie wäre schneller an der Waffe gewesen. Ich zwang mich zur Ruhe.

»Weil Sybil ihn erpreßte«, antwortete sie und schüttelte das Streichholz aus. »Er hatte vergessen, einen Teil seines Einkommens anzugeben. Wenn er zum Sheriff gegangen wäre, hätte sie es dem Finanzamt gemeldet, und sie hätten ihn ins Gefängnis gesteckt.«

»Hat er gesagt, *warum* sie ihn umbringen wollte?«

»Sie hatte vor, diesen Fotografen zu heiraten. Den, den sie wegen des Mordes festgenommen haben.« Rita sah besorgt aus. »Sie lassen ihn doch frei, oder, jetzt, da sie glauben, daß Jerri es war?«

»Da mußt du den Sheriff fragen«, antwortete ich. »Wenn Sybil Andrew heiraten wollte, warum hat sie sich nicht einfach von C. W. scheiden lassen?«

»Wegen des Geldes natürlich.« Rita sprach mit mir wie ein Grundschullehrer mit einem begriffsstutzigen Kind. »Ein Großteil gehörte ihr, aber er besaß auch einiges. Sie wollte alles. Wenn sie sich scheiden ließen, wäre sein Teil weg gewesen. Sie mußte ihn umbringen.«

Was für ein furchtbares Lügengewirr C. W. ihr da vorgesetzt hatte, dachte ich. Und sie hatte das alles ohne zu zögern geglaubt, glaubte es immer noch. »Hat C. W. dich gebeten, seine Frau umzubringen?«

Ihre Antwort kam so schnell und war so entrüstet, daß es die Wahrheit zu sein schien – die Wahrheit aus ihrem Blickwinkel. »Natürlich nicht! So etwas würde er nie tun!«

Ich formulierte die Frage etwas milder. »Hat er dir gesagt, daß es ihm besserginge, wenn sie tot sei?«

Sie warf den Kopf zurück. »Na ja, sicher. Das war doch klar, oder? Ein paarmal meinte er, es sei der einzige Ausweg, aber nicht durchführbar. Und er hatte auch recht, was ihn betraf. Ihn würden sie zuerst verdächtigen. Es war wirklich alles meine Idee.«

Ich ließ nicht locker. »Hat er einen Zeitpunkt vorgeschlagen?«

»Nein, nicht direkt. Aber ich wußte, daß ich es nicht verschieben konnte. Es mußte bald passieren.«

»Warum?«
»Weil sie ihm mitgeteilt hatte, daß sie in der nächsten Woche ihr Testament ändern würde. Irgendeine alte Tante im Panhandle würde das ganze Geld kriegen.« Sie legte die Stirn in Falten und schüttelte den Kopf. »So eine Betrügerin, diese Sybil. Sie hatte das Testament schon geändert!«
Die Sache nahm auf widerwärtige, grausige Art Gestalt an. C. W. hatte der einzigen Person, die alles, sogar die schrecklichsten Dinge, für ihn tun würde, quasi ein Szenario für den Mord an seiner Frau geliefert.
»Habt ihr euch geliebt, du und C. W.?« fragte ich sanft.
Rita wurde rot. »Nicht direkt, wenn du das meinst. Es geht viel tiefer als ... Er liebt mich, ich meine, *echt.* Das hat er mir oft gesagt. Wenn wir ganz allein waren, hat er mich manchmal geküßt.« Ihr Gesicht wurde weich, und sie berührte ihre Lippen, als spürte sie noch seinen Mund. »Er sagte, es wäre viel schöner, wenn er jemanden geheiratet hätte, der ihm treu wäre und zu ihm hielte und sich um ihn kümmerte, so wie ich.«
Ich änderte die Taktik. »Ich möchte noch etwas anderes wissen. Du hast den Mord an Sybil wie einen Ritualmord aufgezogen. Warum hast du den Verdacht auf Jerri gelenkt?«
»Dieser Fotograf wurde zum Problem. Ich wollte nicht, daß er festgenommen wird.« Ihr Mund wurde wieder streng. »Und ich hatte es satt, mir ständig Jerris Lügen anzuhören. Sie prahlte, daß sie C. W. heiraten würde, daß er ihr ganz viel Geld geben würde. Sie hat schon immer gelogen. Sie nahm sich alles, was sie haben wollte, ohne Rücksicht auf die Gefühle der anderen. Und ich war das liebe Mädchen, das stets nachgegeben hat.« Sie äffte bösartig ihre Mutter nach. »›Ach, laß ihr das doch‹, sagte Mama immer. ›Du brauchst es doch nicht, oder?‹ Es war unwichtig, ob ich

etwas wollte oder brauchte oder ob es mir *gehörte* – Jerri kriegte es. Aber ich hab sie alle gemacht. Die nimmt keinem mehr etwas weg.«

»Also hast du sie in den Abgrund geschoben?«

Sie nickte, ganz in ihrer Geschichte versponnen. »Es war ziemlich genau so, wie du gesagt hast, bloß daß ich es getan hab und nicht C. W. Ich habe den Wagen angesteckt und auf Drive geschaltet, und er kippte runter.«

»Woher wußtest du, wie du das mit dem Feuer machen mußtest? Hast du bei deinem Vater auch was über Autos gelernt?«

Sie lachte selbstzufrieden. »Nein, ich hab es bei Hank gelernt. Ich habe C. W.s Wagen von der Reparatur geholt. Hank erzählte mir die Sache mit der Schubabschaltung und was passieren kann, wenn sie nicht funktioniert.«

»Oder wenn der Wagen gar keine hat.«

»Genau. Jerris Mustang war Baujahr '82, also konnte er keine haben. Als er runtergestürzt war, sah ich das Feuer und wußte, das war's. Ich ging in die Straße, wo ich nachmittags meinen Wagen geparkt hatte, fuhr heim, nahm die Schuhe und das Sportzeug, das ich bei Sybils Mord anhatte, und die zweite Voodoo-Puppe, die ich für alle Fälle gebastelt hatte, und machte mich damit auf den Weg zu Jerri. Den Rest kennst du.«

Ich betrachtete sie nachdenklich. »Und nun?«

»Ganz einfach.« Sie stand auf und deutete mit der Waffe auf die Tür. »Du gehst da rüber, dann drehst du dich mit dem Gesicht zu mir. Das ist nur ein .22er, da darf man nicht zu weit weg sein. Ich mach es schnell.« Sie klang entschuldigend. »Es tut mir leid, China, ehrlich. Ich hatte nicht vor, noch jemanden umzubringen. Aber ich kann es nicht zulassen, daß du C. W. einer Sache anklagst, die er nicht getan hat. Es ist besser, wenn alle glauben, daß es Jerri war.«

Ihr höflicher, bedeutungsvoller Tonfall machte das Ganze auf absurde Weise surreal. Zwei Frauen in einem gewöhnlichen Büro, und die eine mit einer Knarre gibt der anderen Anweisung, wie sie sich damit abfinden soll, ermordet zu werden. Es war wie eine Filmszene. Jemand anderes erlebte das alles, nicht ich.

Ich blieb sitzen. »Noch eine Leiche? Wird das nicht ziemlich schwierig, die zu erklären?«

»Ganz und gar nicht. Ich sage der Polizei, daß ich Überstunden gemacht und gesehen habe, wie sich der Türknauf gedreht habe. Da ich wegen des Mordes an Sybil nervös gewesen sei und Angst gehabt habe, überfallen zu werden, habe ich geschossen, bevor ich erkannt habe, daß es sich um eine Bekannte handelte.«

Der Plan war gut, und mir fiel beim besten Willen nicht ein, wie ich ihn vereiteln konnte. Sie drängen? Sie würde schießen. Irgendeine Aikido-Technik anwenden? Sie würde schießen. Außerdem war der Unterschied zwischen einer unbewaffneten Gegnerin mit wohlwollenden Absichten und dem Lauf von Ritas Revolver nicht unerheblich. Scheiße!

Die Tür hinter Ritas Tisch öffnete sich einen Spaltbreit.

»Ich sagte«, wiederholte Rita, »geh da rüber zur Tür.«

»Und was machst du mit dem Wagen?« fragte ich, um es hinauszuzögern.

»Welcher Wagen?«

»*Dein Wagen.* Du bist mit mir hergefahren, weißt du nicht mehr? Was willst du dem Sheriff erzählen – daß du getrampt bist? Oder mit dem Taxi gekommen?« Ich brachte ein Grinsen zustande. »Du könntest natürlich mit meinem Auto zu dir fahren und dein eigenes holen. Aber dann steht meines immer noch vor deiner Wohnung. Der Sheriff fände das sicher verwunderlich.«

Rita schien nachzudenken.
»Und da der Gerichtsmediziner ziemlich genau sagen kann, wann der Tod eingetreten ist, hast du für das Ganze nicht viel Zeit. Du könntest dir ein Taxi rufen, aber der Fahrer würde sich bestimmt ...«
»Halt den Mund, und geh zur Tür. Ich überleg mir das später.«
Mehrere Dinge geschahen gleichzeitig. Ich machte einen Schritt zurück, Rita einen vorwärts, und Ruby fegte durch die Hintertür. Mit einem ohrenbetäubenden »A-*ya!*« packte sie Ritas rechte Hand und riß sie nach unten. Der Revolver ging los und fiel zu Boden. Ruby hakte ihren linken Knöchel um Ritas linkes Bein, zog und drückte. Rita knallte zu Boden.
Ich griff nach dem Revolver und stand auf. »Weshalb hast du so lange gebraucht?«
»Wieso lange gebraucht?« verlangte Ruby zu wissen. »Ich hab mich beeilt. Ich mußte mich schließlich erst umziehen.«
»Umziehen! Ich schlag mich hier mit einer Mörderin rum und komm vor Angst fast um, und du mußt dich umziehen?«
»Woher sollte ich denn wissen, daß du Angst hast? Auf deinem Zettel stand bloß: ›Komm zu C. W.s Büro. Hintertür.‹ Ich dachte, es gäbe eine Party. Also bin ich heim und hab mich umgezogen.« Das war unübersehbar. Sie trug ein hautenges jadegrünes Kleid mit Spaghettiträgern und jadegrüne Stilettos. Sie sah aus wie eine Gangsterbraut.
Rita rührte sich und stöhnte. Ruby sah auf sie herunter. »Sollen wir sie auf einen Stuhl verfrachten?«
»Okay«, sagte ich. »Und dann rufen wir Blackie an.«
Ruby zog Rita auf den Schreibtischstuhl. Als sie sich zum Telefon umdrehte, hörte ich, wie sich hinter mir die Ein-

gangstür öffnete. Ich wirbelte herum, die Waffe im Anschlag. Rita hatte sich aufgerappelt, und Ruby drückte sie wieder auf den Stuhl.

»Was ist denn hier los?« C. W. erfaßte die Szene mit einem Blick. »Was machen Sie mit dem Revolver?« fragte er mich. Er sah Ruby an, die in voller Größe mit schimmernder roter Mähne neben Rita stand und ihr gebieterisch die Hand auf die Schulter gelegt hatte. »Wer, zum Teufel, sind *Sie?*«

»Ich bin die Person, die jetzt die Polizei holt«, antwortete Ruby. Sie nahm den Hörer ab und wählte die Nummer.

»Setzen Sie sich bitte dorthin«, sagte ich zu C. W. und deutete auf die Couch. »Sie müssen uns einiges erklären. Laut Rita waren Sie am Mord an Ihrer Frau beteiligt.«

»Nein!« heulte Rita auf. »Nein! Ich hab nichts gesagt! Glaub ihr nicht, C. W. Ich würde so etwas nie sagen, nie!«

»Rita«, forderte C. W. sie sanft auf, »sei still.« Er setzte sich auf die Couch und wandte sich mir zu. »Sie ist verrückt. Was auch immer sie getan hat, sie hat es ganz alleine ausgeheckt.«

Rita starrte ihn an, als sähe sie ihn zum erstenmal. »Aber du hast zu mir gesagt ...«

»Ich habe nichts zu dir gesagt.« Er verschränkte die Arme. »Ich war in Atlanta.«

Wenn er nicht schon gesessen hätte, hätte Ritas Blick ihn wahrscheinlich niedergestreckt.

»Es ist völlig einerlei, ob Sie hier oder auf dem Mond waren«, ergriff ich wieder das Wort. »Wenn jemand ein Verbrechen plant, jemanden dabei berät oder beauftragt, es auszuführen, ist das Beihilfe – und genau das haben Sie laut Rita getan. Sie sind des Mordes an Sybil ebenso schuldig wie Rita.«

C. W. wurde bleich. Er lehnte sich zurück. »Sie können nichts beweisen.«

»Das muß ich auch nicht. Das ist Sache des Staatsanwalts. Aber Rita hat gerade eine detaillierte freiwillige Aussage gemacht, die auf Band festgehalten ist.«
Rita keuchte.
C. W. runzelte die Stirn. »Sie haben gegen ihre Rechte verstoßen. Sie hat das Recht auf einen Anwalt, wenn sie verhört wird.«
»Wenn sie von der *Polizei* verhört wird«, stellte ich richtig. »Rita hat eine freiwillige Aussage über ihre Beteiligung an einem Verbrechen gemacht. Ich gehöre nicht zur Polizei. Der Miranda-Paragraph gilt für mich nicht.«
Ruby legte auf. »Ich hab gerade mit der Zentrale gesprochen. Sie haben ein paar Wagen losgeschickt. Es kann allerdings eine Weile dauern, bis sie den Sheriff finden.«
»Ach ja? Wo steckt er denn?« fragte ich.
Ruby grinste. »Er hält einen Vortrag. Bei der Strafrechtskonferenz im College.«

20

McQuaid rollte sich mit einem zufriedenen Stöhnen auf den Rücken. Ich ließ mich auf den Bauch fallen und legte meinen rechten Arm über seine Brust. Wir hatten uns in den Laken verheddert. Auf dem Boden neben dem Bett stand ein Tablett mit einer halb geleerten Sektflasche und den Überresten von Eggs Benedict für zwei. Die Vorhänge waren bis zur Mitte aufgezogen, und die Sonntagmorgensonne zeichnete goldene Muster auf den Teppich.

McQuaid und ich hatten uns, vor die Wahl gestellt, gegen ein romantisches Wochenende mit meiner Mutter, ihrem Verlobten und einer verwirrenden Unzahl zukünftiger Familienmitglieder und für Faulenzen zu zweit entscheiden. Ich rief Leatha an, bedankte mich für die Einladung und bat sie, Sam und der ganzen Sippschaft zu sagen, daß ich mich auf das Kennenlernen freute. Dann fuhren McQuaid und ich nach San Antonio, lieferten Brian bei seiner Mutter ab und mieteten uns im Menger Hotel in der Nähe von Fort Alamo ein.

Das Menger ist ein ganz anderes Kaliber als die Plastikbauten, die am River Walk wie Pilze aus dem Boden schießen. Es hat noch die goldenen Zeiten von San Antonio erlebt, als Cowboys in die Stadt galoppierten, in der man sich zu amüsieren wußte, als Teddy Roosevelt in den Saloons die Rough Riders anwarb und Carrie Nation an der Bar gegen den Schnaps zu Felde zog. Die Zimmer sind luxuriös, die viktorianischen Möbel wunderbar überladen, und die korinthischen Säulen in der Lobby streben über drei Stockwerke empor und gipfeln in einem prachtvollen Buntglasoberlicht. Es ist ein idealer Ort für ein absolut hemmungslos dekadentes Wochenende.

Des Kontrastes wegen hatten wir am Vorabend in JOHNNY'S MEXICAN RESTAURANT in der New Braunfels Street diniert. Bei Johnny ist die Tex-Mex-Küche authentisch und schnörkellos, und man kriegt Papierservietten. Die Plastikfliesen sind abgetreten, die Klimaanlage keucht, und auf dem Telefon steht »max. drei Minuten«. Das wunderbare Essen wird dagegen unbegrenzt geliefert. Wir gaben uns den Genüssen von Cabrita hin, die Johnny »Jalisco-Style« kocht: Er dünstet wirklich und wahrhaftig eine ganze Ziege mit Lorbeerblättern, Oregano, Knoblauch, Salz, Pfeffer, Chili und Kreuzkümmel. Dann wird die Cabrita fritiert und von einer gutgelaunten Bedienung, die eine rosa Kittelschürze trägt, mit Ranchero-Sauce, Reis, Bohnen, Guacamole (die etwas zuviel Knoblauch enthält) und Unmengen von Nachos in Plastikkörbchen an den Tisch gebracht. Danach kehrten wir in unser dekadentes Hotel zurück und gaben uns dekadenten erotischen Genüssen hin – abends wie auch am nächsten Morgen.

McQuaid zog meine Hand an seine Lippen und saugte an meinen Fingern. Ich verströmte noch immer ein starkes Knoblaucharoma, aber das schien ihn nicht zu stören. »Ich kann einfach nicht glauben, daß du das wieder getan hast«, sagte er.

»Es war nicht ich alleine«, entgegnete ich bescheiden. »Zumindest nicht bewußt. Ich dachte, es gehören immer zwei dazu. Sex à deux.«

»Das meine ich nicht. Das andere.« Er hangelte sich hoch

und steckte sich ein Kissen in den Rücken. »Rand und diese Frau. Rita Soundso.«

»Greene.« Ich legte meinen Kopf auf seine Brust und hörte sein Herz klopfen. Es war ein tröstliches Geräusch, regelmäßig, verläßlich. »Warum kannst du das nicht glauben? Du hast es doch selbst gesehen. Den Wagen, meine ich, und das verbrannte Grasstück auf dem Seitenstreifen. Du hast gesagt, daß es kein Unfall war. Wenn Blackie Rita wegen Jerris Tod verhört hätte, statt sie als trauernde Schwester zu behandeln, hätte er sofort gemerkt, daß sie nicht die Wahrheit sagt.«

»Das *meine* ich ja gerade. Du hättest es Blackie überlassen sollen. Lieber Himmel, China, du weißt genau, daß du nicht in laufenden Ermittlungen rumpfuschen sollst.«

Ich setzte mich auch auf und wickelte mich in ein Laken. »Ich habe nicht rumgepfuscht«, sagte ich so würdevoll, wie es mir angesichts der Umstände möglich war. »Und die Ermittlungen liefen in die falsche Richtung. Außerdem, mein Lieber, kannst du Gift darauf nehmen, daß ich Blackie nach Lake Winds geholt hätte, wenn ich die Chance dazu gehabt hätte. Aber ihr Jungs wart ja am Plaudern, statt was zu arbeiten. Glaubst du wirklich, ich war scharf drauf, das alles allein auszulöffeln, mit ...«

McQuaid blickte finster drein. »Und das ist der andere Punkt. Im Dunkeln mit einer Wahnsinnigen loszuziehen, von der du annahmst ...«

»Hab ich ja nicht. Nicht zu dem Zeitpunkt. Ich wußte, daß Rita dafür gesorgt hatte, daß Ruby und ich auf die blutigen Kleider stießen, aber ich dachte, Jerri und C. W. hätten zusammen Sybil umgebracht und C. W. alleine Jerri. Ich hatte keine Ahnung, daß es Rita war; erst dort draußen kam ich drauf.«

»So oder so, ein Mörder war jedenfalls mit von der Partie.«

McQuaid streichelte sanft mein Gesicht und sah mir tief in die Augen. »Was hast du vor, Bayles? Willst du dich von irgendeinem Irren umlegen lassen, um mir zu entkommen?«
Ich nahm seine Hand und legte sie auf meine nackte Brust. »Nein«, murmelte ich. »Ich wollte nur nicht, daß Andrew vor den Geschworenen landet, das war alles. Wenn es mal so weit ist, hat man schlechte Karten.«
McQuaid seufzte. »Jaja. Aber ich sorge mich um dich, verdammt. Ich liebe dich, China, und ich wäre ganz schön sauer auf dich, wenn du dir eine Kugel in deinen Trotzkopf schießen läßt.« Er zog mich an sich, nach meinen Lippen suchend.
Wir wollten gerade wieder dekadent werden, als das Telefon klingelte. Und klingelte. Schließlich nahm ich ab. »Hallo«, sagte ich verträumt in den Hörer.
»Hi«, zirpte Ruby. »Ich hoffe, ich störe euch nicht.«
Ich sah zu McQuaid auf. »Ruby hofft, sie stört uns nicht.«
McQuaid gab einen unfeinen Laut von sich, rollte sich auf seine Betthälfte und zog sich das Kissen über den Kopf.
»Oje!« sagte Ruby. »Ich wollte euch ja nicht nerven, aber es gibt Neuigkeiten.«
»Rita und C. W. sind ausgebrochen, haben ein Auto gestohlen und sind nach Vegas geflohen.«
Das Kissen rührte sich. »Vegas?« fragte McQuaid panisch.
»Nein, nein. Hab ich nur so gesagt. Sollte 'n Witz sein.«
»Das folgende ist kein Witz«, meinte Ruby. »Andrew bedankt sich herzlich bei dir.«
»*Deshalb* hast du uns gestört? Andrew kann auch noch morgen dankbar sein.«
»Er ist es heute schon. Wenn ihr nichts anderes vorhabt, schaut euch doch in der River Walk Gallery seine Ausstellung an. Sie hängt noch, aber alle Fotos sind verkauft.

Daher hatte er das Geld, um Sybil die Schulden zurückzuzahlen.«
»Wenn wir nichts anderes vorhaben. War's das?«
»Ich habe gerade mit Becky Ellen gesprochen.«
»Becky Ellen?« Ich bebte. McQuaid hatte das Kissen aufgegeben, strich jetzt mit einem Finger um meine Brüste und küßte mich auf den Hals.
»Die Frau vom Reverend.«
McQuaid bewegte seine Hand weiter nach unten und küßte mich auf den Mund. Als ich wieder sprechen konnte, sagte ich: »Ich dachte, sie heißt Barbie. Das war sie doch in der Kirchenzeitung, oder?« Ich sah McQuaid an. »Wir sprechen von Billy Lee.«
McQuaid bewegte wortlos seine Hand weiter.
»*Die* heißt Barbie«, sagte Ruby. »Die dickbusige. Ich meine die *andere.* Die in Abilene.«
Ich war verwirrt, aber das mochte daran liegen, daß ich nicht richtig zuhörte. McQuaid küßte mich auf den Bauch.
»Du meinst, seine frühere Frau?«
»Ich wußte nicht, daß Billy Lee geschieden ist«, murmelte McQuaid und liebkoste meinen Bauch mit der Zunge. »Ist das nicht sehr unmoralisch?«
Ruby gluckste. »Ich meine seine *jetzige* Frau. Der Idiot hat sich nie um eine Scheidung bemüht. Er ist mit beiden Frauen verheiratet!«
»Er ist Bigamist?« fragte ich. »Das soll wohl ein Witz sein.«
McQuaid hob den Kopf. *»Bigamist?«*
»Es ist die Wahrheit«, sagte Ruby, »so wahr mir Gott helfe.« Sie lachte so fürchterlich, daß sie kaum sprechen konnte. »Da predigt Seine Heiligkeit, daß wir Hexen seien, unwürdig, ihm die Stiefel zu putzen, und derweil hat er zwei Frauen! Diesem Trottel steht das Wasser bis zum Hals.«
McQuaid nahm seine vorherige Beschäftigung wieder auf.

»Ja«, sagte ich ziemlich geistesabwesend. »Hör mal, Ruby, war noch was?«

»Wieso noch was? Reicht das denn nicht?«

Ich blickte auf McQuaids dunklen Schopf hinunter. »Nein, eigentlich nicht.« Ich legte auf.

Etwas später goß uns McQuaid noch Sekt ein. »Ich hab es wirklich so gemeint«, sagte er und versuchte auf dem Tablett etwas Eßbares aufzustöbern.

»Was?« Ich nahm einen Schluck Sekt und gab mich wollüstigen Wohlgefühlen hin.

McQuaid richtete sich auf und griff nach dem Telefon. »Wie wär's mit Lunch?« fragte er. »Ich hab schon wieder Hunger.«

»Gern.« Ich trank noch etwas Sekt und strich mit dem Finger über seinen nackten Arm. »Was hast du gemeint?«

»Ich muß besser auf dich aufpassen.«

Ich lächelte ihn durchtrieben an. »Und wie willst du das machen?«

Er schälte mich aus den Laken und betrachtete meinen Körper. Dann deckte er mich wieder zu. »Wie wär's mit Zusammenziehen?«

»Das geht nicht«, sagte ich. »Howard Cosell hat was gegen Katzen.«

Quellenverzeichnis

Für die Recherchen zu diesem Buch habe ich zahlreiche hervorragende Kräuterbücher und Herbalisten zu Rate gezogen, darunter:

CASTLEMAN, MICHAEL: *The Healing Herbs,* Rodale Press, 1991.

The Business of Herbs, The International News and Resource Service for Herb Business; erscheint monatlich bei: Northwind Farm Publications, R. R.s, Box 246, Shevlin, MN 56676.

HILL, MADELINE, BARCLAY, GWEN: *Southern Herb Growing,* Shearer Publishing, 1987.

HYLTON, WILLIAM H. (Hrsg.): *The Rodale Herb Book,* Rodale Press, 1974.

LOVEJOY, ANN: »Monkshoods and Wolfsbanes«, in: *Horticulture,* Juni/Juli 1992.

